05115
27.00

D0747010

Withdrawn from Collection

05.112
29-00

La pena máxima

Santiago Roncagliolo

La pena máxima

GIROL SPANISH BOOKS
P.O. Box 5473 LCD Merivale
Ottawa, ON K2C 3M1
T/F 613-233-9044 www.girol.com

© 2014, Santiago Roncagliolo
Autor representado por Silvia Bastos, S. L. Agencia literaria
© De esta edición:
Santillana Ediciones Generales, S.A. de C.V.
Av. Río Mixcoac 274, Col. Acacias
México, D.F., C.P. 03240, México
Teléfono 5420-7530

Primera edición: abril de 2014

ISBN: 978-607-11-3268-0

© Diseño:
Proyecto de Enric Satué

© Imagen de cubierta:
María Pérez-Aguilera

Impreso en México

Reservados todos los derechos conforme a la ley. El contenido y los diseños íntegros de
este libro se encuentran protegidos por las Leyes de Propiedad Intelectual. La adquisición
de esta obra autoriza únicamente su uso de forma particular y con carácter doméstico.
Queda prohibida su reproducción, transformación, distribución, y/o transmisión, ya sea
de forma total o parcial, a través de cualquier forma y/o cualquier medio conocido o por
conocer, con fines distintos al autorizado.

Perú-Escocia

Había ensayado ese camino decenas de veces. El callejón, los puestos de emoliente, el olor a fritanga, el ruido de la gente. En Barrios Altos, entre el laberinto de casuchas viejas, túneles y tugurios, podía pasar inadvertido.

Incluso su peligrosa carga sería invisible entre la multitud. Metida en una mochila roja que llevaba sobre el pecho, su encomienda no tenía por qué llamar la atención. No más que las bocinas de los automóviles, los gritos de los vendedores ambulantes y la prisa gris de cualquier sábado al mediodía.

Pero ese sábado, todo era diferente. Esta vez, todo estaba lleno de banderas del Perú. Colgaban de las ventanas, de las puertas, de las esquinas sin ruido, como mortajas rojiblancas de una ciudad muerta.

Dobló una esquina, subió unas escaleras y cruzó el patio interior de una vieja quinta, hasta la siguiente salida. Lo recibió un silencio fúnebre. Le pareció que alguien lo seguía, pero en todo el patio sólo se sentía el sonido de sus propios pasos.

Sin duda, más adelante encontraría a los vecinos. En dos o tres curvas, si la memoria no lo engañaba, alcanzaría el caño de agua. Era el único caño de esa parte del barrio. Estaría lleno de familias llenando recipientes para lavar la ropa o a los niños. Madres bulliciosas y niños revueltos.

Necesitaba toda esa actividad callejera. La algarabía era el refugio perfecto para su objetivo: un intercambio rápido y seguro. Una entrega sigilosa y profesional, sin palabras ni aspavientos. Dos hombres se encuentran en la multitud, se saludan, un paquete cambia de manos y se despiden. No debía tomar más de cinco segundos.

Había recorrido el camino muchas veces, y volvería a hacerlo esta vez. Sólo le faltaban dos o tres curvas. En el reparador de calzado, a la izquierda. En el vendedor de cigarrillos, de frente. Entregaría su carga y desaparecería. Literalmente. En la panadera gorda, a la derecha. Ya debía estar cerca.

Al menos, Barrios Altos era un buen lugar para la entrega. Resultaba imposible que lo siguieran en esa endiablada enredadera de callejuelas y casas superpuestas. A él mismo, a pesar de todas las veces que había ensayado la ruta, le costaba reencontrarla. Vacía de vida entre sus apretados muros, Barrios Altos parecía otro distrito, en otra ciudad. Sólo el cielo color panza de burro le recordaba que seguía en su Lima de siempre.

¿Era por aquí? ¿O por ahí?

Algo estaba ocurriendo. Algo anormal. ¿Por qué no había nadie ahí afuera?

Aseguró su carga suavemente entre el pecho y el hombro y olfateó el aire. Incluso olía diferente que otros días. Pero lo peor era el silencio. Le llegaban ruidos de dentro de las casas, en sordina. Botellas chocando. Risas. Conversaciones. A veces, de repente, un niño con el uniforme escolar gris pasaba corriendo a su lado, sin mirarlo. Cajones de cervezas vacíos yacían en las puertas. Pero afuera, ni un ruido, como una gigantesca tumba al aire libre.

¿Dónde carajo estaba ese caño? ¿En qué calle se había confundido? En ese lugar no había ni direcciones. La carga se movió en sus brazos. Él la apretó con firmeza, pero con suavidad.

Oyó un sonido familiar. Un clamor apagado. Salía de todas las puertas cerradas. Al principio era un murmullo sin forma. Un rugido lejano. Pero se fue convirtiendo en una melodía machacona y exaltada. Posiblemente,

La Internacional o algún himno comunista. No lo sabía ni quería averiguarlo. Sólo quería salir de ahí. Encontrar el caño o la salida, con o sin su mochila roja.

Se apostó en un cruce de caminos y aguzó el oído. Reconoció algunas palabras de la canción, y su cadencia solemne y orgullosa. Era el himno nacional. Y no lo estaban cantando los habitantes de las casas. Salía de los televisores.

«El fútbol», pensó. «Me había olvidado.»

Después del himno, un periodista anunció lo que se venía. Era la primera voz que se oía con claridad, y él la recibió aliviado.

—¡Esta vez sí, Perú! Con Chumpitaz en la defensa, el «Poeta de la Zurda» Cueto en el medio campo y el «Nene» Cubillas en la delantera, entra en la cancha de Córdoba el mejor equipo de nuestra historia. Nuestros muchachos llegan a Argentina 78 maduros y listos para dar la sorpresa. Escocia es un rival muy duro, acaba de ganar a Francia e Inglaterra, pero Perú seguro que tiene algo que decir...

Sonó el pitazo inicial y los jugadores se echaron a correr. Desde las casas, la gente los saludó con aplausos y gritos. Pero apoyado contra una pared mugrienta, con su mochila sobre el pecho, él suspiró. Sin duda, ése era el peor día de la historia para hacer su entrega.

Retomó la búsqueda del caño de agua. Debía estar por ahí. Los caños no se mueven. Por las ventanas entreabiertas de las casas le llegaban imágenes del partido como chispazos en blanco y negro. Los escoceses llevaban casaquillas oscuras, y los peruanos, su eterna camiseta blanca con la franja roja en diagonal, como un latigazo en el pecho. Frente a ellos, en sus casas, los habitantes de Barrios Altos bebían cervezas y se mordían las uñas, todos oyendo al mismo narrador del partido:

—Otra vez, Escocia atacando por la izquierda, en la parte baja de sus pantallas. Ése era Johnston. Lanza el disparo Masson, el portero Quiroga lo ataja a medias, cuidado con Jordan que arremete por el centroooo... ¡Gol! ¡Gooooooooooooooooool de Escocia! ¡Gol de Jordan, número 9, con ese olfato de victoria que le caracteriza!

Desde las casas se elevó un gruñido de decepción. Y luego, centenares de voces individuales insultaron al árbitro, al número 9 de Escocia, a su madre, al Perú. Una nube negra atravesó el ánimo de los Barrios Altos.

Pero él encontró el caño. Sin duda era ése, aunque se viese diferente. Una salida de agua en un rincón relativamente amplio de la encrucijada. Normalmente, un sábado al mediodía, los vecinos se arremolinaban a su alrededor. Pero a la hora del partido, aquella esquina parecía un desierto.

Le pareció oír pasos a sus espaldas. Al voltear, se encontró como todo el tiempo, solo. No había nadie para recibir el paquete. Eso lo ponía muy nervioso. No era el tipo de trabajo en que se podían cometer errores. Y sin embargo, él había cometido un error. Entre su despiste y la falta de transporte público, llevaba casi una hora de retraso. Posiblemente, su contacto lo había esperado y luego se había ido. Quizá había decidido ver el fútbol.

Optó por esperar, al menos hasta el final del partido. Quizá su contacto prefería aguardar a que comience el bullicio habitual de las calles. Si Perú ganaba, el barrio entero saldría a celebrar. Y si perdía, el barrio entero saldría a lamentarse en los bares. En cualquier caso, el ambiente recuperaría su ritmo acostumbrado.

Él quería librarse de ese paquete cuanto antes. Aquello no era algo que pudiese guardar en su casa hasta otra ocasión.

El problema era qué hacer mientras tanto. Se aburría. Con disimulo, se acercó a una ventana abierta, donde una familia de tres niños estaba paralizada frente al televisor. Todos llevaban las casaquillas con la franja roja. Una de ellas ponía en letras negras a su espalda: CUBILLAS. Él se dejó mecer por la voz rítmica del narrador:

—Cubillas se la pasa a Velásquez. Marca férrea contra Velásquez, que cae al suelo. El árbitro no pita nada y Velásquez se levanta. Sigue Velásquez hacia delante. Se la devuelve a Cubillas ya en el límite del área. Peligro, que Cueto se cuela entre dos defensas, recibe la pelota, encara al portero, la cambia al palo izquierdo yyyyy... ¡Gol! ¡Goooooooooooooooooooooooool peruano! ¡Cueto, número 8, haciendo magia con la pierna izquierda y 1-1 en el marcador!

Las casas de Barrios Altos despertaron con un bramido ensordecedor. Se oyeron muebles golpeando contra el suelo, aplausos y, sobre todo, el grito de gol, una sola voz por todas partes, como si tronase en el cielo.

Agitada por el escándalo, la mochila roja se revolvió un poco y dejó escapar unos sollozos.

—Ya está, ya está —susurró él, acomodándola de nuevo contra su cuerpo—. Tranquilo nomás.

De todos los posibles paquetes del universo, hoy tenía que llevar precisamente ése. Un paquete sin nombre, sin instrucciones previas, sin control.

Debió haber preguntado. Alguien debió advertirle lo que iba a transportar.

Pero ya era demasiado tarde.

Se aseguraría de no repetirlo. Ésta era la última vez. No sabía adónde se iría, pero no volvería a hacer este tipo de trabajos. Nunca más. Ahora tenía con quién estar. Todo iba a cambiar. Al fin. Sólo tenía que quitarse de encima este paquete. Dejarlo en otros brazos. Salir de ahí. Y olvidarlo, si podía.

En las casas se elevó una nueva oleada de protestas. Sonaba como una revolución. Volvió a mirar hacia el televisor:

—¡Pena máxima! —decía el narrador, en ese y todos los televisores del Perú—. ¡Penal a favor de Escocia! Héctor Chumpitaz ha parado un ataque de Rioch y el árbitro ha señalado el punto de castigo. Oblitas y Toribio

Díaz protestan, pero el referee es inflexible. Masson se prepara para patear. Lanza el disparo yyy... ¡lo tapa el portero! ¡Un heroico Quiroga bloquea el penal!

Un nuevo rugido sacudió Barrios Altos. A pesar de su contrariedad, él sonrió levemente. «Este país es incapaz de organizarse para nada útil», pensó. Pero frente a un partido de fútbol, actúa con la disciplina de un ejército. De hecho, ahora el aire sonaba como una estampida. En la casa que él veía, todos se habían puesto de pie, y les gritaban a los jugadores del televisor, como si ellos pudiesen escucharlos. El niño con la casaquilla de Cubillas llevaba en la mano una bandera bicolor que sacudía frenéticamente.

A pesar de la euforia desatada, él estaba lo bastante alerta para escuchar los pasos que, esta vez sí, se acercaban por una de las callejuelas. Iba a darse la vuelta cuando las cosas se aceleraron.

—Muñante por la derecha, se la pasa al «Chiquillo» Duarte. Pide Cueto, el «Poeta de la Zurda», que se la deja a Cubillas. Cubillas dispara por sorpresa desde fuera del área... ¡Gol! ¡Goooooooooooooooooool peruano! ¡Cubillas, en un tiro imposible para el portero, manda la pelota al rincón donde hacen nidos las arañas y pone al Perú por delante en el marcador!

Esta vez, incluso el suelo tembló. Pero no sólo por el delirio colectivo del gol. También por el disparo de un arma, y por la bala que le cruzó al lado de la cara para alojarse en la pared, justo detrás del caño, atravesando la pintura y perforando el ladrillo.

Corrió por reflejo. En zigzag, y pegado a las esquinas. Apretó la mochila tan fuerte como pudo y escapó entre los túneles. Aún sintió otro disparo zumbando junto a su brazo antes de que las celebraciones se acallasen.

Durante los siguientes minutos, volvió a hacerse el silencio. Sólo los pasos resonaban a sus espaldas, presurosos, amenazantes. Subió unas escaleras hasta el otro lado de la calle. Dobló por numerosos callejones desiertos. Se escurrió por todos los túneles que encontró. Pensaba que, internándose más en la jungla urbana, estaría más seguro. Pero quienquiera que lo estuviese persiguiendo no necesitaba correr. Conocía bien el terreno, y aparecía por esquinas insospechadas para darle caza. Mientras él trataba de escabullirse, la misma voz emergía desde todas las viviendas:

—Cueto... La pide Cubillas pero el pase va muy largo, hasta Oblitas que aparece de la nada y se descuelga de su marcador. Oblitas disparado, corre hacia el área rival, está en el borde, tiene un defensa detrás y... ¡falta! Peligrosísima falta en el borde del área. Oblitas protesta. Dice que lo han barrido dentro del área, pero el árbitro ya ha decretado el tiro libre...

Él se apoyó en un murito para tomar aire. Sudaba. Sentía un vacío en el estómago. El paquete de su mochila estaba inquieto. Dejaba escapar pucheros y gorgoteos.

—Por favor, cállate —le dijo—. No me hagas esto.

De la mochila surgió un ruido lastimero. Al principio podría haber parecido una gata en celo. Pero pronto se convirtió en un inconfundible llanto de bebé, el chillido de un niño asustado o hambriento, haciendo el mismo ruido que una sirena de ambulancia.

—Por favor... —suplicó él, meciendo la mochila, susurrando alguna nana cuya letra no conocía.

Pero sólo le respondió el narrador del partido:

—Tiro libre en el límite del área. Sotil, Muñante y Cubillas merodean alrededor de la pelota. Comentan el tiro. No sabemos quién va a patear. Cinco hombres se acomodan en la barrera escocesa...

El niño lloraba cada vez más fuerte. Él iba a reemprender la huida, pero comprendió que era tarde. Atraído por los llantos, alguien se había deslizado hasta su murito. Lo primero que él vio fue la sombra de la pistola sobre la superficie de adobe descascarado. Quiso hablar. Pero al girar la cabeza, apenas pudo articular palabra.

Conocía a esa persona. Al menos, creía conocerla, hasta encontrarla ahí.

—Tú... Tú no...

—Quítate la mochila.

Alguien subió el volumen del televisor. El narrador decía:

—Muñante corre hacia la pelota y la deja pasar...

Él intentó dialogar. Quizá no todo estaba perdido, como en el partido, cuando Escocia iba ganando:

—Cálmate. Por favor. Esto tiene arreglo.

—Quítate la mochila, carajo.

Con las palmas abiertas, él pidió tranquilidad. Se dio cuenta de que estaba llorando porque las lágrimas rodaban por sus mejillas. Con lentitud, se quitó la mochila roja y la depositó en el suelo. El bebé, inexplicablemente, se había calmado. Como si esperase el resultado de la jugada.

—Por favor, no...

—Cállate, imbécil.

—Cubillas dispara al fin, hacia el lado izquierdo del portero, arriba y...

—No...

—¡Gol! ¡Goooooooooooooooooool peruano! ¡Qué golazo! ¡El «Nene» Cubillas se estrena en la Copa del Mundo haciendo historia! ¡Perú 3-Escocia 1!

En ese momento, el fragor de la victoria eclipsó todos los sonidos de Barrios Altos. Durante el grito triunfal que siguió, durante los abrazos y los besos y las carcajadas, nadie escuchó los llantos, amargos y desesperados, de un bebé en una mochila roja, y mucho menos el disparo final de un arma de fuego.

Perú-Holanda

Un papel. No una denuncia.

El asistente de archivo Félix Chacaltana Saldívar volvió a mirar ese papel y suspiró tristemente. Una denuncia está llena de datos: nombre del denunciante y número de cédula de identidad. Fecha, hora y lugar de los hechos denunciados. Descripción detallada de tales hechos. Firma y sello del funcionario de turno. En ausencia de cualquiera de los mencionados ítems, el formulario es sólo un papel.

Chacaltana no se hacía ilusiones. Su escritorio era el basurero de todos los documentos confusos, borrosos e inservibles del Poder Judicial. Cuando los fiscales, jueces, abogados de oficio, amanuenses, limpiadores, conserjes o ujieres no sabían cómo rellenar un escrito, o simplemente sentían pereza de tramitarlo, lo relegaban al archivo, en la esperanza de librarse de él. Pero incluso en esos casos había formalidades que respetar.

Cada tarde, antes de abandonar su lugar en el sótano, el asistente de archivo Félix Chacaltana Saldívar se aseguraba de haber archivado escrupulosamente cada documento recibido. Los altercados públicos en el archivador 5ZCB3, las faltas contra los símbolos patrios en el fólder 6NOF45, los asaltos a mano armada en el pasillo 3BN45. El archivo del Poder Judicial era un compendio de todos los delitos, crímenes y faltas cometidos en un país, un registro vivo de todo lo que la sociedad podía hacer mejor. Y por eso, merecía respeto.

Sin embargo, ahí estaba: un papel sin más información que la irregularidad administrativa —de índole migratoria y de carácter menor— y el nombre del denunciado —Nepomuceno Valdivia—, todo escrito, por cierto, con una letra ininteligible. Si lo había remitido un fiscal desde alguno de los pisos superiores, no se había molestado en indicar su nombre, ni las diligencias a tomar. Un desastre. Una falta cometida sin número de documento ni coordenadas precisas ni siquiera era una falta. No podía archivarse. Y lo que no podía archivarse, en la práctica, no había ocurrido.

Indignado, Chacaltana decidió elevar una queja contra el autor de ese formulario. Se levantó de su silla y avanzó resuelto entre los legajos y las torres de papeles. Durante sus primeros días de prácticas en el archivo había echado de menos una ventana, pero después de un año comprendía que los estantes y los paquetes de documentos obstruirían cualquier ventana de todos modos. Ahora, el aire polvoriento del lugar incluso le agradaba, como el perfume de un hogar cálido. Además, no podía quejarse: del otro lado del sótano estaba la carceleta, donde se encerraba a los delincuentes en espera de juicio. Por lo menos, le había tocado el lado amable del subsuelo, el que encerraba papeles, no personas.

Llegó hasta la oficina del director, al extremo del pasillo, y aunque la puerta estaba abierta tocó con los nudillos. El director, un hombre de unos sesenta y tantos años con una calva como de setenta y unos anteojos como de ochenta, hablaba por teléfono:

—Éste es el equipo —decía riendo—, lo he esperado toda mi vida. Si tienes plata, apuéstala, que ahora vamos a ser campeones. Al menos subcampeones. Apuesta tu casa. Apuesta a tu mujer, je, je.

Le hizo señas a Chacaltana para que pasara. Como todo a su alrededor, el despacho del director estaba lleno de resmas de papel y documentos sueltos: en el escritorio, en las paredes, en el suelo. El poco espacio libre rebosaba de humo de tabaco negro Inca y un ligero, casi imperceptible, olor a alcohol. Chacaltana se sentó en la única silla y esperó. El director le dirigió alguna de sus risitas telefónicas, pero Chacaltana la evitó. En secreto, desaprobaba el uso de recursos públicos para llamadas telefónicas de carácter privado, como sin duda eran las referidas al fútbol. A menos que el director estuviese hablando con el entrenador del equipo nacional de fútbol, por ejemplo, que precisamente en ese momento desease consultar algún historial del archivo. Respecto al procedimiento, nada se podía descartar.

—¡Y los goles de Cubillas! —continuaba el director—. Un maestro. Cuánta clase.

Después de unos minutos regocijándose, el director colgó, pero la sonrisa no se borró de su cara. Tenía los dientes manchados de tabaco:

—Hijito, ¿qué me dices? ¿Qué te pareció?

El asistente de archivo Félix Chacaltana se preguntó si el director se refería a la negligencia de la denuncia sin datos. Pero era lunes por la mañana, y ese director no solía hablar de trabajo, ni siquiera solía estar presente, antes de la hora de almuerzo.

—¿Señor?

—El partido, pues, hijo. ¿Qué digo «partido»? La obra de arte del sábado. La hazaña.

Chacaltana no supo qué responder.

—Bien —balbuceó, porque le parecía que el director esperaba eso—. Muy bien.

—Tienes que decirme qué gol te gustó más. Estoy haciendo una encuesta.

—¿Qué gol? El... el primero.

El director cambió su mirada por una mueca de sorpresa:

—¿Cómo que el primero? ¡El primero fue de Escocia!

—Ah. Me refiero al primero de... pues de... ¿El Alianza Lima?

Ahora, la mueca de sorpresa se transformó en una de estupor:

—Flaco —recitó lentamente el director—, Perú está jugando el Mundial de Argentina 78. ¿Te has dado cuenta o no?

El fútbol quedaba fuera del universo mental de Félix Chacaltana, o si ocupaba un lugar, estaba cerca de los ornitorrincos y los marsupiales, muy lejos de todo lo que le importaba. En este momento en particular, muy lejos de su denuncia mal redactada. Al recordar que la tenía en la mano, la blandió en el aire, como si fuese el arma de un crimen.

—He encontrado esta denuncia en mi escritorio —se explicó—. Y presenta graves defectos de forma y fondo, señor.

El director ahora tenía semblante de preocupación:

—Sí, campeón. Pero sabes que Perú está jugando el Mundial, ¿no?

—Sí, señor. Ahora lo sé. Muchas gracias. En cuanto a la denuncia contra el señor Nepomuceno Valdivia, me ha sido remitida sin las propiedades que el reglamento estipula, de modo que se hace imposible proceder al acto normativo de registro y archivo, por lo cual debo manifestar...

—¿Cuántos años tienes, tigre?

El asistente de archivo Félix Chacaltana Saldívar no atinó a contestar. Era una pregunta demasiado personal, y totalmente inapropiada, aun viniendo de su jefe. Pero el director no necesitaba una respuesta. Movió la cabeza de un lado a otro y continuó:

—Felixito, tú necesitas una vida, ¿ah?

—S... ¿Señor?

—Y llámame Arturo, pues, que estamos en los juzgados, no en el Ejército de Tierra.

—Sí, señor.

—Arturo.

—Sí, señor.

El director hizo un gesto de resignación. Y añadió:

—Acabas de terminar la universidad, hijo. Ya te hemos hecho tu primer contrato. Ahora vive un poco. Anda al fútbol, tómate una cerveza, consíguete una enamorada. Ya tendrás tiempo de ser un plomo más adelante.

—Pero es que la cumplimentación descuidada de documentos da lugar a lamentables...

El director tenía los ojos cerrados. Chacaltana se preguntó si se había dormido. Como para desmentirlo, el director se quitó los anteojos y empezó a limpiarlos aburridamente con su corbata.

—A ver, pues, ¿de qué se trata tu denuncia?

—Irregularidad administrativa migratoria menor —se animó Chacaltana, sintiendo que al fin lo tomaban en serio. De hecho, el director dejó pasar un largo silencio antes de continuar:

—Menor.

—Positivamente.

—Pero migratoria.

—En efecto.

—Ufff —resopló el director con cansancio—. Hay que preguntarles a los militares.

—Estrictamente hablando, señor, a los efectivos de la policía de aduanas...

—Militares, pues, hijito. En este país, hasta los ministros de Agricultura son militares.

Chacaltana comprendió la carga laboral extra que eso implicaría:

—Si usted me permite, yo mismo puedo preguntarles, señor. Podría tener los oficios pertinentes esta misma tarde para su firma, y cursarlos en el transcurso de mañana.

Quería ser útil, pero sobre todo, quería escribir los oficios. Nada hacía más feliz a Félix Chacaltana Saldívar que la prosa elegante de un oficio legal.

El director no mostró ningún entusiasmo por su propuesta. Terminó de limpiar sus anteojos, que milagrosamente seguían igual de sucios, y se los calzó sobre la nariz.

—Chico, ¿sabes cuánto gana uno de los funcionarios de allá arriba? ¿Sabes cuánto ganarás tú mismo, cuando triunfes en la vida y alcances un puesto de importancia en el sector público?

—Mis motivaciones nunca han sido de índole pecuniaria, señor. Mi mayor recompensa es el honor de servir a mi patria y...

—Una mierda —continuó tranquilamente el jefe—. Vas a ganar una mierda, como yo y como todos aquí. Así que es normal que algún funcionario se desanime y, en caso de una... ¿Cómo la llamaste?

—Irregularidad administrativa migratoria menor.

—En un caso que importa poco y exige mucho, es normal que algún desaprensivo quiera deshacerse del papelito. Así que deshazte del papelito tú también. ¿No está lleno de errores? Pues ya está, no lo recibiste. Si nadie ha puesto su nombre ahí, nadie va a venir a reclamártelo. Ésta es la lección de vida de hoy.

Para el asistente de archivo Chacaltana, las palabras del director sonaban a blasfemia.

—Pero, señor, yo recomiendo abrir una investigación para determinar sin lugar a dudas el autor d...

—¿No tienes más trabajo que hacer? —empezó a impacientarse el director.

—No, señor —se apresuró a responder el asistente de archivo—. He archivado todo el material atrasado desde setiembre de 1976, creado un nuevo sistema de organización de la documentación, ampliado el registro de incidencias colaterales y solicitado nuevo material de escritorio a la secretaría de personal.

—Bien —dijo el director, sin ocultar su sorpresa—. Muy bien. Entonces tengo un nuevo encargo para ti.

—¿Señor?

—Busca un televisor.

—Me parece que no...

—Busca un televisor y siéntate delante de él. No te muevas de ahí hasta el partido contra Holanda, el miércoles.

—¿Señ... or?

—Y búscate una enamorada, tigre. O algo así.

—Pero...

—Es una orden. Ya te puedes ir.

Chacaltana se levantó sin protestar.

En algo se equivocaba el director.

Chacaltana sí tenía una enamorada. O algo así.

Y eso no era la solución a sus problemas. En ese momento, era su peor problema.

Pasó la tarde escribiendo el oficio para solicitar a la administración un televisor. Cuando terminó eran las seis, y el director ya había abandonado su puesto. Chacaltana dejó los documentos para la firma en un cenicero grande que parecía cumplir la función de bandeja de pendientes. Después, recogió su bufanda, entró en el baño a peinarse y acomodó su pañuelo en el bolsillo. Una vez aseado, atravesó el sótano, subió las escaleras, recorrió los largos pasillos del Palacio de Justicia y bajó las imponentes escalinatas, flanqueado por majestuosas columnas y leones esculpidos. Y entonces llegó al mundo real.

El paseo de la República lo recibió con un caos de bocinazos, olores de comida y gritos de conductores estresados. Los peatones se entrechocaban a su alrededor, todos en sentido contrario a todos los demás. El humo que salía de los tubos de escape se confundía con el cielo de Lima y con las viejas fachadas del centro histórico.

A Chacaltana le gustaba su trabajo precisamente por eso. Por el contraste. Ahí abajo, en su sótano forrado en papel, era posible establecer un orden, organizar la vida en acciones, autores y consecuencias. En cambio, afuera, en la confusión de la ciudad, reinaba el caos más absoluto, y él se sentía fuera de lugar. Su pasatiempo al salir del trabajo era redactar mentalmente denuncias contra los ciudadanos que iba viendo, ya que casi todos infringían alguna norma elemental de convivencia.

Enfiló por el jirón Carabaya y pasó junto a la plaza San Martín. Los descascarados edificios estaban empapelados de propaganda electoral con extrañas siglas: PAP,

FOCEP, FRENATRACA, PPC. Chacaltana no había visto unas elecciones desde que tenía memoria. La profusión de paneles publicitarios, como las manifestaciones callejeras, le parecía un ejemplo más del caos urbano, igual que la basura amontonada en las esquinas. Uno de los candidatos de los carteles incluso llevaba un fusil en la mano. Chacaltana pensó que podría interponer una denuncia contra los políticos en general por atentado contra el ornato, y contra ese candidato en particular por apología de símbolos antipatrióticos.

Atravesó la plaza de Armas, rodeó un tanque y bordeó el Palacio de Gobierno, casi hasta la estación ferroviaria de Desamparados. Entró en el bar Cordano y se sentó en una mesa. Pidió un jugo de papaya y sacó un ejemplar del diario oficial *El Peruano*.

Trató de leer mientras esperaba a su amigo Joaquín, pero no podía concentrarse. Cada vez que algún parroquiano entraba en el Cordano, casi saltaba de la silla. La conversación que se avecinaba lo ponía nervioso. De hecho, ni siquiera sabía bien qué tipo de conversación sería. No se le ocurría cómo empezarla, ni tenía claro qué preguntar. Lo único que sabía era que sólo podía tenerla con Joaquín. Al fin y al cabo, era cosa de hombres.

Joaquín Calvo era el mejor amigo, por no decir el único, de Félix Chacaltana. Desde su llegada como practicante al archivo, Joaquín se había distinguido por ser un usuario ejemplar. Llegaba a las nueve y cuarto con puntualidad británica. Pedía los expedientes en sucesión alfabética, y apuntaba la información cuidadosamente en libretas con pestañas para las letras hechas por él mismo. Llenaba fichas de información, que luego pegaba en las libretas, y después de cada visita al archivo dejaba cada documento en su lugar. Chacaltana pensaba: si todos los usuarios del archivo fuesen como él, si todos los peruanos fuesen como él, este país iría mucho mejor.

Pero esta tarde, por primera vez, Joaquín no estaba a la hora convenida. Para distraerse, Chacaltana escuchó las conversaciones del Cordano. Fútbol. Fútbol. Fútbol. Supuso que su amistad con Joaquín se debía a que eran los dos únicos peruanos sin afición por el fútbol. Almorzaban juntos una o dos veces al mes, cuando Joaquín visitaba el archivo, y su conversación giraba en torno a la vida cotidiana en él. Y todos los fines de semana se encontraban en el pasaje Mártir Olaya para jugar ajedrez. Jamás habían hablado de temas personales, porque Félix Chacaltana carecía mayormente de temas personales. Pero ahora que había surgido uno, la persona con quien podía compartirlo era sin duda Joaquín.

Básicamente, el tema era que Chacaltana quería contraer nupcias. Estaba enamorado de una chica que trabajaba cerca del Palacio de Justicia: Cecilia. Llevaba varios meses saliendo con ella, y consideraba llegado el momento de formalizar su relación. Eso planteaba dos problemas: cómo decírselo a Cecilia, y el más difícil, cómo decírselo a su propia madre.

A sus cuarenta años, Joaquín era un hombre mucho más experimentado que su joven amigo. Y además, por su trabajo como profesor universitario, estaba acostumbrado a tratar con estudiantes de la edad del asistente de archivo. Él le ayudaría a resolver las dudas que lo carcomían... Si llegaba alguna vez.

Félix Chacaltana miró su reloj. Joaquín llevaba veinte minutos de retraso. Quizá había sufrido algún percance. El viernes, en el archivo, se le notaba tenso. Incluso pálido. Pero aun así, le había asegurado a Chacaltana que se presentaría el lunes en el Cordano, a las seis y cuarto. Por lo general, eso significaba que estaría desde las seis y diez.

A las siete y media, después de dos jugos de papaya y uno de piña, Chacaltana comprendió que su amigo nunca llegaría. Pagó la cuenta y se fue. No había leído ninguna noticia en su diario oficial. Pero afuera, en el patio del Palacio de Gobierno, la guardia cambiaba como todos los días.

—Félix Chacaltana Saldívar, llegas tarde.

Su madre lo llamaba así, con todos sus nombres y todos sus apellidos, cuando quería regañarlo.

—Lo siento, Mamacha. Es muy difícil salir del centro, ya sabes.

De hecho, para llegar a su casa de Santa Beatriz, habría sido más rápido caminar. Pero Chacaltana había decidido tomar un microbús, para retrasar este momento. A esa hora, el tráfico era una lenta procesión de motores tuberculosos, que tosían y renegaban al andar. A pesar de sus esfuerzos, había terminado llegando a casa. Y no era el único.

—Tu amiga te espera ahí dentro —anunció su madre.

Cecilia estaba sentada en las viejas sillas de la sala, frente a una taza de té. Para su horror, Chacaltana descubrió que llevaba puesta una minifalda. Eso era mucho más de lo que su madre podía soportar. Al saludar a Cecilia, él trató de no mirar en dirección a sus piernas, y de que su beso abandonase sus labios con la mayor frialdad posible.

Hasta ese momento de su relación, Chacaltana se había mostrado con Cecilia tan respetuoso como cabía esperar de un caballero. Durante los seis meses que llevaban viéndose, no había hecho el menor intento de propasarse. Pero no era de acero: cada vez más, el deseo lo roía por dentro. Cuando iban apretados en un autobús demasiado lleno, le costaba disimular el bulto de sus pantalones. Y al despedirse, se reprimía para no besarla profundamente en los labios.

—¿Y a mí no me saludas? —refunfuñó una voz seca.

—Perdona, Mamita.

Chacaltana besó la frente de su madre y se sentó frente a ella en el sofá, al lado de Cecilia pero sin tocarla. Se sirvió un té y bebió un trago, que le quemó la lengua. Devolvió la taza a la mesa. Aparte de los ruidos que hacía él con la tetera y el platito, la sala estaba sumida en el silencio.

Trató de romper el hielo. Hablar de la denuncia de esa mañana le pareció inadecuado. Pero entonces recordó su conversación con el director, y las conversaciones del bar Cordano. Se aclaró la garganta y proclamó:

—Ha habido un partido de fútbol.

—Sí —lo acogió la chica—. En mi casa estaban como locos celebrando que ganó Perú.

—Fútbol —protestó la madre—. Ayer no había en misa ni un solo hombre. Todos estaban viendo algún partido. Un horror.

—Pero todos están más felices —se alegró Cecilia—. Eso me gusta.

—Lo que aleja al hombre de Dios no lo hace feliz de verdad —sentenció la madre. Tras sus palabras, el silencio volvió a caer sobre la sala, como un manto oscuro.

Cecilia paseaba los ojos por los adornos de la casa. Aparte de los crucifijos y las imágenes de santos, todo rebosaba de figuras de porcelana barata, paisajes al óleo de bosques europeos y un retablo ayacuchano.

La mirada de la joven se detuvo en una foto familiar con marco de plata que reinaba solitaria en una mesita. Era la imagen de un oficial naval en uniforme de gala. El oficial llevaba del brazo a una chica joven de aspecto ingenuo, que cargaba a un bebé. Cecilia reconoció a sus anfitriones, menos de un cuarto de siglo antes, cuando aquella familia la formaban tres personas.

—¿El del uniforme es el señor Chacaltana? —preguntó Cecilia.

—No... —dijo Chacaltana.

—Sí —dijo su madre al mismo tiempo.

Una leve mirada de reproche se instaló en los ojos del joven.

—Mamá...

—Te guste o no, era tu padre y no puedes negarlo.

—Es sólo que no me gusta que tengamos esa foto —refunfuñó Chacaltana.

—Él merece un lugar de honor en esta casa, como todo padre. Sobre todo después de su terrible accidente...

A la madre se le quebró la voz al hablar, y se llevó la mano a los ojos como para limpiarse una legaña, lo cual avivó el interés de Cecilia:

—¿Murió? —preguntó, pero al ver el malestar de Chacaltana atemperó el tono—... si se puede preguntar.

—Es una larga historia —respondió huraño Chacaltana, e intentó reconducir la velada—: Hoy nos vamos al cine, Mamacita.

—¿Qué van a ver? —preguntó la madre.

—*Fiebre de sábado por la noche* —respondió Cecilia—. Con John Travolta. Es de baile.

Chacaltana se estremeció por dentro. Las palabras *fiebre, noche* y *baile* no presagiaban nada bueno. Su madre arremetió:

—Hoy es lunes. ¿Les parece una noche adecuada para salir?

—Iremos cerca, Mamita. Al cine Roma nomás.

—¿Y tus padres lo aprueban?

Cecilia se encogió de hombros:

—Bueno, estamos en los años setenta.

—La decencia y la moral no pasan de moda, jovencita.

—No se trata de moral, es que...

—Bueno —se levantó de un salto Chacaltana—, creo que es hora de irnos. No queremos perdernos el comienzo de la película, ¿verdad?

—¡Falta media hora! —protestó Cecilia—. Te había traído el disco de la película. Pero bueno, te lo pondré mañana.

—Mañana no puedes venir —ordenó la madre—. Yo no estoy.

Sin responder, Chacaltana consiguió llevar de la mano a Cecilia hasta salir de ahí. El aire de la calle le pareció más fresco que nunca, y recorrieron las tres cuadras en silencio. Chacaltana caminaba por el lado exterior de la vereda, como corresponde al varón.

El cine Roma era enorme y lujoso, e incluso en un lunes estaba lleno a rebosar. Todas las mujeres de la platea suspiraban por el protagonista. Y casi toda la película estaba dedicada a lucirlo. John Travolta hacía piruetas en la pista. *Stayin' Alive.* John Travolta, un chico de su edad, ataviado con un chaleco, camisa de solapas y pantalones apretados. *You Should Be Dancing.* Subiéndose la bragueta. Peinándose. Cargando a la chica bajo una bola de luces. A Félix le dolió la cadera de sólo mirarlo. Pero a su lado, sentía la reconfortante respiración de Cecilia, un movimiento agradable, como un ronroneo.

Después de la función, mientras él la acompañaba a su casa en un autobús medio vacío, ella habló sin parar. Estaba radiante:

—¡Cómo bailaban! ¿Y viste esos vestidos? Debería haber una discoteca así en Lima.

—Sí —dijo Félix pensando que mejor no. Y añadió por deformación profesional—: Pero tendría que cerrar cuando hubiese toque de queda.

Ella se rio.

—¿Qué? —se defendió él—. Es la norma.

—Tú eres todo así, ¿no? Todo lo analizas.

Él carraspeó. Pero ella lo miraba provocadora:

—Seguro que nunca harías una locura. Como ponerte a bailar frente a todo el mundo o... No sé. Algo loco.

—Puedo hacer una locura.

—Quiero oírla.

Bajo la tenue luz del autobús, Cecilia se veía muy bella. No era alta, pero sus piernas parecían infinitamente largas y suaves. Chacaltana estuvo a punto de pedirla en matrimonio ahí mismo, sin más preámbulos. Pero luego recapacitó:

—La haré en el momento adecuado.

Ella se burló de él:

—¡No hay momentos adecuados para hacer locuras!

—El miércoles.

—¿El miércoles qué?

—El miércoles haré una locura. Te lo prometo.

Ella le regaló una mirada juguetona:

—La esperaré entonces. Una locura puntual y perfectamente calculada.

Él sonrió. No pudo evitar ruborizarse. Por las ventanillas, aparecían las casas de Jesús María.

—¿Qué pasó con tu Papá? —preguntó ella a quemarropa.

Chacaltana quería contarle. Todo. Sus malos recuerdos. Toda esa violencia. Incluso el de las llamas que consumieron su casa. Quería hablarle de su viaje a Lima para alejarse del pasado, y su apego posterior a su madre. Supuso que eran cosas que Cecilia debía saber. Pero en ese momento llegaron a la parada y tuvieron que bajar del autobús.

Caminaron las tres cuadras en silencio. Ya casi en su puerta, ella lo tomó del brazo:

—¿Puedo preguntarte algo?

—Claro que sí.

—¿Tenemos que estar con tu Mamá siempre que nos vemos? Es incómodo.

—Ella no aceptaría dejarnos a solas en casa. Por respeto a ti, sobre todo. Por lo que puedan pensar.

—¿Quién va a pensar algo? No hay nadie más en tu casa.

Chacaltana admitió:

—Bueno, quizá es por lo que ella pueda pensar.

—No le caigo bien.

—¿Que no...? Claro que le caes bien. Ella es así... A veces parece muy dura, pero ya verás.

—¿Tú crees?

—Estoy seguro.

En realidad, no estaba nada seguro. Todo lo contrario. Cecilia no le caía bien a su madre. Posiblemente, nadie le caería bien nunca. Nadie que apartase a su hijo de su lado. Pero él ya era un adulto, tenía una posición, y ahora tendría que poner en orden algunas cosas en casa.

Al despedirse, Cecilia lo abrazó. Él se sorprendió, pero lo disfrutó.

—¿El miércoles harás tu locura? —le preguntó.

—El miércoles —prometió Chacaltana—. Una locura puntual y perfectamente calculada.

Ella sonrió y lanzó un beso directo hacia su boca. Para que no resultase demasiado procaz, él lo esquivó y le ofreció la comisura de su labio. Ya después del miércoles tendrían tiempo para más efusiones.

—¿Quién?

La mujer de la ventanilla se inclinó hacia Chacaltana, calándolo en actitud de sospecha.

—Calvo. Joaquín Calvo. Profesor de Sociología.

Tras mirar unos papeles en el mostrador, ella le espetó:

—Hoy no concede asesorías a alumnos. Sólo los miércoles y viernes.

—No soy su alumno. Soy su amigo.

Ahora, la mujer se bajó los anteojos hasta la nariz, para despreciarlo desde lo alto. También aplastó la papada con el mentón, lo que produjo una hinchazón en el cuello similar a la de algunos papagayos. Pero aceptó hacer una llamada telefónica.

Mientras Chacaltana esperaba, grupos de estudiantes salían por el pasillo en dirección a la plaza Francia. El descuido de muchos de ellos en materia de higiene personal era notorio. Llevaban los pelos largos y revueltos, tupidas barbas y anteojos de carey gastados. Algunos usaban pantalones acampanados, como si tuvieran patas de elefante. Entre las mujeres abundaban las minifaldas. Desde el pedestal de su terno de saldo, la corbata de su abuelo y la bufanda que le había tejido su madre, Chacaltana se sintió superior. Se sintió adulto.

Tras colgar el teléfono, la recepcionista le dijo:

—El profesor Calvo no ha venido.

—Dígame, señorita, ¿y por qué será?

Ella ya le había dado la espalda, pero se volvió ligeramente para despacharlo:

—No tengo conocimiento, señor.

—¿Y tendría usted la amabilidad de averiguarlo, si no es demasiada molestia?

Ella levantó la mano en un gesto de desdén. Antes de oírla, Chacaltana se preguntó qué haría el propio Joaquín en esa situación. Su amigo siempre había repetido que con buenos modales y un poco de dulzura se conseguían milagros. Y a veces, cuando compraban una Pepsi, le soltaba unas palabras pícaras a la vendedora. Chacaltana decidió imitarlo. Trató de recordar alguna de sus frases. Y lo logró:

—Supongo que los ángeles como usted están muy ocupados en el Cielo, pero no le importará bajar un ratito para hacerme un favor.

Se puso rojo de sólo decirlo. Se arrepintió de inmediato. Temió haberse mostrado imprudente. Pero al menos, ella se volvió. Primero lo miró con descaro, de arriba abajo. Luego se sacudió en una risita. Era más bien regordeta.

—¿Eso fue un piropo?

—Es importante que encuentre al profesor Calvo —insistió Chacaltana. Pensó que sería útil darse importancia, y añadió—: Colaboro de manera activa con sus investigaciones.

—Yo podría ser tu madre, chico.

Chacaltana pensó en su madre.

—Créame que no —negó con seguridad.

La mujer suspiró resignada. Pero en el fondo del rímel negro que saturaba sus pestañas brilló algo similar a la complicidad.

—El profesor se reportó enfermo la semana pasada. No ha venido desde entonces.

Enfermo. Claro. Eso lo explicaba todo.

A lo largo de su jornada laboral, mientras creaba una nueva subsección para infracciones de tráfico, Chacaltana había esperado que Joaquín apareciese por el archivo. El plantón de ayer le dolía, pero Chacaltana tenía problemas más prácticos: quería que su amigo lo acompañase a comprar su anillo de compromiso.

Necesitaba una joya discreta, en atención a la sensibilidad de su madre, pero apasionada. Había escuchado que el anillo debía valer como tres sueldos del novio, pero él no podía permitirse gastar más de dos. Buscaba algo hermoso, pero no confiaba mucho en su propio gusto. Al terminar la jornada, salió a mirar las tiendas de oro en los jirones de la Unión y Lampa. Había cosas bonitas, aunque casi todas habían tenido dueño antes. Algunas incluso llevaban grabadas iniciales ajenas. No sabía si comprar ahí. Al final, agobiado por las dudas, se había presentado en la plaza Francia, en el edificio de la universidad, y había preguntado por Joaquín.

Y estaba enfermo. Desde la semana anterior.

Era Chacaltana quien debía disculparse con él. Él lo había visto el viernes y, en efecto, se veía descompuesto. Pero Joaquín no le había dicho nada, ahora lo entendía, para no importunarlo con sus preocupaciones. El Joaquín de siempre, un caballero gentil y atento. No había querido salir a tomar algo en la plaza, claro, porque se sentía mal. Se había despedido con discreción, y quizá, pensaba Chacaltana, con cierta aprensión. «Que te vaya bien, Félix», había dicho, tomándolo del brazo, quizá con excesiva fuerza, y mirándolo a los ojos con cierta insistencia. «Que te vaya bien. Todo saldrá bien.» Raras palabras.

—¿Sería tan amable de darme su dirección?

La mujer lo miró como si le hubiese pedido la luna. Chacaltana volvió a intentar recurrir a sus encantos:

—... Si sus delicadas manos no se ajan al contacto con el...

—¡Oh, por Dios, no lo intente! —regañó la señora—. Ni siquiera entiendo lo que dice.

—Oh...

—Y no puedo darle la dirección de un profesor. Lo siento.

—¡Oh!

—Son las reglas.

Félix Chacaltana no insistió. Él jamás rompería una regla, ni animaría a hacerlo a un ciudadano honesto. Dio las gracias ceremoniosamente y se apartó de la ventanilla.

Su primer impulso fue regresar a la plaza y buscar una joyería por sí mismo. Pero ya que estaba ahí, decidió internarse más en el edificio y buscar el aula donde enseñaba Joaquín. A lo mejor alguien podía darle información de interés. De manera legal, por supuesto.

La facultad no era demasiado grande, y estaba empapelada entera de manifiestos políticos, pronunciamientos y convocatorias a actos públicos. Chacaltana avanzó preguntando a los estudiantes hasta dar con una sala pequeña y vacía. Junto a un escritorio de madera colgaba un pizarrón empañado de tiza. Y frente a él, diez o quince pupitres apenas iluminados por un ventanuco estrecho. Chacaltana imaginó a su amigo ahí, dando lecciones e iluminando las mentes que dirigirían el futuro del país, construyendo patria desde la nunca bien ponderada tribuna de la educación superior. Lo invadió el orgullo de contar con un amigo en esa sagrada magistratura.

En los pupitres de la última fila descubrió a dos estudiantes que discutían sobre un libro. Uno de ellos era barbudo, pelucón, y se adivinaba ligeramente maloliente. El otro tenía un aspecto más presentable, con saco y corbata, excepto porque su cara estaba cubierta de acné. Tenían la edad de Chacaltana, aunque una vez más, al verlos, él se sintió mayor y más sabio.

—Buenos días, jóvenes. ¿Son alumnos del profesor Joaquín Calvo?

Los dos levantaron la cara hacia él, y luego se miraron entre sí, como decidiendo quién iba a contestar. Lo hizo el de barba:

—¿Por qué preguntas?

—Disculpe mis modales —dijo Chacaltana, con la mano adelantada para saludar—. Soy el asistente de archivo del Poder Judicial Félix Chacaltana Saldívar, y me urge encontrar al profesor Calvo para realizar unas diligencias.

—¿Diligencias? —preguntó uno de los chicos.

—¿Judicial? —preguntó el otro.

Ninguno de los dos recibió la mano que ofrecía Chacaltana. Tampoco respondieron. Chacaltana comprendió que tendría que dar más información.

—Es personal —aclaró—. Tengo entendido que el profesor se siente indispuesto. Me gustaría llevarle un caldo de pollo.

El de barba comenzó a reírse:

—¿Caldo de pollo?

Su amigo con acné lo siguió. De repente, los dos se estaban carcajeando:

—¡Caldo de pollo!

Chacaltana los acompañó en la risa por cortesía. Se le fue congelando el gesto mientras los dos estudiantes se levantaban y guardaban sus cosas en sendas bolsas de tela con estampados incaicos. Al salir, ninguno se tomó la molestia de despedirse de él. Tampoco le contestaron. Pero seguían bromeando con el caldo de pollo, incluso desde el pasillo. Chacaltana se compadeció de ellos. Pensó que aún no habían alcanzado su nivel de madurez.

Abandonó la universidad y regresó andando hasta el Palacio de Justicia. Ya eran las siete, así que había pasado la estampida de empleados públicos a la hora de salida. Sólo quedaban los fiscales y jueces de guardia. Chacaltana bajó al archivo y se dirigió a los registros de usuarios.

No tardó nada en encontrar la ficha de Joaquín Calvo, edad cuarenta años, sexo masculino, investigación sobre «movimientos revolucionarios y estrategias de seguridad», y al fin, lo que buscaba, su dirección: un número de la calle Capón.

Chacaltana se sintió incómodo. No estaba seguro de que buscar la dirección de un usuario del archivo para uso privado fuese correcto, ni siquiera legal. Pero le preocupaba que su amigo estuviese enfermo y solo. Y además, tenía que contarle sus progresos con Cecilia. Si no hablaba del tema con nadie, reventaría.

Volvió a salir del Palacio y subió por la avenida Abancay. Dobló a la altura del Mercado Central y se internó en el Barrio Chino. Desde antes de llegar a la portada de caracteres chinos ya podía aspirar el aroma de la gallina *chi jau kay* y el chancho en salsa de tamarindo. En los escaparates de los chifas se exhibían patos pequineses y animales confitados. Nunca habría pensado que Joaquín viviese en ese barrio. Era como otro país. Mientras cruzaba la calle principal, un hambre canina le aguijoneó el estómago.

Entró en uno de los locales y pidió el caldo de pollo. Se lo dieron en un tazón de plástico, condimentado con sillau y culantro y guardado en una bolsa de papel. Aprobó con matices las condiciones de higiene. Doscientos metros más allá estaba el número que buscaba. Entró en el edificio. No encontró el ascensor.

Subió tres pisos por las escaleras. Antes de tocar la puerta, apoyó la oreja contra ella. No estaba intentando fisgar. Sólo quería estar seguro de llegar en buen momento, ya que no había podido anunciarse. Aun así, se sintió culpable y retiró la oreja. Llegó a escuchar un murmullo en el interior. Joaquín debía de estar viendo televisión.

Por fin, tocó el timbre y esperó. El ruido en el interior aumentó, como si Joaquín no estuviese solo. Pero nadie se acercó a la puerta. Chacaltana contó hasta cien y tocó de nuevo. Esta vez, le abrió un señor. Tenía la edad de Joaquín más o menos, y rasgos orientales. Detrás de él, un bebé gateaba haciendo gorgoritos. El barullo llegaba del televisor de la sala, encendido a máximo volumen. El señor dijo algo en chino.

—Buenas tardes —saludó el asistente de archivo—, espero no llegar en mal momento. Estaba buscando por favor al profesor Calvo, tenga usted la amabilidad.

El chino lo miró como si fuese un ladrón. Gritó algo. Sonó como el coro de alguna canción, pero dicho de mal humor y sin gracia. Atrás de él, en algún lugar, una voz de mujer le respondió en un lenguaje igual de incomprensible.

—Me he tomado la libertad de traerle una sopita de pollo —informó Chacaltana, y levantó su tazón de plástico para enseñárselo al hombre de la puerta.

El chino recibió el tazón. Abrió la bolsa de papel y olisqueó el contenido. Volvió a decir algo a gritos. La voz femenina a sus espaldas le contestó de nuevo. Discutieron, o eso creyó entender Chacaltana, hasta que la mujer se asomó también a la puerta, con el bebé en un brazo y una canasta de ropa en el otro.

—Buenas tardes, encantado de conocerla. Mi nombre es Félix Chacaltana Saldívar y estoy buscando al profesor Joaquín Calvo.

La mujer y el niño lo miraron. El niño tenía los ojos tan grandes que se veían redondos, y llevaba la cabeza empaquetada en un apretado gorrito. Parecía a punto de asfixiarse. La madre dejó la canasta en el suelo, a un lado, y alzó el brazo en un gesto que parecía de comprensión. Chacaltana pensó que esa mujer sí podría entenderlo. Pero ella simplemente cerró la puerta.

A los ruidos de ahí adentro se sumó el de la bolsa de papel arrugándose. Luego, el llanto del bebé. Chacaltana supuso que se tomarían la sopa entre los dos, y supo, eso sí con certeza, que no valía la pena tocar el timbre de nuevo.

—Querida Cecilia, desde el respeto de mi alma y el ardor de mi corazón, espero que aceptes tomarme como esposo por trámite civil y religioso.

Félix Chacaltana lo repitió ante el espejo. En el baño del sótano, las paredes le devolvían sus palabras, y la iluminación de neón blanco le entristecía el gesto. Consideró que debía pedirlo de otra manera. Pero en cualquier caso, debía pedirlo.

Había prometido una locura para el miércoles, y él siempre cumplía sus promesas. Se declararía ese día, con o sin la ayuda de Joaquín. Aunque encontrar las palabras precisas requeriría cierto ensayo:

—Querida Cecilia, la práctica de los esponsales ha pervivido en nuestra sociedad durante toda la historia...

No. No. No. Muy teórico. Descartado.

Una voz lo sacó de su espejo:

—Hola, campeón, ¿estás hablando solo?

—Señor director —se puso firme Chacaltana.

—Arturo, hijo.

—Arturo, señor.

El director se acomodó en un urinario, pero pasó mucho tiempo sin oírse correr el agua. Mientras esperaba, preguntó en tono burlón:

—¿Y? ¿Conseguiste el televisor?

—He cursado la debida solicitud, pero los plazos del procedimiento...

—Félix.

—¿Señor?

—Era una broma. No tienes que conseguir un televisor de verdad.

—Gracias, señor.

El director parecía preocupado mientras miraba a su asistente. Pero en realidad, siempre parecía preocupado al mirarlo, como si Chacaltana se fuese a romper en cualquier momento. Ahí abajo, en el urinario, seguía sin ocurrir nada. Como eso parecía haberse convertido en una reunión de trabajo, Chacaltana informó:

—Señor, aún no he recibido órdenes concretas sobre la denuncia irregular.

—¿La qué?

—La denuncia por irregularidad administrativa migratoria menor.

El director tuvo que hurgar en los rincones más apartados de su memoria para detectar de qué le hablaba Chacaltana. Pero en vez de darle una respuesta, se encogió de hombros y dijo:

—Si quieres ver el partido, habrá uno en carceleta.

Chacaltana trató de encajar esa información con su denuncia por irregularidad administrativa migratoria menor, sin éxito. Luego miró por la puerta del baño hacia fuera, al agujero oscuro de la carceleta. Nunca había entrado ahí. Salvo alguna voz de mando, o los ruidos metálicos de rejas y grilletes, no llegaban muchos sonidos desde ese lugar. Él jamás se había acercado a ese pozo negro, y tampoco ahora tenía muchas ganas de prestarle una visita.

—Me temo que el citado evento deportivo se celebrará con posterioridad a mi horario laboral reglamentario, señor.

En el urinario, el líquido empezó a manar, a cuentagotas. El director lo recibió con evidente alivio. Luego respondió:

—No, Felixito. Hoy el trabajo es después del horario laboral. Hay fútbol por la tarde. Nadie se va a mover de su casa en la mañana. Pero después, va a haber peleas callejeras, borrachos, redadas. Mucha denuncia.

—Claro, señor.

—Ahí tenemos que estar todos.

—Sí, señor.

—De paso, vemos el partido.

—Sss... Sí...

—Tómate el día libre y luego vienes.

El director concluyó sus instrucciones con una veloz subida de bragueta. Por su parte, Félix Chacaltana reflexionó: si iban a pasar la noche ahí, tendría que actuar por la mañana. Es decir: ya.

Esperó la salida del director, que fue rápida porque no se lavó las manos. Ensayó un par de frases más frente al espejo y partió a recoger su bufanda. Dudó mucho si marcharse directamente, pero al final el instinto de leguleyo pudo más que la prisa. Antes de salir, tramitó una solicitud de anulación de información para borrar la dirección equivocada de la ficha de Joaquín. Y se sintió mejor. Los datos erróneos en sus archivos lo perturbaban enormemente.

Visitó tres joyerías del jirón de la Unión. Al final, en una casa de empeño, encontró lo que buscaba: una sortija de oro de dieciocho quilates con la letra C y una imitación de brillante incrustada. Parecía que su propietario la había empeñado pensando en el mismísimo Félix Chacaltana. Animado aún más por el hallazgo, entró en una florería de la avenida Emancipación. Escogió rosas rojas, por supuesto. Algo clásico de mensaje inequívoco. No pensaba hacer experimentos con su futuro sentimental.

Ya era casi mediodía cuando entró en el recibidor del diario *El Comercio,* que incluso esa mañana especial bullía de actividad. Bajo los mármoles republicanos del celaje se movilizaba un enjambre de anunciantes, jóvenes y mayores, hombres y mujeres que pagaban por sus anuncios clasificados: bodas, ventas, alquileres, muertes, que el periódico publicaría en los días siguientes. Otro gran archivo vivo de todo lo que ocurría en la ciudad.

Cecilia atendía en su ventanilla de siempre, y al ver a Chacaltana se le iluminó el rostro. Le hizo señas de que esperase y salió a almorzar cinco minutos después:

—¿Ésta es la locura que me prometiste? —lo abrazó.

—No. Es sólo la primera fase.

—Es verdad. Es una locura perfectamente calculada. Lo había olvidado.

Ella hundió su rostro entre las flores. Después de olerlas, besó a Chacaltana en la comisura de los labios. Félix sintió que su corazón y otras partes de su cuerpo reaccionaban al contacto.

La llevó al hotel Bolívar de la plaza San Martín. Antes de entrar en el comedor, pasearon por aquellos lujosos salones llenos de espejos. Cecilia se mostró entusiasmada, pero le preguntó si podría pagarlo. Chacaltana la tranquilizó sin palabras. Había hecho cuentas: si él pedía sólo un cebiche, Cecilia podría incluso tomar un postre. Pero tenía que ser cebiche de pescado simple, se repitió mentalmente mientras un camarero los guiaba entre las mesas.

—Ya sé qué locura has hecho —rio Cecilia—: Has asaltado un banco.

Mientras pedían las bebidas, ella le contó su mañana en el trabajo. Un anciano de ochenta y cinco años había colocado un aviso clasificado pidiendo novia. Entre las palabras que compró, figuraban *sano* y *fogoso*. A ella le daba mucha risa lo de *fogoso*.

A Chacaltana le gustaba oírla hablar. No siempre escuchaba todo lo que decía. A veces simplemente disfrutaba de la música de su voz. Desde que la había conocido al publicar un anuncio él mismo para vender muebles viejos, se había quedado prendado de esa voz, y de sus retintines de dicha.

Y sin embargo, ahora mismo, tampoco podía concentrarse en sus anécdotas. Sentía el pecho a punto de reventar. Las palabras que quería decir se le acumulaban en el torrente sanguíneo y le impedían respirar. Mantuvo la compostura mientras le traían su cebiche, bien cubierto de cebolla, y a ella su cremosa papa a la huancaína con nuez molida, el secreto del chef.

—Eres muy caballero, Félix —dijo ella—. Esto es muy bonito. Pero no te librarás de llevarme un día a bailar, ¿ah?

Chacaltana miró hacia su plato. Era incapaz de sentir hambre. El camote color naranja se veía como un misil nuclear. Los rocotos parecían llamaradas. O era él, que tenía el estómago encogido de los nervios. No podía más. Tragó saliva, acarició la cajita con la sortija que llevaba en el bolsillo. Y se dispuso a rematar la faena:

—Tenemos que hablar, Cecilia.

—Félix, estás pálido. No me has traído aquí para romper conmigo, ¿no?

—Sí... Es decir... No. Tengo que decirte algo.

Ella se echó para atrás y esperó. Hasta el momento, al parecer, Félix estaba consiguiendo asustarla. Para remediarlo, se aclaró la garganta y continuó:

—En estos meses que llevamos viéndonos... Bueno... Creo que te has vuelto..., como..., como..., la cebolla de este cebiche.

Cecilia cambió su expresión de susto por una de incomodidad:

—La cebolla huele un poco fuerte, ¿no crees?

—Quiero decir que resulta inconcebible, incognoscible, inenarrable...

Las palabras. ¿Dónde cuernos estaban las palabras cuando se las necesitaba? Chacaltana era muy bueno para repartirlas sobre un papel. Pero le costaba encontrarlas ahora que tenía que enviarlas al otro lado de la mesa. Tomó aire de nuevo. Rebuscó la sortija en su bolsillo. Le sudaban las manos. Pero sacó el paquetito y lo colocó frente a ella, junto al plato de papa a la huancaína.

—Quiero decir que quiero casarme contigo. ¿Me aceptas como esposo?

A su alrededor, los relojes se detuvieron. Los elegantes camareros del hotel se paralizaron. Los lustrabotas de la plaza dejaron de moverse. Los motores de los carros se silenciaron.

Cecilia acercó una mano tímida a la cajita, y la abrió. Al ver la sortija, retiró la mano, como si hubiese encontrado un ratón vivo. Miró a Chacaltana. En sus ojos se reflejaba la sospecha de que era una broma, de que eso no estaba pasando en realidad:

—¡Félix! Yo...

—No sé si lo he dicho bien. No soy muy bueno con las palabras. Sí cuando se trata de escribirlas. Si quieres hacer cualquier denuncia por faltas administrativas o delitos, puedo ayudarte a redactarla. Pero no tengo mucha experiencia en peticiones de mano... Y espero que ésta sea la primera y la única.

Esa última frase había quedado bien. Además, era sincera. Buscó la aprobación en los ojos de Cecilia, pero en ellos brillaba algo inesperado. No era amor. Parecía más bien un retortijón. Balbuceó:

—En eso estamos igual... Yo... No sé qué decir.

—Prueba a decir que sí.

No era una broma sino una súplica. Pero Cecilia aún tenía esa mirada atónita. Como si un perro hubiese entrado en el restaurante.

—Félix, tú eres un chico excelente. Eres de lo mejor...

Sonaba a un «no». Félix trató de encontrar algún «sí» oculto entre las palabras de Cecilia, pero todas tenían aspecto de «no». Trató de abordar el tema por otro lado:

—Sé que ahora soy sólo un asistente, y es poca cosa. Pero un día seré un gran fiscal, Cecilia. Tengo una gran carrera por delante. Estoy seguro de eso.

Ella miró hacia abajo. Con el tenedor, revolvió sus papas entre la salsa. El cebiche de Chacaltana permanecía intacto.

—Tu trabajo está bien. Eso no es un problema.

—¿Y qué es un problema? ¿He sido descortés en algún momento? ¿He dicho algo malo?

—Félix, tú nunca dices nada malo.

—¿Entonces?

Ahora, Cecilia jugueteaba con la aceituna de su plato. Al igual que Chacaltana, ella buscaba palabras que no llegaban a sus labios:

—No sé cómo decirlo, Félix. No sé cómo decirlo sin que suene mal.

Chacaltana quería estar preparado, y recopiló mentalmente una lista de cosas que podrían sonar mal: el color de sus corbatas, su excesivo interés en la precisión del lenguaje, su ignorancia en temas deportivos, el olor de sus sobacos... Quiso olerse los sobacos, pero no le pareció el lugar apropiado.

—Quiero saberlo, Cecilia —dijo con un hilo de voz.

Ella suspiró profundamente, y luego levantó la vista. Parecía decidida:

—Félix, no me has besado. Nunca.

—Por supuesto que no —confirmó Félix, orgulloso, pero luego, al mirarla a los ojos, empezó a sospechar que eso no era uno de sus puntos a favor. Titubeó:

—¿Debería...?

Cecilia no alzó la voz. Pero no bajó los ojos hasta la última palabra:

—Tú me gustas mucho, pero a veces creo que yo a ti no. Que me quieres como si fuera tu prima o tu... madre.

Desde el accidente y la muerte de su padre, Chacaltana había vivido junto a las faldas de su madre. Él era el hombre de la casa. Él debía protegerla, incluso de sí misma, incluso de sus recuerdos. Se había apartado de la vida social, de los entretenimientos normales de un chico de su edad. Ahora era consciente de su falta de experiencia. Había sido y seguía siendo el último estudiante virgen de la universidad. Carecía de evidencia sobre los deseos de ninguna mujer, excepto la que lo había parido, que carecía de deseos.

—¿Entonces? ¿Tú quieres...? ¿Me estás diciendo que...? ¿Tú quieres que...?

—Quiero sentir que me quieres —afirmó ella, pero de inmediato hundió la cara entre las manos, de manera discreta, sin llamar la atención, como si fuera a estornudar, y se lamentó:

—¡Ahora qué vas a pensar de mí!

Chacaltana examinó las posibilidades. Todo lo que pensaba era bonito. Quería besarla. Sin duda. Incluso quería cosas peores. En casa, se despertaba pensando en ella. Y debía cambiarse el pijama antes de salir de su habitación. Para que no se notase.

—Que me parece una buena idea. Una excelente idea.

—¿En serio?

—Sí. ¿Ahora mismo?

Ella se sonrojó. Intercambiaron unas risitas púberes.

—No, mejor en un lugar privado.

Volvieron a reírse como dos tontos.

—El domingo puedo —añadió ella.

Chacaltana asintió. Estaba radiante.

—Claro. Claro.

Tenía tanto que aprender.

—Félix Chacaltana Saldívar, ¿qué haces aquí a estas horas? ¿Te han echado del trabajo?

Chacaltana era inmune a los reproches y las preguntas. Estaba de un buen humor indestructible.

—No, Mamá. ¿Quieres té?

Dejó su bufanda en el perchero junto a la puerta, y se acercó a besar a su madre. La encontró sentada frente a la mesita, cara a cara con la foto familiar, con su padre vistiendo uniforme militar. La mujer tenía los ojos húmedos y se aferraba con las manos a un rosario.

—¡Mamá!

—No pasa nada, hijito. Sólo estaba rezando.

—No me gusta que te pongas así, Mamacita. Tienes que buscar algo con que entretenerte.

—Mis recuerdos me bastan, hijo —respondió ella en tono melodramático.

Chacaltana fue a la cocina a hacer té. Él procuraba evitar los recuerdos. Los que tenía de su padre, aun antes del incendio, no eran especialmente buenos. Afortunadamente, le llegaban como tras un velo, como imágenes de una película que hubiera visto medio dormido. En cambio, su madre tenía un pozo lleno de memorias, donde bebía y se zambullía. Casi no tenía nada más.

—Pensar en el pasado te hace daño, Mamacita —volvió con el té—. Es hora de mirar hacia delante.

Ella recibió la taza y se aferró a la mano de su hijo. Tenía la mirada moribunda.

—Yo ya no tengo un adelante, hijo. Nunca me casaré con otro hombre.

—Mamá, no te tortures —le advirtió él poniéndole el azúcar—. A lo mejor yo te traigo una buena noticia un día.

En vez de animarse, ella refunfuñó:

—Tú estás irreconocible. Esta semana has faltado a misa tres días.

Touché. Sin duda, abrumado con sus propios planes, Chacaltana había dejado de lado algunas de sus obligaciones cotidianas.

—Perdona, Mamá. Son días complicados.

—Sí, ¿verdad? Porque hay un Mundial de fútbol. Y tú te ves con una costurerita del barrio. Ya se lo explicarás al portero del infierno cuando pases por ahí.

De espaldas a su madre, Chacaltana puso los ojos en blanco. En labios de ella, la palabra *costurerita* significaba «mujer sin porvenir que trata de acostarse con la mayor cantidad posible de hombres en espera de que alguno la deje embarazada y se vea obligado a casarse». Chacaltana nunca entendería de dónde había salido el bajo concepto que su madre tenía del gremio del corte y confección.

—Cecilia no es costurera. Trabaja en un periódico.

—¿Y por qué trabaja? ¿No tendría que cuidar a su familia?

—A su abuela. Pero por la noche. Igual que yo.

En el último momento le había puesto a su madre una tila, en la esperanza de calmarla un poco. Pero las menciones a Cecilia contrarrestaban el efecto de la infusión.

—El lunes se presentó aquí vestida como una bataclana.

—Era sólo una minifalda. Es la moda de estos tiempos, Mamá. Las cosas van cambiando.

—Van empeorando.

Las conversaciones de Chacaltana con su madre sobre los tiempos modernos solían entrar en bucle: ella conseguía que todo lo amable se convirtiese en perverso y sucio. Para preservar su buen humor, él decidió interrumpir ésta en ese punto. En un arranque de excitación, había pensado contarle su almuerzo con Cecilia. No todo. Sólo la parte que ella podía aprobar: aquella en que Cecilia le daba esperanzas para una boda. Pero conforme escuchaba a su madre, Chacaltana iba comprendiendo que era mejor guardar la discreción. Ya habría oportunidad de contarle luego. Además, de momento él tenía una misión más urgente.

—Te acompañaré a misa mañana. Y todos los días que faltan de esta semana.

—¿Ah, sí? Eso significa que has pecado mucho y tienes que limpiar tu alma.

—No, Mamá. Eso significa que quiero acompañarte... y que el domingo no podré.

—¡El domingo es el día obligatorio!

—Pero... Tengo..., eeeh..., que...

Otra vez, su problema con las palabras. Si eran mentiras, le costaban aún más. Para mentir con convicción, Chacaltana necesitaba que sus palabras fuesen verdad al menos en una interpretación, por retorcida que fuese.

—El domingo he quedado con unas... amistades. Para un... ágape.

—Vas a ver el fútbol, seguro.

Su madre frunció el ceño. Pero sin querer, le había dado una salida. Una luz en forma de pelota iluminó las dudas de Chacaltana:

—En efecto. El fútbol. El domingo juega Perú con... con otro equipo muy importante, y es una fecha señalada del calendario patrio porque...

—A mí no me digas nada, Félix. No tienes que disculparte.

Era lo último que esperaba oír en boca de esa mujer. Al parecer, era verdad que Dios hacía milagros.

—Gracias, Mamá.

Pero ella, mientras terminaba su té y se levantaba del asiento, añadió sin mirarlo:

—Tendrás toda la eternidad para arrepentirte mientras te consumes en las llamas del infierno.

Chacaltana bajó la cabeza en silencio, como haciendo penitencia por su desliz futbolero. Finalmente, mientras su madre lavaba la taza, le preguntó:

—Los domingos vas a misa por la tarde, ¿verdad? ¿A las tres?

—Sabes bien que sí —respondió la madre severamente desde la cocina. Por suerte, no salió hacia el salón en ese momento, porque entonces habría sorprendido la enorme sonrisa que cruzaba la cara de su hijo.

Sin duda, esa tarde nada podía arruinar su buen humor.

Iba a besar a Cecilia. Y no con un beso en la mejilla, ni en la frente. Uno de los otros. Un beso *Fiebre de sábado por la noche.*

Mientras regresaba a la avenida Abancay, Chacaltana soñaba con ese domingo. Le maravillaba cómo había cambiado su vida en sólo unas horas. Se sentía fuerte, maduro. Y había podido hacerlo todo por sí mismo, sin la ayuda de Joaquín.

También era verdad que él no había hecho nada todavía. Y en sentido estricto, su propuesta de matrimonio había sido rechazada, o al menos pospuesta. Pero él estaba seguro de que todo saldría bien. Para la siguiente semana, él sería un hombre besado y comprometido. En vez de preguntarle a su amigo cómo hacerlo, le contaría cómo lo había hecho.

En el archivo del Palacio de Justicia no había nadie. Ni el director ni cliente alguno. Sólo los folios y fojas dormidos en los estantes. Tras unos segundos divagando entre los muros del sótano, Chacaltana recordó que lo habían citado en la carceleta. Seguía contento. Tanto que, mientras atravesaba el oscuro pasillo, apenas recordó el repelús que ese lugar le producía. Abrió la puerta y escuchó la voz del narrador del partido, que saludaba desde la pantalla:

—Amigos, muy buenas tardes. Desde Mendoza, Argentina, les saludamos con mucho cariño y con el deseo de que Perú tenga un gran partido frente a Holanda.

La carceleta era una continuación del pasillo flanqueada por celdas grupales. Ahí se trasladaba a los presos

los días de sus procesos judiciales. En ocasiones, si lo so-
licitaba la Policía, desde su arresto. A la entrada había un
escritorio, donde se revisaban los objetos personales de los
presos y se resolvía el papeleo. Pero hoy, la vieja máquina
de escribir había sido reemplazada por un televisor, y las
habituales caras de pocos amigos de los guardias habían
dejado paso a gestos expectantes, de niño con juguete
nuevo.

—Tigre, ¡ya era hora!

El director se había sumado a los tres guardias y a
las decenas de presos que, desde sus jaulas, también tenían
la mirada fija en la imagen en blanco y negro. En rigor, lo
que ahí ocurría era un abandono de funciones del tamaño
de una catedral. Pero Chacaltana decidió ser indulgente:
todos mantenían su puesto de trabajo y nadie estaba bebiendo alcohol. Sólo café de un termo.

—Deme un cafecito, pues, jefe —pidió uno de los
presos al cabo de guardia.

—¡Cállate, carajo! ¿Qué crees? ¿Que soy tu mamá?

—¿Y un cigarrito?

—Puta madre —masculló el guardia, pero le acercó el paquete para que sacase uno.

Otro de los presos se animó:

—¡Para mí también, pues, jefe!

El guardia se volvió al primer preso:

—Ya. Comparte tu cigarrito con tus amigos. Y dé-
jenme ver el partido, huevonazos.

Una ola de protestas se extendió entre los reclusos,
pero se detuvo cuando los jugadores entraron en el campo
y absorbieron toda la atención de la carceleta y del país.

—Señoras y señores, toda la hinchada mendocina
está a favor de Perú —aseguró el narrador en el televisor—. Después de haber vencido a Escocia, nuestro equipo se enfrenta a Holanda por primera vez en Copa del
Mundo, y la sangre latina llama, esa sangre que se unifica
para apoyar a nuestra selección. Perú viene con los ánimos

encendidos para ganar la clasificación. Holanda fue sub-
campeona en el Mundial de Alemania 74, así que un empate es bueno para nosotros, y ellos lo saben.

—Tenemos que salir a empatar, tigre —decretó el
director, de repente al lado de Chacaltana—. Nada de
riesgos. Empatamos y clasificamos.

—Sí, señor.

—Después nos toca Irán. Ya les ganaremos a esos
cojudos.

—Sí, señor.

—¿Quieres café?

Chacaltana se negó. No tomaba bebidas excitantes
después del mediodía. En la pantalla, salió a la cancha Cubillas. La carceleta rugió. En las celdas, alguien gritó:

—¡Jefe, muévase un poquito, que no deja ver!

El guardia ni siquiera se movió:

—¿No quieres que te sirva un whisky también,
chucha tu madre?

Un leve tufo le indicó a Chacaltana que el director se había acercado un poco más. Le estaba hablando de
algo. En realidad, no había dejado de hablar desde que lo
saludó. Chacaltana temió que fuese una confesión personal. Constató, con alivio, que se trataba de una comuni-
cación de orden laboral, pero siguió sin entender sobre
qué.

—Total —siguió el director—, que alguien tiene
que ir ahora a levantar el acta. Y se ha montado un lío para
ver quién lo hace. Tendría que ir uno del tercer piso. Pero
todos quieren ver el partido. Larrañaga dice que vaya Ortiz, Ortiz le tira la pelota a Villanueva, y así.

—Positivo, sí.

—Para qué nos vamos a engañar. El trabajo es rutinario. El partido, no.

—Afirmativo.

—Así que les he dicho que vas tú. Que te encantaría hacerlo.

De inmediato, activado por un resorte moral, Chacaltana objetó:

—Señor, me permito observar que está instituido en la normativa interna que los eventos de índole cultural-deportiva-folclórica no deberían interferir con el sano y pacífico ejercicio de nuestras funciones...

—Y no lo harán, flaco. No lo harán porque vas tú. ¿Tú no quieres trabajar? ¿Tú no quieres ser el fiscal número uno algún día? Anda, pues. Levanta un acta.

—Bueno, visto así...

—Además, es una oportunidad de que noten tu trabajo en el tercer piso.

Le guiñó un ojo y señaló hacia arriba, como si en algún lugar por encima de la carceleta alguien brillante los observase. Alguien importante. Y remató:

—Y por último, flaco, no jodas: tú ni siquiera sabes quiénes están jugando.

Chacaltana admitió ese argumento y recibió de su jefe una hoja con las instrucciones para llegar al lugar. Seguía sin entender de qué se trataba, pero un acta es más o menos igual en todas partes. Además, el paseo le permitiría seguir soñando con su domingo de besos.

No le faltó tiempo para soñar, porque no había transporte público. Tuvo que caminar más de una hora por las calles vacías. Incluso en los tanques, los soldados de guardia escuchaban el partido por radio. Bordeó el río, hasta llegar al lugar señalado. Ahí, dos policías lo esperaban sentados en el muro sobre el agua, pegados a una radio de transistores. Al llegar, Chacaltana trató de asumir una pose marcial, seria, de mando, y saludó:

—Buenas tardes, señores. Me apersono en representación de la Fiscalía del Poder Judicial para el levantamiento de acta correspondiente.

La única voz que le contestó provenía de la radio:

—Velásquez encuentra a Cubillas. Empiezan a trabajar la pared. Qué bonito ese toma y daca, ese tú y yo del pase perfecto. Atención que se cuelan entre la defensa holandesa, llegan al área, entra Cubillas yyyyyyy... ¡El portero Jan Jongbloed sale finalmente a apretar! Cuando Perú ya llegaba con velocidad, con belleza, con un fútbol elástico, suelto, triangulado, genial para plantarse en el arco rival...

Los dos policías resoplaron para soltar la emoción contenida del ataque. El asistente de archivo Félix Chacaltana Saldívar carraspeó:

—Señores, buenas tardes —repitió.

Uno de los guardias dio un respingo, y se cuadró frente a Chacaltana. No debía de tener más de veinte años. El otro, un gordito treintañero, estaba menos impresionado. Apartar la atención de la radio le costaba mucho trabajo, y aun mientras hablaba, una parte de su cerebro seguía pegada al aparato:

—Buenas tardes, doctor —saludó con desgana, aunque Chacaltana no dejó de sentir una punzada de orgullo al ser llamado «doctor»—. Aquí estamos a la orden.

Todos siguieron escuchando el partido. Chacaltana no sabía por qué estaba ahí, y no sabía cómo preguntarlo. Examinó el lugar en busca de evidencia de hechos imputables: quizá se trataba de una negligencia y el río se había desbordado. O a lo mejor se había registrado un asalto. Sólo cuando pareció claro que no habría más ocasiones de gol, el policía mayor señaló hacia un punto en la orilla:

—Ahí está su paquete, doctor. Mírelo lo que quiera.

Horrorizado, Chacaltana constató que tendría que cruzar el muro. El río Rímac venía medio seco, pero donde no había agua se formaban lodazales que atraían a masas de mosquitos y otros bichos. Sin embargo, no dejó ver su contrariedad. Con la actitud más viril que pudo, levantó una pierna y la pasó al otro lado del murete. Al tocar el suelo, sintió su pie hundirse en una espuma marrón.

—Muñante con la redonda. Avanza pero no da el pase, porque hay fuera de juego. Ahora sí, La Rosa se coloca mejor. Recibe la pelota y se escapa por la izquierda. Cuidado que está solo. A ver si se atreve a patear. Sí se atreve. Tiraaaaa... ¡Y la pelota se desvía por arriba hacia las gradas! Atención que Perú ha llegado con hambre de gol...

El policía había señalado a un bulto negro donde se concentraban las moscas, casi donde el caudal comenzaba a llevar agua. Chacaltana había imaginado que sería un vertido ilegal de desmonte, o quizá el botín de algún robo denunciado previamente. Pero mientras se acercaba chapoteando por el barro, empezó a sospechar lo que era en realidad. Se detuvo, por un reflejo de temor.

—Siga nomás, doctor —dijo el policía joven—. Ése ya no hace nada.

Lo dijo sin asomo de ironía, y luego volvió a zambullirse en el partido:

—Los holandeses arman juego: Rensenbrink. Van de Kerkhof lo apoya y se lleva el balón con cierta dificultad. Rep en la punta izquierda, saca un centro pasado. La pelota vuelve al área. La toma Neeskens, va el tirooooooo.... ¡Ramón Quiroga lo detiene! Es un excelente lance que el público aplaude en serio, porque nuestro portero está mostrando unas reacciones excepcionales.

Se llenaron de fango los zapatos y el borde del pantalón de Chacaltana, que su madre había cosido personalmente. Pero ahora tenía otras preocupaciones. A tres metros de la orilla, ya no era posible hacerse ilusiones sobre la naturaleza del bulto. Tenía una cabeza llena de pelo. Y el forro negro no era un costal: era una chaqueta. Debajo llevaba camisa blanca. Chacaltana no quería seguir adelante, pero su sentido del deber le impidió retirarse.

Cuando al fin llegó a su lado, el olor del cuerpo le produjo una arcada. Y la imagen violácea de su piel no mejoraba las cosas.

—¿Desde qué hora está? —preguntó, tratando de mantener su estómago en su lugar.

El policía mayor le contestó:

—Ya estaba esta mañana, cuando bajó el caudal del río. Por el olor, debe de llevar varios días ahí, pudriéndose.

Chacaltana consideró que su inspección visual ya era suficiente. Debía certificar el hallazgo de un cadáver y ya se encontraba en posición de firmarlo. Pero al echar un último vistazo sobre el rostro se topó con una nueva sorpresa. Un nuevo horror.

—Destaca el grito de «Perú, Perú» en este campo de Mendoza. Cubillas en el ataque. Lleva al Cholo Sotil a la izquierda y a Muñante por la derecha. Oblitas se desmarca pero Cubillas se va a atrever solo. Tira al arcoooooo.... ¡Y la defensa desvía al córner esa pelota cargada de veneno!

Era Joaquín.

Estaba magullado y morado, pero ése era su amigo. Ése era su pelo ralo. Ése era su tabique nasal. La boca que tantos consejos le había dado a Chacaltana. Las manos que tantas veces había estrechado.

—¡Pitazo final! Perú 0, Holanda 0. Ambos equipos prácticamente clasificados. Todo el grupo técnico entra a abrazar a nuestro equipo. El público festeja. El encuentro ha tenido clase, fuerza, jugadas brillantes y todo lo que el público quiere ver en un campo de fútbol. ¡Y el empate tiene sabor de triunfo!

Chacaltana sintió que los mosquitos zumbaban cada vez más fuerte, hasta lastimar sus oídos. Arriba, en el muro, los dos policías se fundían en un abrazo. Caminó hacia ellos, pero el suelo se venía abajo a cada paso, como un pantano. Trató de pedir ayuda, pero al abrir la boca, lo único que consiguió fue vomitar.

Perú-Irán

La última vez que Joaquín había ido a verlo, el viernes, Chacaltana lo había notado un poco pálido. «Que te vaya bien», le había dicho. «Que te vaya bien. Todo saldrá bien.» Pero el que parecía mal era él.

Ahora, en la destartalada camilla de la morgue, Joaquín estaba morado, rígido e hinchado. En comparación con eso, su apariencia del viernes resultaba saludable.

Chacaltana echó un último vistazo a ese rostro, o a lo que quedaba de él. El deterioro se debía a la humedad de la ciudad, y especialmente del río, a lo largo de tres o cuatro días. El homicidio había sido limpio: muerte por herida de arma de fuego. Una sola bala parabellum de nueve milímetros, alojada exactamente entre los ojos, como un lunar de carne. El trabajo de un profesional con un pulso perfecto y un arma extraña, que no figuraba en los archivos del departamento de balística. Quizá una antigüedad, una pistola de coleccionista.

El asistente de archivo extendió la sábana gris sobre ese rostro marchito. Se preguntó a quién debía darle el pésame. Joaquín jamás había hablado de ninguna esposa o pariente.

—Enfermero, ¿ha venido alguien a reconocer el cuerpo? —le preguntó al empleado. Aunque llevase una bata médica, Chacaltana dudaba en llamar «enfermero» a alguien que trabaja con cadáveres. Los muertos no pueden estar enfermos, aunque lo parezcan. Tampoco el lugar tenía aspecto de hospital. Más bien, parecía un desván, un armario desportillado para guardar a los occisos y sus olores antes de tirarlos.

—Uno —murmuró aburridamente el aludido. A través de la puerta abierta, señaló hacia la sala de espera. Luego se sumergió en la página deportiva del periódico, sobre todo en las crónicas que celebraban el empate con Holanda.

Chacaltana siguió la dirección del dedo. Al cruzar el umbral sospechó que el empleado sólo quería librarse de él para leer. Pero ahí afuera, en efecto, se encontraba un hombre mayor. Estaba sentado, o más bien derrumbado, en una vieja banca de madera. Como si alguien hubiese olvidado enterrarlo a él.

El asistente de archivo se acercó al señor y se sentó a su lado en la banca, en espera de una señal, o de una oportunidad para abordarlo. El viejo no movió un músculo. Ni siquiera parecía triste. Se veía sobre todo ausente, atento a lo que ocurriese en algún planeta lejano. Un único rayo de sol se reflejaba en su prominente calva haciéndola brillar mientras él clavaba los ojos en el suelo. Chacaltana se aclaró la garganta. Tamborileó con los dedos en el brazo de la banca. Al final comprendió que tendría que hablar:

—¿Usted... ha venido por Joaquín?

Los ojos del hombre, y sólo sus ojos, rodaron hacia arriba y se posaron en el rostro de Chacaltana. Pero no hubo respuesta, y el asistente de archivo se sintió obligado a llenar el vacío:

—Yo... era su amigo.

Como el otro seguía sin hablar, Chacaltana añadió:

—Jugábamos ajedrez... Y él era usuario del archivo de los juzgados, donde trabajo. Un usuario ejemplar. Manejaba los documentos con admirable orden, y conocía las fichas de los libros al dedillo. No... tengo ninguna queja de su comportamiento en el archivo.

Chacaltana pensó que ése no era el tipo de discurso que se esperaba sobre los fallecidos, pero no sabía mucho más de Joaquín. Se preguntó de qué habían hablado en todos esos meses. Cómo habían llenado el tiempo.

—¿Usted también juega ajedrez?

—Hace mucho que no —respondió el hombre, antes de sumirse de nuevo en sus cavilaciones. Pronunciaba la *c* como un español, aunque no tenía mucho acento. Quizá sólo tenía frenillo. Chacaltana quiso seguir hablando, pero no se le ocurrió nada que decir. Para su sorpresa, sin embargo, el desconocido retomó la conversación:

—¿Dices que trabajas en los juzgados? —preguntó—. ¿Joaquín estaba metido en algún lío?

Español, pensó Chacaltana al reconocer su acento. Definitivamente español.

—¡No! —se apresuró a contestar—. Como le digo, era un usuario ejemplar. Casi era nuestro único usuario.

—¿Y por qué..., por qué le ha pasado esto?

El hombre no pudo contenerse más. Su rostro explotó en llanto. Chacaltana comprendió que sólo el padre de Joaquín lloraría de ese modo. Buscó en el bolsillo su pañuelo de repuesto y se lo ofreció.

—No lo sé. Pero quiero transmitirle los sentimientos de mi mayor consideración.

—¿Cómo?

—Mi sentido pésame.

—Ya.

El padre aceptó el pañuelo y se lo llevó a la cara. Chacaltana notó un temblor en sus manos. No era una sacudida muy fuerte, pero sí demasiado para tratarse sólo del duelo. Debía ser un tic nervioso o un comienzo de párkinson.

—Quizá haya sido un robo —trató de calmarlo.

—Tiene un tiro en la frente, joder. Nadie te dispara para robarte la cartera.

El hombre siguió sollozando. Chacaltana se preguntó si debía pasarle también su pañuelo titular.

Permanecieron en silencio durante casi una hora, hasta que el padre de Joaquín se levantó de la banca y se encaminó a la salida. Chacaltana no le permitió abrir la puerta con su temblor de mano, ni quiso que anduviese solo por la calle en su estado de depresión. Antes de que el hombre pudiese evitarlo, el asistente de archivo lo acompañaba por las calles, hasta el primer bar que encontraron.

—No hace falta que me acompañes, chico. Estoy bien.

Chacaltana miró hacia la puerta, pero en vez de despedirse habló con toda la sinceridad de que fue capaz:

—A lo mejor yo sí necesito que me acompañe usted.

Pidieron pisco sours. O más bien, los pidió el padre de Joaquín. Normalmente Chacaltana evitaba el pisco, que le producía ardor de estómago, pero esta vez el sabor agridulce del cóctel le hizo sentir mejor. El padre a veces derramaba un poco de su vaso, pero en general bebía con la seguridad que brinda la experiencia. Chacaltana propuso:

—Si usted me da sus nombres, yo puedo llamar a los amigos de Joaquín para el funeral.

El padre de Joaquín negó con la cabeza:

—No los conozco. Hacía años que Joaquín no llevaba a nadie a mi casa. Ni amigos ni parejas. Tampoco los mencionaba.

Chacaltana se sintió decepcionado de que Joaquín no hubiese hablado de él. Él sí lo había hecho frente a su madre, especialmente cuando ganaba en el ajedrez.

—Pues... yo me llamo Félix.

—Yo soy Gonzalo Calvo.

El señor Calvo pidió una segunda ronda de pisco sours cuando Chacaltana apenas había bebido la tercera parte del suyo. Consumieron esas bebidas en silencio, pero cuando llegó la tercera, Félix no pudo evitar hablar. De repente, sentía unas ganas locas de tener una conversación.

—La última vez que lo vi, Joaquín me dijo: «Todo saldrá bien».

—¿Ah, sí?

—Me tomó del brazo. Se veía un poco nervioso, pero sonrió. Y dijo: «Que te vaya bien, Félix. Todo saldrá bien». No sé por qué lo dijo.

—Era un chico optimista. Mi opinión es que todo irá mal siempre. Y nunca fallo.

Chacaltana sintió la presión de la bebida en sus riñones. Quiso ir al baño, pero al levantarse, el bar entero hizo un giro de ciento ochenta grados. La mesa dio vueltas a su alrededor. Comprendió que lo mejor que podía hacer era quedarse sentado y tratar de hacer hablar al señor Calvo.

—¿No ha llamado a la madre de Joaquín? Debe de estar preocupada.

El hombre se encendió un cigarrillo y se lo llevó a la boca con dificultad. Después de expeler el humo respondió:

—No lo creo. Lleva muerta casi cuarenta años, desde que el niño nació.

Joaquín no le había hablado de Chacaltana a sus padres, pero tampoco a Chacaltana de sus padres. Una vez más, el asistente de archivo se preguntó de qué hablaban. Y qué sabemos de la gente que nos rodea. No sabemos nada, concluyó.

Sus pensamientos, sacudidos por el alcohol, cambiaron de objeto hacia la inalcanzable puerta del baño, y a continuación hacia la cortesía que la situación requería:

—Mi más sentido pésame —proclamó con dificultad. Sentía la lengua pastosa y la cabeza pesada.

El señor Calvo dejó escapar una nueva bocanada de humo y se encogió de hombros, como si las muertes de sus seres queridos fuesen un hecho natural, triste pero inevitable. Contó:

—Joaquín nació en plena guerra civil, en Barcelona. Su madre perdió mucha sangre en el parto. Se debatió durante días entre la vida y la muerte. Podría haberse salvado, pero la ciudad estaba paralizada. Caían bombas del cielo un día sí y otro también. Las comunicaciones estaban cortadas. El hospital apenas tenía medicamentos. No pude hacer nada por ella. Ni siquiera pude acercarme al hospital.

Sólo la última frase se vio traicionada por un quiebre de emoción en su voz. Pero se repuso rápidamente. Sin duda, no pensaba llorar dos veces frente a un desconocido, y menos en un lugar público. Por su parte, Chacaltana tardó el doble de lo normal en procesar sus palabras y horrorizarse de modo convincente.

—¿Por eso se vino usted al Perú?

El señor Calvo no contestó. Se quedó mirando la espuma y la canela en el fondo de su vaso, como si llevasen un mensaje para él. Al final, afirmó:

—Aquí, allá. Antes, ahora. Todo es igual. Una guerra se llevó a mi mujer. Y una guerra se llevó a mi hijo.

Aún con la cabeza atenazada por el alcohol, y con el estómago revuelto, Chacaltana percibió el error en la frase de su interlocutor. Y por supuesto, iba contra su naturaleza dejar pasar cualquier error:

—Joaquín no ha muerto en una guerra —replicó—. No es igual.

—¿Que no? —el señor Calvo tiró un billete sobre la mesa y le dio la espalda, en dirección a la salida—. Lo que mi hijo tiene en la frente es un tiro de gracia. Sé reconocerlos. Ese disparo lo hizo un militar. Y los militares hacen guerras.

Luego abandonó el bar sin despedirse. Chacaltana lo dejó ir, pidió un vaso de agua y esperó aún veinte minutos con la mejor cara que consiguió, antes de levantarse de la mesa.

—Félix, ¿estás bien?

Chacaltana volvió a la realidad. Frente a él se enfriaba un plato de ají de gallina. Y desde el otro lado de la mesa, Cecilia lo miraba con preocupación.

—Estoy perfectamente —balbuceó.

Mentía. Le dolía la cabeza, tenía la boca seca, y además sufría resaca moral. La noche anterior, su madre le había soltado un sermón largo sobre sus horas de regreso. Y aunque él había intentado disimular su estado, su aliento a alcohol era imposible de ocultar. Había dormido mal. La cama le daba vueltas, enloquecida. Y durante la mañana, su concentración en el trabajo había dejado mucho que desear. Había confundido dos veces las etiquetas durante su examen rutinario. Y por poco no había sepultado denuncias importantes en un agujero oscuro del pasillo de hurtos menores, donde nadie las volvería a hallar.

—Es por lo de tu amigo, ¿verdad?

Derrotado, Chacaltana asintió.

—¿Tienes idea de quién podría...? Ya sabes.

Cecilia estaba hermosa, como siempre, pero el cebiche que estaba comiendo parecía material radiactivo. Chacaltana volvió la vista a su ají de gallina, y le encontró aspecto de vómito de gato. Trató de apartar de su mente cualquier pensamiento estomacal, para evitar las consecuencias.

—La universidad localizó a su padre. Anoche hablé con él. Él cree que es trabajo de militares. Dice que es un tiro de gracia, como los que se disparan después de un fusilamiento.

—¿Y a ti qué te parece?

Chacaltana sacudió la cabeza. Hasta eso le dolía.

—Las fuerzas tutelares de la patria no hacen esas cosas, pues.

—Todas ellas no. Pero a lo mejor sí una de ellas. Quizá fue una pelea personal. O un soldado borracho.

Chacaltana guardó silencio. Le molestaba considerar esa posibilidad. Cada vez que se cruzaba con un soldado, se henchía de orgullo patrio. Encima de su cama, junto al crucifijo, tenía una escarapela con los colores de la bandera. Por las tardes, cuando comenzaba la programación de televisión con la emisión del himno nacional, él se quedaba frente al aparato, repitiendo la letra en voz baja. Decidió cambiar de tema:

—¿Has pensado en mi propuesta?

—¿Y tú has pensado en la mía? —se puso pícara Cecilia.

—Este domingo —respondió Chacaltana. Esperaba la pregunta, y la respuesta le salió rápido como un disparo.

—¿Este domingo qué?

—Este domingo vienes a mi casa y...

No sabía cómo decirlo. Ni siquiera sabía qué iban a hacer exactamente. Pero remató:

—... y podemos estar a solas.

—A solas con tu madre —frunció el ceño Cecilia.

—Mi madre no estará.

Ella se había llevado a la boca su jugo de manzana. Pero al escuchar eso, sonrió con los ojos. Para Chacaltana, esos ojos dibujaron un rayo de luz en la tiniebla de su jornada.

Acompañó a Cecilia de vuelta a su despacho y la despidió con un beso cariñoso sin dejar de lado el respeto debido. Siguió su camino al archivo entre ensoñaciones.

Topó con una manifestación. No era muy grande. Ocupaba una cuadra, incluyendo a los periodistas. Cuatro camiones de policía la rodearon rápidamente. Los agentes llevaban cascos y escudos. Marcaron el perímetro, y la atmósfera se tensó entre el Palacio y la catedral. Pero nadie se movió.

—¡Por favor, circulen! —ordenó un policía desde algún camión.

En el centro de la calle, un político con megáfono llamaba al desorden público. Chacaltana lo reconoció. Era el que aparecía con un fusil en los carteles. Sus seguidores no se decidían a desatar el enfrentamiento. Los policías permanecían en sus lugares esperando la orden de atacar. Chacaltana apretó el paso, en previsión de las molestias para el peatón que generan, inevitablemente, las alteraciones del orden público.

Cuando llegó al Palacio, estaba sin resuello. La luz de la escalera se había fundido, así que descendió hacia el sótano en la oscuridad, tanteando la baranda. Agradeció alcanzar su escritorio, y sobre él, esperándolo, encontró la denuncia por irregularidad administrativa migratoria menor contra el tal Nepomuceno Valdivia.

La denuncia llevaba ahí días y él la había olvidado. No le gustaba que los papeles se le acumulasen en el escritorio. Pero para archivarla, necesitaba saber de dónde había salido, y a qué se refería exactamente. Se sentó a preparar un escrito de interpelación. Sólo la voz del director lo sacó de sus pensamientos:

—Felixito, hijito, dichosos los ojos. ¿Dónde te habías metido?

Chacaltana no supo responder. Su almuerzo había durado una hora exacta, tal y como marcaba el reglamento. El director no lo había visto desde el miércoles porque *él* no se había presentado a trabajar.

—Yo...

—No importa, Felixito. Esto de aquí no sale. Hoy por ti, mañana por mí, ¿verdad?

Le guiñó un ojo detrás de sus gruesos lentes. Chacaltana no consiguió articular ninguna respuesta, y su silencio estableció como verdad las palabras del jefe. El director continuó:

—Oye, muy bien lo del miércoles, ¿ah? Los del tercer piso te agradecen tu intervención y te mandan saludos.

Volvió a guiñarle el ojo. Sin duda, esas palabras tenían un sentido que a Chacaltana se le escapaba. Por si acaso, Chacaltana trató de devolver el guiño. Pero no conseguía cerrar sólo un ojo. Apenas logró un pestañeo torpe.

—Por cierto, hijito. Me voy a reunir con ellos para ver el partido contra Irán. ¿Te apuntas o no?

—Ah. Eeeh...

—Les vamos a romper el culo a los iraníes. Puedes estar seguro.

—Claro.

—¿Sabes qué deberían hacer? Dejarse golear. Total, ya están eliminados. Y así nos dan una alegría. Yo voy a apostar que son solidarios y nos dejan ganar tres cero. Por la hermandad peruano-iraní. ¿Quieres apostar?

—No, gracias.

—Bueno, te apunto para venir al partido al menos...

—Me siento gratamente honrado por la invitación. Pero me temo que tengo un compromiso infaltable, señor.

El director no ocultó su contrariedad:

—Papacito, no me huevees. El partido es el domingo. No hay nada que hacer.

—Bueno... Sí... Es que... Hay misa.

—¡Misa! —se rio mucho el director.

Luego le dijo, con tono comprensivo:

—Ya sé que te da igual el fútbol, Félix. Pero cuando ganemos, los del tercer piso van a estar de buen humor. Y van a tener un buen recuerdo de ti, ¿comprendes?

—No.

—De verdad, hijito... A veces me sorprendes.

—Gracias, señor.

El director se acomodó el pelo con impaciencia. Era completamente calvo por arriba, pero se dejaba crecer el pelo de un costado y se lo pasaba hacia el otro lado, como una lengua negra y casposa. Le dio la espalda con aire decepcionado y gruñó:

—Felixito, si quieres ascender, necesitas relacionarte, ¿ah? Nadie te va a dar nada por quedarte sentado en tu rincón. Te aviso.

Chacaltana dijo, como de costumbre:

—Sí, señor.

Y sin embargo, le daba igual. Lo que quería era muy simple: que dejase de dolerle la cabeza, que la misa del domingo fuese larga, y sobre todo, que Joaquín estuviese con él, para jugar ajedrez y conversar. Y nada de eso podían dárselo en el tercer piso. Ni en ningún otro.

Un extremo arriba. El otro a la izquierda.

Joaquín Calvo le había enseñado a hacerse un nudo de corbata Windsor. Fue una mañana, después del ajedrez, en el parque de Miraflores. Le dijo que no podía andar por la vida con ese nudo simple de subalterno, y le explicó los giros y los secretos del Windsor, que él consideraba un nudo con estilo. Ahora, Chacaltana trataba de repetir esos giros con una corbata negra, para encontrarse con su amigo por última vez.

—¿Adónde vas?

—Al entierro de mi amigo, Mamacita. Ya lo sabes.

—¿El que murió en la reyerta?

—No sabemos cómo murió. Sólo que le dispararon.

—Algo habría hecho, Félix. Algo habría hecho.

Su madre sacudió la cabeza, sin duda imaginando ya lo que Joaquín habría hecho. Quizá había bailado con una dama casada. O se había sobrepasado con el alcohol. Esas cosas pasan cuando tientas al destino.

—Era un caballero muy noble, Mamá —lo defendió Félix—. Honrado y trabajador.

—¿No era soltero? Un verdadero caballero de cuarenta años tiene una familia. Lo de él era... rarito.

En el vocabulario de su madre, *raro* era raro, pero *rarito* era un desviado de índole sexual, un pervertido. Y a cierta edad, de no haber contraído el sagrado vínculo del matrimonio, todo varón caía en esa categoría.

Félix terminó de atarse el nudo. Sacó de un cajón un pañuelo negro, lo dobló y lo guardó en el bolsillo de su chaqueta, con las puntas asomando como un crespón. Tampoco había hablado de mujeres con Joaquín. No de una mujer en particular. Joaquín a veces hacía bromas respecto a las mujeres en general, o a algunas de sus partes. Pero no estaba casado, que él supiese.

—¿Por qué no me llevas? —preguntó la madre.

—¿Al entierro?

—Es una misa, ¿no? Me cuenta por la de hoy.

—Bbb... bueno.

Al fin y al cabo, a ella le haría bien tomar el aire. Si llegaba, claro, porque la señora necesitó una hora para arreglarse. Se cambió los zapatos. Se pintó. Se acomodó una mantilla negra sobre la cabeza, y una enorme peineta al estilo español. Agregó un velo y un rosario de cuentas de porcelana, que combinó con un crucifijo de cuentas doradas. Chacaltana notó que las mejores ropas de su madre sólo se lucían en los funerales.

Ese sábado no jugaba Perú, así que la vida salía a la calle. En la animación de las veredas, en las tiendas abiertas, en las radios a todo volumen de los bares y restaurantes se advertía el movimiento de un día normal. Incluso más. Por la tarde se transmitirían tres partidos, el último de ellos un Italia-Argentina. Y el tráfico de mediodía estaba saturado de gente que regresaba a sus casas. El cambio de autobús hacia el Callao se les hizo larguísimo. Chacaltana comprendió con preocupación que llegarían a su destino más de una hora tarde.

En la puerta del cementerio Baquíjano y Carrillo, Chacaltana compró flores. Quería floripondios, porque recordaba que a Joaquín le gustaban, pero su madre insistió en que lo «decente» era llevar una corona tradicional. La discusión los retrasó aún más. Al final, Chacaltana terminó cediendo por la prisa.

Mientras atravesaban los mausoleos de mármol de las familias pudientes, a Chacaltana le pareció reconocer a alguien. Su memoria hizo un flash, pero su madre no paraba de hablar. A él se le fue de la cabeza, y ella se calló cuando alcanzaron la zona de los nichos más pobres, donde los sepulcros se amontonaban unos sobre otros, como en unidades vecinales de barrio obrero. Ése era el barrio pobre de los muertos.

Llegaban tarde. Al parecer, lo único puntual en Lima eran los enterradores, que ya estaban tapiando el nicho. La tumba carecía de más adornos que una foto de Joaquín y una placa con su nombre y años de vida, «(1938-1978)». Frente a la inscripción, Gonzalo Calvo hacía guardia, con lentes oscuras. Solo. Parecía mirarse a los ojos con su hijo.

Chacaltana se sintió culpable:

—Veo que llegamos cuando ya se han ido todos. Lo siento.

El padre del muerto tardó varios segundos en reconocer que tenía compañía. Y cuando al fin lo hizo, fue sólo para musitar:

—No ha venido nadie.

Chacaltana se sintió aún peor. Acentuaron el malestar su pañuelo negro y su corbata, y la peineta y el manto de su madre, todas esas galas que llevaban puestas para que nadie las viese.

—No me extraña nada —dijo ella, y por el tono habitual de su voz era imposible saber si estaba protestando o simplemente comentando—. Los amigos falsos están por todas partes. Sólo en la muerte y el sufrimiento se conoce de verdad a las personas.

Nada se movió en el señor Calvo, pero posiblemente sus ojos rodaron tras los cristales oscuros.

—Es mi madre —la presentó Chacaltana—. Y el señor es Don Gonzalo Calvo, padre de Joaquín.

—Gracias por venir —saludó el deudo.

—Espero que el servicio haya sido de su agrado —deseó Chacaltana, aunque no estaba seguro de que los servicios fúnebres pudiesen ser del agrado de nadie.

—Duró cinco minutos. El cura hasta se equivocó con el nombre de Joaquín.

—Quizá tenía demasiado trabajo —trató de disculparlo Chacaltana. Un vistazo a su alrededor demostraba que no. Al parecer, los días de fútbol la gente ni siquiera se moría. Pero consideraba su deber amortiguar el sufrimiento de ese hombre. Acaso fuese una manera de aligerar el suyo propio.

La madre de Chacaltana se acercó al nicho y se aferró a las cuentas de su rosario. Con los labios apretados, murmuró rápidamente unas oraciones, como una rutina para casos así. El señor Calvo aprovechó el instante y dijo en voz baja:

—Félix, quisiera pedirte un favor.

—Usted dirá, Don Gonzalo. Cuente conmigo para lo que haga falta.

—Tengo la llave del apartamento de Joaquín. Pero no me atrevo a entrar. Es... muy duro para mí. No sé si me entiendes.

Chacaltana asintió mientras el señor Calvo dejaba escapar un suspiro. El viejo continuó:

—Quisiera que le echaras un vistazo. Si hay algo que pueda tener valor familiar, guárdamelo. Y por supuesto, si algo tiene valor personal para ti, quédatelo.

—Me siento muy honrado de ser elegido para esa tarea, señor.

El señor Calvo esbozó una sonrisa triste. Le dio la llave y una tarjeta con la dirección, que ya llevaba escrita, y que no era de la calle Capón, como Joaquín había consignado en el archivo. Al tocarse con la de Chacaltana, la mano del viejo volvió a temblar. Y admitió:

—Honestamente, Félix, no tengo de dónde escoger.

Chacaltana iba a responder, pero su madre había terminado con sus jaculatorias y ahora se acercaba a los dos hombres:

—Nosotros también perdimos al padre de Félix —le explicó al señor Calvo.

—Mamá, no creo que esto le interese a...

—Por favor —interrumpió Calvo—. Me interesa.

—Fue una desgracia. Una tragedia.

Hablaba como si el accidente hubiese ocurrido el día anterior. Y repetía una y otra vez el dolor de su pérdida. A Chacaltana le molestaba el tema. No tenía buenos recuerdos de su padre. Y no quería oír sobre su muerte. En general, prefería evitar oír y pensar en él. Pero su madre era implacable. Y una vez que empezaba su perorata, resultaba imposible detenerla.

Disimuladamente, Chacaltana se alejó de ella. Calvo se veía entretenido, así que él se acercó a la tumba a despedirse en silencio de su amigo. Cuando terminó, la conversación, o más bien el monólogo de su madre, seguía adelante. Aquí y allá, Calvo asentía o la animaba a continuar. Así que Chacaltana caminó un poco más, hasta los mausoleos más lujosos.

Deambuló entre las imágenes de santos y ángeles que decoraban los sepulcros más caros. Algunas tumbas eran tan grandes que parecían residencias. Y hacían ver aún más pequeño el agujero donde habían ido a parar los huesos de su amigo. Mientras sus pensamientos vagaban entre los muertos, otra vez creyó ver una silueta familiar, al fondo, semioculta detrás de una cruz gótica.

Permaneció quieto en su lugar. La silueta tampoco se movió. Comprendió que lo estaba mirando a él, a Chacaltana. Pero no levantó la vista. Quería acercarse más a ella sin alertarla. Continuó su paseo fingiendo atención por los floreros y las velas del camino. Describió un rodeo para acercarse a su silencioso perseguidor. Según sus cálculos, la silueta trataría de alejarse un poco, y se cruzaría con él a la altura de una tétrica escultura de la muerte.

Acertó. La silueta correspondía a un hombre. A dos, en realidad. Habían tratado de escabullirse de él, pero ahora lo tenían enfrente. Para no hacer aspavientos, bajaron las cabezas y se desviaron, en dirección a la salida. Ninguno se detuvo ni habló, al menos mientras lo tenían delante.

El asistente de archivo recordó dónde había visto antes a esos dos hombres: en la universidad, el día que fue a buscar a Joaquín. Eran el estudiante de acné y el de barba. Aquel día se habían reído de él en el salón de clases. Y ahora se alejaban a paso veloz por los pasillos de nichos y tumbas.

Sólo podían encontrarse ahí por una razón. Pero ¿por qué no se habían acercado al nicho? ¿Por qué fingían no conocerlo? Y sobre todo, ¿por qué lo miraban a él y no al cuerpo presente de su antiguo profesor?

Los dos hombres llegaban ya a la puerta del cementerio. A Chacaltana se le ocurrió seguirlos, pero su cuerpo ni siquiera dio un paso adelante.

—Al fin solos.

Aunque Cecilia le regaló una sonrisa dulce desde la puerta, a Félix Chacaltana le sudaban las manos. Una parte de él deseaba ardientemente este momento. Pero otra parte se sentía sobrepasada. Hasta el último minuto, esa parte había querido que su madre enfermase y se quedase en casa, o que la misa se suspendiese para ver el partido de fútbol. Nada de eso había ocurrido, y ahora temía no saber cómo continuar. Al menos, la primera palabra era fácil:

—Hola.

—¿Cómo estuvo el entierro?

—Raro. Todo fue un poco raro.

Chacaltana tenía las manos en los bolsillos y los hombros alzados, un escolar recibiendo una reprimenda.

—¿Estás seguro de que quieres que pase? A lo mejor prefieres estar solo.

Como un matamoscas, esas palabras ahuyentaron todos los miedos del asistente de archivo. Tenía muchas dudas, pero algo seguro: no quería estar solo.

—¿Te ofrezco té?

Cecilia se sentó en el sofá. Mientras iba a la cocina, Chacaltana puso de espaldas el retrato de su padre, para que no los observase desde su altar. Minutos después, volvió con la tetera, tratando de no derramar nada con el tembleque de los nervios. Se demoró en servir, y luego se sentó al lado de ella. No supo qué decir.

—¿Estás bien? —preguntó Cecilia.

—Estoy bien. ¿Quieres más azúcar? ¿O quizá un poco de miel? También tengo leche y...

—Quiero un beso. He venido por mi beso.

Ah, sí. El beso.

Chacaltana trató de recordar los besos de las telenovelas que veía su madre. Se acomodó a un lado, luego al otro. Pero no parecía encontrar la posición correcta. Luego pensó que él nunca podría verse como los galanes de las telenovelas que veía su madre. Se deprimió un poco. Finalmente, ella lo besó.

Durante los primeros segundos, Chacaltana trató de imitar los movimientos bucales de Cecilia. Y funcionó. Al principio, la zona activa se limitaba a los labios, pegados unos contra otros, presionándose mutuamente. Luego Cecilia abrió la boca. Chacaltana continuó besando, y abrió los ojos para estudiar el terreno. Pero ella los tenía cerrados, y él consideró que lo correcto era cerrarlos también. Podía oír la respiración de su chica muy cerca. Y cuando ella le ofreció su cuello, la besó desde el lóbulo de las orejas hasta la barbilla, y se sintió excitado de inmediato.

De repente, ella tenía su lengua dentro de la boca de él. Eso era más difícil de imitar. Más bien, se trataba de mezclarse con ella. Debía de estar haciéndolo bien, porque la respiración de ella se hacía más densa, y su pecho se pegó al de él. Seguían sentados uno al lado del otro, pero más arriba de la cintura sus cuerpos se enredaban, se tocaban y se succionaban. Chacaltana se soltó y empezó a hacer experimentos por su cuenta: acariciarle el rostro, abrazarla fuertemente por la cintura, gozar del tacto de sus pechos, como dos naranjas maduras apretadas contra su torso.

Y entonces ocurrió. Tenía que ocurrir, sin duda. Era el tipo de cosas que estaban escritas en el destino: su madre entró por la puerta.

—¡Félix Chacaltana Saldívar! —gritó.

La pareja se sobresaltó. Impulsivamente, como si pudiesen disimular lo que hacían, recuperaron sus puestos mirando hacia delante. Y ahí encontraron a la señora, lívida en el marco de la puerta.

—Ni siquiera me he alejado trescientos metros y tú ya has traído a una..., a una...

—Mamá, es sólo Cecilia.

—¿«Sólo»? Lo que estás haciendo es mancillar la reputación de esta casa.

—¿Reputación? —dio un respingo Cecilia, casi divertida con la situación—. ¿Qué «reputación» tiene esta casa?

—Jovencita, creo que ha llegado el momento de que te marches.

—Mamacha, Cecilia se irá cuando yo diga.

Su madre reaccionó como si hubiera recibido una bofetada, con una mezcla de furia e incredulidad:

—Ahora me desautorizas enfrente de ella. ¿Qué diablo se te ha metido en el cuerpo?

—Mamá, por favor, creo que exageras...

—¡Ah, ya lo sé! El diablo de la concupiscencia.

—¿La qué? —rio Cecilia, pero tras una mirada de súplica de Chacaltana, guardó silencio. En cambio, la madre tenía mucho que reprochar.

—¡Dios me ha hecho olvidar mi monedero de limosnas de misa, para poder sorprenderos en pecado!

—Bueno, basta. Mamá, creo que Cecilia no merece escuchar estas cosas.

—¡Esa señorita tiene que oír lo que es!

—Será mejor que me vaya, Félix.

—¡Claro que sí! —bramó la señora.

—Te acompaño —anunció él.

Era un desafío a su madre. Mientras él se ponía la bufanda y Cecilia se calaba un abrigo, la señora los cubrió de improperios e insultos. Amenazó a Félix con no dejarlo volver a casa. Y a Cecilia con algunas variantes de la condenación eterna. Ninguno de los dos contestó. Pero Chacaltana sintió que él sí debía hablar, que no callaba por dignidad, sino por una especie de miedo.

Tampoco hablaron mientras iban en el microbús. Félix estaba rojo de rabia y vergüenza. Y aunque Cecilia contenía sus emociones, en su mirada creyó leer un reproche. Incluso una palabra: *cobarde*.

En la puerta de su casa se despidieron con un beso que ni siquiera llegó a rozar sus mejillas. Él prometió llamarla en los próximos días.

Después de verla desaparecer hacia el interior, Chacaltana se preguntó qué hacer. No tenía ganas de volver a su casa. Tarde o temprano no quedaría más remedio, pero mejor tarde. Dio una vuelta a la manzana, y luego otra. Resignado, sin saber qué hacer, regresó a la parada del microbús. Llevaba el mismo pantalón del día anterior. Y al meter las manos en los bolsillos, halló sin querer algo que había olvidado ahí.

Después de todo, sí tenía adónde ir.

En ese preciso instante, un lugar en el mundo lo estaba esperando.

El verdadero domicilio de Joaquín Calvo quedaba en el jirón Lampa, en lo alto de un edificio descascarado y sin ascensor, entre los vendedores ambulantes de tónicos para la erección y juguetes sexuales. Joaquín había vivido a unos pasos de la Lima cuadrada pero fuera de ella, como listo para escapar.

Al llegar a la puerta, Chacaltana permaneció de pie. Necesitaba recuperar el aire después de subir cinco pisos por las escaleras. Pero también quería darle cierta solemnidad al momento. No entraba ahí sólo para ayudar a Don Gonzalo. Chacaltana necesitaba saber quién había sido su amigo. Y ése era el único lugar donde había una esperanza de respuesta.

Abrió la puerta lentamente, como si temiese despertar a alguien, y se quedó en el umbral para hacerse una idea general del apartamento. Su primera imagen fue un revoltijo de cosas rotas. Los dos sillones y la mesa de la sala yacían volcados en el suelo, con sus interiores rasgados y abiertos en canal. El sofá seguía en su sitio, pero alguien lo había rajado con una navaja, y el relleno de los cojines se escapaba por el agujero. Un par de armarios y un estante habían caído de los muros, y con ellos, una nutrida colección de libros, ceniceros y adornos que se repartían por todos los rincones de la habitación. Muchos de los libros habían quedado abiertos, deshojados y hasta deslomados. A ambos lados de esa sala asomaban una cocina y un dormitorio en idéntico estado de destrucción.

Tal desorden era impensable en un hombre puntilloso como Joaquín. Pero una vez más, Chacaltana se preguntó si sabía realmente cómo era Joaquín. Si el apacible jugador de ajedrez se correspondía con un Joaquín real o era sólo el hábil disfraz de un..., de un..., ¿de un qué?

Chacaltana se internó en ese bosque de papel y madera. Aparentemente, en la casa no había nada orgánico, ni macetas, ni animales, ni comida al aire libre. Nada vivía ahí. Eso mejoraba el olor.

El único dormitorio estaba patas arriba. El colchón despanzurrado se abandonaba sobre el suelo. Las sábanas rasgadas cubrían una lámpara. Ahí también había papeles. Y tampoco había fotos. En ese cementerio de documentos, ninguno retrataba a su amigo, o a algún ser querido, ni siquiera a un perro. No se atrevió a pasar a la cocina, por temor a las posibles esquirlas de platos y vasos rotos.

Las cortinas y ventanas llevaban cerradas muchos días, y se respiraba una atmósfera densa y húmeda. Chacaltana se sentía intranquilo. Estaba merodeando en un territorio peligroso. Quería rendir homenaje a su amigo, pero el aspecto de la situación lo sumía cada vez más en la incertidumbre.

Abrió las ventanas mientras decidía. Para darse compañía, encendió la televisión de la sala. Del aparato le llegó una voz profesional que le era conocida:

—Va Muñante con el número 7 para sacar el primer tiro de esquina del partido, favorable a Perú. Llevamos apenas dos minutos jugando, pero el equipo de Irán ya está contra las cuerdas.

En la pantalla aparecieron asistentes al estadio con chilabas y túnicas persas. Chacaltana se sintió tan extraño como ellos.

—Atención al tiro... Cabezazo de Velásquez y gol... ¡Goooooooooooooool de Velásquez! ¡Nada más empezar el partido se deja sentir la garra de Perú!

Llegó una vibración, una celebración unánime proveniente del exterior. Chacaltana pensó en el director del archivo. Al menos él estaría contento, con sus amigos del tercer piso, gritando gol. Aspiró un soplo de aire fresco, tanto como podía estar en el jirón Lampa. Deambuló de un lado a otro, tratando de reconstruir mentalmente la vida de su amigo entre ese cementerio de objetos destripados.

Le llamó la atención un bulto de color chillón amontonado en una esquina. Al acercarse, comprendió que eran banderas. Banderas rojas. Algunas llevaban estampadas la hoz y el martillo en color amarillo. Otras sólo tenían siglas: PSR, PCP, MIR, FOCEP. Al fijarse en los papeles regados por el suelo volvió a encontrar las siglas. Y las hoces con los martillos. Y otras palabras que reconocía de algún otro lugar: «Yanquis imperialistas», «Maquinaria represiva del régimen», «Movimiento de liberación popular».

Había leído esas palabras en volantes que manos anónimas repartían por el centro de Lima. Las había escuchado en manifestaciones políticas de la universidad, actividades casi clandestinas que se suspendían cuando aparecía un profesor. Las había oído en boca de sus compañeros, siempre pronunciadas con rabia, con ímpetu, como si las mismas palabras fuesen armas de fuego. No sabía bien a qué se referían. Nunca había frecuentado a la gente que las empleaba. Pero tenía claro que esas palabras atraían problemas.

Al pasar junto al baño, sintió un siseo. Un suspiro. O quizá un resbalón. Se petrificó. Conteniendo la respiración, se acercó a la puerta. El lavabo no había escapado al caos del apartamento, pero tenía poco que remover. Frascos de medicinas en el botiquín, regados sobre el bidé. Toallas por el suelo. Sin embargo, al fondo lo esperaba un hallazgo alarmante: la cortina de plástico esmerilado, donde se proyectaba, tenue, una silueta oscura del tamaño de un hombre.

—Irán intenta reponerse —continuó el narrador del televisor—. Ahora atacan por el centro, pero la defensa peruana está plantada como una columna griega. Confusión en el área. Hassan Rowshan la busca. Cuidado que no se puede dejar solo a este hombre. Dispara a la portería y... ¡Quiroga! El portero peruano destruye las ilusiones de los iraníes con una parada soberbia, superior, tajante...

Detrás de la cortina, el bulto se expandía y contraía ligeramente. Era la respiración de un torso vestido con camisa y chaqueta. Chacaltana trató de decidir qué hacer. Una parte de él quería darse vuelta y salir, como si nada hubiera pasado. Reportaría a Gonzalo Calvo el estado del apartamento y procuraría no volver. No mencionaría el bulto. Por otra parte, se hallaba ante un caso flagrante de allanamiento de morada, una violación del orden legal. Era su deber reportarlo. Ya no se trataba de Joaquín. Se trataba de las reglas elementales de la convivencia en sociedad.

Buscó algún objeto contundente. El corazón le quería explotar en el pecho. Encontró la pata de una silla rota. La levantó en el aire, aunque no tenía claro cómo usarla. Trató de investirse de autoridad, de decir algo imponente, como la orden de un policía:

—Si... hay alguien ahí... Le ruego apersonarse en la sala... Tenga la amabilidad.

Nada más empezar a hablar, se le coló en la voz un chillidito. Y de todas formas, su elección de palabras no había sonado muy imponente. Trató de mejorarla:

—Alto en nombre d... Soy empleado de la... ¡Es una orden de la Fiscalía de la Nación!

Eso había estado bien. Aunque la legalidad de su frase era dudosa. ¿Podía asumir él la representación de la Fiscalía de la Nación? Ya lo averiguaría más tarde.

La sombra se movió. Lentamente, apartó la cortina que la escondía. Luego dio un par de pasos adelante, con las manos en alto. Chacaltana mantuvo la mano apretada a la pata de la silla. Como si pudiese estar cargada, el otro alzó las manos un poco más. Cuando cruzó el umbral del baño, Chacaltana lo reconoció. Era el mismo rostro picado de acné que había visto en la universidad, el día que fue a buscar a Joaquín. Y esa chaqueta era la misma que llevaba en el cementerio, el día anterior, tras el entierro de Joaquín. Y lo que había en sus ojos no era amenaza, ni peligro. Sólo era miedo.

—Teófilo Cubillas —habló el televisor—, el Nene, encara a la defensa. Quiere torear. Quiere torear. Se escapa por un costado y... ¡Falta! Empujón contra Cubillas en el límite del área y el árbitro decreta que fue dentro. ¡Penal, señores! Protestan los iraníes, pero la sentencia es firme: la pena máxima. El mismo Cubillas va a dar la patada desde los doce pasos. El Nene se dispone. Espera el silbatazo, patea y... ¡Gol! ¡Goooooooooooooooooooooooooooooooooooooooooooooooooooooooooooooooooooool del Nene! ¡El Nene vuelve a brillar y Perú ya tiene dos goles de ventaja! ¡Son dos!

El joven salió por fin a la sala. Temblaba. Una vez más, Chacaltana se sintió mucho mayor que él. Por lo demás, estaba igual de asustado. Aun así, trataría de mantener la dignidad de su cargo, fuese cual fuese ese cargo exactamente.

—Debo informarle, joven, de que ha incurrido usted en numerosas violaciones contra la propiedad privada con presuntas responsabilidades a determinar debidamente por la fiscalía correspondiente, las cuales...

—Por favor, no me mate...

Las palabras habían salido de su boca como un escape de gas, silencioso y veloz. Pero estaban claras. Al oírlas, Chacaltana dedujo que tenía el control de la situación. Pero comprendió que no sabía cuál era la situación:

—Me parece que esto es un malentendido, joven. Yo sólo necesito que me acompañe a la sede del Poder Judicial, donde...

—No, por favor...

—Se trata sólo de recabar sus generales de ley para el correspondiente proceso de verificación...

—¿Mis «generales de ley»? —el joven aún tenía las manos en alto. Su rostro mostraba la palidez del pavor—. ¿Para eso ha estado siguiéndome?

—¿Cómo dice?

—Escuche, no quiero saber nada. Déjeme ir. No me mate. Desapareceré. No volverá a verme. Lo juro. Lo siento.

Una lágrima brotó entre sus ojos y corrió por sus ronchas, hasta caer sobre su labio. Chacaltana, ahora sí convencido de su sinceridad, bajó la pata de la silla.

—Se confunde usted, joven...

—No diré nada de lo que están haciendo.

—¿Lo que están haciendo quiénes? ¿No dirá nada de qué? Creo que usted no entiende...

—Ok. Ok.

Chacaltana notó que el joven sólo trataba de ganar tiempo. Iba diciendo lo que creía que le concedía más minutos. Afuera, en el país, un nuevo grito de euforia los distrajo:

—¡Goooooooooooooooooooooooooooooooooooooooool! ¡Otro penal! ¡El mismo Cubillas! Y la victoria se va convirtiendo en una goleada implacable. El mejor Perú de la historia corre inalcanzable rumbo a los cuartos de final.

Chacaltana se aclaró la garganta. No quería que el fútbol rompiese la gravedad de la situación. Constató que el joven ni siquiera había mirado la pantalla. Seguía asustado, con los ojos enrojecidos y las manos crispadas.

—Joven, tenga la bondad de acompañarme —decretó Chacaltana.

Antes de que se diese cuenta, el joven ya no estaba en la puerta del baño. De un salto se colocó a su lado y lo empujó. Chacaltana había bajado por completo la guardia con la pata de la silla, y ahora sintió que el otro lo tomaba por la muñeca y le daba un codazo en el pecho. Trató de mantener el equilibrio, pero cayó aparatosamente contra los libros del suelo y se golpeó la cabeza con una pata de la mesa.

—¡Joven, no puede irse así! —gritó—. ¡Sólo complica su situación!

En esa habitación ya no había nadie. Tan sólo la voz del locutor del partido, que se desgañitaba esparciendo la buena nueva mientras los peruanos se abrazaban en la cancha, en sus casas y en sus corazones:

—¡Goooooooooooooooooooooooooooooool! ¡Teófilo Cubillas remata una pared con toque perfecto, mágico! Cubillas se pone a la cabeza de los goleadores del Mundial, Perú a la cabeza de su grupo eliminatorio, y todos nuestros compatriotas celebran el fútbol poderoso, magnífico, de este equipo...

Chacaltana estaba tan nervioso que casi se pone a tocar la puerta a golpes. Trató de calmarse y encontró el timbre. Aun así, se prendió del botón excesivamente. Y por si acaso, también llamó a la puerta a golpes. Sólo se calmó cuando oyó pasos del otro lado. Y una voz familiar que mascullaba mientras abría:

—¿Qué pasa, conchatumad...?

—Buenas noches, señor director. Perdone la molestia.

Recién salido de la cama, el director no se había peinado. El pelo le colgaba de un solo lado de la cabeza, como una lengua de vaca. Se calzó los lentes y tardó unos segundos en entender a quién tenía delante. Nunca le había dicho su dirección a Félix Chacaltana, pero el domicilio de Jesús María figuraba en su contrato, y el encargado de archivar los contratos era el mismo Chacaltana, que sudaba y jadeaba en su puerta.

—Felixito, hijito, ¿qué chucha haces aquí?

—Vengo de ser testigo presencial de numerosas faltas, señor director, a saber, allanamiento de morada, destrucción y presunto hurto de propiedad privada, agresión con el agravante de resistencia a la autoridad y fuga.

Chacaltana recitó todo esto de memoria. Llevaba horas queriendo que saliese de su boca y de sus entrañas. Esperaba una reacción indignada de su jefe, pero el director del archivo aún tenía la mirada perdida. O quizá era culpa de la presbicia.

—Felixito, ¿no puedes esperar hasta mañana, hijo?

—Los hechos han ocurrido esta misma tarde, señor. Considero nuestro deber, dado que soy un testigo en primera persona, abrir la Fiscalía y sentar la denuncia pertinente.

Hacía frío esa noche, y la humedad le daba al aire la densidad del agua. En el marco de la puerta, el director del archivo se apretó la bata y carraspeó. Por fin, cuando comprendió que no se libraría de Chacaltana fácilmente, se resignó:

—Pasa, pues, pasa. Veo que me lo vas a contar de todas maneras.

Desde el segundo piso de la casa bajó una voz femenina y lastimera.

—Arturo, ¿qué estás haciendo?

—Nada, gordita —respondió el director, con una voz de afecto inédita en él—. Una emergencia de trabajo. Duérmete nomás, ya subo.

En el interior los recibieron los restos de una reunión, convocada sin duda para ver el partido. Botellas vacías, vasos a medias, sobras de papitas a la huancaína y de maíz tostado se repartían por toda la sala, alrededor del televisor Panasonic. El director sacudió un poco un sillón e invitó a Chacaltana a sentarse en él. No encendió más luces que la del recibidor. No le ofreció ni siquiera un vaso de agua. Se limitó a sentarse en otro sillón y respiró hondo, armándose de paciencia. Se frotó los ojos con los puños y finalmente dijo:

—A ver, pues. Tú dirás.

Chacaltana se atropelló al hablar:

—A solicitud de los deudos del occiso Joaquín Calvo, he procedido a una inspección ocular de su respectivo apartamento, diligencia durante la cual...

—Espera, espera. Vamos por partes. Calvo es el muerto del otro día, ¿verdad?

El muerto. Chacaltana habría querido decir que no. O al menos, llamarlo de otro modo. El profesor. El investigador. Su amigo.

—Efectivamente, señor. En circunstancias en que transcurría la citada actividad, el que habla se vio compelido a...

—Espera, Felixito. ¿Qué chucha hacías tú en casa del muerto? ¿Crees acaso que estás llevando tú la investigación?

—Negativo, señor. Me lo pidió el padre del... fallecido. El señor no podía entrar al lugar por sí mismo. Era demasiado doloroso para él.

Tras los lentes del director asomó una emoción inesperada: reprobación.

—No me gusta lo que me dices, Felixito. Esa investigación la lleva la Policía. En todo caso, coordinan con los del tercer piso. Tú eres un asistente de archivo. Interferir con ellos es una falta grave.

—Y nada más lejos de mi intención, señor. Yo sólo fui para ver qué recuerdos podían servirle al señor padre del profesor Calvo.

El director aún lo miraba suspicaz. Tras largos segundos, respondió:

—Ya. ¿Y entonces?

—Lo encontré todo destrozado, señor. Alguien había revuelto la casa en busca de algo, y había derribado los muebles y roto los libros...

—Algún ladrón, pues, hijito. Se enteró de que el muerto estaba muerto y se metió a robar.

—Lo raro es que no se llevaron nada, señor. Rompieron, desgarraron, arañaron, pero no parece que robaran. El televisor estaba en su sitio. Había un cenicero de plata...

—No siempre se llevan cosas. A veces se llevan papeles. Documentos, certificados...

—El profesor Calvo ni siquiera tenía esas cosas. Vivía con mucha sencillez. Tan sólo había documentos políticos.

—¿Políticos?

—Parece que el profesor formaba parte de algún partido. También tenía instrumentos de propaganda. Banderas rojas y esas cosas.

—Espera, espera. ¿Banderas rojas?

—Muy bonitas, como de seda, que...

—Huy, chucha... —lo interrumpió el director, ahora con la cara más desencajada que de costumbre. Se levantó y se acercó a la mesa del televisor. Seleccionó de entre los vasos uno en que sobrevivía medio ron con Coca-Cola. Pero lo extrajo tan rápido que otro de los vasos se movió y cayó al suelo. Desde arriba, la voz de mujer volvió a llamar:

—Arturo, ¿qué haces?

—Ya voy, gordis, no ha pasado nada. Luego subo.

Dejó los pedazos de vidrio en el suelo y volvió a su sitio. No sacó vasos ni le ofreció a Chacaltana nada de beber. Sólo vació su vaso, y regresó a la mesa a buscar otro.

—Banderas rojas, dices. Y todo el lugar revuelto.

Chacaltana asintió con la cabeza. El director encontró otro vaso a medias y continuó:

—El muerto militaba en algún partido, probablemente subversivo.

Imaginando lo que el director sospechaba, Chacaltana repasó mentalmente el código penal, que sabía de memoria. Finalmente, concluyó:

—La política no es delito, señor. Ya no. Tenemos elecciones en una semana.

—Elecciones, ¡ja!

El director soltó algo como una risa, pero no sonó divertida. Sonó seca, como un golpe.

—Hijito, yo que tú no pondría una denuncia. Ni abriría una investigación. Yo me quedaría calladito, como un pececito, y miraría para otro lado. Esto tiene toda la pinta de ser un operativo de Seguridad del Estado.

—En ese caso, debemos contactar con los efectivos de Seguridad del Estado para transmitir la información de que...

—¿Contactar? Tú estás loco.

El director bebió el vaso de un trago. Ahora la sábana de pelo le ocultaba el rostro como el telón rígido de un teatro. Dijo:

—No tenemos que denunciarles lo que pasa, papacito. Seguro que son ellos los que han revuelto el apartamento. El muerto debe de haber estado relacionado con alguna conspiración, y ellos han echado un vistazo a sus cosas. Eso es todo. La Fiscalía no tiene nada que hacer hasta que no venga una denuncia formal.

Chacaltana negaba con la cabeza, enfático:

—Yo sé quién revolvió la casa, señor director. Lo encontré ahí mismo. Pero se dio a la fuga.

—Bien hecho. Debiste hacer tú lo mismo.

—Pero, señor...

—¿Te vio alguien?

—Aparte del prófugo, no.

—Mejor.

—Sé cómo localizarlo. Sé quién es.

—Pero yo no quiero saberlo, hijito.

—... Señor...

—Todo está muy revuelto. Tú lo has dicho: las elecciones son en una semana. La Policía y el Ejército van por ahí buscando terroristas. Hacen registros. Meten gente presa. Es jodido pero es una necesidad de seguridad. Hay que defender el Estado. Y tú trabajas para el Estado. Así que no levantes la alfombra. La mierda que haya debajo puede ser nuestra.

Chacaltana supuso que, con esa palabra altisonante, su jefe se refería a los delitos de allanamiento de morada y similares. También había un homicidio en la lista. Pero, evidentemente, el director no se refería a eso. Era imposible que hablase de eso. Era tan imposible que Chacaltana ni siquiera lo preguntó. Tenía miedo de la respuesta que pudiese llegarle. Sólo quiso saber, para no equivocarse:

—Entonces, señor, ¿cuáles son sus órdenes?

La voz de arriba volvió a llegarles, somnolienta y quejumbrosa:

—Arturooo...

—¡Cállate, carajo! —gritó nervioso el director—. Ya subo.

Y luego, mirando a Chacaltana, respondió:

—No tengo órdenes para ti, Felixito. No tengo órdenes porque tú no estás aquí. Y esta conversación nunca ocurrió. Lo que hagas ahora es asunto tuyo. A mí no me metas.

—Comprendo, señor.

Chacaltana se levantó sin despedirse y se dirigió hacia la puerta. A sus espaldas escuchó a su jefe dando otro trago de ron. Con el buche todavía en la boca, el director le recomendó:

—Y Felixito, si sabes lo que te conviene, mejor quítate del medio. Te vas a meter en un lío por las puras huevas.

—Gracias, señor —cerró la puerta Chacaltana.

Sentado ahí, en el mismo bar Cordano de siempre, donde Chacaltana solía encontrarse con Joaquín, Don Gonzalo se parecía más que nunca a su hijo, como una copia ajada y arrugada del original. La nariz igual de bulbosa pero surcada de venitas. Las manos fuertes, aunque más arrugadas y manchadas, y afectadas por su temblor habitual. Los ojos del mismo color negro, pero cubiertos por gruesos lentes. Eso sí, su vista debía de estar bien, porque nada más sentarse, comentó:

—Tienes mala cara, Félix.

La noche anterior, Chacaltana había regresado a casa demasiado tarde. Y esta mañana se había marchado muy temprano. Entre un momento y otro había sufrido un sueño difícil, interrumpido y sembrado de pesadillas. Y había tomado una decisión complicada, que a él mismo le resultaba incómoda y que contradecía todo lo que pensaba. Pero no quería abundar en el tema.

—En cambio, usted se ve muy bien, Don Gonzalo.

—¿Cómo está tu madre?

Chacaltana no lo sabía. Había intentado evitarla. Y ella también a él.

—Muy bien, felizmente.

—Una señora muy distinguida.

El asistente de archivo llevaba un tiempo sin oír ni pensar nada bueno sobre su madre. Aun así, tenía que responder algo, aunque fuese con un hilo de voz.

—Gracias.

—Y muy elegante.

—Claro.

—Mándale saludos.

—De su parte.

¿Estaba alargando el tema Don Gonzalo? ¿Tenía ganas de seguir hablando de su madre? A Félix Chacaltana le pareció improbable. Quizá era sólo un intento por hacer conversación. Trató de volver a la razón de su encuentro:

—Don Gonzalo, gracias por responder a mi llamada tan rápido. Yo... sólo lo cité porque quería devolverle una cosa.

Antes de que Don Gonzalo preguntase, sacó la llave de su bolsillo y la depositó en su mano. El viejo le dio vuelta un par de veces, sin quitarle ojo de encima, como si no la reconociera.

—¿Fuiste ya a la casa? ¿Tan rápido?

Félix Chacaltana era bueno para rendir informes, clasificar documentos o verificar datos. Pero mentir no era lo suyo.

—Me temo que... no puedo ir a la casa de Joaquín. Es... completamente imposible de toda imposibilidad.

—Comprendo.

La falta de reacción del viejo puso a Chacaltana más nervioso:

—Bueno, es que... Sobre todo por... Eeeh... No tengo tiempo.

—No tienes tiempo.

La llave brilló en la mano de Don Gonzalo. Su mirada era triste pero firme. Se clavaba, interrogante, en Chacaltana, que trataba de evadirla. El asistente de archivo intentó explicarse:

—No encuentro el momento de visitar la casa de Joaquín. Trabajo todo el día, visito a mi novia por la tarde y cuido de mi madre por la noche...

No sabía qué más decir. No quería contar su visita al apartamento, ni su conversación posterior con el director del archivo. La verdad podía meterlo en un lío. Incluso metería en un lío a Don Gonzalo.

El viejo jugueteó con la llave en la mano. Cabeceó tristemente.

—Te da miedo, ¿verdad?

—Yo... n... es... el...

—Conozco el miedo, ¿sabes? Lo conozco bien. Yo era miliciano. Hice la guerra española en el frente de Aragón. Al principio, no ocurría nada. Nos pasábamos el día cavando trincheras y haciendo patrulla. Sólo se movían las nubes, que bajaban hasta el suelo seco y pelado, con los nevados montando guardia al fondo. Nuestra principal ocupación era cubrirnos del frío y fanfarronear. Oh, sí. Alardeábamos sin parar. Todos íbamos a ser héroes. Todos íbamos a derrotar a los fascistas, a hacer historia. Bueno, yo no. Yo ni siquiera podía empuñar un arma. Yo no era más que un mensajero, un limpiador de cuadras, un chico para todo.

Alzó sus manos, que volvieron a temblar. Tenía el rostro triste. Chacaltana comprendió que no era la edad. Don Gonzalo siempre había padecido esa especie de párkinson. Había nacido demasiado débil para el tiempo que le había tocado vivir.

—Tenía un camarada especialmente bocazas —añadió el viejo—. Se apellidaba Miralles. Era mi amigo, pero también era un gilipollas. No paraba de exigir que entrásemos en combate. Decía que se aburría ahí parado, sin despellejar enemigos. Juraba que no podía esperar. Y no tuvo que hacerlo. Un día nos desplazaron a Huesca. El que quería guerra, ahí la tuvo. Los obuses estallaban a nuestro costado. Si no nos mataban, nos dejaban sordos. Y si no eran los obuses, eran los aviones. Y si no eran los aviones, eran los combates cuerpo a cuerpo. Después de los enfrentamientos, el campo no quedaba sembrado de cadáveres, sino de miembros: piernas, orejas, manos regadas por el suelo, como restos de comida tras un banquete. Mi trabajo era ir de aquí para allá reconociendo los cadáveres y ayudando a recogerlos. Mi amigo Miralles no estaba por ninguna parte. Yo pensaba que estaría muerto. Pero pasé todo el día viendo cuerpos, y ninguno era el suyo. ¿Sabes dónde lo encontré?

El asistente de archivo no tenía idea, pero comprendió que era una pregunta retórica. Se encogió de hombros para que el viejo terminase su historia. Éste dijo:

—Habíamos cavado una fosa, ya sabes, para defecar. Un agujero lo suficientemente grande para albergar la mierda de toda la milicia. Y lo habíamos llenado rápido. Apestaba a diez o veinte metros. Al terminar el día fui a hacer de vientre. Y escuché los lamentos de mi amigo. Nada más comenzar las explosiones, Miralles el valiente, el despellejador de fascistas, se había arrojado a la fosa. Y ahí seguía, cubierto de mierda y de lágrimas. Luego resultó un hombre valiente, ese Miralles. Pero hasta los más valientes tienen miedo en una guerra. No te avergüences.

Chacaltana trató de asociar esas palabras consigo mismo. Supuso que, definitivamente, él jamás, bajo ninguna circunstancia, se hundiría en una fosa que afectase de tal modo su higiene personal. Pero de todos modos, no era muy probable que lo necesitase:

—Con todo respeto, Don Gonzalo, esta situación no tiene nada que ver con la nuestra. Nosotros no estamos en esa guerra. De hecho, ni siquiera estamos en guerra.

—En eso te equivocas, hijo. Es la misma guerra. Los uniformes han cambiado un poco. Los acentos de los combatientes suenan distinto. El resto es igual.

El viejo se levantó y dejó unas monedas junto a su café. Algo de sarcasmo tiñó su voz al despedirse:

—Fue un gusto conocerte, Félix. Que tengas una buena vida.

Apoyándose ligeramente en las sillas, Don Gonzalo se dirigió a la salida. En apenas una semana, Chacaltana había llegado a apreciar a ese hombre. Y ahora tenía que abandonarlo a su suerte. Se repitió que estaba sometido a razones de fuerza mayor. No era su culpa. El mundo no era su culpa. Además, a Don Gonzalo no podía pasarle nada, ¿verdad?

Chacaltana imaginó al viejo entrando en el edificio del jirón Lampa, subiendo esforzadamente las escaleras, parando a recuperar el aire en cada piso, descubriendo el caos del apartamento. Nada de eso podía hacerle daño, más allá de un susto. ¿O sí? Quizá descubriría cosas sobre Joaquín que él siempre le ocultó, como se las ocultaba a todos. Quizá encontraría al hijo que no conocía. O peor aún, a lo mejor alguien lo esperaría en el interior de la casa, detrás de la cortina de la ducha, listo para saltar. A lo mejor era de Seguridad del Estado. A lo mejor no.

—¡Don Gonzalo!

El viejo se detuvo en la puerta, frente a la estación de Desamparados. No se dio la vuelta. Sólo esperó.

—No vaya usted solo al apartamento.

Don Gonzalo miró a un lado y otro, como buscando a alguien. Luego afirmó:

—Me temo que no quedan más voluntarios.

Félix Chacaltana quiso pensar en otra cosa. Apartar de su mente la culpa por el viejo. Éste ni siquiera estaba advertido de los riesgos. Y Chacaltana no podía contárselos. Quizá la próxima vez, el hombre escondido ahí sí llevase un arma. Padre e hijo terminarían en la misma morgue, alcanzados por balas del mismo calibre. Chacaltana tendría que cargar con eso en su conciencia.

—¿Y si no va nadie? —preguntó Chacaltana.

Don Gonzalo dejó escapar un gorjeo. Quizá una risa, quizá una tos.

—Mi hijo ha muerto, Félix. Alguien tiene que ir, aunque nadie quiera.

El viejo se dispuso a continuar su camino. Pero se movía con lentitud. Y las palabras se amontonaban en el pecho de Félix Chacaltana, pugnando por salir, empujadas por una mezcla de miedo y culpa. Al fin, antes de que el viejo abandonase definitivamente el Cordano, Chacaltana soltó todo lo que no quería decir:

—No puedo permitirlo. Sería indecente por mi parte dejarlo solo a usted en este momento. Deme esa llave.

En vez de volver al trabajo, Chacaltana se dirigió al local del diario *El Comercio* y se colocó en una de las colas para contratar anuncios clasificados. Tres turnos después, llegó frente a Cecilia. Ella no sonrió al verle.

—¿Puedo ayudarle?

—Quiero poner un aviso.

—¿Cuántas palabras?

—Sólo tres: «Acompáñame a almorzar».

Ella se mantuvo impasible.

—¿Eso es todo?

—Añada dos: «Te quiero».

De modo sutil y casi involuntario, los labios de Cecilia se curvaron en una sonrisa. Y unos minutos después, almorzaban juntos en un pequeño restaurante de la calle Nicolás de Piérola. Él pidió arroz con pollo. Ella, causa.

—¿Sabes por qué se llama «causa»? —dijo él cuando a ella le trajeron su plato.

—¿Por qué?

—En la guerra de Independencia no había comida. Sólo había papas. Los cocineros del ejército libertador hacían un puré de papa relleno de cualquier cosa. Sabía muy mal. Y les rogaban a los soldados que se comiesen esa cosa. Por la causa patriótica.

—¿De verdad?

Chacaltana asintió, haciéndose el interesante. Trabajar en el archivo, en cualquier archivo, tenía una ventaja: acceso a toneladas de información inútil, de datos que la gente tira porque no sabe qué hacer con ellos.

—Ahora está muy rica —rio ella, mientras cortaba su causa con el tenedor. Bajo la pasta amarilla de la papa emergieron la palta, el atún y la mayonesa.

A continuación, se hizo el silencio. Chacaltana comprendió que le correspondía a él romperlo. No estaban ahí para hablar de cocina.

—Cecilia, yo... Quiero disculparme por mi madre.

Ella lo cortó secamente:

—Tú no te tienes que disculpar por ella. Tiene que disculparse ella.

Cecilia seguía comiendo, pero había bajado la mirada. Para ella tampoco era fácil tratar este tema. Chacaltana bajó los ojos a su vez, y se encontró con su arroz con pollo. Supo de inmediato que no se lo iba a comer. Intentó explicarse:

—Cuando Papá murió, Mamá y yo nos vinimos a Lima. Teníamos que huir de nuestros recuerdos. Aquí, Mamá tuvo que trabajar muy duro para sacarme adelante. Una mujer sola, con un hijo. Pudo haberse casado. Tenía pretendientes. Pero se sacrificó para cuidarme lo mejor posible, para llevarme a la universidad...

—No sé qué tiene que ver eso con...

Con un gesto de la mano, de todo su cuerpo, Chacaltana le pidió paciencia.

—Siempre he querido retribuir todo lo que ella hizo por mí. Conforme fui creciendo, traté de ser el hombre de la casa. Supongo que por eso ella tiene celos de mí, como se tienen de un marido.

Ahora, Cecilia tampoco estaba comiendo. Tan sólo removía los colores claros de su plato, como si fuera una taza de té.

—Tu padre debió de ser un hombre muy bueno.

Chacaltana trató de recordar a su padre. A su memoria sólo acudieron golpes, gritos y carajos. Por eso nunca intentaba recordarlo.

—Sí, lo era —mintió. Ésta era la única mentira que le salía con facilidad.

—¿Qué vamos a hacer? —preguntó Cecilia—. No puedo ayudarte con esto. Es algo que tú debes resolver con tu Mamá. Y mientras no lo hagas, no sé cómo tener una relación contigo. A tu casa no voy a ir. Y tu madre no te deja salir.

—Hablaré con ella.

—Eso dices siempre.

El asistente de archivo nunca había oído a Cecilia tan cortante y agresiva. Tenía que recuperar su respeto. Recordó la llave en su bolsillo, y su propia historia del día anterior. Había sido valiente por no salir corriendo, por tratar de arrestar al joven con acné. Pero una vez más, no podía hablar de ello. Casi no podía hablar de nada, en realidad. Lo único que podía hacer era cambiar de tema.

—Mira —dijo sacándola, como si fuese un juguete para distraer a un niño—. Es de la casa de Joaquín.

—¿Has sabido algo nuevo de eso?

—No. Yo no llevo esta investigación —en rigor, debía haber añadido «ni ninguna otra», pero prefirió dejar la frase como estaba.

—¿Y por qué la tienes?

—Don Gonzalo, el padre de Joaquín, me ha pedido que vaya a su apartamento. Dice que si encuentro algún recuerdo que me guste, puedo quedármelo.

Cecilia se quedó mirando la llave, hipnotizada. Se fijó en ella con tanta atención que Chacaltana volvió a mirarla. A lo mejor era antigua, o estaba hecha de oro. Pero a simple vista parecía normal, con los dientes irregulares y el extremo redondo, como casi todas.

—Cecilia, ¿qué te pasa?

—Tienes la llave de un apartamento.

—Sí.

—Sólo tú la tienes. Y no hay nadie ahí.

—Sí.

Ella se quedó mirándolo, en espera de alguna reacción que no llegaba. Chacaltana deseó ser más inteligente. Siempre lo deseaba. Pero por mucho que se exprimió los sesos, no consiguió meterse en la cabeza de su chica. Ella se impacientó:

—Félix, ésa es la solución a nuestros problemas. ¿Por qué no nos encontramos ahí, en ese apartamento?

Un torrente de imágenes pasaron en ese momento frente a los ojos del asistente de archivo. El joven con acné. Las banderas rojas. Los documentos políticos. El desorden de muebles desvencijados y libros rotos. El cuerpo de Joaquín en la morgue. Y aparte de esos flashes visuales, palabras. Miles de palabras se aglomeraron en sus oídos:

«Todo saldrá bien.»

«Te vas a meter en un lío por las puras huevas.»

«Por favor, no me mate.»

—¡No! —dijo en voz demasiado alta. Los demás comensales del restaurante se volvieron hacia su mesa. Cecilia frunció el ceño.

—¿Por qué no?

Para él era tan obvio que ni siquiera sabía cómo explicarlo:

—¡Joaquín está muerto! —dijo, esta vez más bajito.

—Y nosotros seguimos vivos. Además, no murió ahí, ¿no? Un apartamento es un apartamento.

Por enésima vez ese día, Félix Chacaltana trató de explicarse, y se encontró en el borde del abismo de sus propios silencios, incapaz de dar un paso adelante. Con la mirada gacha, frente a su plato ya frío, se limitó a repetir:

—No es posible, Cecilia. No es posible.

—Entonces tendré que pensar que el problema no es tu Mamá. El problema eres tú. Y eso sí que no tiene solución.

Antes de que Chacaltana pudiese decir nada para frenarla, Cecilia se levantó y abandonó el restaurante. En su lugar dejó apenas los restos revueltos de su plato, como un pequeño campo de batalla después de la derrota.

La casa de Félix Chacaltana en Santa Beatriz siempre había tenido un aire fúnebre, con su altar al padre y sus crucifijos. Pero esta noche, con las ventanas cerradas y las luces de la sala apagadas, parecía un verdadero cementerio. La única lámpara encendida estaba al fondo del pasillo, en la habitación de su madre. A Chacaltana no le parecía una luz al final del túnel, sino un incendio en la oscuridad.

Por segunda noche consecutiva, había caminado sin rumbo durante horas por las calles sórdidas del centro de Lima, entre las prostitutas y los carteristas. Como el estómago le tronaba por no haber almorzado, se había metido en un restaurante al azar a comer un aguadito. Pero a las diez de la noche, ya no era capaz de deambular más. Calculando que su madre ya estaría dormida, había regresado a casa. Y ahora, después de cerrar la puerta silenciosamente, se acercaba de puntillas a su habitación. Su plan: encerrarse, acostarse y abrocharse los ojos hasta que llegase otro día.

Antes de llegar, desde el fondo del pasillo, sonó la voz que más temía:

—¡Félix Chacaltana Saldívar!

Su madre salió de su cuarto envuelta en una bata de dormir de franela. Tenía ruleros por toda la cabeza, y en la penumbra su sombra parecía llevar un casco.

—Buenas noches, Mamá. No quería despertarte.

—¿Despertarme? Lo que pasa es que no eres capaz de mirarme a la cara.

Chacaltana estaba demasiado cansado para discutir. Pero no sabía adónde huir.

—Mamá, por favor...

—¿No es verdad? Mírame a los ojos y dime que no es verdad.

Alzó las manos al decir eso. Había estado rezando el rosario, y aún lo llevaba, marcando el último padrenuestro entre el índice y el pulgar.

—No es verdad.

—Has estado viendo a esa..., a esa... costurerita.

—¿Por qué dices eso? ¿Te lo han contado las chismosas de las vecinas?

—No, pero acabas de admitirlo.

Chacaltana no sólo era malo mintiendo. Decía la verdad incluso cuando no se daba cuenta. Fue incapaz de contestar. De todos modos, su madre no esperaba una respuesta.

—Esa mujer será tu ruina, Félix. Debes alejarte de ella.

—Mamá, no hicimos nada ayer. Nada que no hagan los otros novios.

—¿Y si los otros novios deciden pudrirse en el infierno tú también harás lo mismo? ¿Y si se quieren ahogar en un pantano de lujuria, también los seguirás?

—Estás exagerando...

—Y ahora me insultas. Me llamas exagerada. Si tu padre estuviese aquí, te pondría en tu sitio.

Eso sin duda. Su padre lo habría puesto en su sitio a golpes. Al fin y al cabo, era lo único que sabía hacer.

Félix Chacaltana Saldívar jamás perdía los estribos. De su boca nunca brotaba una palabra fuerte o una actitud altisonante. Era incapaz de confrontarse con nadie. Pero la mención a su padre se acercaba al límite de su resistencia. Respiró hondo, cerró los ojos y dijo lentamente:

—Mamá, no vuelvas a repetir eso. Te lo pido por favor.

—Lo repetiré cuantas veces quiera. Tú no eres quién para hacerme callar.

Estaban al lado de la sala, y aunque la luz era tenue, Chacaltana alcanzaba a ver la mesilla donde reposaba la foto de familia con su padre en uniforme. Le pareció que el hombre de la imagen le sonreía burlonamente. En su interior se removió una rabia desconocida, un sentimiento que él había mantenido mudo durante toda su vida.

—Me voy a dormir.

—No, jovencito. Tú te quedas escuchando a tu madre, que es lo que hace un hombre de bien.

—Soy un adulto, Mamá. ¡Soy un adulto! Tomo mis propias decisiones.

—¡No mientras vivas bajo mi techo!

—Dejaré de vivir bajo tu techo, pues.

Él mismo se sorprendió mientras pronunciaba esas palabras. Y se sorprendió más de volver sobre sus pasos, hacia la puerta de salida. Su madre se quedó quieta en su sitio, con la boca aún abierta desde el último grito y el rosario marcado en la siguiente oración. Incluso su padre, en el retrato de la mesilla, pareció asustarse ante la reacción de Chacaltana. Pero él siguió adelante, cruzó la puerta, atravesó el patio en tres pasos y salió a la calle. Ni siquiera entonces dejó de caminar, resuelto, alejándose de su casa, de su madre y de su propia humillación.

Sólo se detuvo al llegar a la avenida Arequipa, cuando casi lo atropella un autobús. Pensó en lo que estaba haciendo, y donde antes había furia, ahora lo invadió un ataque de pánico. Fugarse de casa era lo más atrevido que se le había ocurrido en su vida. Y no sabía cómo seguir.

Miró a un lado y otro, con el corazón queriendo salirse por su boca, como si esperase encontrar una respuesta entre los desconocidos que andaban por la calle a esas horas. Obviamente, tal respuesta nunca llegó.

Se preguntó dónde pasaría esa noche. Jamás había dormido fuera de su casa. Pero al menos esa respuesta sí podía obtenerla. Ya la tenía. Esa respuesta descansaba, inmóvil, en el bolsillo de su pantalón.

De noche, el jirón Lampa se volvía más siniestro. Las sombras se escurrían por las esquinas. Los ocasionales patrulleros que merodeaban en dirección al centro inspiraban más miedo que tranquilidad. Los vendedores ambulantes de cigarrillos, con los rostros envueltos en pasamontañas para el frío, parecían espías o maleantes.

Chacaltana trataba de no pensar en eso, pero aun así, entrar en el edificio le produjo una enorme tranquilidad. Mientras subía las escaleras, escuchó el sonido de sus propios pasos retumbando entre los muros. Se oía como si alguien lo siguiera. Antes de llegar al sexto piso, volteó varias veces para asegurarse de estar solo.

El apartamento no era mucho más acogedor que el rellano. Estaba tal y como él lo había dejado. Nada más entrar, Chacaltana pisó un par de recibos y pateó un plato de plástico. Se sobresaltó con el sonido de cada cosa.

Olía a cerrado y a humedad. Pero abrir las ventanas sólo habría aumentado la humedad. El aire de Lima, pensaba Chacaltana, era como un vaho pegajoso. Si él lo dejaba entrar, ya no querría salir.

Se preguntó qué haría si la Policía regresaba a registrar el lugar. Ahora bien, si ya lo habían registrado una vez, ¿para qué volver? Chacaltana supuso que el principio de no juzgar al mismo reo dos veces por el mismo crimen se aplicaba también en este caso. De todas formas, él no estaba cometiendo ningún delito. Podía explicar perfectamente su presencia en ese lugar. Aun así, en su cabeza retumbaba una y otra vez la misma frase:

«Te vas a meter en un lío por las puras huevas.»

Cerró la puerta con doble vuelta de la llave. Al andar entre los escombros, esquivó cuidadosamente todas las cosas. Así, en última instancia, no alteraría posibles pruebas de un escenario del crimen. Evidentemente, eso también era legal. Al no estar precintado el perímetro, el lugar no era oficialmente un «escenario de crimen». Tomó conciencia de que no se convencía a sí mismo de nada, pero lo tranquilizaba pensar así, y saberse dentro de los límites de actuación fijados por ley. De ese modo, no pensaba en su madre, que en ese momento era lo que más lo perturbaba.

Pasó al dormitorio. Si pensaba dormir ahí, al menos tendría que poner un poco de orden. Voltear el colchón, por ejemplo, o cambiar las sábanas. Esculcó los cajones en busca de fundas o mantas. No las encontró.

Mientras rebuscaba, nuevos problemas fueron apareciendo: ¿cómo se lavaría los dientes? ¿Con qué? ¿Habría toallas? ¿Y ropa de su talla? Los detalles cotidianos de su vida habían estado siempre cubiertos por su madre. En su primera hora a solas, en una casa nueva, un sinnúmero de dificultades se acumulaba sobre su cabeza. La soledad era un estado mucho menos metafísico de lo que pensaba. Se trataba de cosas sin hacer, cenas sin servir, baños que limpiar.

En la mayoría de los cajones no había nada útil. Tampoco objetos personales o recuerdos familiares. Sólo fichas para la tesis doctoral de Joaquín, exámenes de alumnos universitarios y, sobre todo, más de esos papeles políticos. En general, se trataba de textos relacionados con diversas asambleas. Pero no asambleas de un partido, movimiento o célula, sino de todos a la vez. Había actas de clausura de congresos, conferencias de simposios, manifiestos de grupos. Cada papel llevaba un sello y un lema, unas siglas particulares y distintas. Muy pocos se repetían. Chacaltana no era un experto, pero entendía como nadie la organización de los documentos: membretes, cabeceras, firmas, eslóganes. Al parecer, todo grupo progresista, socialista o terrorista tenía algún archivo en el desorden de esos cajones.

Lo mismo ocurría con las banderas, y según comprobó después, con las insignias, afiches, retablos, adornos y toda clase de artilugios propagandísticos que Joaquín guardaba entre sus pertenencias. Cada objeto parecía tomado de una organización, incluso de un país diferente. Trotskistas, maoístas, prorrusos, prochinos. Los había de Chile, Cuba y Uruguay. Los había hasta de Brasil. Sus lemas parecían escritos en mal español. Pero estaban en portugués.

Chacaltana fue olvidándose de sus problemas caseros y concentrándose más en los papeles. Había algo desquiciante en ellos: el misterio insoluble de Joaquín. Ni siquiera en su propia casa, entre las cosas que no enseñaba a nadie, en esa colección de objetos que sólo él veía, resultaba posible encontrar una explicación, un sentido, una respuesta a la pregunta de quién era de verdad aquel hombre.

Después de una hora husmeando, Chacaltana se sintió cansado y desconcertado. Ninguna pieza encajaba. En realidad, tampoco tenían que encajar. Él sólo necesitaba una manta. Todo lo demás era chismorreo e intromisión. Y quizá era hora de olvidarlo.

Trató de volver a meter un cajón en su sitio, pero se resistió. Empujó con más fuerza, sin éxito. Malhumorado, dio un golpe fuerte con el mueble. Y entonces, algo se rompió.

El asistente de archivo sintió el crujido de la madera al desfondarse. A continuación, sobre el suelo y bajo el cajón, cayeron unos papeles. Papeles cuadrados, pequeños y brillantes, muy diferentes a los demás. Y cuadernitos azules y verdes. Eran fotos. Más de una decena de fotos. Y tres pasaportes.

Las fotos habían sido tomadas con diferentes cámaras en varios lugares y, posiblemente, por varios fotógrafos. Eran retratos, la mayoría de tamaño pasaporte y de hombres distintos, cada uno con algunos datos escritos en el reverso: al parecer, nombres, teléfonos, direcciones y algunas cifras en clave, una especie de clasificación. Otras eran fotos Polaroid de más hombres, fumando o sentados en alguna cafetería. Pero el patrón se repetía: éstas también llevaban datos y el código de clasificación. Los pasaportes pertenecían a tres hombres distintos, uno de ellos el propio Joaquín.

Una de las fotos tenía una cara conocida: era el estudiante con acné que Chacaltana había encontrado en ese mismo apartamento el día anterior. La mala iluminación de la foto lo favorecía, pero aun así, era imposible esconder la devastación de su rostro. Miraba a la cámara inexpresivo, sin sonreír ni enfadarse. Y en el reverso, la imagen llevaba escrito un nombre, «Ramiro Huaranga Mesa», y una dirección del barrio de Breña. Aparte de él, sólo reconoció a otro: el chico de barba que había visto en la universidad junto al de acné. También figuraba su nombre, «Daniel Álvarez Paniagua», y otra dirección, en Barranco.

Chacaltana continuó revisando esa extraña galería de rostros. Mientras lo hacía, se iba guardando las fotos en los bolsillos. También se guardó los pasaportes. Podían ser útiles, pero sobre todo, eran los únicos recuerdos de su amigo. Las únicas imágenes humanas que había en ese lugar.

Sólo en tres de las fotos aparecían mujeres. Al fijarse en ellas, Chacaltana descubrió que era la misma mujer en todas. Una rubia esbelta, ni joven ni vieja, pero atractiva. Estas fotos habían sido tomadas con una Polaroid. Ninguna tenía nada escrito en el reverso. En realidad, a diferencia de las instantáneas de hombres, que siempre los mostraban serios y taciturnos, la rubia aparecía relajada y sonriente. En una, estaba en ropa de baño sobre la arena. En otra, aparecía saliendo de una casa, como si fuese a abrazar a quien tomaba la foto. Pero la que más impactó a Chacaltana era la última instantánea.

En ella, se veía a la mujer en la misma sala del apartamento de Joaquín, a un par de metros de donde Chacaltana se encontraba ahora mismo. Por supuesto, el sofá estaba aún entero, y en la sala no había objetos rotos. A su lado aparecía incluso la estantería, atiborrada de los mismos libros que ahora yacían por el suelo. Y junto a ella en el sofá, también contento, como un novio enamorado, estaba Joaquín. Un Joaquín diferente al que Chacaltana conocía. Más feliz. Más luminoso. Con las manos entrelazadas con las de la rubia. Con los labios tratando de besarla y sonreír a la vez. Con los ojos puestos en la cámara, seguramente esperando el flash automático.

Una mujer. Otra parte de la vida de Joaquín que Chacaltana nunca había conocido, quizá Don Gonzalo tampoco. Tal vez la mujer que hablaba al fondo cuando Joaquín recibía las llamadas telefónicas. Una mujer, en todo caso. Con el pelo rubio como las estrellas de las películas. Con la actitud feliz de los amantes. Y con toda la evidencia de que Joaquín llevaba una vida lejana y desconocida, en un planeta muy distante al de Félix Chacaltana.

—Buenos días, señora. Si tuviera la amabilidad, ¿vive aquí el señor Ramiro Huaranga Mesa, por favor?

La señora apenas se dejaba ver por la rendija de la puerta entreabierta. Su mirada suspicaz taladró a Chacaltana. Y su voz tampoco sonó acogedora:

—¿Quién es usted? ¿Qué quiere?

El asistente de archivo no tenía una respuesta muy exacta a esa pregunta. Precisamente, estaba lleno de preguntas. Y la única persona que parecía capaz de responderlas era el chico de la foto que llevaba en su bolsillo, el de la cara picada con acné, el mismo que dos días antes se había escapado de él.

—Mi nombre es Félix Chacaltana Saldívar. Trabajo en el Palacio de Justicia.

Chacaltana se había pasado la noche dando vueltas sobre el colchón roto, bajo unas sábanas sin lavar, preguntándose de qué trataba esa historia. Por la mañana, se había lavado los dientes con el cepillo de un hombre muerto. Y después de todo eso, sus pies lo habían llevado directamente a la dirección que aparecía en la foto.

Su cabeza había insistido en tomar exactamente el camino contrario. Su memoria le había recordado una y otra vez la advertencia de su jefe. Pero su cuerpo se había negado a entrar en razón. Además, no estaba averiguando sobre la muerte de Joaquín, sino sobre su vida. Y eso tampoco podía contravenir ninguna norma.

Los ojos en la rendija de la puerta no reaccionaron a sus palabras. Él aclaró:

—Es donde trabajan los jueces, señora.

Ahora, los ojos de la rendija de la puerta enrojecieron, se endurecieron y se llenaron de lágrimas.

—¿Y ahora qué quieren? —dijo la mujer—. ¿No miraron ya todo lo que había?

—¿Perdone?

La mujer rompió a llorar sin remedio.

—Ayer ya me lo dejaron todo patas arriba. ¡Aquí no hay nada, señor! Nosotros no hemos hecho nada. Este barrio está lleno de ladrones. ¿Por qué no los persiguen a ellos?

—Señora, creo que debe calmarse...

—No tengo que calmarme. Devuélvame a mi hijo y me calmaré.

Mientas lloraba, sus ojos se habían alargado, desafiantes y furiosos. Sin lugar a dudas, esa persona carecía de educación superior, y no tenía una noción clara del organigrama institucional del Estado. Chacaltana trató de aclarar el malentendido del modo más didáctico posible:

—Señora, yo no soy policía. Ni miembro del Ejército. No sé dónde está su hijo. Pero si se ha perdido, puedo ayudarla a encontrarlo. Y si usted quiere poner una denuncia contra alguien, colaboraré en su redacción.

—¿Qué es usted? ¿Un cura?

Chacaltana meditó qué responder. Un fiscal no era. Un hombre de poder tampoco. Un empleado público, un archivador.

—Me gradué en Derecho.

Palabras mágicas. La mujer le abrió la puerta. Con la luz de la calle, él pudo vislumbrar su mirada cargada de esperanza.

—¿Y me va a ayudar?

—Puedo intentarlo, pero necesito que me explique usted algunas cosas. ¿Exactamente qué le ha pasado?

La señora dejó la puerta abierta y entró. En una repisa descansaba una lata grande de galletas, que abrió. Del interior extrajo un papel y se lo extendió a Chacaltana. Su gesto lo autorizaba a entrar en la sala.

—¿Le sirvo un té? —le preguntó.

—No, gracias, señora. Muy amable.

Los únicos muebles eran dos sillas plegables de metal y una mesa de madera sin barnizar. Una puerta conectaba con un dormitorio que, evidentemente, era el único de la casa. En la pared colgaba una imagen del Corazón de Jesús, y junto a ella, un afiche del Che Guevara.

Chacaltana se sentó en una de las sillas y revisó el papel que ella le tendía. Era una notificación de detención a cargo de Seguridad del Estado. Rutinaria, sin características especiales. Iba a explicarle a la señora qué significaba. Pero antes de que hablase, la mujer se echó a llorar:

—Vinieron ayer, a la hora del desayuno. Miraron todo, joven. Bajo el colchón, en el baño, todo. No había nada. Pero igual nomás se lo llevaron al Ramiro.

—¿Cuántos eran?

—Tres, joven.

—¿De uniforme?

—No tenían uniforme. No eran ni peruanos. Por lo menos dos hablaban raro. Colombianos seguro que eran. O españoles. El otro no habló.

—¿Le dijeron adónde se lo llevaban?

Ella negó con la cabeza:

—Nada me quisieron decir. Uno de los extranjeros se rio, para colmo. Me dijo: «No se preocupe, señora. Su hijo va a ver mundo». Desgraciado ese. ¿Qué mundo va a ver mi hijo, encerrado donde lo tengan?

La mujer hablaba entre mocos y llantos, con la voz quebrada. Se sentó en la otra silla y hundió la cara entre las manos. Félix Chacaltana empezó a entrever la posibilidad de una denuncia por agresiones:

—¿Fueron violentos?

—Al principio, no. Dijeron que era rutina nomás. Pero cuando vieron el póster de Ramiro —señaló hacia la foto del Che en la pared— se pusieron más malcriados. Preguntaban cosas. Vaciaban los cajones. Y luego Ramiro trató de irse corriendo, y entonces lo tiraron al suelo, le pusieron las esposas en las manos y en los pies. Le dijeron «comunista de mierda», «conchatumadre» le dijeron...

A su alrededor, apenas había señales del registro. Chacaltana comprendió que, sencillamente, en esa casa no había casi nada. Ordenarla o desordenarla no podía tomar más de diez minutos.

Chacaltana recordó a Ramiro:

«Por favor, no me mate.»

«No diré nada de lo que están haciendo. Pero por favor, no me mate.»

—¿Su hijo se metía en política, señora?

—No sé, joven. A veces decía cosas..., opiniones... muy negativas sobre el presidente, sobre el mundo. Pero así pensaba él, pues. Yo le decía que ya crecería. Que se calmaría con el tiempo. Pero nunca supe que se metiese a ningún partido, joven. Capaz él no me contaba, no me quería decir. Eso no sé. Sí sé que es un buen chico. Que no se merece que le peguen y se lo lleven.

—Seguro que no, señora.

Flotaba en el aire una pregunta. La única que Chacaltana había pensado hacer, en realidad. Acaso había llegado el momento de plantearla:

—Señora, ¿le dice a usted algo el nombre de Joaquín Calvo?

En un segundo, la cara de la mujer cambió. Se iluminó. Hasta podía parecer que sonreía.

—Ay, don Joaquín... Un caballero. Era profesor del Ramiro. Vino a casa un par de veces, a visitarnos. Siempre tan gentil. Me traía flores y todo.

Chacaltana también se alegró. Por primera vez desde que había empezado todo esto, alguien tenía una imagen de Joaquín que él reconocía.

—¿Recuerda cuándo lo vio por última vez?

—Hace tiempos ya, joven. Don Joaquín no vino por acá desde el año pasado por lo menos. Ya no se veía con mi hijo.

—¿Su hijo hizo algún comentario al respecto?

—Dejó de hablar de él nomás. Dejó de contarme cosas. Y él dejó de venir.

—¿Nunca le dijo Ramiro por qué?

La mujer miró al techo, como si fuese a encontrar ahí la respuesta. También Chacaltana levantó la vista, pero ahí arriba sólo había goteras y manchas de humedad. Finalmente, ella contestó:

—Una vez le pregunté al Ramiro qué había sido de Don Joaquín. Por qué ya no lo veía.

—¿Y qué le contestó?

Ella sonrió tristemente, con la nostalgia de quien habla de los muertos, aún sin saberlo:

—Me dijo: «A ése ya no se le ve, Mamá. Se ha hecho novio de una rubia. Ya con las justas va a la universidad a dar sus clases. Y luego sale corriendo donde su novia». Bueno, al menos Don Joaquín estará contento, ¿verdad? ¿Se habrá casado?

—No se ha casado —respondió Chacaltana, pensando en la rubia, otra vez la rubia, que antes no existía y ahora de repente estaba por todas partes.

Repentinamente, la señora se echó a llorar de nuevo:

—¡Mi Ramiro! ¡Se lo han llevado! ¡Él no hizo nada!

—Claro que no —respondió Chacaltana, poniéndole una mano en el hombro y alcanzándole una servilleta de papel.

—¿Usted me lo va a encontrar?

—¿Cómo?

—Que si me lo va a encontrar. Que si me va a ayudar... Por favor, ayúdeme...

La mujer volvió a llorar, inconsolable, sonándose los mocos con la servilleta. Mientras la acogía en un abrazo, Chacaltana se arrepintió de haber rechazado esa taza de té.

Perú-Brasil

Estaba decidido: no seguiría por ese camino.

A fin de cuentas, él tenía un trabajo. Y lo estaba descuidando.

De regreso en el archivo, Chacaltana buscó la denuncia por irregularidad administrativa migratoria menor, interpuesta contra ese tal Nepomuceno Valdivia. La denuncia llevaba una semana sobre su escritorio, con su letra incomprensible y su vergonzosa falta de datos. Era imperativo encontrar a su autor, y sobre todo, a quien la había derivado al sótano de forma irresponsable, casi fraudulenta.

Ése era el trabajo de un asistente de archivo. Ése era su deber. Pero ¿qué había hecho Félix Chacaltana Saldívar todos estos días? Jugar a los detectives. Escuchar las locuras de un viejo chocho. Pelear con Cecilia. Pasearse por toda Lima buscando a gente que nadie buscaba. Incluso faltar horas al trabajo.

Definitivamente, llevaba una semana perdiendo el tiempo, desconcentrado, disipado, una conducta irreconocible en él. Pero ahora se corregiría.

Extrajo de un cajón tres hojas de papel tamaño oficio y dos de papel carbón. Se sentó y se dispuso a redactar un escrito de reclamación que elevaría al tercer piso exigiendo que alguien asumiese responsabilidades respecto a la citada denuncia irregular, que adjuntaría en el sobre. Ahora, la administración judicial en pleno sabría quién era en realidad Félix Chacaltana Saldívar, y de lo que era capaz.

—Buenas tardes, hijito —pasó a su lado el director, desprendiendo su habitual aura alcohólica—. ¿Me ha llamado alguien?

El asistente de archivo comprendió que su jefe ni siquiera había notado su retraso esa mañana. Por su mente cruzó la posibilidad de emitir otro escrito que denunciara las repetidas ausencias del director a su puesto de trabajo. Pero descartó la idea porque implicaría saltarse la jerarquía institucional.

—No, señor.

El director hizo ademán de continuar su camino, pero se detuvo. Con gesto ambiguo, como si no quisiese escuchar la respuesta, preguntó:

—¿Qué haces, Felixito? No seguirás metiéndote en líos, ¿no?

—No, señor.

Una sonrisa de alivio distendió el rostro del director.

—Mejor, hijito. Zapatero a tus zapatos.

Eso mismo: zapatero a tus zapatos. Chacaltana recordó a Cecilia mirándolo como a un cobarde. Pero él no era un cobarde. Sencillamente, comprendía los límites exactos de sus funciones como empleado público, como ciudadano y como hijo.

—Coincido en pleno, señor, eso estaba pensando ahora mismo.

—Piensas bien.

Chacaltana se ilusionó. Quizá eso podía ser un punto de inflexión en su relación. Quizá ahora podrían involucrarse juntos, jefe y subalterno, maestro y discípulo, en el mejor funcionamiento del archivo. Animado, el asistente confesó:

—De hecho, he vuelto a trabajar en la denuncia por irregularidad administrativa migratoria menor. ¿Recuerda? La que no puedo archivar por defectos de forma. Elevaré una queja al tercer piso. Se la pasaré a usted en media hora para que la firme.

Ahora, el director puso una cara rara. No «rara» como cuando Chacaltana se metía en líos. Más bien como la otra cara, la que había puesto días antes frente al urinario, mientras se afanaba sin éxito en hacer pipí.

—¿Quejas? —renegó—. Hijito, ¿de qué te quejas? ¿Alguien ha reclamado esa denuncia?

—No.

—¿Sabes de qué se trata exactamente?

El asistente de archivo quiso responder que ése era exactamente el problema, que ni siquiera estaba claro qué se denunciaba. Se limitó a responder:

—Es una irregularidad administrativa migratoria menor.

—Una cojudez, pues, hijito. A lo mejor, por ejemplo, alguien ha metido un cartón de cigarrillos al país sin pagar los impuestos. Algún otro chancón lo ha denunciado, pero sale más caro perseguir al infractor que cobrar los impuestos del cartón de cigarrillos.

—Aun así, es necesario cumplimentar debidamente el procedimiento estándar para q...

—O puede ser que alguien haya salido del país sin el sello de entrada. Una bobada. Pasa todo el tiempo.

—Eso constituiría una grave alteración de...

—Archívala, hijito. Y caso resuelto.

—Imposible, señor.

Chacaltana se puso firme. Hacer desaparecer la denuncia no entraba en su programa mental. El director comprendió. Hizo un gesto con la mano, como si espantase a una mosca, o a un murciélago.

—Bueno, bueno, bueno. Haz lo que quieras, hijito, pero fírmalo tú, ¿ok? Yo tengo muchas cosas que hacer esta mañana.

—¿Necesita ayuda, señor?

El director observó a su asistente con aire de duda. Le dijo:

—No te ofendas, Felixito, pero no creo que seas la persona adecuada para ayudarme en mis gestiones.

Chacaltana pensó que ésa era su oportunidad de reconducir sus relaciones laborales. Se puso de pie, sacó pecho como un soldado ante la bandera y recitó:

—Señor, permítame decirle que, si bien hasta ahora hemos tenido diferencias en lo referente a la administración de las tareas propias de nuestra profesión, es mi intención a partir del momento actual constituirme como un colaborador confiable de la dirección de este archivo.

—¿Te refieres a que me vas a ayudar?

—Positivamente, señor.

El director miró a todas partes, como si temiese una trampa o una encerrona.

—¿Estás seguro? —quiso confirmar.

—Ciento por ciento.

Admirado por la seguridad con que hablaba su empleado, el director abrió los ojos y asintió con la cabeza:

—Bueno, bueno... Si te empeñas, contaré contigo.

—Gracias, señor.

—De momento, sobre todo, necesito hacer un cálculo. Una estimación.

El director se acercó a su asistente con aire cómplice, en actitud de contarle un gran secreto. Chacaltana se dispuso a oír sus palabras como una revelación, como el pasaporte a una nueva etapa de su carrera. Y las palabras llegaron:

—Felixito, ¿cuántos goles le vamos a meter a Brasil?

No eran las palabras que Chacaltana esperaba. Quizá había oído mal. O había expresado mal sus propias intenciones.

—¿Señor?

—Hagamos un poco de historia, hijo: en el 70 fuimos los únicos que les metimos dos goles. Y ahora somos primeros de grupo por delante de Holanda. Los brasileños son segundos detrás de Austria. Es evidente, Felixito, que el partido de mañana es nuestro. Pero la gente no se lo cree. Claro, las tres Copas del Mundo de Brasil tienen su peso. Así que las apuestas pagan muy bien si gana Perú. La cuestión es: ¿por cuánto vamos a ganar? No tenemos que dejarnos llevar por el triunfalismo, pero tampoco cegarnos ante la evidencia de nuestro buen momento. ¿No crees?

Chacaltana no supo qué responder. Si le hubiesen preguntado por la alineación de los astros con Júpiter, habría tenido la misma información. De todos modos, quiso decir algo:

—Eeeh... ¿Seis?

—¿Seis? Esto es fútbol, no basquetbol.

Los ojos del director perdieron su brillo. De su actitud se borró la complicidad. Su cuerpo se apartó unos centímetros. Su gesto se llenó de decepción, como si Chacaltana acabase de comunicarle el fallecimiento de un ser querido. Por un momento, pareció estar a punto de dedicarle un discurso lleno de reproches sobre el fútbol, la vida social y los ascensos. Pero al final, se limitó a comentar:

—Hijito, vuelvo a las cinco de la tarde. Si llama alguien dile que tengo una reunión en el Ministerio.

Y dejándolo con ese pensamiento, partió hacia algún lugar.

Chacaltana se prometió saber más de fútbol, pero no quiso darle importancia al incidente. Ahora que estaba solo y tranquilo, se sentó a terminar la reclamación de la denuncia migratoria. La redactó con especial cuidado en las tildes y los adjetivos, porque quería dar imagen de pulcritud y seriedad. Antes del mediodía, ya pegaba los sobres con su lápiz de goma blanca. Al entregárselos al mensajero de la puerta, lo invadió una sensación de bienestar, una liberación. Ahora sí, se sentía seguro de hacer lo que le correspondía.

Iba a regresar a su escritorio cuando comprendió que no le quedaba nada más por hacer en todo el día.

Al mediodía, en vez de ir a almorzar, Chacaltana echó a andar hacia el paseo de la República. No sólo tenía que poner orden en el trabajo. Había otro tema que resolver. *El* otro tema. Y si no lo resolvía rápido, tendría que pasar otra noche en el apartamento de Joaquín.

A la altura del Estadio Nacional, dobló a la derecha. Casi tropieza con un poste, de lo concentrado que iba ensayando la conversación que le esperaba, preparando cada línea de su discurso. De todos modos, cuando sus pies se detuvieron frente a su casa, no sabía ni por dónde empezar.

Suspiró. Sin duda, su madre llevaría la iniciativa de la conversación, y lo acribillaría con reproches y lamentos. Pero Chacaltana tendría que soportarlos. Había querido ser un hombre libre y adulto, y las cosas habían salido mal. El mundo allá afuera era hostil y peligroso. Y ahora volvía con el rabo entre las piernas. De todos los posibles castigos, el más amable era un sermón con un plato de comida caliente.

Mientras cruzaba el patio frontal y subía las escalerillas, ensayó las únicas frases que necesitaba: «Lo siento, Mamacita, me he portado mal». «Tú tienes razón, como siempre.» «No volverá a ocurrir.» Total, ¿para qué fingir una discusión? Lo único que tenía sentido era la rendición total. Su regreso mismo, apenas un día después de irse, era ya una bandera blanca, el pedido de paz del derrotado.

Metió la llave en la cerradura y le dio vuelta.

Al abrir la puerta, le pareció que la casa estaba diferente.

Olía a ají de gallina, una especialidad que su madre no había preparado desde la graduación de Chacaltana. Y se oían voces. Salvo por la de Cecilia, de triste recuerdo, en esa casa no había caído una visita desde el último censo nacional. Pero lo más extraño era la voz de su madre, inesperadamente dulce:

—¡Félix! ¡Qué bueno que has llegado! ¿Te sirvo un tecito?

Chacaltana abrió la puerta. Primero entró en escena su madre de pie, peinada y vestida con sus galas de los funerales, la falda bajo la rodilla, el sombrero, la mantilla, pero por una vez con una chaqueta blanca, un leve matiz de alegría en su atuendo. A un metro de ella, en el sofá, halló sentado a Don Gonzalo, que escondía bajo un cojín la mano mala, y sostenía un vasito de pisco en la otra.

—¡Félix! Qué bueno que llegas. Ya hemos almorzado, pero estábamos de sobremesa.

—Don Gonzalo llamó esta mañana preguntando por ti —sonrió su madre—. Le dije que pasara a verte ahora. Me trajo... Bueno, trajo un adorno para la casa.

Chacaltana reparó en el arreglo floral que ahora compartía la mesita con el retrato de su padre. Era un ramo grande de floripondios sobrios, incoloros, levemente funerarios. La mujer estaba visiblemente halagada. Y el color en las mejillas de Don Gonzalo revelaba que su pisco era ya el segundo o tercero.

—Tu madre me ha recibido con gran gentileza —admitió.

—Qué cosas dice, Don Gonzalo —desmintió la anfitriona—. Como a cualquier visita.

Un observador externo habría encontrado a la señora rígida, fría, distante, sentada en su butaca de terciopelo como siempre, como una reina en la tribuna frente a la guillotina. Pero Chacaltana la conocía bien, y notaba que sus manos hormigueaban nerviosas por la mesa, limpiando ceniceros vacíos y ordenando figuras de porcelana. El acento europeo de Don Gonzalo, aunque ya descafeinado por los años en América, complacía a esa mujer. La ponía orgullosa. Chacaltana podía sentirlo.

—Tomaré té, Mamá. Gracias.

Se acomodó en el sofá junto a su visitante. Toda la situación era tan inesperada que no sabía bien qué hacer, ni qué decir. Por otra parte, sabía qué hacía ahí Don Gonzalo. Sabía que él tenía claro lo que esperaba escuchar. Y en efecto, después de las cortesías de rigor y la conversación sobre el clima, el frío y la humedad, la pregunta temida no tardó en llegar:

—Félix, ¿tuviste tiempo de pasar por el apartamento de Joaquín?

—De eso precisamente quería intercambiar unas palabras con usted...

—Qué bueno. ¿Pasaste?

Chacaltana bebió un largo trago de té, mientras pensaba cómo formular lo que quería decir sin mentir:

—He tenido unos días muy difíciles, Don Gonzalo. No sabe cuántas cosas he hecho.

—Comprendo.

—Félix —intervino la madre con su tono riguroso—, si Don Gonzalo te pide un favor en memoria de su hijo, tienes que hacerlo.

—Ya lo sé, Mamacha.

Don Gonzalo trató de limar asperezas:

—No se preocupe, Doña Ana. No podemos dejar nuestras obligaciones de vivos para atender a los muertos, ¿verdad? Y yo soy muy pesado. No quiero que Félix se sienta presionado.

Doña Ana. Hacía años que Chacaltana no escuchaba llamar a su madre por su nombre de pila. Casi había olvidado que lo tenía. Pero trató de concentrarse en Don Gonzalo, que seguía hablando:

—A lo mejor debería ir yo mismo al apartamento.

—¡No! —reaccionó Félix—. Quiero decir... No se preocupe. Ya lo haré yo.

Don Gonzalo sonrió, pero sobre su sonrisa cayó un aire de nostalgia.

—Hay tantas cosas que debí saber de mi hijo. Tantas cosas que debí decirle y nunca le dije... Y ahora los veo a ustedes y pienso: qué suerte tienen. Aún están juntos. Son una familia. Aún pueden decirse todas esas cosas.

A Chacaltana nunca se le había ocurrido considerar su situación de esa manera. Echó un vistazo a su madre, y por primera vez en la última semana no vio en ella regaños, soledad y severidad, sino protección y amor. Luego trató de mirar a su padre, en la foto familiar de la mesita. Uno de los floripondios le tapaba el rostro.

—Mi esposa, que en paz descanse —siguió Don Gonzalo, sirviéndose otro pisco—, era una mujer muy dulce. Tan buena que casi parecía ingenua, ¿saben? Pasamos unos años juntos. Fue un tiempo hermoso, lleno de esperanza. Concebimos a Joaquín... Y luego ella...

En la última frase, su voz se quebró. Era demasiada muerte para recordarla con frialdad.

—La muerte nos llevará a todos —sentenció la madre de Chacaltana—. Nadie escapa de ella.

—Lo peor no es la muerte. Es la tristeza de los que quedamos vivos. Es el vacío. Y la incertidumbre. Yo... no pude estar a su lado cuando murió. Nos estaban evacuando. Había que salvar al niño o a ella.

—No se torture, Don Gonzalo —musitó la madre, casi para sí misma—. A veces la vida es más fuerte que nosotros.

—Nunca supe cuáles fueron sus últimas palabras —siguió el viejo—. Nunca supe qué pasó por su cabeza en los últimos momentos. Ni siquiera en los últimos días...

Ahora sí, el hombre se echó a llorar sin remedio. Chacaltana sintió que algo se le escapaba en esa conversación. Que Don Gonzalo y su madre se comunicaban en un nivel diferente. Pero él quería formar parte de eso. De repente, se le ocurrió que Don Gonzalo podía ser el elemento que había faltado en su casa. Y él mismo, y su madre, podían ser lo que a Don Gonzalo le había faltado toda la vida. A todos en esa sala les habían arrebatado algo, les habían mutilado la existencia, y ninguno de ellos sabía por qué. Casi sin querer, comentó en voz alta:

—Los muertos nos dejan misterios que ya nunca resolveremos.

—Pero yo no me resigno, Félix —respondió Don Gonzalo, quizá más contundente de lo apropiado. A lo mejor era hora de cerrar esa botella de pisco—. Joaquín se ha ido sin decirme quién era, qué hacía, qué esperaba de la vida, si era feliz. La gente que quiero desaparece sin dejar rastro, como fantasmas.

—Comprendo —asintió Félix. De verdad comprendía lo de los fantasmas.

—Y el único que puede ayudarme, Félix, eres tú, ¿me ayudarás?

De repente, todo el mundo quería que Félix lo ayudase con sus hijos. Félix era consciente de que tenía el aspecto del hijo perfecto, el que nunca se mete en problemas. Y quería seguir siendo exactamente eso.

—No siempre es buena idea saber todo sobre los que se van.

—¡Félix! —se sobresaltó su madre—. Don Gonzalo te está pidiendo ayuda.

Félix Chacaltana Saldívar comprendió que estaba acorralado. Lentamente, sabiendo que se arrepentiría en el futuro, pronunció las palabras que estaba tratando de evitar:

—¿Exactamente qué quiere saber, Don Gonzalo?

Al viejo se le habían puesto los ojos vidriosos, quizá por la nostalgia, quizá por el alcohol. Pero su respuesta sonó firme y resuelta:

—Quién lo mató. Y por qué.

—Buenos días, señora. Si tuviera la amabilidad, ¿vive aquí el señor Daniel Álvarez Paniagua, por favor?

Álvarez era amigo del chico del acné, Huaranga Mesa, o por lo menos compañeros de estudios. Estaban juntos aquel día en la universidad, y también en el cementerio, la tarde del entierro de Joaquín. Sin embargo, sus barrios eran muy diferentes. Breña era una zona popular y muy concurrida. En cambio, Barranco había sido hasta hacía poco un balneario para escapar de Lima. La ciudad se lo había tragado, y se iba convirtiendo en un barrio de clase media. Pero mantenía el aire pueblerino de casas bonitas. Y la calle Junín ocupaba la primera línea frente al acantilado. Con vista al mar, aunque fuese ese mar gris bajo ese cielo color panza de burro.

Tampoco la persona que abrió la puerta se parecía en ambos casos. La madre de Huaranga Mesa era una mujer sencilla, mestiza, sin educación superior, posiblemente sin educación alguna. En cambio, la persona que le abría la puerta en esa casa era blanca, y llevaba el pelo castaño y liso. Pero más allá de sus diferencias, las dos tenían algo en común: la mirada de tensión con que asomaban a la puerta, esos ojos asustados, de venado en cacería, tras la rendija.

—¿Señora? —repitió Chacaltana, temiendo que fuese sorda.

—Yo no soy una señora —respondió con voz masculina.

Chacaltana miró de nuevo y cayó en la cuenta de su error. Estaba acostumbrado a que los hombres llevaran el pelo corto y las mujeres, largo. Ésa era su idea de los sexos, básicamente. Pero la supuesta mujer tenía barba, aunque apenas fuera visible en el angosto espacio de la puerta entreabierta. Y su camisa de colores chillones, sin corbata y fuera del pantalón, no era necesariamente femenina. Chacaltana recordó la película que Cecilia le había llevado a ver: *Fiebre de sábado por la noche*. La gente se vestía así, al menos en la pantalla.

—Lo siento. ¿Es usted Daniel? Yo soy...

—Sé quién eres. ¿Tienes una orden de registro o algo así?

—¿Cómo? No, no. Vengo... vengo como amigo de Joaquín.

Dudó al decirlo. Joaquín jamás le había hablado de estas personas. Y evidentemente, tampoco a ellas de él. ¿Podría considerarse su amigo? En cierto sentido, averiguaba por egoísmo. Sabía que Don Gonzalo sólo volvería a visitarlo si le conseguía información sobre su hijo. Y quería repetir ese almuerzo. Quería ver a su madre nerviosa y amable. Quería que alguien la llamase por su nombre. Quería que en su casa hubiese un hombre que fuese un padre, si no suyo, al menos el padre de alguien más, un padre en busca de hijos vacantes. Y quería más floripondios para tapar la foto de su propio y verdadero padre. Para conseguir eso, estaba dispuesto a ir a hacer preguntas al infierno.

En ese momento, sin decir nada, Daniel Álvarez cerró la puerta.

Chacaltana esperó oír el ruido de la cadena al deslizarse, y el rechinar de la puerta al abrirse. Sólo escuchó los chillidos de las gaviotas y el eco lejano del mar.

—Señor Álvarez —dijo en voz alta pero respetuosa—, escúcheme. Sé que le parecerá extraño, pero sólo quiero que me cuente algunas cosas. Sobre Joaquín. No he venido en calidad de empleado de los juzgados. No le pediré que firme nada. No le diré a nadie que estuve aquí.

Afuera sonó una trompetita. El carrito amarillo de un vendedor de helados venía por la calle. A pocos metros de Chacaltana, se detuvo y lo miró con curiosidad. El asistente de archivo recordó su encuentro en el apartamento de Joaquín con el otro estudiante. Posiblemente, Álvarez estaba tan asustado como él. Posiblemente, con razón.

—Señor Álvarez —volvió a anunciar—, sé lo que teme usted. Créame que no tengo nada que ver. Ni quiero tenerlo. Atiéndame hoy. Luego me iré y no volveré a molestarlo. Se lo juro, señor Álvarez. Por mi Mamacita.

En la esquina, un hombre con buzo deportivo paseaba a su pastor alemán. El hombre también miró a Chacaltana. El asistente de archivo imaginó que ahí, hablándole a una puerta cerrada, parecía un novio despechado. Peor aún, un invertido. Se sonrojó de sólo pensarlo.

Cuando ya iba a marcharse, la puerta se abrió. Daniel Álvarez seguía del otro lado, observándolo como habría hecho con un insecto en su almuerzo. Con voz acre de perro seco, le espetó:

—Pasa, carajo. No te quedes ahí gritando.

Chacaltana iba a agradecer ceremoniosamente la invitación, pero entendió que sería más práctico entrar callado. Dio un paso adelante y cerró la puerta tras él.

El interior era el opuesto exacto del departamento de Joaquín. No estaba lleno de muebles y objetos revueltos. Casi no había nada. A su izquierda, un par de taburetes bajo la ventana. Más allá, unas escaleras llevaban al segundo piso. Y eso era todo. El lugar estaba tan vacío que los pasos de Chacaltana producían eco en las paredes. Y hacía más frío que en el exterior.

—Siéntate.

Álvarez arrastró uno de los taburetes hacia un lado de la ventana y se lo ofreció. Él mismo se sentó en el otro. No le invitó a nada de beber. Ni siquiera tenía dónde servirlo. Chacaltana trató de mostrarse pacífico:

—Le agradezco que haya tenido la amabilidad de permitirme el ingreso a su morad...

—¿Cómo has encontrado este lugar?

Álvarez lo tuteaba, pero Chacaltana prefería tratarlo de usted. Aunque los dos tenían la misma edad, se sentía distante de él, como si viviesen en continentes separados.

—¿Perdone?

—¿Estás sordo? ¿Cómo carajo nos has encontrado?

—Yo...

Chacaltana no tenía nada que ocultar. Pensó mostrarle las fotos que guardaba Joaquín, con las direcciones escritas. La suya, la de Ramiro Huaranga Mesa y las otras, de decenas de jóvenes que Chacaltana no había visto en la vida. Incluso pensó enseñarle las fotos sin dirección ni nombre, las tres de la mujer rubia. Si Huaranga Mesa la conocía, seguramente Álvarez también. Pero la actitud de cautela del joven le dijo que no era una buena idea. Que Joaquín no debía guardar esas fotos. Que ese cajón secreto no era precisamente un anuario de estudiantes, ni un directorio de amigos. Una vez más, procuró mentir sin mentir:

—Esta mañana estuve en casa de su amigo Ramiro. Hablé con su madre.

Al oír aquel nombre, el joven de barba se aplacó.

—¿Dónde tienen a Ramiro?

Álvarez apenas miraba a los ojos a Chacaltana. La mayor parte del tiempo, tenía la mirada puesta en la calle. De la ventana colgaba una cortina delgada, que permitía asomarse al exterior sin ser visto.

—No lo sé. No he venido por eso, señor Álvarez. Lo mío es personal.

Por primera vez, el joven miró a Chacaltana durante un largo rato. Y se rio, o quizá gruñó:

—A estas alturas, ya nada es personal.

—Esto sí. Yo... vengo por encargo de su señor padre.

Álvarez se sobresaltó. La sombra de la duda cruzó por su mirada:

—¿El padre de Joaquín?

Chacaltana asintió. El otro se rascó la barba.

—Su hijo no le importó cuando vivía. ¿Por qué le importa ahora?

—Por eso —respondió Chacaltana, pero sintió como una punzada el comentario de Álvarez. Ese joven melenudo, afeminado y, por cierto, de descuidada higiene personal sabía de Joaquín más que Chacaltana. Había hablado con su amigo de cosas que Chacaltana no. Al parecer, todo el mundo lo había hecho.

Trató de concentrarse en el motivo de su visita:

—El señor Calvo quiere saber cosas de su hijo. De hecho, estaría encantado si usted quisiera hablar con él personalmente.

Álvarez había vuelto a mirar por la ventana, pero ahora se rio con ganas y se volvió con sorna hacia Chacaltana:

—¿Yo? ¿Hablar con él? ¿Tomarnos un café quizá? ¿En el Haití, te parece? ¿O en otro lugar más público?

—Él sólo quiere...

—Dile que su hijo era un buen hombre. Solidario. Valiente. Un hombre que se jugaba el pellejo por los demás.

—¿Era un..., ehhh —Chacaltana no conocía ninguna palabra amable para «terrorista»—..., compañero de ustedes?

—¿Y por qué debería hablar yo contigo?

El asistente de archivo se encogió de hombros. No tenía ninguna buena razón que ofrecer, pero eso mismo lo hacía menos sospechoso. Álvarez bajó la guardia unos centímetros. Miró a su huésped con más cansancio que sospecha. Y finalmente le contó:

—Milito en un grupo político: el Partido de Izquierda Revolucionaria. Somos un partido pequeño pero participamos en las elecciones de este domingo. En cambio, Joaquín no formaba parte de ningún grupo político. Ningún comité de apoyo. Ninguna célula. Por eso resultaba útil. Era sólo nuestro profesor, y nadie sospechaba de él.

—¿Y qué pasó?

—Hace unos meses, las cosas se empezaron a poner jodidas con la Policía. De cara a las elecciones, comenzaron a hacer registros todo el tiempo, y a meter presos a nuestros compañeros. Se supone que participamos en unas elecciones libres, pero la Policía revienta cada una de nuestras reuniones. Y confiscan nuestros documentos. Y retienen a nuestros militantes. Su idea, supongo, es acosarnos y hostigarnos hasta hacernos desaparecer.

«Algo habrán hecho», pensó Chacaltana. Pero no lo dijo. Se sentía profundamente incómodo. Y sin embargo, no sabía cómo salir de esa casa.

—Lo más incriminatorio es la propaganda —continuó Álvarez—. Si la encuentran en tu casa, es como si te encontrasen una bomba. Así que Joaquín se ofreció a guardar el material delicado. Los volantes, las revistas, el mimeógrafo, esas cosas. Empezó guardando los nuestros. Pero se corrió la voz entre otros grupos políticos. Al final, su casa parecía un almacén de propaganda.

—¿No se estaba arriesgando mucho?

—Sí. Pero no paró. En eso consiste ser valiente.

A Chacaltana le dio un vuelco el corazón. Su amigo colaboraba con la subversión. Todos esos papeles no eran para su tesis. Eran pruebas de complicidad con actividades terroristas y traición a la patria. No estaba seguro de querer saber más. Pero ahora que había empezado a hablar, Álvarez ya no pensaba detenerse:

—Mientras tanto, empezamos a recibir a compañeros perseguidos por los dictadores de otros países. De Argentina o Chile, sobre todo, pero también alguno de Paraguay o Uruguay. No te imaginas lo que les están haciendo a los montoneros, a los izquierdistas, a los comunistas, o a gente que no tiene nada que ver, a sus padres o esposas. Los torturan. Los asesinan. Les meten la picana eléctrica en los testículos hasta que delatan a los suyos o se mueren de dolor. He escuchado cosas horribles.

—Comprendo —se limitó a corroborar Chacaltana. Conocía los argumentos de la propaganda sediciosa, y sabía que solían ser mentira. Pero no pensaba ponerse a discutir en ese momento. El otro continuó:

—Los que tienen suerte escapan de sus países y se refugian con nosotros. Les conseguimos un pasaporte falso, algo de dinero y contactos, y siguen viaje. La mayoría se van a México, a París o a Suecia. Para todo eso hace falta una organización muy sólida. Y muchos apoyos.

Era peor aún de lo que creía Chacaltana. Joaquín no sólo guardaba documentos comprometedores. También participaba en tráfico ilegal de personas, falsificación de documentos y fraude a escala internacional. Con cada frase de Álvarez, Joaquín sumaba un delito más a su currículum. Pero el subversivo no callaba, y Chacaltana no sabía cómo detenerlo:

—Poco a poco empezaron a llegar demasiados refugiados, y de demasiados grupos políticos diferentes. Y todos nosotros estábamos fichados por Seguridad del Estado. Así que Joaquín comenzó a apoyarnos también en eso. Recibía a la gente, los refugiaba en su casa, les conseguía documentos... Qué par de huevos tenía. Cómo se atrevió a ayudarnos...

—Y para lo que le sirvió —completó Chacaltana, que no podía contenerse más. Temió haber dicho una imprudencia, pero el joven de barba asintió melancólicamente.

—Hace tres semanas —suspiró—, con las elecciones a la vuelta de la esquina, las cosas comenzaron a ponerse feas de verdad. Se multiplicaron los registros. Y las detenciones. Dos de los nuestros han desaparecido. No sabemos adónde los han llevado. Y Joaquín... Tú ya sabes qué pasó con Joaquín. Ha sido la víctima más injusta de todo esto.

Bajó la cabeza. El silencio de la habitación vacía le recordó a Chacaltana el del cementerio. O el del apartamento de Joaquín. La paz de los sepulcros. Para Chacaltana, lo que ahora sabía de su amigo era como una muerte añadida.

—¿Cómo voy a contarle esto a su padre? —murmuró.

—Pues debería saberlo —respondió el otro, con rabia en la voz—. Ese viejo era un cobarde, y Joaquín no. Debería saber que su hijo era mucho mejor que él.

La afirmación desconcertó a Chacaltana aún más. Al parecer, Daniel Álvarez no sólo sabía más que Chacaltana sobre Joaquín. Incluso sabía más sobre Don Gonzalo. Chacaltana se imaginó a Joaquín contándoles su vida entera a sus estudiantes. Era uno más de ellos. Un delincuente en una pandilla. Quién lo habría dicho.

Unos pasos bajaron las escaleras. Era una mujer, una chica, de la misma edad que ellos dos, y vestida con el mismo descuido que Álvarez, con vaqueros y una vieja camiseta raída de manga larga. Pero en el cinturón llevaba una pistola.

—¿Quién es éste? —preguntó mirando con desconfianza a Chacaltana. El asistente de archivo comprendió que no hacía falta levantarse y presentarse.

—Es amigo de Joaquín —explicó Álvarez—. Y de la madre de Ramiro.

—¿Amigo? —respondió ella con aspecto enfadado—. ¿Qué es esto, boludo? ¿Un club social? ¿Se van a poner a jugar a las cartas ahora?

Chacaltana reconoció su acento porque llevaba días escuchándolo en todas partes, por la televisión, durante los partidos de fútbol. Era argentina.

—No te pongas nerviosa, Mariana...

—¿Que no me ponga nerviosa, decís? ¡Están matando y desapareciendo a los compañeros y vos recibís a los amigos en el salón, imbécil!

—No quiero causar una disputa conyugal —se excusó, poniéndose de pie, Chacaltana. Pero ella le dirigió una mirada aún más rabiosa:

—¿Conyugal? ¿Y vos qué creés? ¿Que esto es un hogar familiar?

—Mariana, regresa arriba. Este tipo ya se va.

Álvarez se puso de pie para calmarla. Chacaltana percibió a su espalda, debajo de la camisa, el bulto de otra arma.

—¿Y si se va de aquí a Seguridad del Estado? —protestó ella—. ¿Se te ha ocurrido pensarlo, por lo menos?

Chacaltana se sintió obligado a decir:

—No haré eso. Ni siquiera sabría bien qué contar.

En esa casa, sin duda, se estaba cometiendo algún tipo de ilegalidad. Pero Chacaltana no incurriría en negligencia mientras ignorase exactamente cuál, ni preguntase por los permisos de las armas, ni escuchase nada más de la conversación. Lo más seguro sería salir de inmediato de ahí, antes de que alguna eventualidad lo convirtiese en cómplice.

—Él es seguro —insistió Álvarez.

—Capaz él sí, pero vos no. Y esto lo sabrá Mendoza, te aviso.

—Ok. Lo hablaremos con Mendoza, ¿ok? Ahora cálmate.

—Bueno, es hora de despedirme —terció Chacaltana, ansioso por no exponerse más a los riesgos—. Gracias por...

No supo terminar la frase.

La chica le clavó los ojos. Se tocó la culata del arma. Una mujer con un arma y un hombre con pelo largo. Chacaltana no terminaba de entender el mundo de estos jóvenes, pero sabía que no le gustaba.

—Pará —ordenó ella—. Tenemos que salir nosotros primero.

—Verificamos la calle —explicó Álvarez—. Es un
protocolo de seguridad.

Chacaltana hizo todo lo posible por no escuchar lo
que él decía. Se limitó a quedarse de pie junto a la puerta,
intentando pensar en otra cosa, mientras esos dos jóvenes
(¿subversivos?, ¿delincuentes?, ¿bandoleros?) desplegaban
una actividad que sin duda él no debía ver.

Para empezar, la chica se quitó la camiseta y el pantalón y se quedó en ropa interior ahí, frente a los dos. Para
sorpresa de Chacaltana, su compañero no expresó ningún
deseo sexual, ni soltó ninguna risita, ni intentó ninguna broma obscena. Se limitó a cruzar una puerta junto a la sala,
quizá el baño, y volver a salir con ropa y un espejo de mano.
Ella se vistió con una falda y una blusa a cuadros, se peinó y
se arregló un poco. En cuestión de minutos, su aspecto había dejado de ser desgreñado y sucio. Ahora era un ama de
casa perfectamente normal, salvo por la pistola que llevaba
oculta bajo la blusa. Él también cambió su arma de sitio. Se
la colocó a un lado de la cintura, y se puso una chaqueta.

A continuación, ante un Chacaltana paralizado,
Álvarez sacó de la cocina una bolsa de basura y una esco-
ba, que le entregó a la mujer. Los dos respiraron hondo, el
tiempo pareció detenerse a su alrededor. Finalmente,
intercambiaron gestos para confirmar que estaban listos,
y abrieron la puerta.

Ella se adelantó, la mano en la bolsa. Álvarez salió
a continuación, con aire casual. Descendieron los escalones y atravesaron el césped hasta la vereda. Ella barrió las
hojas caídas hacia la calzada. Él depositó la bolsa de basura junto a la entrada. Sus cuerpos se movían con la naturalidad de la rutina doméstica, pero sus ojos miraban ten-
sos a un lado y otro de la calle.

Todo parecía tranquilo. Sobre el fondo del mar y
las gaviotas apenas se oía el motor de un Toyota Corolla

del 76 merodeando por la calzada. El heladero de antes seguía ahí, sentado perezosamente en su carrito amarillo. Y el hombre del buzo deportivo aún andaba por la calle con su pastor alemán. Chacaltana contempló con alivio que todo seguía igual. Pero tan sólo un instante después, reparó en que seguía demasiado igual. Los heladeros nunca se quedaban en el mismo sitio mucho tiempo. Los paseos de perros solían recorrer más de veinte metros. Los automóviles no andaban con tanta lentitud.

No obstante, pensó todo eso cuando ya era demasiado tarde.

Incluso Álvarez y su amiga, que estaban alerta para cualquier imprevisto, tardaron en reaccionar. En instantes, ya tenían al heladero de un lado, al hombre del perro del otro y al Toyota detenido a la altura de la puerta. El heladero fue el primero en hablarles.

—Tranquilos, tranquilos. No vamos a hacerles nada si se portan bien.

Desde donde estaba Chacaltana, pudo ver cómo sacaba algo de su carrito y señalaba a Álvarez con eso. Era un revólver. Álvarez alzó las manos mientras su amiga acercaba la suya lentamente a su cintura. A sus espaldas, el hombre del perro se iba acercando. Cuando ella trató de sacar su arma, el hombre le cayó encima desde atrás y la arrastró hacia el vehículo.

—¡Subí al carro!

—¡Dejame! —gritó ella.

—¡Subí al carro, puta de mierda!

El perro se echó a ladrar violentamente. El copiloto bajó del Toyota, y entre los dos consiguieron meter a la mujer a empujones en el coche. Al parecer, ella mordió al copiloto, que gritó de dolor y le sacudió la cabeza de una bofetada. Todos tenían el mismo acento que ella. La obligaron a acostarse boca abajo en el suelo del carro.

—¡Si te movés, te mato! ¿Me oís? ¿Me oís?

El supuesto heladero, mientras tanto, había desarmado a Álvarez y le apuntaba a la cabeza con el revólver. Cuando terminó con la chica, el del perro lo metió también a él en el auto. Álvarez no se resistió. Dijo:

—¡Ya me he rendido! ¡Me he rendido!

Aun así, le dieron dos culatazos en la cara.

—¡Para que quedés más lindo, hijo de puta!

Todo tardó apenas unos segundos. Álvarez, sangrando por la nariz, cayó como un fardo sobre el asiento trasero. El copiloto cerró la puerta y regresó a su sitio, sin guardar su arma. El conductor arrancó. De inmediato, el heladero subió a su carrito y comenzó a pedalear fuertemente. El hombre del perro echó a correr junto a su animal, que ladraba desesperado. Y un instante después, ya no estaban. Los ladridos se perdían entre la bruma de la tarde. El motor del Toyota enmudecía. La cornetita de heladero callaba. Todo parecía un mal sueño, reciente, pero irreal.

Chacaltana no se movió durante varios minutos. Sus rodillas temblaban hasta chocar una con otra. A pesar de la confusión, tenía clara una cosa: era su obligación denunciar a las autoridades lo que acababa de ocurrir.

Revolvió toda la primera planta en busca de un teléfono. Aparte de algunos utensilios en la cocina, el lugar estaba vacío por completo. Subió a la segunda planta, donde encontró un par de habitaciones con colchones en el suelo, cubiertos por mantas sucias y arrugadas, y ropa en los armarios. Evidentemente, uno de los cuartos lo usaba Álvarez. La mujer se quedaba en el otro.

Junto al colchón de ella encontró un teléfono. En vez de en una mesa, descansaba sobre la guía telefónica. Chacaltana buscó y marcó un número. Le respondió una voz de hombre:

—Comisaría de Barranco, buenos días.

—Quiero denunciar un secuestro. Es urgente. Aún pueden detenerlos.

—Dígame.

Chacaltana sabía perfectamente cómo sentar una denuncia, y la recitó con la precisión de un poema escolar. Describió los hechos, la localización y la hora de forma sucinta y sosegada, sin perder la calma. El agente a cargo le pidió que aguardase ahí, y Chacaltana bajó al primer piso a esperar junto a la ventana.

Sentado en el mismo taburete de antes, esperó a que sus rodillas dejasen de temblar. Y mientras, se preguntó qué hechos iba a explicar. ¿Qué podía contar? Y lo más peligroso de todo: ¿cuál era su relación con todo eso? ¿Qué hacía él ahí? ¿Iba a tratar de que creyesen que cumplía el encargo sentimental de un padre con sentimiento de culpa?

No tenía idea, pero era su deber. Después de todo, él no tenía nada que ocultar. ¿O sí?

Pasados veinte minutos, aún no había llegado nadie. Volvió a llamar a la comisaría. Lo atendió el mismo policía de antes:

—No se preocupe, señor. Ya hemos enviado una patrulla.

—No ha llegado. La comisaría está a menos de un kilómetro de aquí, en San Martín. Incluso caminando deberían tardar cinco minutos.

—Quédese tranquilo, señor. Nos estamos ocupando.

Pasaron tres cuartos de hora más. Y nadie llegó.

Cuando sus piernas se calmaron, Chacaltana abandonó su taburete y salió a la puerta. La calle permanecía en silencio, más aún que antes. La humedad había aumentado. El olor salino del mar le inundó la nariz.

—Nadie va a venir —comprendió en voz alta.

Una gaviota inmensa, casi del tamaño de un perro, sobrevolaba el acantilado acechando a los ratones.

Todavía no habían arreglado las luces de las escaleras. Mientras las bajaba a trompicones, aún aturdido por lo que acababa de ver, el Palacio de Justicia le pareció a Chacaltana una inmensa casa de brujas, un castillo gótico lleno de gárgolas y gatos negros. Y el archivo, el sótano donde se guardan los hechizos usados.

Llegó a la puerta del director y se apoyó en el marco para recuperar el aire. Su jefe estaba escribiendo algo con dos dedos en su máquina:

—Felixito, qué bueno que llegas —saludó sin mirarlo—. Nos han llamado de arriba para reclamar unas denuncias con carácter urgente y no había nadie aquí, hijito. Hemos hecho un papelón. Los jefes están furiosos. Dicen que nos pagan para irnos a tomar café.

—Señor...

—Vamos a tener que organizarnos, ¿ya? O te tomas un tiempo libre tú o me lo tomo yo. Pero no podemos dejar el archivo solo, pues.

—Señor director...

—Debería echarte la culpa a ti, ¿ah? Con lo disciplinado que tú eras, y ahora te desapareces todo el día. Pero yo te comprendo, Felixito. Hay que vivir. Sólo que tenemos que vivir por turnos para que no nos jodan.

—¡He presenciado un secuestro!

Entre los muros silenciosos del archivo, las palabras de Chacaltana rebotaron con un eco siniestro. El director levantó la vista de su máquina y enarcó los ojos, como si no reconociese al hombre de la puerta.

—¿Ah?

—Lo he visto con mis propios ojos, señor. Soy testigo ocular en primer grado.

Hablaba atropelladamente. Y mientras tanto, el director se frotaba los ojos y se acomodaba los lentes.

—¿Se puede saber de qué hablas, Felixito?

—Cuatro hombres, señor. Armados. Se han llevado a una mujer y a otro hombre en Barranco, incurriendo en delito de agresión, secuestro e injurias. Tenían un automóvil y un carrito de heladero, así que cabe presumir robo, quizá con intimidación.

Algo se movió en el interior del director. Su pulso se aceleró. Su actitud cambió. Incluso en ese cuerpo decadente, deteriorado por años de dedicación a las quinielas del fútbol, se podían encontrar restos de sentido del deber.

—No me digas más, hijito. Ahora mismo sentamos la denuncia y llamamos a la Policía. Aquí tengo formularios. ¿Sabes los nombres de las víctimas?

—El de una, señor.

—Empezaremos con eso. ¿Lugar?

Con detalle, casi con placer, director y asistente repasaron cada ítem del formulario. Toda información podía ser relevante, y llenaron cada casillero concienzudamente. Cierta complicidad se estableció entre ellos, la camaradería del deber cumplido, la energía de trabajar en pro del cumplimiento de la ley. Hasta que el director hizo una pregunta de más. Era casi la última, era irrelevante, pero era profundamente peligrosa:

—¿Ocupación de las víctimas?

—Eeeh... Bueno, supongo que... subversivos, señor.

—¿Cómo?

En el semblante del director se activó una congeladora. Pero Chacaltana estaba demasiado entusiasmado para notarlo:

—Tenemos que dar parte a Seguridad del Estado. O a la Policía de Investigaciones. O a la Guardia Civil. O quizá mejor damos parte por triplicado a todas ellas.

Con la mención de cada cuerpo de las fuerzas del orden, al director se le abrían más los ojos. Un mechón de su pelo se despegó de la calva y volvió a colgarle de un costado, como un ahorcado.

—Hijito, cierra la puerta —ordenó.

Chacaltana obedeció. El director sacó una botellita de ron del cajón. Dio un trago y le ofreció otro, que el asistente rechazó. Entonces dio otro trago y preguntó, subiendo el tono:

—Oye, ¿no te dije que no te metieras en líos, huevonazo?

—Señor, no fue mi intención. Yo...

Revisó lo que iba a decir: que se presentó en casa de un sospechoso para obtener información sobre un muerto por herida de bala cuyo caso permanecía en investigación. Trató de reformular y argumentar que se trataba de un encargo familiar. Finalmente, murmuró:

—Lo siento, señor...

—¿Qué voy a decirles a los del tercer piso? ¿Que no estábamos en la oficina porque estábamos defendiendo terroristas?

—Supongo que no, señor.

Chacaltana se encogió, un ovillo en la dura silla frente al escritorio de su jefe. Mientras el director lo regañaba, hizo trizas la denuncia que estaban llenando. Y el aire pareció más cargado que de costumbre.

—¿Qué chucha te ha pasado, Felixito? ¿Por qué me causas tantos dolores de cabeza? ¿Dónde está el chico tranquilo que trabajaba aquí hace una semana?

—A lo mejor desapareció. Ahora desaparecen a la gente.

No pudo evitarlo. Incluso para Félix Chacaltana Saldívar había ciertos límites, cierto punto a partir del cual ya no podía seguir sin una respuesta clara.

—¿Qué has dicho, hijito? —los ojos del director se volvieron más grandes que sus lentes—. ¿Puedes repetir eso?

Sí podía repetirlo. Lo que ya no podía era tragárselo por más tiempo:

—Señor director, según los citados subversivos, son las autoridades las que están llevando a cabo estas acciones de...

—Oh, mierda. Ahora me vas a contar la versión de los comunistas.

—He sabido de dos casos.

—¡Dos! Pero ¿quiénes son tus amigos, hijito? ¿La Internacional Socialista?

—Se trata de Ramiro Huaranga Mesa y Daniel Álvarez Paniagua, estudiantes. En el caso del primero, está demostrada la participación de agentes de las fuerzas del orden. En el segundo, su negligencia. Yo mismo llamé a la comisaría. Y nadie acudió.

Al oír la mención a los estudiantes, de repente el director sonrió con ironía. Chacaltana siempre había encontrado bonitas las sonrisas. En su experiencia, el director era el único hombre que lo tenía todo feo, incluso la alegría.

—¿Dos estudiantes, Felixito? ¿Y por qué «las fuerzas del orden» —y aquí el director dibujó unas comillas en el aire con los dedos— persiguen implacablemente a esos temibles enemigos públicos? ¿Han roto el baño de la universidad? ¿Le han metido la mano a una profesora?

—Son políticos, señor. Son subversivos. Pero se los han llevado sin dejar rastro. Es mi obligación denunciarlo. Es todo lo que sé.

—Estarán haciendo alguna comprobación de rutina, Felixito. Los asustan con un par de días en el calabozo y luego los sueltan. Tú ves fantasmas.

—DESAPARECIDOS, señor.

Chacaltana estuvo a punto de dar un puñetazo en la mesa, pero ya no se animó. De todos modos, la contundencia de su voz lo sorprendió a él mismo. El director se recostó hacia atrás, entrelazó las manos a la altura de la nuca y miró largamente a su asistente, como tratando de decidir qué hacer. Finalmente, le preguntó:

—¿Y qué crees que les ha pasado a esos chicos?

—Yo... vi cómo trataban de llevarse a una mujer. La encañonaron. La insultaron. La empujaron hacia el carro. No quiero pensar qué le habrán hecho después, si la han detenido.

—Tú crees que la han violado —dijo el director. No lo preguntó. Lo afirmó.

—No tengo conocimiento, señor.

—Tú crees que la han torturado.

—...

—Que le han pegado. Que le han arrancado las uñas. Que le han metido una rata por la chucha. En plena campaña electoral.

Chacaltana había tratado de no poner nombre a sus sospechas. Prefería pensar en ellas con un interrogante. Temía ponerse a imaginar... y acertar. No respondió a las suposiciones de su jefe.

—Ven conmigo, Felixito —dijo él de repente, levantándose de su silla.

—¿Adónde vamos?

—Tú ven. Te voy a enseñar algo.

—Pero señor... ¡Señor!

Sin mirar atrás, el director abandonó su despacho y atravesó el archivo. Chacaltana tardó en reaccionar y seguirlo. Mientras avanzaban, trató de preguntarle qué hacían, pero iban demasiado rápido para conversar. El director pasó frente al baño y siguió adelante, hasta la puerta de la carceleta. Chacaltana, como siempre, habría preferido no entrar ahí, pero cumplió la orden de su jefe, hasta que se encontró en el escritorio del guardia de turno, ocupado por el mismo cabo de la vez anterior.

—Buenas tardes, mi cabo —dijo el director.

—Buenas, doctor —respondió de buen humor el guardia, que parecía más gordo que antes y llevaba la camisa mal metida en el pantalón—. Me han dicho que en su sección ya no se trabaja. Que los andan buscando los de arriba y ustedes están en la playa, ¿es verdad?

—Cómo corren los chismes, jefe —rio el director—. Una siestita nomás nos hemos echado. Y justo entonces nos llaman, carajo. Seguro que allá arriba se toman más ratos libres, pero a ellos ya no hay autoridad que los vigile.

—La vida es injusta, doctor —sentenció el cabo—. ¿Va a ver el partido con nosotros mañana?

—Claro, pues, jefe —respondió el director alargando la *e* con zalamería—. ¿Con quién más iba a verlo?

—No lo sé. A lo mejor le daba por trabajar mañana.

—Ya. No se pase, ¿ah? Que tampoco sé si el reglamento permite poner una tele en la carceleta. Si nos ponemos pesados, aquí perdemos todos.

El policía agachó la cabeza, aceptando el argumento del director. Le preguntó:

—¿En qué puedo servirlo?

—Un favorcito, nada más. He traído acá al joven que se está formando bajo mi cargo.

Ante esa presentación, el cabo miró a Chacaltana. Hizo un movimiento con la cabeza que podía ser un saludo o no, y volvió a mirar al director:

—Ya lo había visto a su joven. ¿Y qué le pasa?

—Está confeccionando un informe para el que requiere hacer unas preguntitas a alguno de sus internos.

El policía miró hacia las celdas. Estaban tranquilas. La mayoría se veían vacías. Ni siquiera parecía haber más guardias que él mismo.

—Todos suyos —respondió—. Escoja al que quiera. No se lo lleve, nomás.

—Necesito a algún político. ¿Políticos tiene?

El cabo se rascó la nariz. Perezosamente, revisó los papeles que descansaban en su escritorio. Su actitud era la de un jefe de almacén revisando las existencias. Les buscaba un preso como si fuese un apio o un rábano.

—Tengo uno, justo. Normalmente hay más. Sobre todo ahora, por las elecciones. Pero hoy hay uno.

—Cualquiera servirá —lo tranquilizó el director.

El cabo les pidió con un gesto que lo siguieran. Con gran parsimonia, se encaminó entre las dos hileras de celdas, cuyos presos miraban con curiosidad a sus visitantes. Uno de ellos le mandó a Chacaltana un beso volado. El asistente de archivo bajó la cabeza y miró sólo hacia delante.

El cabo se detuvo ante una de las últimas celdas, y se apoyó en la puerta para hablar con su ocupante:

—Camarada, ¿cómo le va?

Desde el interior, les llegó una voz seca y malhumorada:

—Yo no soy tu camarada, cerdo.

La ropa del preso estaba vieja y sucia. Pero era de buena calidad. Su piel era blanca. Y a juzgar por su acento, tenía educación superior.

—El señor Pereira —lo presentó el cabo— debería estar aquí por asociación ilícita y conspiración. Pero está por romper a pedradas las ventanas de un banco. Mañana pasa al juez. Hasta entonces, lo guardamos aquí.

—Para silenciarme me guardan aquí. Pero no se puede silenciar a un pueblo con un garrote, ni con perros guardianes como tú.

El cabo se rio levemente:

—El señor Pereira también tiene una boquita de caramelo. Nos insulta todo el día. Lo bueno es que habla muy complicado y no le entendemos nada. ¡No se enoje, pues, camarada!

—¡No me digas camarada!

Chacaltana notó que ese preso venía de una clase social más alta que su guardián. Aunque fuese un subversivo frente a su carcelero, usaba el mismo tono que las señoras con sus empleadas domésticas. En todo caso, al cabo le daba igual. Con actitud indiferente, miró al director, que a su vez miró a su asistente. Chacaltana se aclaró la garganta:

—Eeeh..., disculpe, señor. ¿Le han pegado a usted?

El preso examinó a Chacaltana, tratando de decidir si era un funcionario o un abogado. Respondió:

—Lo que es un golpe es matar de hambre a millones de personas para beneficio de unos pocos. Eso es un golpe.

El cabo intervino:

—¡Contéstale al joven, pues, camarada! ¿Te hemos pegado o no?

—Me han detenido por defender una causa justa. ¿Te parece poco?

—Eso significa que no —dijo el cabo. Su rostro mostraba que se estaba divirtiendo de verdad con todo esto.

Chacaltana no quiso rendirse:

—¿Y sus amigos? Necesito saber si usted o alguien que conozca ha sufrido maltratos físicos o torturas en dependencias policiales.

—¡Todos! —exclamó el preso—. Todos hemos sufrido la tortura de vernos privados de libertad en condiciones infrahumanas, y...

—El joven no se refiere a eso, cara de caballo —interrumpió el policía—. Quiere saber si les metemos electricidad por los huevos o les pegamos hasta que nos cuenten quiénes son todos sus amiguitos. ¿Alguien te ha hecho eso? Dile. ¿Alguien te ha tocado tu culito blanco? Si alguien lo ha hecho, díselo al joven. Te ayudará.

El preso se enfurruñó. Primero dejó escapar un sonido gutural. Al final, dijo:

—Yo no hablo con lacayos de la represión.

Se alejó hasta un rincón de su celda y se sumió en el silencio. Ahora, el cabo se echó a reír:

—¡Ay, camarada! Deberíamos pegarte un poco de vez en cuando. Pero no por subversivo. Por antipático.

Y después de decir eso, soltó un escupitajo que cayó dentro de la celda, muy cerca de su detenido.

Esa tarde, al salir del archivo, Chacaltana se sentía como un tonto.

Su jefe y el cabo de guardia se habían burlado de él durante cuarenta y cinco minutos sin parar:

—Ya sabes, Felixito, pórtate bien o te torturo, ¿ah?

—No se preocupe usted, joven, aquí le arrancaremos los dientes pero con cariño.

—¿Sabes qué te vendría bien, hijito? Una picanita eléctrica cada mañana. Para despertarte. Es mejor que el café.

—O unos golpes con toallas mojadas. No dejan marca.

Conclusión: en este país no pasan esas cosas, Felixito. No somos unos bárbaros. A lo mejor nos llevamos a un sospechoso un par de días más de lo legal. A lo mejor le caen un par de guantazos. Pero más allá de eso, no pasa nada. Si hasta hemos convocado a elecciones. Si hasta regresamos a la democracia. ¿Para qué enfadar a los que serán nuestros jefes dentro de poco? Además, si los presos se pusieran a gritar, no nos dejarían escuchar los partidos de fútbol. Ja, ja.

Chacaltana había tenido que reconocerlo. De hecho, no tenía ninguna evidencia de que la Policía estuviese involucrada en esos secuestros. La madre de Huaranga Mesa era mujer sencilla, podía ser engañada fácilmente. Los agresores, que ni siquiera llevaban uniforme, se podían haber hecho pasar por autoridades. Y tanto en su caso como en el de Álvarez, los atacantes eran extranjeros. ¿Dónde se ha visto a un policía o militar extranjeros?

No. Los extranjeros eran los otros: los subversivos que Joaquín escondía. La mujer que escondía Álvarez. Estaba claro que se trataba de venganzas entre mafias internacionales. La muerte de Joaquín. La desaparición de Huaranga Mesa. El secuestro de esa mañana. Todo. Vendettas de argentinos. Al final, Chacaltana había redactado su denuncia, y en ella tipificaba el delito como «enfrentamiento entre bandas criminales».

Pero la idea de Joaquín como un bandolero lo perturbaba. Chacaltana deambuló por el parque de la Exposición tratando de aclarar sus pensamientos, intentando encajar las piezas del rompecabezas Joaquín Calvo. No conseguía poner en la misma pintura a su compañero de ajedrez y al sangriento líder de una pandilla mafiosa.

Cuando se sentía confuso, siempre buscaba a Cecilia. Y ahora le parecía que llevaba siglos sin verla. Quizá era el momento de prestarle una visita. Seguramente, después de su última discusión, ella ya se habría tranquilizado. Y ésa era su hora de salida. Necesitaba hablar con ella más que nunca. Y olerla. Con suerte, incluso tocarla.

Abandonó el parque y subió por Azángaro. A la altura de Emancipación, le pareció que alguien lo seguía. Pero trató de quitarse esa paranoia de la cabeza. «Ves fantasmas, hijito», le había dicho el director. Y a lo mejor tenía razón.

Dobló en Miró Quesada preguntándose cuándo se había ido todo al traste con Cecilia. Había pedido casarse con ella. Y las mujeres quieren casarse. ¿O no? Pero de repente todo había salido de modo inesperado, y siempre mal. Esto era otro signo de los tiempos, sin duda. Las ciudades se llenan de fantasmas. Y las mujeres ya no actúan como mujeres. Los años setenta eran un desastre. Chacaltana deseó haber vivido en los treinta, o los cincuenta, cuando el mundo aún estaba en orden.

Al fin llegó a la esquina del diario *El Comercio*. Volvió a parecerle que una sombra se movía a sus espaldas, siempre al ritmo de sus pasos, y una vez más se repitió que eso era imposible. Luego se concentró en su objetivo.

Entró en el edificio. Los puestos de avisos clasificados ya estaban por cerrar. Cecilia estaba en su puesto, atendiendo a un último cliente, y vio aparecer a Chacaltana. El asistente de archivo intentó una tímida sonrisa. Pero ella no se la devolvió. Bajó la mirada y continuó con su trabajo.

Chacaltana comprendió que debía esmerarse. Le quedaban unos minutos, y un as bajo la manga. Salió a la calle y bajó a la iglesia de La Merced, donde siempre había vendedores de flores para las ofrendas. Compró varias cuyos nombres no conocía. Las escogió porque tenían colores vivos, naranjas y amarillos. Quería algo alegre.

Regresó al periódico con su ramo en la mano y se plantó en la puerta de salida, entre cuatro o cinco caballeros que sin duda esperaban por sus respectivas parejas. Cecilia ya no estaba en su sitio. Debía de estar en el baño retocándose. Chacaltana se colocó en el centro de la enorme puerta principal, tan visible como fuese posible.

Al fin, Cecilia apareció, del otro lado del vestíbulo, junto a las escaleras. A Chacaltana se le puso la piel de gallina. Ella estaba radiante, o eso pensó él. Se había pintado los labios y llevaba una falda más corta que la última vez, en lo que su madre habría considerado la frontera de la desvergüenza. Sobre todo, llevaba una sonrisa. Un gesto de amistad y complicidad dirigido hacia donde estaba él. Chacaltana se sintió aliviado, pero también se le aceleró el corazón. Tenía tantas cosas que decirle que ni siquiera sabía cómo saludarla.

Salió a darle el encuentro, con el ramo por delante, preguntándose cómo abrazaría a Cecilia sin aplastar las flores. Pero no le hizo falta hallar una respuesta. Ella llegó a su altura y siguió de largo. Casi pasó a través de Chacaltana, como si él estuviese hecho de aire.

Desorientado, Chacaltana se dio vuelta. Allá en la puerta, Cecilia se encontró con un joven. *Otro* joven. El destinatario real de su sonrisa. Debía de tener la edad de Chacaltana, pero vestía más informalmente, sin corbata y con jeans. Era más blanco. Y ni siquiera se había molestado en llevarle unas flores. Pero ahí estaba ella, saludándolo a él, besándolo en la mejilla, alejándose de Chacaltana en dirección al jirón Huancavelica, y haciéndolo todo como en cámara lenta, de modo que su torpe admirador apreciase con lujo de detalles su humillación.

El asistente de archivo sintió marchitarse y pulverizarse las flores entre sus dedos. Tenía la impresión de que el universo entero había sido testigo de ese momento. Pero al mirar a su alrededor, descubrió que ahí no quedaba nadie.

Arrojó los cadáveres de las flores a un basurero en la esquina de la plaza de Armas. A esa hora, los funcionarios seguían saliendo de sus oficinas, y a ellos se sumaban los vendedores ambulantes y los policías. La muchedumbre desbordaba las veredas, la plaza y las escalinatas de la catedral. Las bocinas de los autobuses y el humo de sus escapes cargaban más la atmósfera. Chacaltana sintió que la ciudad se movía a un ritmo que él nunca podría alcanzar. Que estaba condenado a llegar tarde a todas partes, incluso a su propia existencia.

Decidió volver a casa caminando. No tenía ganas de apretujarse en un autobús. Y quizá el aire lo despejaría un poco. El recuerdo de Cecilia pasando junto a él sin verlo le nublaba la mente como los vapores del alcohol.

A partir de la avenida 28 de Julio, la multitud comenzó a disolverse, y él volvió a notar unos pasos constantes a sus espaldas. Antes había desechado su manía persecutoria como pura paranoia, pero ahora sonaban claramente detrás de él. Bajó la velocidad, y los pasos lo imitaron. Aceleró, y ellos también. Sin volverse, antes de llegar al parque de la Reserva, dio una vuelta completa a la manzana, y volvió a la avenida Petit Thouars en el mismo punto donde la había dejado. Los malditos pasos seguían ahí.

Gotas de sudor frío resbalaron desde su frente. Recordó la escena que había presenciado horas antes, en Barranco. Miró a todos lados, por si había algún carrito de heladero, o un Toyota. Nada parecía anormal. De todos modos, no podía llevar a los mafiosos hasta su casa, donde vivía su madre. Pensó subir a un autobús en dirección contraria. O meterse en un taxi. Pero el autobús tardaría, y ningún taxi le parecía seguro. Tendría que resolver esa situación ahí mismo, en la calle. Avanzó hasta una esquina bien iluminada con una parada de autobús, donde había mucha gente. Cuando llegó, rezó en silencio un avemaría, respiró hondo y volteó.

Tras él venía una mujer. Una que él ya había visto antes. Igual de atractiva, treintañera, con una larga cabellera rubia que él había visto brillar en las fotos de Joaquín Calvo.

—Eres Félix, ¿verdad?

Chacaltana asintió con la cabeza. Para ser una perseguidora furtiva parecía nerviosa, insegura. Y como perseguidora, tampoco debía ser muy competente. Su cabellera rubia, entre todas las cabezas negras que circulaban por el centro de Lima, atraía todas las miradas sobre ella. Chacaltana perdió el miedo.

Ella se mordió el labio inferior, un labio tan carnoso como en las fotos, y preguntó:

—¿Tienes un minuto?

Claro que lo tenía.

Encontraron un café en la avenida Arequipa. Era pequeño y mugroso, pero había una mesa tranquila en un rincón y servían jugo de naranja y té. No hacía falta más. Chacaltana trató de aplacar sus nervios hablando del clima, pero el cielo llevaba semanas nublado y sin lluvia, como todos los años en esa época por lo demás. El tema no daba para mucho. La mujer rubia no estaba más tranquila, pero se contenía. Tenía los ojos grandes y las pestañas muy rizadas. Se presentó como Susana Aranda, y esperó a que llegase su jugo antes de hablar.

—Joaquín habla mucho de ti —le informó, dando un sorbo de una cañita rosada—. Te aprecia.

La mujer hablaba de Joaquín en presente. ¿Sería posible que no supiese lo que había ocurrido? Chacaltana prefirió no llevar la conversación en esa dirección.

—¿Cómo me ha reconocido usted?

—Tu descripción es inconfundible.

Chacaltana sonrió tristemente. Al contrario que Joaquín, él era un hombre perfectamente reconocible, un hombre siempre igual a sí mismo, sin misterios, sin sorpresas. Un aburrido. Y sin embargo, tenía razones para animarse. Joaquín le había hablado de él a alguien. Joaquín, a diferencia de Cecilia y de toda la ciudad, reconocía su existencia.

—Jugábamos ajedrez en el pasaje Olaya —recordó él.

—Dice que eres bueno.

Ella mantuvo su presente, y él insistió con su pasado:

—Él ganaba casi siempre.

Chacaltana se ruborizó. No podía evitarlo. Al hablar de su amigo y sus partidas de ajedrez, recuperaba un pedazo de un pasado perdido, de un mundo en vísperas del hundimiento.

—No juega para ganar —dijo ella—. A él le gustan las reglas. Eso me dijo una vez: «El ajedrez es un juego perfecto, con unas reglas muy bonitas». No sé cómo pueden ser bonitas unas reglas.

A ella se le quebró la voz ligeramente, y dejó de hablar. Chacaltana no necesitaba oír más para saber que él y ella habían conocido al mismo Joaquín. Al parecer, todo el resto de personas habían conocido a uno muy distinto. Pero Chacaltana quería creer que el suyo era el real. Y quizá ella podía demostrárselo. La rubia tamborileó con los dedos, junto a su vaso, y se animó a preguntar:

—¿Qué le ha pasado, Félix? ¿Dónde está?

Chacaltana, quizá para ganar tiempo, respondió con una pregunta retórica.

—¿No lo sabe usted?

Ella negó con la cabeza. Chacaltana comprendió que esa mujer no tenía cómo saberlo. El crimen de Barrios Altos no había salido en los periódicos.

—Ha... fallecido. Ha sido un asesinato.

La miró a los ojos al decirlo, y percibió la velocidad con que se le inundaban de lágrimas. Le alcanzó su pañuelo.

Mientras ella se derrumbaba, Chacaltana emprendió su tarea con todo el rigor del que era capaz. Explicó los hechos con el detalle de un informe oficial. Se explayó, quizá innecesariamente, en las características de la herida de bala. Indicó la fecha de deceso y la de las exequias. Al final, el rostro de Susana se deformaba en una mueca de dolor. La gente de las otras mesas los miraba, pensando que eran una pareja que rompía, y sin duda comentando lo joven que era él. Y lo poco agraciado.

—¿Por qué? —balbuceó Susana—. ¿Quién?

Él ocultó sus ideas al respecto:

—No me corresponde a mí investigarlo.

—Era una buena persona... Era el más bueno que he conocido.

—Sé cómo se siente.

—¡No, no lo sabes! —gritó ella, atrayendo una vez más las miradas. Luego se levantó, recogió su bolso y corrió al baño. Dejó el pañuelo en la mesa, húmedo de lágrimas y mocos. Chacaltana decidió dejarlo ahí, por si ella volvía a necesitarlo.

Cuando Susana regresó, se había pintado la cara y arreglado el cabello, pero aún tenía los ojos rojos. Sus pechos brillaron frente a los ojos de Chacaltana al pasar la mesa. Él no pudo evitar notarlos, pero reprimió esa visión por la gravedad de las circunstancias. Ella se dejó caer en la silla y dijo:

—Lo siento, Félix. La noticia que me has dado es... No lo esperaba.

—Comprendo.

—Pensé que me había dejado. Que no me lo había dicho por cobardía. Fui a su casa varias veces y él no estaba. Me sentía furiosa y no sabía con quién hablar y... Bueno, recordé que tú trabajabas en el Palacio de Justicia.

—¿Ustedes no conocían a nadie en común? ¿No tenían un solo amigo?

—Nuestra relación no era... visible.

Chacaltana no entendió qué significaba eso. Su rostro debió delatarlo, porque ella añadió:

—Soy casada.

Al fin un dato que encajaba con el Joaquín que Chacaltana conocía, ese hombre experimentado en temas de mujeres que, sin embargo, nunca mencionaba ningún nombre en particular. Chacaltana disimuló una sonrisa de admiración por su amigo. Después de todo, no mentía. Y tampoco traicionaba la confianza de su amante. No obstante, Chacaltana se prometió buscar un término distinto de *amante* para referirse a la señora, que tenía un aspecto perfectamente respetable.

—Por eso él nunca me habló de usted —dedujo.

—Casi ni siquiera nos vimos fuera de su apartamento. Una vez fuimos a la playa. Pero no lo disfrutamos. Exponernos nos ponía muy nerviosos.

—Ya veo.

Algo del tono de reprobación de su madre se coló en la respuesta de Chacaltana. No es que juzgase a su amigo. Simplemente, sólo sabía hablar de esa manera. Y Susana lo percibió:

—No íbamos a seguir así para siempre —dijo, como justificándose—. Íbamos... íbamos a...

Una vez más, el llanto la enmudeció. Chacaltana tuvo el impulso de reconfortarla, tocarle esa mano blanca de manicura cara, acaso abrazarla. Pero el contacto físico con una mujer —y peor aún, una mujer casada— estaba fuera de sus posibilidades.

—No tiene que darme explicaciones...

—Íbamos a quedarnos juntos —continuó ella, reponiéndose un poco—. Yo iba a dejar a mi marido. Ya lo habíamos conversado. Joaquín iba a hacer un pequeño viaje, muy cortito. Apenas un par de días. Y a su regreso, nos mudaríamos juntos.

Chacaltana se extrañó:

—¿Un viaje?

—Sólo un par de días. Se iba a Argentina. A recoger un paquete.

A Argentina, como los secuestradores y la secuestrada. Y un paquete. Sin duda, era un tema de narcóticos. O armas. Tráfico de estupefacientes o material bélico. Joaquín, el viejo Joaquín, el perfecto usuario del archivo, se convertía a cada segundo en un hombre más peligroso. Y su muerte cada vez daba más señales de ser un ajuste de cuentas entre maleantes. Pero Chacaltana no permitió que su rostro delatase sus especulaciones.

—¿Cuándo? —preguntó.

—Yo lo vi por última vez el miércoles, hace dos semanas. Dijo que volaría el jueves y volvería el viernes. Que me llamaría nada más bajar del avión, por la tarde. Yo iba a confesarle todo a mi esposo ese mismo fin de semana. Pero Joaquín no llamó. Ni ese día, ni el fin de semana, ni nunca. Y yo pensé... Bueno, ya te imaginas tú lo que yo pensé.

Del jueves día 1 al viernes día 2. La tarde de ese viernes, Joaquín se había presentado en el archivo, con aspecto enfermo y pálido. Se había despedido con esas palabras: «Que te vaya bien. Todo saldrá bien». Al parecer, estaba equivocado. Nada había salido bien desde entonces. La siguiente vez que Chacaltana lo había visto, yacía en el lecho del río con un agujero en la cabeza.

La mujer se sonó los mocos. No lloró esta vez, pero su rostro estaba anegado. A Chacaltana se le ocurrió una forma de ayudarla:

—Quizá quiera beber algo más fuerte —ofreció—. Un pisco o algo.

—Gracias. Pero no me puedo poner a beber sola. No se vería bien.

Chacaltana pensó que nada real se veía bien. Todos andaban ocultando su vida a los demás. Nadie conocía a nadie en verdad. Pero sólo dijo:

—Yo la acompañaré.

Pidió dos vasitos de pisco. Ella se bebió el suyo de un trago, pero a Chacaltana el primer sorbito le raspó la garganta y le sacudió la cabeza. Supuso que ese café de mala muerte no era el mejor lugar para pedir licores.

—Señora, ¿supo usted si Joaquín formaba parte de algún grupo político? ¿Algún partido?

Ella ni siquiera tuvo que pensarlo:

—No. Su casa estaba llena de panfletos políticos, pero era por su investigación doctoral. Hacía una tesis sobre extremismos. Eso me explicó. Jamás me contó que asistiese a ningún acto. Ni siquiera le escuché opinar sobre política.

Así que Joaquín también guardaba secretos para ella. Eso la ponía en el mismo nivel de intimidad que Chacaltana. El asistente de archivo se entusiasmó al considerarlo, pero reprimió esos pensamientos egoístas. No era momento para ellos. En cambio, sí lo era para contrastar el Joaquín Calvo de esa mujer con el Joaquín Calvo que había conocido el joven de Barranco. Y para eso había una pregunta crucial:

—¿Le habló él a usted de su padre alguna vez?

Ella se extrañó. Se alisó la falda con las manos. Pero no tenía razones para desconfiar de Chacaltana. Y le gustaba recordar:

—En una ocasión. Hace muy poco. Una de las últimas veces que nos vimos. Esa tarde estaba muy melancólico. Había bebido. Y siguió bebiendo durante nuestro encuentro. Yo lo escuché. Jamás lo había visto así.

—¿Y qué dijo?

—Que su padre era un traidor. Que había abandonado a su madre. Que ella había muerto por culpa de él. También dijo que era un borracho. Y que lo había engañado durante toda su vida.

Chacaltana pensó que en algún momento iba a tener que informar de esa conversación a Don Gonzalo:

—¿Y dijo algo bueno?

—No lo creo. Pero estaba ebrio. No hablaba con mucha coherencia.

Chacaltana había ido bebiendo y quemándose el gaznate con cada sorbo. Al terminar su vasito ya le dolía la cabeza. Y era tarde. Sin duda, había tenido un día largo. El día más raro de su vida. Y por lo visto, ella también.

—Te voy a dejar mi tarjeta —dijo ella levantándose—. Por si averiguas o quieres saber algo más. Pero sé discreto, ¿ok? No quiero que esto se enrede más.

Antes de que Chacaltana pudiese reaccionar, ella ya había dejado la tarjeta sobre la mesa y se alejaba por el pasillo, entre los obreros y los colectiveros que llenaban el local. Con su melena rubia y su ropa de marca, parecía una princesa de cuento perdida en la realidad.

Algo no cuadraba. Algo estaba fuera de sitio. Como un cuervo en un palomar.

Encaramado en una escalera, Chacaltana volvió a mirar la estantería que subía desde el suelo hasta el techo del archivo. Extrajo un par de expedientes y los abrió para examinarlos. Al principio, todo se veía en orden. Pero un detenido análisis reveló el problema. Un grave problema: estaba archivando denuncias por temas de familia en la sección de Atentados contra la Propiedad Privada.

Miró a todas partes, temeroso de que alguien lo descubriese. Lo que había hecho era un escándalo. Si eso fuera un mapamundi, habría hecho desaparecer un país entero. Y en cierto sentido, aquello era en efecto un mapamundi, un modelo a escala de las faltas y delitos de toda la gente, un depósito de conflictos y culpas. Era su responsabilidad organizarlo al detalle. No podía volver a distraerse.

Pero es que tenía demasiadas cosas en la cabeza. No sólo las pandillas de extranjeros llevando drogas y delinquiendo por la ciudad. Eso ya era bastante duro, pero en este preciso momento, a Chacaltana le molestaban asuntos más personales. El asunto entre Susana Aranda y Joaquín. El asunto entre Cecilia y el chico del día anterior. En realidad, lo que le molestaba era no tener un asunto él mismo.

Hasta su madre, que había permanecido inmaculada desde el accidente de su padre, ahora flirteaba con Don Gonzalo. Y eso era lo peor. Por la noche, cuando Chacaltana había vuelto a casa, su madre le había preguntado cuándo invitaría de nuevo a Don Gonzalo. Había insistido en que Don Gonzalo necesitaba noticias sobre su hijo que en paz descanse. Y al final, había obligado a Chacaltana a invitarlo a almorzar. Ahora, Chacaltana tendría que contarle que Joaquín era un hombre peligroso. Tendría que decirle que se buscó su propia muerte, enredado como estaba entre mafias internacionales. Chacaltana habría preferido demorar esa explicación indefinidamente.

—Felixito, hijito.

Chacaltana dio un respingo y casi cayó al suelo. El director se le había acercado muy silenciosamente, a traición.

—Buenos días, señor. No sabía que ya estaba aquí.

—Subí al tercer piso. ¿Te acuerdas que nos buscaron ayer y no había nadie?

—Sí, señor. Espero que haya podido arreglarlo.

—En realidad, yo no he tenido que arreglar nada.

El asistente de archivo bajó de la escalera. Su mirada trató de encontrarse con la de su jefe, que estaba opaca, huidiza.

—¿Entonces todo estaba bien? —le preguntó.

—La cosa no era conmigo, Felixito —carraspeó el director—. Nadie se ha dado cuenta de mis ausencias, sobre todo porque nadie baja a este cuchitril para nada.

Su mirada seguía agazapada en el fondo de sus lentes, como una rata en un desagüe. Chacaltana quería continuar su labor de archivo, pero algo le dijo que esa conversación no había terminado.

—Me alegro de que todo esté bien.

—No he dicho que todo esté bien. He dicho que no era conmigo.

Chacaltana trató de avanzar entre las estanterías, pero el cuerpo de su jefe le bloqueaba el paso. Estaban tan cerca que Chacaltana podía ver la caspa que alfombraba sus hombros.

—¿Entonces, señor?

—Es contigo. El problema eres tú.

—¿Cómo?

Ahora sí, se cruzaron sus miradas. En la del director había hielo.

—Oh, señor —se lamentó Chacaltana—. Con la agitación de los últimos días, he descuidado mis labores. Es posible que haya traspapelado anexos de denuncias importantes. Le juro que lo lamento profundamente, y que estoy dispuesto a asumir por entero la responsabilidad de mis act...

—Felixito, papacito. Esto no tiene que ver con tus archivos.

Chacaltana no entendió. En su trabajo, todo tenía que ver con sus archivos.

—¿Señor?

—Tus papeles de mierda no le importan a nadie —perdió los estribos el director—. ¿Sabes qué es lo bueno de que te destinen al archivo? Que no le importas a nadie. Nadie sabe que existes. Nadie quiere tu puesto. Por eso no tienes problemas con nadie. ¿Y qué has logrado tú? Que todo el mundo esté pendiente de nosotros. Gracias, huevonazo. Nos has jodido bien. Espero que estés contento.

Su voz rebotó entre las estanterías, los pasillos y los demás nichos donde yacían los papeles. Se sentía traicionado. La mediocridad, para él, también requería lealtad. Chacaltana trató de reivindicarse. Dejó el archivador en la escalera y dijo:

—No se preocupe, señor. Subiré al tercer piso y ofreceré las explicaciones que me demanden. No tengo nada que ocultar. No he violado los protocolos de acción legal ni los reglamentos internos ni el código ético ni...

El director se llevó las manos a la cara, un gesto de desesperación. Usaba una pesada sortija de oro, pero su pelo brillaba más que ella.

—Felixito, no te están llamando del tercer piso.

—¿Ah, no? Pensé que...

—La citación viene del Servicio de Inteligencia.

El director volvió a bajar las manos al decirlo, y clavó en Chacaltana una mirada de resentimiento, pero también de lástima. Era sólo una citación. Una invitación a conversar. Pero aun así, las últimas tres palabras sonaron como una sentencia.

Ministerio de Guerra. Mientras su taxi se acercaba por la avenida San Borja Norte, Chacaltana saboreó ese nombre. Se sentía honrado de ser convocado a ese lugar, desde el cual se defendía la soberanía nacional incluso con la vida de ser necesario. Tiempo antes, seducido por las marchas y los pabellones nacionales, él mismo había querido ser militar. Pero había quedado descartado en la selección porque era corto de vista y sufría de pie plano. Ahora, al bordear el gigantesco recinto del Ministerio, sentía que sus deseos, al menos en una pequeña parte, se hacían realidad.

En el control de la puerta, un soldado los detuvo:

—¿Nombre?

—Félix Chacaltana Saldívar. Del archivo judicial. Busco al almirante Héctor Carmona, enlace de Inteligencia Naval en el Ministerio. Me ha citado él.

—Sus documentos, por favor.

Chacaltana le entregó su libreta. El soldado regresó a su cabina e hizo una llamada telefónica. Chacaltana era joven, pero ese soldado parecía más joven aún. A pesar de su casco, sus botas y su fusil, no debía pasar de los dieciséis años. Chacaltana lo admiró por haber respondido al llamado de la patria no obstante su juventud.

El soldado volvió a salir y levantó la barra:

—Adelante. Sigan hasta el edificio principal. Su taxi debe abandonar el recinto. Y usted espere en la puerta.

Se despidió con el saludo militar. En respuesta, Chacaltana se llevó la mano a la frente y deseó haber lucido en ella un quepís.

Para el director del archivo, ser llamado al Ministerio significaba un problema. Su filosofía era no hacerse notar en ningún caso por ninguna instancia superior, salvo para ver fútbol con ellos. Pero para Chacaltana, la mole de hormigón con aspecto de monstruo de siete cabezas representaba una oportunidad. No había hecho nada malo. Y el que no la debe, no la teme.

El taxi atravesó una explanada. Aquí y allá se veían tanques, carros de combate, incluso un helicóptero, todos inactivos. Formaban parte de la decoración, como los cuadros en una casa. Los transeúntes, en su mayoría, eran hombres y llevaban uniforme. Aunque también se veía a algunas mujeres de civil, con mangas de plástico que delataban su condición de secretarias. Una de ellas lo esperaba en la puerta de la torre central:

—Señor Chacaltana —ofreció—, yo lo acompañaré al despacho del almirante.

Ahora se internaron en un laberinto de oficinas, pasillos, despachos y escaleras. Por fuera, el complejo parecía una nave espacial, pero su interior delataba su verdadera naturaleza: un edificio burocrático, lleno de papeles que iban de una puerta a otra para terminar metidos en cajones. A Chacaltana le gustó.

Por fin, llegaron a una salita sin ventanas, con una puerta al fondo. El único mobiliario estaba formado por una mesa baja y un par de sillones forrados en imitación de cuero. El tapiz se había abierto en algunos puntos, dejando ver un relleno de esponja amarillenta. La mujer le pidió que esperase ahí y desapareció.

En busca de algún entretenimiento, Chacaltana se acercó a la mesa. Para regocijo de las visitas, había un ejemplar del diario oficial *El Peruano,* con su boletín oficial del Estado. Era su lectura favorita.

Pasó una hora revisando las normas y reglamentos en vigor. Incluso dedicó unos minutos a las noticias del periódico: la inauguración de una carretera en Huacho o la construcción de canchas deportivas en El Cercado. Todas las noticias celebraban los méritos del glorioso gobierno de las Fuerzas Armadas. A Chacaltana le gustaba ese periódico porque era positivo. Aunque debía admitir que, en los últimos años, todos los periódicos habían sido así. Seguramente, con la llegada de la democracia, también perderían ese último remanso de paz.

Mientras leía, grupos de oficiales entraban y salían de la puerta del fondo. Algunos iban muy serios, pero otros reían. Llegó a escuchar fragmentos de lo que sin duda era un chiste rojo, y un sinfín de apuestas sobre el partido contra Brasil que se jugaría en unas horas. La mayoría de los visitantes llevaba papeles. Ninguno miraba a Chacaltana. Pasada una hora y cuarto, el asistente de archivo llegó a pensar que lo habían olvidado ahí, como a un juguete viejo.

Por fin, se abrió la puerta. No salió nadie. Pero una voz desde el interior lo invitó, o más bien le dio una orden:

—Pase, Chacaltana, y cierre la puerta al entrar.

El asistente de archivo obedeció. Por alguna razón, ese lugar le producía el impulso de obedecer.

Había imaginado que pasaría a un despacho suntuoso, festoneado de banderas del Perú. Pero entró en un cubículo del mismo tamaño que la salita de espera, y también sin ventilación natural. En lugar de una ventana, colgaba de la pared una foto del general Francisco Morales Bermúdez, presidente de la República. Completaban el ambiente un bidón de agua y un ficus, como para demostrar que había vida ahí dentro. Lejos de decepcionarse por la austeridad, Chacaltana la consideró una muestra de los sacrificios del apostolado de las armas.

El almirante Carmona ni siquiera levantó la vista. Estaba concentrado en un grueso montón de papeles, que revisaba con un bolígrafo. Era de mediana edad, y de complexión delgada y sólida. Pero su pelo corto estaba prematuramente blanco, igual que su camisa y su piel. Tanta blancura le daba a su aspecto un aire más severo.

Como nadie lo había invitado a sentarse, Chacaltana permaneció de pie frente al escritorio. Le pareció que pasaba ahí más tiempo aún que en la salita de espera, con el almirante revisando todos esos informes o lo que fueran. Finalmente, el oficial levantó del escritorio unos ojos que la luz fría hacía ver grises.

—Espero que haya traído su cepillo de dientes, Chacaltana —dijo—. Porque usted duerme aquí hoy.

—¿Señor?

—Bueno, aquí no. En la base aérea de Las Palmas. Ahí deben de tener celdas de castigo, con algún espacio para interrogatorios.

—Perdóneme, pero no entiendo...

El militar lo silenció con un gesto de la mano. A continuación, lo miró de arriba abajo y concluyó:

—Es usted demasiado joven, ¿no?

Chacaltana pensó que según para qué. Pero por si acaso, se limitó a responder:

—Sí, mi almirante.

No era *su* almirante. Y sin embargo, Chacaltana no consiguió dirigirse a él de otra manera.

—Bueno —constató el militar con tranquilidad—, todos los subversivos lo son. En el fondo, son idealistas, ¿verdad? Sólo eso.

Como el almirante se había respondido su propia pregunta, Chacaltana se consideró relevado de hacerlo. Pensó que mientras menos dijera, mejor. El militar sacó un papel y se lo puso enfrente. Era la denuncia por irregularidad administrativa migratoria menor interpuesta contra Nepomuceno Valdivia, la que tenía vicios de forma. Era lo último que Chacaltana esperaba ver en ese lugar.

—Mi almirante, me impresiona ver hasta dónde ha llegado este papel.

—¿Hasta dónde llegó? Lo que a mí me interesa, Chacaltana, es de dónde salió.

—Lo mismo me pregunto yo, señor. El pasado lunes 5 por la mañana estaba en mi escritorio. Ni rastro de quién recibió la denuncia. Ni siquiera el número de documento del denunciante. Una verdadera irresponsabilidad.

Los ojos del almirante parecían dos témpanos de hielo. Mientras contemplaban inmóviles a Chacaltana, a él le pareció que bajaba la temperatura de todo el despacho. El militar preguntó:

—¿Y usted espera que yo crea eso?

—Sí, mi almirante.

—¿Sabe usted quién es Nepomuceno Valdivia, el denunciado?

El nombre de Nepomuceno Valdivia encendió una chispa en la cabeza de Chacaltana. Había visto ese nombre por ahí, en algún lugar, en los últimos días. Pero la luz volvió a desaparecer de inmediato, como una estrella fugaz.

—No, mi almirante.

El militar asintió, como si verificase información que esperaba escuchar. Revisó sus apuntes. A continuación, volvió a la carga:

—Éste no es el único papelito que ha salido de su despacho. Ayer firmó usted una denuncia por... —leyó de entre sus apuntes—... «enfrentamiento entre bandas criminales». Aquí consigna usted el secuestro de Daniel Álvarez Paniagua. ¿Sabe usted quién es Daniel Álvarez Paniagua?

—Sí, señor. Un subversivo.

El militar abrió los brazos, como si Chacaltana acabase de decir una impertinencia.

—¿Y admite usted que lo conoce?

—Por supuesto, mi almirante. Más aún, tengo razones para creer que Álvarez Paniagua formaba parte en realidad de una banda de tráfico de narcóticos. Su actividad política era sólo una tapadera. Y su secuestro fue un ajuste de cuentas entre traficantes. Forma parte de sus actividades delictivas rutinarias.

Chacaltana se preguntó si era apropiado llamar «rutinarias» a unas actividades delictivas, pero al ver la reacción del militar, decidió concentrarse. El almirante se estaba recostando hacia atrás, con aspecto de estar sumamente interesado en lo que decía Chacaltana. Sus ojos habían adquirido un matiz de desconfianza:

—¿Traficantes?

—Me he permitido confeccionar una investigación paralela, mi almirante. Por supuesto, no dudo de la eficiencia de nuestros sistemas de verificación y de la alta profesionalidad de nuestros adalides de...

—Chacaltana, no tengo todo el día. Explíqueme lo de los traficantes.

Héctor Carmona tenía un raro talento. Aunque hablase en voz baja, casi inaudible, su voz tenía don de mando. Y Chacaltana obedeció con algo más que disciplina, con orgullo:

—Tengo indicios de que un miembro de su banda viajó en días anteriores a Argentina, donde recogió lo que podría haber sido un paquete con drogas o dinero. A partir de su regreso, varios miembros de la banda han sido asesinados o secuestrados. Testigos de los secuestros, entre los que me incluyo, han certificado la participación de argentinos en tales actividades ilícitas.

«Miembros de la banda.» Chacaltana jamás pensó que se referiría a Joaquín en esos términos, y menos en presencia de un investigador militar. Pero sin duda, era su deber. Joaquín había obrado mal, lo había decepcionado, y no le había dejado opción. Que Dios lo perdonase.

El almirante dejó de mirar sus papeles. Miró al techo. Parecía saborear lo que el asistente de archivo le estaba contando. Después de meditar un poco, preguntó a bocajarro:

—¿Qué le une a esta gente, Chacaltana?

El asistente de archivo dudó entre varias posibles respuestas. No quería hacer ver que lo uniese nada a esa gente.

—La casualidad..., señor.

—Ya veo.

Se hizo el silencio. Chacaltana se preguntó si el militar le creía, y en caso de que no, si lo arrestaría ahí mismo. De repente, su propia posición en todo aquel tema se le antojó harto sospechosa. Pero, además: ¿en qué otra parte había visto el nombre de Nepomuceno Valdivia? Tenía algún tipo de relación con esa persona, aunque no recordase cuál exactamente.

Oyó abrirse la puerta a sus espaldas, y el militar hizo un gesto hacia alguien ahí atrás. En ese momento, Chacaltana creyó sentir las esposas cerrarse sobre sus muñecas. Tuvo la certeza de que algún sargento lo levantaría y se lo llevaría para un interrogatorio más exhaustivo, acaso en la propia carceleta del Palacio de Justicia. Recordó su última visita a ese lugar. Y se alivió con el pensamiento de que, por lo menos, no le pegarían demasiado.

Pero la puerta se volvió a cerrar.

De repente, Carmona cambió de actitud. Cerró sus apuntes. Empezó a ordenar un grupo de papeles. Y pareció perder por completo el interés en su visitante. Al final, metió todos los papeles en un portafolio y se levantó. Sólo entonces pareció recordar que Chacaltana seguía ahí.

—Bien, Chacaltana, su historia es bien rara, ¿no?

—No lo sé, mi almirante. ¿Lo es?

—Tenemos unas elecciones el domingo y nubes de terroristas mariposean por el país. Terroristas nacionales y terroristas extranjeros. Y de repente usted tiene vínculos con ellos «por casualidad». Y termina descubriendo a una banda de traficantes...

—Sólo cumplo con mi deber, mi almirante.

Los ojos del almirante se encogieron un poco, como un taladro en la punta. El asistente de archivo sintió que lo escudriñaban por dentro.

—Eso es lo más raro de todo, Chacaltana. Viene aquí y me cuenta todo esto como si me contase la lista de las compras. No tengo muy claro si es usted muy listo o muy tonto.

—Yo... sólo soy un empleado público, señor. Mi único anhelo es el cumplimiento de la ley.

En el rostro por completo inexpresivo del almirante asomaron dos hoyuelos sobre las comisuras de los labios. Chacaltana se preguntó si eso era una sonrisa. El almirante dijo, con voz decidida:

—Le diré lo que voy a hacer, Chacaltana. Lo voy a mantener observado. A la primera que sospechemos de usted, se va a ir a acompañar a sus amiguitos, esos subversivos o traficantes o lo que sean.

—Oh, mi almirante, no son mis amig...

El almirante lo hizo callar con apenas un gesto de los dedos estirados. Y prosiguió:

—Pero si usted tiene información relevante para la defensa de la soberanía nacional, nos interesará mucho conocerla. ¿Me entiende?

—Sí, señor.

—Quiero pruebas. Pruebe cualquiera de las cosas que ha dicho aquí en mi despacho. Si lo hace, sus habilidades pueden resultar de gran interés para mi departamento. ¿Podrá hacerlo?

«Sus habilidades pueden resultar de gran interés para mi departamento.»

Chacaltana se sintió invadido por sentimientos que no había conocido desde su ingreso en el sector público: aprecio. Interés por su trabajo. Respeto. Quizá incluso admiración. Al ver al almirante de pie, comprendió que lo estaba invitando a marcharse. Se levantó entre reverencias:

—Sí, mi almirante. Claro, mi almirante.

Carmona lo acompañó, casi lo empujó, de vuelta a la sala de espera. Y ahí se despidió con un saludo militar.

Chacaltana lo saludó de vuelta, con el pecho henchido de gloria y sin dejar de repetir:

—Cuente conmigo. Conseguiré las pruebas. Nada me anima más que el fiel servicio a mi país y a mis Fuerzas Armadas y a la benemérita Policía Nacional, que con el honor como divisa, se ha caracterizado por el...

Pero antes de que siguiese, el almirante ya se había marchado.

Regresó al centro en otro taxi. El encuentro con Carmona lo había dejado embelesado. Donde el director del archivo veía problemas, el almirante veía oportunidades. Lo que el director encontraba peligroso de Chacaltana, para el almirante era útil. Y sobre todo, mientras su jefe veía partidos de fútbol, el militar quería trabajar. No era extraño que los militares estuviesen a cargo del país. ¿Quién como ellos para dirigirlo?

—A la altura del cine Roma —le pidió al taxista—, voltee a la derecha, por favor.

No se dirigiría al archivo. Era día de fútbol, de modo que nadie lo esperaba hasta las cinco. Además, seguramente el director del archivo creía que Chacaltana estaba detenido. Y de momento, no hacía falta sacarlo de su error. Chacaltana tenía cosas que hacer en casa.

Al cruzar la avenida Arequipa se encontró con una manifestación política. Unas cien personas con carteles de algún partido marchaban por la calzada. La Policía los rodeaba con cascos y escudos, incluso con un cañón de agua, pero no cargaba contra ellos. Los que sí estaban furiosos eran los conductores, que tenían prisa por volver a casa y ver el partido. Sus bocinazos y sus insultos ahogaban las consignas de los manifestantes.

—¡Yo no quiero democracia, carajo! —gritó uno desde un Volkswagen escarabajo—. ¡Yo quiero ver el Mundial!

Luego llegó otro carro de Policía, que impidió el paso a la manifestación y colapsó definitivamente el tráfico. Chacaltana comprendió que llegaría más rápido a casa andando. Pagó al taxista y atravesó la jungla de bocinas, escudos y banderas, pensando que nada de eso podía hacer bien al país. Lo que todo país necesita en primer lugar es orden.

Al llegar a casa, saludó distraído a su madre con un beso en la frente.

—Llegas a tiempo para recibir a Don Gonzalo —dijo ella—. Está bien que estés en casa cuando viene un caballero a verme. Es lo correcto.

—Pensé que venía a verme a mí —respondió él intencionadamente—, para saber de Joaquín.

—Bueno, de todos modos —se escabulló ella hacia la cocina, ruborizada.

Chacaltana notó que se había vestido con chaqueta y falda de un rosa desvaído que llevaban décadas entre la naftalina del armario. Era la primera vez que la veía en color pastel. Y le produjo un efecto extraño, como una fiesta en una capilla.

Pero él tenía otras cosas en que pensar. Pruebas, había dicho el almirante. Y él tenía pruebas.

Se encerró en su cuarto y abrió el cajón de su mesa de noche. Ahí estaban las fotos y los pasaportes que se había llevado de la casa de Joaquín, los que su amigo guardaba en un fondo falso. Volvió a echarle un vistazo a esa serie de jóvenes mal encarados. Contó doce en total. Algunos llevaban lentes de carey. La mayoría pedían a gritos un corte de pelo. Y todos ostentaban en su expresión el aspecto ceñudo de los bandidos y los pillos.

Separó las fotos de la rubia, Susana Aranda, y las volvió a guardar. No tenían nada que ver con las demás. Si Joaquín había puesto esas imágenes juntas, era sólo porque eran igual de secretas: las fotos de su banda y las de su amante, las de ellos con nombres y direcciones de pisos francos, las de ella sin más señas que sus enormes ojos y su cuerpo tostado en traje de baño.

Revisó los nombres de cada una de las fotos de la banda. No. Ninguno era Nepomuceno Valdivia. Y sin embargo, algo le decía que ese nombre estaba ahí. O más o menos por ahí. Abrió los tres pasaportes. El primero, tal y como recordaba, era el pasaporte peruano de Joaquín Calvo, con la foto de su amigo. En los otros dos, uno argentino y otro peruano, encontró al fin lo que buscaba: ambos documentos pertenecían a Nepomuceno Valdivia.

Examinó las fotos de los pasaportes con renovada atención. Hasta ese día, su atención se había concentrado en las fotos de los dos estudiantes, y apenas se había fijado en los demás. De hecho, había pensado que cada pasaporte pertenecía a una persona diferente. Y ahora comprendió por qué: Nepomuceno Valdivia parecía un hombre distinto en cada imagen. En el pasaporte argentino se le veía con una espesa barba, y el pelo engominado al cráneo y peinado hacia atrás. En cambio, el documento peruano le cambiaba el color de pelo. Ahí estaba rubio —o canoso, era difícil distinguirlo en blanco y negro— y no tenía más vello facial que un fino bigote sobre el labio superior.

Un análisis más detenido le reveló que no sólo se trataba del mismo hombre. Él conocía a ese hombre.

Nepomuceno Valdivia era Joaquín Calvo. Todos los pasaportes eran sus pasaportes, aunque él tuviese en ellos diferentes aspectos y nombres. Debía haber levantado sospechas en el aeropuerto, y alguien lo había denunciado por «irregularidad administrativa migratoria menor». Aunque la falta no era nada menor. Era una suplantación de identidad del tamaño de una catedral. Y la evidencia de que Joaquín operaba en una red clandestina internacional justo antes de ser asesinado.

Chacaltana revisó los sellos de migración. El pasaporte de Joaquín Calvo no se había usado jamás. El pasaporte peruano de Nepomuceno Valdivia tenía dos sellos del aeropuerto de Lima: salida, el jueves día 1 de junio. Regreso, el viernes día 2. Los días en que, según Susana Aranda, había viajado a recoger «un paquete». El mismo viernes en que había pasado por el archivo, con cara de agotado o enfermo, diciendo enigmáticamente que todo iría bien.

Chacaltana abrió el último pasaporte, el argentino. Otros dos sellos, ambos del aeropuerto de Ezeiza, Buenos Aires. Los mismos días 1 y 2. Joaquín Calvo, alias Nepomuceno Valdivia, entraba y salía del Perú como peruano, y de Argentina como argentino.

Chacaltana dejó escapar una risa. La emoción lo embargó. ¿El almirante Carmona quería pruebas? Él le daría todas las pruebas que hiciesen falta.

A la una y media en punto, Don Gonzalo se presentó con una caja de figuritas de mazapán: peras, fresas y plátanos de masa de azúcar y almendra. A Chacaltana le encantaban esos dulces, pero Don Gonzalo los llevaba para su madre.

—Los pondré de postre —agradeció ella al recibirlos. Y añadió con coquetería—: Antes tienen que probar la carapulcra que he hecho. Me sale muy bien.

Aparte de su conjunto rosa, se había colocado un prendedor con el rostro de la Virgen María, lo cual, en sus términos, no dejaba de ser una manifestación de sensualidad.

Se sentaron a la mesa sin aperitivo previo, y constataron que la señora tenía razón. Su carapulcra estaba sabrosa y fuerte, sazonada con mucho ají panca y maní. Durante el almuerzo, Don Gonzalo evocó las paellas y los cocidos de su infancia, sin dejar de celebrar los platos peruanos de su adultez. Y a pesar del temblor de su mano, comió con apetito y decisión.

Esta vez, Chacaltana ni siquiera miró la foto de su padre en la mesita. En lo que a él concernía, su familia estaba completa por primera vez. Y se sentía flotar en una serena laguna de confort. El momento culminante para él fue cuando su madre, antes de recoger los platos, propuso:

—Félix, un día deberías traer a tu amiga Cecilia. Para que conozca a Don Gonzalo.

—¿Tú crees, Mamá? —se sorprendió el joven.

—¿Así que tienes una chavalita por ahí? —preguntó Don Gonzalo—. Te lo tenías bien guardadito, ¿eh?

—Es una buena chica —informó la madre ante un Chacaltana atónito—. Un poco rebelde a veces. Pero así son los chicos de ahora, ¿verdad?

—Los de ahora y los de siempre —concluyó Don Gonzalo—. ¿Y si nos comemos el mazapán?

La mujer rio:

—Se me ha ocurrido una idea que les encantará.

Llevó el café y los dulces al cuarto de la televisión. Añadió una botella de pisco. Y puso el partido de fútbol, que estaba a punto de comenzar:

—Yo voy a recoger el almuerzo. Y ustedes podrán hablar de sus cosas de hombres.

Don Gonzalo aceptó con evidente satisfacción. Le sirvió un café a Chacaltana y le acercó los dulces. También se sirvió una taza a sí mismo, y le añadió un chorro de la botella de pisco. No dijo una palabra, pero Chacaltana sabía lo que esperaba oír y trató de ordenar sus ideas. En la pantalla, el narrador anunciaba las alineaciones:

—Los dos equipos salen a la cancha con todas sus estrellas. Los verdeamarelos de Brasil con Cerezo, Dirceu y Leão en la portería. Perú con Chumpitaz, Cueto y, por supuesto, Cubillas. Hoy nos encomendamos todos a San Cubillas para que nos lluevan goles del cielo...

Chacaltana esperó la pregunta, hasta que entendió que no llegaría nunca. Sin embargo, sintió la tensión de Don Gonzalo en el sofá, mientras fingía interés por el fútbol. Contra su voluntad, y contra su costumbre, Chacaltana tendría que comenzar esa conversación. Trató de hacerlo por el lado amable:

—Joaquín... tenía una novia.

Don Gonzalo no apartó la vista del televisor, pero su rostro se iluminó:

—¿Era guapa?

—*Es* guapa. Rubia. Y también...

—¿Qué?

—Es casada.

Ahora sí, Don Gonzalo se volvió a ver a su interlocutor. Se echó a reír. Y Chacaltana lo imitó.

—Menudo cabroncete, ¿eh? —dijo el viejo—. Se ligó a una rubia con marido.

—Por eso era muy discreto con su vida personal. Bueno, por eso y... otras cosas.

Chacaltana vaciló. Don Gonzalo percibió sus reservas. Preguntó:

—¿Qué más sabes?

En la pantalla, la pelota se puso en movimiento. Perú sacó, y tras unos toques en el área, Oblitas lanzó un pase largo hacia la izquierda para Cubillas, que corrió hacia la línea de meta. Un brasileño lo tumbó y el árbitro cobró tiro libre. Perú empezaba atacando. Y Chacaltana dudaba: ¿debía decirle a ese hombre exactamente lo que hacía su hijo? Estaba obligado a denunciar las ilegalidades de Joaquín ante el Estado, pero ¿hacía falta ensuciar el recuerdo de un padre?

Chacaltana tuvo una idea. Había una luz más agradable bajo la cual presentar las cosas: la versión de Álvarez. Después de todo, hasta que no hubiese una sentencia judicial, todas las versiones seguían siendo presuntas verdades. Se aclaró la garganta y habló:

—Joaquín colaboraba con... un grupo político autodenominado Partido de Izquierda Revolucionaria.

—¿Joaquín?

Don Gonzalo parecía más sorprendido de esto que de las aventuras amorosas de su hijo. Chacaltana confirmó:

—Guardaba material de propaganda... Y luego... refugiaba a sus correligionarios de otros países. Les ofrecía su apartamento, les conseguía documentación falsa, les brindaba apoyo logístico.

—Joder.

El viejo se sirvió un chorro más de pisco, aunque esta vez prescindió del café. Apuró la bebida de un trago y añadió:

—Jamás lo habría dicho.

—Ni yo —admitió Chacaltana.

Entre los dos se hizo un silencio, que llenó el narrador del partido:

—Se le complica el partido a Perú, que no consigue salir de su área. Brasil presiona y presiona, y ahora es Mendonça quien viene corriendo por el centro y cae. El árbitro decreta tiro libre para el equipo brasileño. Es un tiro lejano pero siempre peligroso. El portero peruano Quiroga acomoda a su barrera mientras se acerca para patear Roberto, el más peligroso lanzamisiles del Brasil. Finalmente patea Dirceu, la pelota hace un efecto en el aire yyyyy.... ¡Gooooool de Brasil! ¡Dirceu! Un balonazo imparable con un efecto incontrolable que se estrella en el fondo de la red de Perú.

Un murmullo de decepción cubrió la ciudad. Pero ni Chacaltana ni Don Gonzalo se lamentaron por el gol. De hecho, apenas lo notaron. En ese momento, ellos jugaban su propio partido. En la pantalla, los brasileños explotaron de alegría. En el sofá frente a la tele, Don Gonzalo dijo con cierto tono de orgullo:

—Así que Joaquín peleaba por un mundo mejor.

—¿Pero qué mundo, señor?

—Uno más igualitario. A veces se impone, pero luego lo aplastan. En el año 36 en Barcelona, por ejemplo. Ahí todos éramos iguales. Nadie era más rico ni más pobre que los demás. Yo no habría llamado a nadie «Don» Gonzalo, ni don nada. Todos nos tratábamos de tú y nos llamábamos «camaradas». Banderas rojas y negras colgaban de los edificios. Hasta los lustrabotas tenían un sindicato. Y todos nos vestíamos igual. Ni siquiera los curas eran importantes. Yo mismo y mis amigos entrábamos a las iglesias para romper y quemar sus imágenes. No había clases sociales. ¿Comprendes?

—Muy interesante —respondió Chacaltana, porque no sabía si toda esa situación era buena o mala. A él le parecía una pesadilla, pero Don Gonzalo hablaba de ella con la nostalgia de los buenos tiempos. El narrador del partido siguió contando, primero un tiro libre de Brasil, luego un tiro de esquina. Luego un ataque de Perú, y otro tiro de esquina. De repente, el partido parecía una batalla, con referencias a ataques y disparos:

—Tiro para Brasil a la altura de la línea media. La pelota va hacia la retaguardia para Amaral. Los verdeamarelos arman juego en el medio. Roberto. Mendonça se escapa y deja clavada a la defensa, pero la pelota termina huyendo hacia un lado. Le llega a Dirceu, que está muy lejos de la portería, pero prueba a dar la sorpresa y.... ¡Goooooooool de Brasil! Dos a cero en el minuto veintisiete. Otra vez Dirceu, otra vez de larga distancia, y el número 11 brasileño se consolida como el azote de nuestro equipo...

Después del medio tiempo, Chacaltana ya había perdido la cuenta de los piscos que se había bebido el viejo, pero éste volvía a hablar intermitentemente, más para sí mismo que para su anfitrión:

—Es como si toda esa guerra de los cojones la hubiese perdido yo solo. Y la sigo perdiendo.

Su voz se dobló en un crujido de dolor. Su mano volvió a temblar. Chacaltana se preguntó cómo habría podido disparar con el temblor de las manos. Chacaltana supuso que su minusvalía debía ser posterior a la guerra. Quizá la edad. Quizá la angustia. O una secuela de la misma guerra.

Trató de calmar al viejo. Le puso una mano en el hombro y le dijo:

—Usted hizo lo que pudo.

Don Gonzalo tenía la mirada gacha. Súbitamente, la pantalla del televisor parecía estar a planetas de distancia de ellos, en otro sistema solar.

—Entonces sí fueron los militares —dijo el viejo—. Mataron a Joaquín por sus ideas.

Contra su voluntad, a regañadientes, el asistente de archivo decidió decir la verdad, al menos su verdad:

—Me temo que no, señor. Fueron sus propios compañeros. El grupo tiene conexiones en el extranjero. Al parecer, surgieron desacuerdos entre ellos. Están secuestrándose y matándose unos a otros. Montan reyertas callejeras. Es lo que pasa cuando...

Chacaltana se detuvo. Iba a completar la frase diciendo «... uno se mete a delincuente», pero le pareció inadecuado. Terminó su frase evitando cualquier mención a drogas o narcóticos:

—.... se crea una actividad ilegal... Por ahí pasan otras actividades ilegales. Drogas, armas, todas esas cosas.

—Sus propios compañeros —Don Gonzalo estaba atónito—. Joder, crié a un vulgar ladrón.

—Usted no es responsable por las acciones de Joaquín.

—¿Adónde se fue a meter este chico? ¿Por qué no me dijo nada? ¿Por qué no vino a hablar conmigo? ¿Por qué no me pidió ayuda?

—También creo saber la respuesta a esa pregunta.

El viejo ni siquiera le contestó. Lo miró por primera vez en un largo rato. Parecía pasmado. Chacaltana se sintió autorizado a continuar:

—Las personas con las que he hablado... coinciden en un punto.

Volvió a mirar al viejo, que se carcomía visiblemente de curiosidad.

—¿Cuál?

—Yo no sé si creerles. Me limito a reproducir lo que he escuchado. No es mi intención...

—¿Qué coño dicen?

Ahora, las pupilas de Don Gonzalo parecían dos estiletes atravesados en las de Chacaltana. El asistente de archivo no pudo sostenerle la mirada, pero sí respondió:

—Dicen que Joaquín lo culpaba a usted por la muerte de su madre. Alguno ha llegado a sugerir que usted no quiso salvarla. Y Joaquín..., bueno, lo sabía. O lo pensaba.

El viejo se echó para atrás. Miró la botella de pisco, que descansaba vacía sobre la bandeja, y pareció desplomarse contra el respaldo del sofá.

—¿Es verdad eso, Don Gonzalo?

El viejo apenas reaccionó. Pero Chacaltana había cumplido su parte del trato. Había buscado la historia de Joaquín y se la había entregado en una bandeja. Ahora se sentía autorizado a preguntar:

—¿Es verdad?

Don Gonzalo abrió la boca, quizá para contestar, pero entonces, una voz femenina les llegó desde la puerta:

—¿Cómo va ese partido?

Los dos se volvieron hacia la madre de Chacaltana, que sonreía desde el umbral. Llevaba una tetera caliente y unas galletas recién salidas del horno.

—Les he horneado unas galletitas, y he pensado que podría acompañarlos. No todos los días juega Perú un Mundial, ¿verdad?

Ante la mención, de modo automático las cabezas de los caballeros se volvieron hacia la pantalla, que habían dejado olvidada. Un jugador brasileño corría por toda la cancha entre la euforia de sus compañeros. Y el narrador decía:

—¡Gooooooool! Esta vez Zico, que empezó el partido en el banquillo, perfora las redes de Perú. A menos de veinte minutos del final, sin duda esto sepulta nuestras aspiraciones para este partido...

Nada ocurrió en el archivo esa tarde. Tras la derrota contra Brasil, la capital estaba paralizada. Hasta los ladrones debían de estar deprimidos, porque la Fiscalía apenas tuvo actividad.

El director se pasó el día encerrado en su oficina. Ni siquiera preguntó por la entrevista de Chacaltana en el Ministerio de Guerra. Y cuando salió de su despacho, profundos surcos morados rodeaban sus ojos.

—Ánimo —trató de infundirle Chacaltana, mientras el director se arrastraba hacia la escalera como si se le hubiese muerto un pariente—. Aún nos quedan dos partidos.

Pero el director sólo soltó un gruñido antes de desaparecer, dejando tras de sí una estela de tufo alcohólico.

Por su parte, Chacaltana era insensible a las tribulaciones deportivas. Y tenía otras misiones sagradas que cumplir. Había calculado meticulosamente su itinerario de esa noche. Con el espíritu furtivo de un aventurero, ordenó su escritorio y se colocó la bufanda. Antes de salir, no pudo evitar pasar un trapo para limpiar una mancha de tinta en el borde de un cajón. Era un aventurero, pero uno muy pulcro.

Minutos después, se movía sigilosamente por el vestíbulo del diario *El Comercio,* ocultándose detrás de los clientes que llenaban el lugar. Cecilia estaba en su puesto de siempre, registrando todo lo que la gente quisiese anunciar: muertes, bodas, ventas, compras. No había visto a Chacaltana, ni lo veía. No todavía. Faltaban cuarenta y cinco minutos para su hora de salida. El tiempo justo.

Instintivamente, Chacaltana se persignó. Lo que iba a hacer era tramposo, pero sin duda Dios era tolerante con las trampas de amor. Si la administración judicial aguantaba las ausencias de su jefe, Nuestro Señor de los Cielos no podía ser menos. Además, era un truco que le había enseñado Joaquín Calvo. Y Calvo, según iba viendo Chacaltana, era un profesional de los trucos y los engaños. Éste no podía fallar.

Tras constatar que Cecilia estaría en su lugar, Chacaltana se escabulló hacia el exterior y se dirigió hacia el hotel Maury, donde lo aguardaba su siguiente cita. No tuvo que esperar ni un segundo. Nada más entrar, en una de las últimas mesas, reconoció la cabeza rubia y el pelo largo que buscaba. Y antes de verlos, adivinó los labios y los ojos de Susana Aranda, quizá los más grandes que había visto en su vida. Mientras caminaba hacia su mesa, sintió posarse sobre él las miradas envidiosas de otros caballeros. Y eso le gustó. Dentro de un rato, le resultaría muy útil.

—Supongo que debo darte el pésame —saludó ella—. Esta tarde, todos los hombres parecen muertos en vida.

—Oh, no crea. No sigo mucho el fútbol.

Le gustaba que ella lo tutease, aunque él no correspondería sin la debida autorización. Eso habría constituido una impertinencia, y una imperdonable falta de educación. El camarero se les acercó y ella ofreció:

—Estoy tomando una manzanilla. ¿Quieres otra?

Chacaltana aceptó la propuesta. Mientas esperaba su infusión, trató de buscar un tema inocente para charlar de modo casual. Al final, tuvo que reconocer para sus adentros que no conocía ningún tema de ésos, dentro de las normas del debido proceso y la nomenclatura oficial unificada para los archivos del país.

—Debo haberte parecido una loca ayer —rompió el hielo Susana—. Siguiéndote por la calle, llorando en el café... Gracias por tu paciencia.

—Tuvo usted un comportamiento ejemplar, Susana. Jamás podría parecer una loca.

Ella sonrió:

—¿«Un comportamiento ejemplar»? ¿Siempre hablas como un profesor de primaria?

—Casi siempre.

Brillaba un asomo de ironía en la mirada de esa mujer, pero Chacaltana respetaba a los profesores de primaria. Y carecía por completo de sentido de la ironía. El camarero depositó sobre la mesa una segunda manzanilla. Aunque la taza echaba humo, la conversación se enfrió. Chacaltana buscó algún tema que lo hiciese parecer mundano, experimentado:

—Aquí traen el azúcar en polvo. Es más bonita en terrones.

Ella trató de mirar al azucarero con todo el interés posible, pero decidió ir al grano:

—Félix, no te enfades, pero ¿para qué me has llamado?

—Ah, sí —dijo él. Se llevó la taza a los labios y se quemó. Trató de disimular el dolor, pero las primeras palabras le sonaron como balbuceos de niño—. Quería entregarle algo. Pensé que le gustaría guardarlas.

Dejó sobre la mesa uno de los sobres de su madre, los únicos que había encontrado. Llevaba un membrete con los datos y con su apellido de casada, Saldívar de Chacaltana.

Susana Aranda lo abrió y extrajo su contenido: tres fotografías de ella misma. En la playa, saliendo de una casa y en el apartamento de Joaquín Calvo. Tres imágenes de momentos felices. Una Susana más fresca y sonriente, pero no menos guapa, que la mujer sentada frente a Chacaltana.

Al verlas, ella contuvo el impulso de llorar. Discretamente, se llevó la uña del meñique derecho hacia la comisura de cada ojo, y recogió sendas lágrimas. Al terminar la operación, su maquillaje estaba intacto. Y su voz apenas temblaba:

—¿Dónde estaban? —preguntó.

—En el apartamento de Joaquín. Bien escondidas en el fondo falso de un cajón.

—Un fondo falso —casi sonrió ella—. Era cuidadoso.

Dieron un par de sorbos a sus tazas. Ella jugueteaba con las fotos entre los dedos. Dijo:

—No puedo quedarme con ellas. ¿Dónde voy a guardarlas? Mi marido las encontrará.

—Puede destruirlas. Pero debe hacerlo usted.

Ella miró de nuevo las fotos, con nostalgia:

—¿Sabes, Félix? Mi casa está llena de fotos. Fotos de matrimonio, de primera comunión, de vacaciones en pareja. Pero creo que en ninguna de ellas me veo tan feliz como en éstas. Y las que tengo que destruir son justo éstas.

Chacaltana recordó su propia foto familiar, la de su padre con su uniforme blanco de gala, eternamente colocada sobre la mesita de la sala, como en un altar. A él no le habría importado destruir ésa, o cambiarla. O cambiar a su padre por algún otro señor. Pero no pensaba contarle eso a una casi desconocida. Al contrario, trató de hacer la situación más amable:

—Bueno, tendrá fotos con sus hijos. Las fotos de familia siempre alegran la vida.

—No tengo hijos. Quizá sea ése el problema. Mi esposo y yo los buscamos durante años, pero no los conseguimos. Intentamos todo tipo de tratamientos, pero no resultó ninguno. Y esa frustración arruinó nuestro matrimonio. Nos culpábamos el uno al otro. Al final, casi ni nos hablábamos. Casi ni nos hablamos ahora.

Otra vez, estuvo a punto de echarse a llorar, pero disimuló la situación con finura. Añadió:

—Joaquín me dijo que con él sí..., que él me daría hijos. Quería tener veinte o treinta, decía. Siempre bromeaba con eso.

No pudo seguir adelante. Sus uñas expertas volvieron a limpiar la tristeza de sus párpados, y guardó silencio. Chacaltana comprendió que ella no podía hablar de esas cosas con nadie. Que un asistente de archivo salido de la nada era su único posible confidente.

—Habría sido un buen padre —dijo Chacaltana. En algunas cosas, como mujeres, corbatas y aperturas abiertas de ajedrez, Joaquín Calvo había sido como un padre para él. Y quizá incluso para esos estudiantes barbudos con poca higiene. A lo mejor ése era su papel en toda esa mafia. Y en la vida.

Susana Aranda suspiró:

—Él prometía ser mejor que su propio padre. Aunque según decía, su padre era un desastre. No le habría costado mucho superarlo.

—No era tan malo.

Ella suspiró y alineó las fotos, como si fuera a devolverlas al sobre. Pero en vez de eso, sacó de su bolso una tijera de uñas. El papel de las Polaroid era duro, y al principio le costó mucho esfuerzo cortarlo. Pero al fin, las fotos cedieron, y ella consiguió trocearlas, primero todas juntas y luego pedacito a pedacito. Cuando ya nadie era reconocible en ellas, guardó los trozos de nuevo en el sobre.

—Ya está. Ojalá fuera así de fácil destruir el pasado.

—En eso estamos de acuerdo.

Susana guardó el sobre en su bolso y terminó su infusión. Sacó el monedero para pagar, pero Chacaltana se lo impidió con un gesto.

—Yo pagaré.

—De ninguna manera. Tú has sido muy amable conmigo, Félix.

—Pero soy el caballero.

—Pero eres menor.

—Pero quiero pedirle un favor.

Con la curiosidad reflejada en su mirada, ella retiró el monedero.

—¿Un favor?

Chacaltana le explicó lo que planeaba. Ella se rio primero, se enfadó un poco después, y al final opinó que era una idea absurda.

—No puedes pedirle eso a una mujer en mi situación.

—Lo sé —bajó la cabeza Chacaltana—. No he querido ofenderla.

—Has hecho mucho por mí, y te lo agradezco. Traer las fotos ha sido un gran detalle. Pero yo no puedo...

—Por favor, no se justifique. Al contrario, excúseme. Ha sido una tontería.

Ahora, el asistente de archivo parecía hundido en su asiento. Sus mejillas brillaban como dos semáforos en rojo.

La mujer agarró su bolso, se levantó de la mesa, caminó hacia la puerta y llegó a empujarla. Pero entonces miró hacia atrás. Chacaltana seguía en su sitio, y parecía más pequeño que antes.

—Mierda —susurró.

A la hora de cierre de los avisos clasificados, Susana Aranda y Félix Chacaltana estaban en la esquina del jirón Miró Quesada, justo frente a la escalinata que llevaba al diario *El Comercio*.

—¿Estás seguro de que quieres hacer esto?

—Por favor, no se eche para atrás ahora. Es sólo un minuto. Después no me volverá a ver nunca más.

—¿No prefieres buscarla y hablar?

—Ella no me habla —cerró la discusión él, sin dejar de mirar hacia la puerta, hasta que anunció—: ¡Ahora, ya está saliendo!

En efecto, Cecilia asomaba por la puerta del diario. Llevaba pantalones y chaqueta granates a juego sobre una chompa de cuello tortuga. Y estaba sola. Fuese quien fuese el joven del día anterior, hoy no había ido a buscarla. Chacaltana esperó a que saliese por entero del vestíbulo y se preparase para cruzar la calle. Entonces, cuando estuvo seguro de que lo vería, dio la orden de actuar:

—¡Ahora!

Obedientemente, Susana Aranda lo abrazó. Él sintió sus pechos a través de la ropa, y no pudo reprimir una erección. Rogó por que ella no la sintiese. Pero finalmente se entregó al placer de su plan perfecto. Cecilia los vio desde antes de cruzar, e incluso se detuvo impactada, dudando si mejor pasar por otro lado. Chacaltana se aferró con más fuerza a Susana Aranda, y ahora, por respeto, trató de pensar en ovejitas, edificios coloniales y cosas que no produjesen excitación.

Cecilia decidió no cambiar de ruta. Recuperó el paso con dignidad y cruzó la calle. Justo cuando iba a pasar junto a ellos, Chacaltana sintió que Susana retrocedía la cabeza. Pensó que se estaba zafando de su abrazo. Seguro que había descubierto la reacción de su entrepierna y se había sentido insultada. Pero cuando sus dos rostros quedaron frente a frente, ella volvió a adelantarse y le plantó un soberano beso en los labios. Era un beso sin lengua, un contacto cerrado entre dos bocas secas. Pero aun así, el beso más apasionado que Chacaltana había recibido, descontando aquella vez con Cecilia en su sofá.

Cecilia tuvo que ver el beso, porque ocurrió en el preciso instante en que ella pasaba a su lado. La idea original de Chacaltana era «sorprenderse» al verla pasar, saludarla, presentarle a Susana de manera íntima y desenfadada. Pero el giro del beso le había impedido hablar, y de paso, lo había dejado sin aire. Cuando al fin Susana Aranda retiró su rostro del de él, no quedaba ni rastro de Cecilia por los alrededores. Y Chacaltana tenía los ojos como dos huevos tibios, petrificados por una mezcla de sorpresa, regocijo y pánico.

—Si no te voy a volver a ver nunca más —dijo Susana riendo—, al menos te dejo un buen recuerdo.

Y a continuación, le dio la espalda y se fue. Chacaltana no consiguió despedirse propiamente, y de hecho, tardó tres minutos en recordar que debía respirar de nuevo.

La mañana del 15 de junio, el Ministerio de Guerra hacía honor a su nombre. Destacamentos de las tres armas de la Nación desfilaban por la explanada, luciendo sus galones y sus uniformes. Y al pasar entre ellos, Félix Chacaltana sintió que se le impregnaba un poco de esa solemnidad, de ese porte.

El almirante Carmona le había advertido que no podría atenderlo antes de la ceremonia, pero lo había invitado a asistir como público. Chacaltana tenía incluso un asiento reservado en la tercera fila de una improvisada tribuna hecha con sillas plegables. Al llegar, descubrió que le tocaba sentarse entre autoridades de institutos armados y civiles. De haber sabido dónde estaría, habría lucido su camisa de gemelos. Pero era tarde para reparar el error.

Lo que sí hizo fue buscar un baño con espejo y repeinarse, hasta que pareció que el peine iba a abrirle surcos en la cabeza. Quería verse elegante, a la altura de las circunstancias. Y sin embargo, al volver a su sitio, nadie lo miraba. Los invitados iban llegando y saludándose entre ellos. Todos parecían conocerse. Y Chacaltana vegetaba en su silla, sentado con la espalda muy recta, como le habían enseñado en el colegio. En algún momento, un capitán de la Fuerza Aérea le preguntó:

—¿Nos conocemos? ¿Dónde nos hemos visto?

—No lo sé. ¿Ha visitado usted el sótano del Palacio de Justicia?

Como si le hubiese hablado en chino, el capitán hizo una leve reverencia y se retiró.

Nada de eso molestaba al asistente de archivo. Disfrutaba del simple hecho de estar ahí, formando parte de la gente importante, compartiendo esa atmósfera de servicio a la patria. Frente a él, en el centro del estrado, se elevaba un glorioso pabellón nacional, y a ambos lados habían colocado escarapelas con los colores blanco y rojo. Ante el espectáculo de los guardianes de la soberanía, Chacaltana no podía menos que sentirse arrebatado de ímpetu patriótico.

La ceremonia comenzó puntual a las 9:30 a. m. Por supuesto, lo primero fue cantar el himno nacional. Chacaltana se puso de pie, igual que todas las autoridades, y se llevó la mano al pecho para entonar aquellas estrofas sobre los peruanos liberados del yugo de la esclavitud. Le sorprendió notar que muchos de los asistentes no cantaban en voz alta. Tan sólo movían los labios. Afortunadamente, una versión grabada del himno sonaba por los altavoces, disimulando la falta de entusiasmo del público.

A continuación, el almirante Héctor Carmona y otros oficiales de mayor graduación pasaron revista a las tropas, que formaban fila frente al estrado. Chacaltana disfrutó las pequeñas maniobras:

—¡Presenten..., ar!

Y los soldados mostraban sus fusiles y sus sables, listos para entrar en acción en el campo del honor.

—¡Firm!

Y los soldados cerraban las piernas y sacaban el pecho, todos al unísono, con el compacto sonido de la disciplina y el orden. Chacaltana se emocionó.

El siguiente paso de la ceremonia era colocar medallas en los uniformes de tres oficiales, uno de cada arma, entre ellos el almirante Héctor Carmona, que representaba a la Marina de Guerra del Perú. Un general cubierto él mismo de galones y piezas de metal dorado se ocupó de presentar a cada uno de los condecorados, recoger sus medallas de un almohadón y prenderlas en sus uniformes mientras ellos hacían el saludo militar. Chacaltana percibió lo que había oído miles de veces en su vida: los marinos eran más blancos que los del Ejército. Y más altos. Quizá por eso, el encargado de dar un discurso en nombre de todos los condecorados fue precisamente Carmona.

—Este domingo —comenzó el almirante, y su voz resonó por el eco—, nuestro país comienza una nueva etapa. Después de diez años y dos fases de gobiernos militares, volveremos a un sistema de partidos políticos y presidentes civiles. Lejos de entorpecer este proceso, o aferrarse al poder, nuestras Fuerzas Armadas impulsan y garantizan este regreso a la democracia.

De entre las autoridades civiles arrancaron varios aplausos. Las autoridades militares presentes remolonearon un poco, pero terminaron sumándose al homenaje. Carmona continuó. No leía. Hablaba de corrido. Y con su uniforme blanco y sus ojos azules, parecía un ángel caído del cielo para predicar a los regimientos.

—Otros países de nuestra región han optado por continuar en la senda militar. Respetamos esa decisión, pero no es la nuestra. Los militares peruanos tenemos el ánimo firme y sereno, y no daremos marcha atrás en este proceso.

Nuevos aplausos. En un rincón de las tribunas, Chacaltana reconoció a militares con uniformes diferentes. Unos llevaban el traje de corte alemán del ejército chileno. Otros, la visera grande de los argentinos. Debían de ser los agregados militares de sus países. Y no aplaudieron esta última frase.

—Sin embargo —continuó Carmona—, eso no significa que hayamos derrotado a nuestros principales enemigos. La lucha contra la subversión sigue en pie. Y es una lucha internacional. El comunismo es como una telaraña tendida entre todos los países de nuestra región. Si cortamos uno de sus extremos, se mantiene en pie gracias a los demás. Para derrotarlo, tenemos que cortar todos los extremos al mismo tiempo. Sólo trabajando juntos, peruanos, chilenos, argentinos, paraguayos, uruguayos, bolivianos, libraremos a nuestra región de ese cáncer que la amenaza, y que hace metástasis en cada lugar donde se aloja. Nuestras Fuerzas Armadas seguirán combatiendo la subversión, y colaborando con nuestros amigos y vecinos hasta erradicarla definitivamente. Y este compromiso no cambiará, ni este domingo ni nunca. ¡Viva el Perú!

—¡Viva! —gritó todo el público, y ahora sí, una salva de aplausos se elevó desde todos los rincones de la tribuna y envolvió al orador de blanco, que los recibió con un saludo militar sólidamente plantado sobre sus ojos claros.

Después de repetir el himno nacional, se dio la orden de romper filas. Los distintos corrillos de funcionarios y militares fueron saliendo juntos del lugar, pero Chacaltana no supo adónde ir. Permaneció solo en medio de la tribuna vacía, contemplando los símbolos patrios, hasta que el almirante Carmona despidió a sus últimos invitados y se le acercó:

—Me alegra que haya venido, Chacaltana. Pero supongo que no está aquí sólo para ver la ceremonia.

—No me importaría. Ha sido muy emotiva.

—Gracias. Es importante mantener la moral alta, ahora que las cosas van a cambiar.

—Las cosas esenciales nunca cambian, almirante.

—Claro.

El asistente de archivo continuó efusivamente:

—El respeto por los símbolos patrios, el compromiso con la seguridad nacional y la disciplina marcial constituyen los cimientos sobre los que se asienta...

—Chacaltana.

—¿Almirante?

—Creo que trae usted información para mí.

—¡Sí, señor! —se cuadró Chacaltana.

A su alrededor, los reclutas comenzaban a retirar las escarapelas, el estrado y los micrófonos. Estaban solos en medio de un cementerio de sillas en medio de una instalación militar. Era un lugar tan bueno como cualquier otro para lo que Chacaltana iba a hacer.

El asistente de archivo sacó de su bolsillo los dos pasaportes de Nepomuceno Valdivia, el peruano y el argentino, ambos con las fotos de Joaquín Calvo y los sellos de los días 1 y 2. Y el tercero, el pasaporte real de su portador. Se los extendió al oficial y, de manera natural, sin pensarlo, se colocó junto a él en posición de descanso.

—Estas evidencias —informó— ratifican que Nepomuceno Valdivia es en realidad Joaquín Calvo, con probadas conexiones en comandos sediciosos, y que viajó ilegalmente a la Argentina pocos días antes de su asesinato, señor.

El almirante se tomó su tiempo para examinar los pasaportes. Abrió los tres y los revisó página por página. Aunque mantenía el semblante inexpresivo de siempre, sin duda tenía interés. Tras un largo análisis, los cerró y dijo:

—Llevo dos semanas buscando estos documentos, Chacaltana. Ha hecho usted un muy buen trabajo.

—Gracias, mi almirante.

—Creo que debemos almorzar juntos hoy.

—Lamentablemente, mi almirante, mis obligaciones para con el archivo del Poder Judicial me impiden...

—Yo bajaré al centro en una hora. Pasaré a buscarlo al archivo. Y si surge cualquier inconveniente, hablaré con sus superiores. Sin duda, mi sección puede beneficiarse mucho de contar con un investigador como usted.

Investigador. Lo había llamado «investigador», no «asistente», «tinterillo» o «hijito», como lo llamaba el resto del mundo. Chacaltana sintió que al fin alguien entendía sus capacidades, y que había llegado su hora de brillar, con tanto lustre como la medalla que decoraba el pecho del almirante.

—¿Nos vamos, Héctor? —sonó una voz a espaldas de Chacaltana—. Nos están esperando arriba para la recepción.

Chacaltana había oído esa voz antes. No mucho antes. El almirante sonrió en esa dirección, y le dijo:

—Ya voy, cariño. Pero deja que te presente a alguien.

El asistente de archivo se dio vuelta. En realidad, no hacía falta. Antes de ver la cascada de pelo rubio, y los ojos enormes, y los labios que lo habían besado la noche anterior, ya sabía a quién iba a encontrar ahí. De todos modos, su sorpresa no fue fingida cuando escuchó al almirante decir:

—Félix Chacaltana, del archivo judicial. Ella es Susana Aranda. ¿Ha oído eso de que detrás de cada gran hombre hay una gran mujer?

—S... sí, señor...

—Pues no sé si soy un gran hombre, pero ella sí es una gran mujer, ¿verdad?

El almirante rio. Pero nadie rio con él. Los ojos de Susana y Chacaltana se cruzaron en silencio, y pronunciaron sus saludos de cortesía en voz muy, muy baja.

Perú-Polonia

—Por los nuevos tiempos, señor Chacaltana. Para que nos traigan paz y bendiciones.

El almirante Héctor Carmona hizo chocar su copa con la de Chacaltana. El asistente de archivo no pudo evitar pensar en Susana Aranda. Y cada vez que lo hacía, tenía que bajar la mirada, como si el almirante pudiese descubrir en sus ojos lo que anidaba en su mente.

—Sí, mi almirante. Sobre todo, bendiciones.

Félix Chacaltana apenas podía creer que estuviera en el Club Nacional, rodeado por la crema y nata de la sociedad limeña. O al menos, por la crema y nata de la masculinidad. Las mesas a su alrededor sólo estaban ocupadas por caballeros, todos con lustrosos trajes, decidiendo el futuro del país. Antes de sentarse, el almirante lo había llevado a la terraza, desde donde se contemplaba la plaza San Martín. Desde ahí, uno se sentía el príncipe de esa ciudad. Y mientras comían, hasta el cebiche de corvina en su plato parecía más elegante y más limpio que los cebiches que había conocido hasta entonces.

—Como le dije esta mañana, Félix... ¿Puedo llamarlo Félix?

El almirante aún llevaba su uniforme de gala blanco. Al verlo, por un instante Chacaltana recordó a su padre en la foto de la mesita, pero rápidamente borró de su mente ese recuerdo.

—Por favor, mi almirante.

—Como le dije esta mañana, su trabajo nos ha sorprendido gratamente. Ha descubierto la doble identidad de Joaquín Calvo. Ha resuelto un expediente imposible. Y nos ha puesto en la pista de una red internacional de tráfico y actividades subversivas. Ha sido usted mucho más efectivo que nuestro Servicio de Inteligencia, que por desgracia no es especialmente inteligente.

El almirante sonrió, y Chacaltana se sintió impelido a sonreír también. Debía de ser un buen investigador, porque sabía incluso cosas sobre Carmona, o más bien, sobre la esposa de Carmona y su amante. Se preguntó si debía contar también esa parte de las cosas que sabía. Se respondió que no.

—Sólo he cumplido con mi deber, señor.

—Y nosotros queremos premiarlo.

Un camarero de frac se llevó las entradas y trajo los segundos platos. Frente a Chacaltana posó un grueso pedazo de carne en una salsa que parecía mermelada, junto a una especie de flor hecha con verduras. Chacaltana nunca había visto un trozo de carne tan grande separado de su cuerpo original.

—¿Sabe lo que es? —preguntó el almirante.

—¿Señor?

—Que si sabe lo que le he pedido para almorzar.

Chacaltana percibía que la pregunta llevaba trampa, pero no sabía cómo parecer listo, así que optó por la respuesta sencilla:

—Eeeh... Carne, señor.

—Pruébela.

—¿Señor?

—Pruebe la carne, adelante.

Su voz sonó como una orden, en el mismo tono en que el día anterior había amenazado a Chacaltana con encerrarlo en una celda de interrogatorios. Chacaltana obedeció. Al bajar la mirada, se encontró con demasiados cubiertos. No sabía cuál escoger. Sin levantar la cabeza, escudriñó una mesa cercana en busca de una respuesta. Ahí estaban comiendo lenguado con el cuchillo que parecía una espátula y el tenedor pequeño. Él los imitó. Le costó un gran trabajo cortar un poco de carne, y cuando se lo llevó a la boca, sabía como una vaca bañada de fresa.

—Rico —confirmó—. Muy rico.

—Es jabalí. El Club Nacional debe de ser el único sitio donde se sirve.

—Jabalí.

A la mente de Chacaltana acudió un cerdo con cuernos saliendo de su boca. Como para confirmarlo, el almirante lo instruyó:

—Se está comiendo usted a un bicho muy peligroso, Félix.

—Gracias, mi almirante.

El oficial paladeó un trago de su vino. A sus espaldas, Chacaltana vio sentarse a un ministro de Gobierno, con el fajín bicolor atado a la cintura. Era increíble con qué personas se estaba relacionando. «Y todo», pensó con satisfacción, «por hacer mi trabajo bien».

—También tenemos bichos peligrosos por acá, Félix. Muchos de ellos están sueltos. Algunos... son los que mataron a su amigo Joaquín.

Chacaltana reparó en que lo había llamado «su amigo». Llevaba unos días sin pensar en Joaquín en esos términos. Pero era su amigo. Y aunque fuese un subversivo, o un traficante, nadie tenía derecho a meterle una bala entre los ojos. A fin de cuentas, era un hombre bueno. Al menos eso pensaban él y Susana Aranda. Pero Chacaltana se prometió a sí mismo dejar de pensar en ella mientras estuviese sentado frente a su marido. Creyó sonrojarse, pero el almirante no dio señales de notarlo.

—Espero que reciban su merecido, mi almirante.

—Lo harán si usted nos ayuda, Félix.

El asistente de archivo estaba pasando un mal rato tratando de cortar la carne con el cuchillo romo. No quería que saliese disparado un bocado hacia la mesa del ministro, y todos volteasen a verlo. Sobre todo, no quería avergonzarse. Pero las palabras del almirante activaron en él la necesidad de responder con un discurso.

—Por supuesto que puede contar usted con toda la ayuda que sirva para trabajar en pro de la seguridad de nuestra nación, nada hace más feliz a un funcionario público entregado que la oportunidad de...

—Chacaltana, para empezar, tendrá que hablar menos.

—Sí, mi almirante.

—Necesitamos que escuche. Voy a contarle algunas cosas que usted no sabe. En particular, dónde están los jóvenes que le preocupan tanto.

Chacaltana iba a responder «sí, mi almirante», pero entonces estaría hablando y no escuchando. Guardó silencio, y el almirante pareció aprobarlo, incluso con su mirada siempre gélida. Lo analizó un largo rato sin pronunciar palabra, hasta que declaró:

—Y al final, Félix, voy a encomendarle una misión. Y necesito de usted el máximo secreto.

Chacaltana sonrió. Sin duda, eso entraba dentro de sus habilidades. Volvió a recordar a Susana Aranda. Y tuvo claro que él era perfectamente capaz de guardar un secreto.

Nada más llegar al Palacio de Justicia, Chacaltana se puso manos a la obra con el plan del almirante. Carmona le había pedido hacerlo todo con la mayor formalidad y rigor, lo que precisamente constituía la especialidad del asistente de archivo. Escribió el recurso, hizo las copias y envió los documentos correspondientes al tercer piso. Nada que no hubiera hecho antes, pero esta vez se sintió más importante.

Tendría que descansar un poco antes de dar el siguiente paso. Y le quedaban unas horas antes de ir al aeropuerto. Decidió pasar por su casa y recostarse un poco. Iba a anunciar su ausencia en el despacho del director, pero el director no estaba. Consideró esperar a su llegada, pero comprendió que tenía asuntos más graves que atender. Debía dejar de pensar como un asistente de archivo, y empezar a actuar como un agente. O algo así.

Mientras echaba a andar, se cruzó de nuevo con una manifestación cercada de policías. Apenas podía avanzar, apretujándose entre la multitud. Pero no tenía prisa. Volvió a pensar en la misión que le había encomendado el almirante. Dudaba seriamente estar preparado para ella. Pero negarse a un servicio a la patria quedaba fuera de sus posibilidades. Si al menos pudiese contárselo a alguien. A Joaquín, por ejemplo.

A la altura de Emancipación, la turba aún no se había dispersado. Al contrario. Se estaba concentrando en el cruce con Lampa. Varios carros de combate y algunos policías a caballo trababan el paso. Una fila de antidisturbios con cascos rodeaban a los manifestantes. Chacaltana oyó un pequeño estallido. No era un balazo, más bien un golpe sordo. Y empezó a sentir un escozor en la cara.

—¡Al suelo! —gritó alguien a sus espaldas. Pero en ese momento los antidisturbios cargaron contra la gente.

Chacaltana sintió que su cuerpo no respondía. Primero fue el movimiento de la masa que se lo llevó en vilo de un lado para otro. Luego, la insoportable urticaria en el rostro, las ganas de llorar. Había oído hablar del efecto de los gases lacrimógenos, pero no se le había ocurrido que fuese tan desagradable. Pensaba que se sentía más como un resfriado.

Alguien a su lado recibió un garrotazo. El asistente de archivo corrió para el lado contrario. De repente, todo era una confusión de manos, caras, ojos y palos. Y la piel parecía caerse a pedazos de su rostro.

Reparó en que estaba cerca del apartamento de Joaquín. A empellones, trató de avanzar en esa dirección. Afortunadamente, los policías pretendían expulsar a los manifestantes del centro, así que él se movía en el sentido correcto. Llorando y limpiándose la cara con su pañuelo, consiguió llegar a la puerta. Después de cruzarla, se sentó en la escalera a descansar. Sacó su pañuelo de repuesto y se lo llevó al rostro, en espera de que pasase el ardor. Después de un rato, pensó que necesitaría secarse con otro pañuelo más. O una servilleta. Algo seco. Tuvo que vencer su reticencia, pero subió.

El apartamento seguía en el mismo desorden en que él lo había dejado. Dadas las circunstancias, lo tranquilizó que algo siguiese igual que antes. El caos del apartamento de Joaquín era la única señal de continuidad en su vida.

Se sirvió un vaso de agua, recogió un puñado de servilletas de tela y se sentó en el sofá evitando la rajadura del tapiz. Mientras se recuperaba, jugueteó con las banderas rojas, que parecían una colección de banderines de fútbol. De repente, lo asaltó un pensamiento atroz: ahí estaba él, en la casa de Joaquín. Había conocido a la amante de Joaquín. Y ahora tendría que contactar a sus secuaces. En cierto modo, Chacaltana estaba repitiendo los pasos de su amigo. Pero es que su amigo había terminado muerto en el cauce de un río. ¿Terminaría él igual?

Chacaltana abandonó el apartamento y se aseguró de cerrar la puerta con dos vueltas de llave. Siguió hasta su propia casa tratando de ahuyentar de su mente los pensamientos que lo atemorizaban. Ver a su madre lo confortaría, sin duda. Aunque no pudiese explicarle su nuevo trabajo, se sentiría bien con ella. Apretó el paso.

Al llegar a su casa, sintió ruido proveniente de la sala. Voces. Tazas. Supuso que se encontraría con Don Gonzalo. Antes de pasar a saludar, entró en el baño y se lavó fuertemente la cara, como si pudiese quitarse la palidez con jabón. Se peinó frente al espejo, respiró hondo y salió a la sala. Pero quien estaba ahí no era Don Gonzalo. Sentada en el sofá, con una falda que no le cubría las rodillas y con su largo cabello negro cayendo sobre sus hombros, lo esperaba Cecilia.

—Hola, Félix.

—¿Cómo estás, Félix, hijo, quieres un tecito?

La voz de su madre sonaba inusualmente dulce, no como un latigazo sino como el murmullo cristalino de un arroyo. Y al llegar al centro de la sala, junto a la mesa, Félix comprobó que su madre sonreía, algo que jamás había hecho enfrente de una mujer joven, menos aún de Cecilia.

—Esto es... una sorpresa —dijo Chacaltana, sin especificar a cuál de todas las sorpresas se refería.

—Hace tiempo que no te veía —saludó Cecilia—, y quise hacerte una visita, como hacen los amigos, para saber cómo estás.

—Claro.

Félix besó la mejilla de Cecilia y se sentó a su lado. Para su sorpresa, no lo invadió la calentura de otras veces.

De hecho, ni siquiera se alegraba especialmente por la visita. El abrazo con Susana Aranda, y su ardiente e inesperado beso en plena calle, lo habían cambiado todo, sin duda. Las posiciones se habían invertido. Chacaltana ya no era el que se arrastraba detrás de Cecilia, sino todo lo contrario. El asistente de archivo tomó nota mental de eso. A lo mejor era su primera lección en lo referente a las mujeres.

—He encontrado a tu mamá de muy buen humor —siguió Cecilia.

La madre asintió mientras le servía el té a su hijo:

—No siempre me he portado bien con Cecilia. Y me estaba disculpando. Pero ella dice que no hay nada que disculpar. Que una madre nunca se excede en la preocupación por su hijo. Es encantadora, ¿verdad?

—Sí, Mamá.

—También la estaba invitando al grupo de oración de la parroquia. Rezamos el rosario todas las semanas con un grupo de señoras.

—No creo que le interese, Mamacita.

—Es por la paz mundial.

—Aun así, no creo que le interese, Mamacita.

—Me lo pensaré —terció una conciliadora Cecilia, y una vez más, Chacaltana tuvo la sensación de haber entrado en un planeta diferente y muy lejano. Quiso preguntar dónde estaba el joven aquel, el impertinente sin corbata ni flores que la había recogido del periódico días antes, ese advenedizo, ese fulano. Pero sólo preguntó:

—¿Cómo van los anuncios clasificados?

—Bien. Siguen todos en su sitio.

—Me alegro —respondió Chacaltana con total seriedad.

—¿Y cómo va el archivo?

El asistente habría querido responder que no trabajaba ahí. Que disfrutaba de una excedencia con goce de haber para dedicarse a actividades de máxima importancia para la seguridad nacional. Que ahora formaba parte de una selecta élite que sacrificaba su comodidad personal en aras de un ideal más elevado. Pero tenía órdenes de no revelar su nuevo estatus. Y cumpliría esas órdenes hasta quemar el último cartucho.

—Todo está en su sitio —respondió.

Por un momento, la conversación se congeló. Chacaltana era demasiado tímido para preguntar lo que quería saber. Cecilia a lo mejor también. Y ninguno de los dos pensaba hacerlo enfrente de la madre, que permanecía en su sitio sorbiendo de su taza poco a poco, sin intención de dejarlos solos. Por el contrario, fue ella la que retomó la palabra, mientras mojaba en el té una de sus galletitas danesas:

—Félix, me preocupa Don Gonzalo. El otro día se fue de la casa sin despedirse. Y no ha vuelto a llamar ni nada. No habrás dicho algo que lo molestase, ¿verdad?

Chacaltana meditó: le había dicho que su hijo Joaquín era un delincuente y que lo culpaba a él, a Don Gonzalo, de la muerte de su madre, razón por la cual no le concedía confianza. Chacaltana también había dicho, al parecer, que los viejos ideales que Don Gonzalo admiraba habían terminado inspirando a bandas de vendedores de drogas y traficantes de armas. Pues sí, a lo mejor se había molestado.

—No, Mamá. Yo jamás molestaría a un caballero como Don Gonzalo —y se volvió a Cecilia para aclarar—: Es el padre de mi amigo fallecido.

Cecilia iba a preguntar algo, pero la madre de Chacaltana volvió a intervenir:

—¿No habré dicho yo algo que lo molestase?

—No debes ni preguntártelo, Mamá. Se habrá sentido indispuesto de repente, y no quiso importunarte.

Hasta Chacaltana, que apenas estaba aprendiendo la utilidad de la mentira en la vida adulta, era capaz de comprender lo absurdo de su teoría. Y ni siquiera su madre, que era experta en cerrar sus sentidos a la realidad, pareció convencida por ella. Una niebla de incomodidad flotó de repente por el salón, impregnándolos a todos a su paso.

Cecilia trató de romper el hielo:

—Hay una nueva película que quiero ver en el cine. Se llama *Grease.* Es con John Travolta.

Travolta. A Chacaltana, ese actor le repugnaba desde *Fiebre de sábado por la noche.* Pero ahora, además, lo asociaba con la camisa de Daniel Álvarez Paniagua, y en general con el nido de terroristas que había visitado en Barranco. No estaba seguro de que ese actor proyectase una influencia positiva sobre la juventud peruana.

—Me encantaría acompañarte —volvió a mentir.

Esta vez, no era sólo mentira por John Travolta. También era mentira por Cecilia. Ahí, sentado a su lado, Chacaltana no pudo evitar compararla con Susana Aranda. Y Cecilia perdía en todas las categorías. Su cabellera negra brillante era sedosa, pero la espesa melena de la otra irradiaba luz. Las maneras de Cecilia eran amables, pero Susana Aranda era distinguida y elegante. La esposa del almirante Carmona era más atractiva, más interesante, más mujer y más todo. Y como si fuera poco, gracias a la foto de la playa, Chacaltana hasta había visto más partes de su cuerpo que del de Cecilia. Súbitamente, quizá debido a su nueva y secreta categoría profesional, Chacaltana sintió que debía aspirar a más en la vida. Cecilia, a fin de cuentas, lo había abandonado. Y tampoco merecía atenciones especiales.

—¿Volverá? —preguntó de repente la madre.

—¿John Travolta?

—Don Gonzalo, hijo. Yo estoy hablando de Don Gonzalo.

Chacaltana notó que su madre procuraba contener la ansiedad. Su amabilidad con Cecilia, su amabilidad general, y su redescubierto talento para la cocina de los últimos días, todo eso era una forma de reforzar su vínculo con su hijo para atraer a Don Gonzalo.

—¡Claro que volverá, Mamacha! Deja de preocuparte.

A continuación, el silencio volvió a adueñarse de la sala. Tras un rato de incomodidad, Cecilia anunció:

—Me tengo que ir. Mi abuela va a matarme por llegar tarde sin avisar.

—Comprendo, sigue nomás.

Antes de levantarse, Cecilia besó a Chacaltana bajo la nariz, peligrosamente cerca de su labio superior en un arrebato tan furtivo que su madre no llegó a percibirlo. Su beso dejó un rastro húmedo, un picor que se quedó revoloteando en su rostro hasta mucho más tarde.

—Buenas tardes, señora —se despidió.

La madre le hizo un vago gesto con la mano, pero ya su cabeza estaba en otra parte. Y Chacaltana sabía dónde.

El Grupo Aéreo N.º 8, aeropuerto militar del Callao, estaba en medio de la nada, más allá del aeropuerto Jorge Chávez. A Chacaltana le costó encontrar un taxista que quisiese llevarlo hasta allá de noche, y cuando al fin encontró uno, tuvo que pagarle doble carrera, porque se regresaría vacío.

Mientras abandonaban el centro de Lima, Chacaltana se preguntó adónde reportaría los gastos de su misión. Si era confidencial, no podría pasar las facturas al departamento de contabilidad del Poder Judicial. ¿O sí? Suspiró al constatar todo lo que le faltaba por aprender.

Al llegar, nada más bajar Chacaltana, el taxista arrancó, aliviado de no tener que permanecer ahí. El asistente de archivo miró a su alrededor. Todo era oscuridad, salvo el muro claro del aeropuerto militar elevándose a un lado de la carretera. Desde la caseta de vigilancia, dos soldados le apuntaban a la cabeza con sus fusiles. Ahí arriba, las luces de los aviones cruzaban la oscuridad del cielo, como farolas voladoras. No cabía duda. Estaba en el lugar indicado.

Entregó su libreta electoral en la puerta, a través de un cristal. Después de verificar su identidad, le asignaron a otro de esos conscriptos con cara de niño, que apenas dominaba palabra alguna fuera de «Sí, señor» o «No, señor». El conscripto lo llevó caminando por lo que le pareció una distancia larguísima, directamente a la pista de aterrizaje. Y ahí lo dejó, sin más explicaciones.

El Fokker procedente de Jujuy, Argentina, estaba programado para aterrizar a las 21:30, pero a las diez aún no había asomado ningún avión. A las 22:26, tocó tierra un Antonov del que bajaron varios hombres de aspecto campesino y numerosas cajas de frutas. A las 23:46, aterrizó un Boeing que sólo llevaba carga: grandes contenedores de misteriosos contenidos. Durante las horas siguientes, dos naves más entraron en el Grupo N.º 8. Todas tocaban tierra con un ruido ensordecedor. Pero ninguna era la que Chacaltana esperaba.

La humedad de la intemperie le calaba los huesos. No había ningún lugar donde refugiarse. Cruzó los brazos y los apretó, en un esfuerzo por ahuyentar el frío. Resopló, y un vaho blanco emergió de su boca, como del hocico de un dragón helado.

Al fin, a la 1:36, unas luces descendieron desde el cielo y tocaron tierra con una sacudida. El avión pasó frente a Chacaltana con la velocidad y el estrépito habituales, pero por la forma de las hélices, él supo que era un Fokker.

Cuando el aparato dejó de moverse y abrió sus puertas, Chacaltana se acercó al primer militar que salió de él, un teniente de Marina en uniforme de campaña. No sabía bien cómo formular su pedido. Ni siquiera sabía si debía llamarlo «pedido», como si se tratase de un helado en el Cream Rica.

—Buenas noches, vengo de los juzgados.

—¿De dónde? —gritó el teniente. Los motores aún no estaban apagados, y el barullo seguía siendo insoportable.

—¡Vengo de parte del almirante Carmona, de Inteligencia! —gritó Chacaltana.

—Usted es de Cóndor, ¿verdad?

Chacaltana no supo qué decir. Para él, un cóndor era un pájaro calvo y carroñero. Pero asintió con la cabeza.

—¡Sí! —confirmó el militar—. ¡Tenemos un paquete para usted!

El teniente hizo unas señales a los soldados que venían detrás de él. Ellos regresaron al avión. Permanecieron en el interior mientras las hélices disminuían su rotación. A los diez minutos, volvieron a salir llevando a un hombre. Cada uno lo agarraba de un brazo, porque no podía caminar bien. Tenía las manos esposadas, y la cabeza cubierta bajo una capucha negra con un agujero en medio para respirar.

—Su encomienda —le dijo el teniente a Chacaltana, tendiéndole una tabla con papeles para firmar. Chacaltana rellenó un formulario por triplicado y lo devolvió. Después de verificar que todo estuviese en orden, el teniente metió una llave en las esposas y se las quitó al prisionero, que movió los dedos como anguilas liberadas. El teniente le hizo un saludo militar a Chacaltana, que correspondió. Sólo cuando ya se iba, como al descuido, arrancó la capucha de la cabeza de su prisionero.

Cegado por las intensas luces del avión, ensordecido por las turbinas, maltrecho y demacrado por los días de encierro, Daniel Álvarez Paniagua cayó de rodillas al suelo. Aún llevaba la camisa colorida que Chacaltana le conocía, pero llena de manchas y rota en algunas costuras. Su barba había seguido creciendo aún más descuidada que antes, y tenía el pelo grasiento y casposo.

—Buenas noches, señor Álvarez —saludó Chacaltana—. Me alegra verlo de nuevo.

El estudiante alzó una mirada fuera de su órbita, enloquecida y ansiosa. No dio señales de reconocerlo, pero se echó a reír. Primero, su risa parecía un temblor. Luego, una carcajada enferma:

—¿Estoy en el Perú?

—En efecto —certificó el asistente de archivo. Y como no sabía qué más decir, añadió—: Felicidades.

La cabeza de Chacaltana estaba concentrada en decidir cómo dejarían el Grupo Aéreo N.º 8 a esas alturas de la noche. Después de atravesar el aeropuerto, debían salir a esa carretera muerta y atravesar kilómetros de tierra baldía, con los riesgos consiguientes. Aunque no quería interrumpir la celebración del estudiante, se sintió obligado a recordarle:

—Creo que debemos ponernos en marcha.

A Álvarez le costó un poco levantarse, y dio sus primeros pasos tembloroso e inseguro, como un bebé. Constantemente se aferraba al brazo de Chacaltana para sostenerse. El asistente de archivo recordó aquel día, en el apartamento de Barranco, cuando lo había visto tan arrogante y soberbio. Meditó cómo cambia un hombre con unos días de encierro. Deseó nunca ser encerrado.

Milagrosamente, mientras ayudaba a Álvarez a caminar hacia la salida, unos faros les hicieron señales desde atrás. Seguían en la pista de aterrizaje, y la primera reacción de Chacaltana fue apartarse para dejar paso. Pero el vehículo los alcanzó y se detuvo a su lado. Llevaba distintivos de taxi, y el conductor sonreía.

—¿Necesitan que los lleve? —preguntó el conductor.

—¿De verdad es usted un taxi? —preguntó de vuelta Chacaltana atónito—. ¿En la pista de aterrizaje del Grupo Aéreo N.º 8?

—Soy alférez del Ejército, pero así me gano una plata extra —respondió el taxista—. ¿Adónde quieren ir?

Chacaltana observó a Álvarez, que había recuperado una mirada normal, aunque por el estado de su ropa y de su rostro seguía pareciendo un loco de la calle. Lo subió al automóvil y pronunció la dirección de la calle Junín.

Durante el trayecto, Álvarez se mostró tenso y vigilante. A cada momento miraba hacia atrás, como si temiese que lo siguieran. Y apenas respondía con monosílabos a los chistes del conductor. Chacaltana recordó la vez anterior, cuando lo habían metido a empujones en el auto. Aún tenía en la cara los moretones de los culatazos. Hasta que no llegasen a Barranco, no creería que ese taxi era simplemente un taxi. Y cuando al fin bajaron en el malecón de la calle Junín, entró paso a paso, vigilando cada rincón.

Ya en la casa, Chacaltana calentó agua mientras el estudiante se daba una ducha. Se reencontraron arriba, en el colchón tirado en el suelo. Todo estaba igual que antes. Si alguien había pasado a investigar el lugar, no había encontrado gran cosa que revolver.

Daniel Álvarez Paniagua se sentó en el colchón, con la espalda apoyada contra la pared. Tenía el pelo aún húmedo y la mirada fija en el líquido marrón de su taza. Mientras retiraba la bolsita filtrante con una cuchara, preguntó:

—¿Por qué no me fusilaron?

—¿Cómo?

—En Jujuy pude hablar con un compañero argentino. Dijo que, cuando los militares te meten a un avión, es para llevarte a alguna tierra de nadie y matarte. Nadie vuelve.

—No debería usted creer toda la propag... —Chacaltana se frenó y corrigió—: Todo lo que se dice.

—¿Dónde están mis compañeros?

—¿Quiénes?

—Ramiro. Y Mariana. ¿Dónde carajo están?

—En el mismo centro de detención de Jujuy. Se les acusa de asociación ilícita, conspiración contra el Estado y terrorismo.

Por primera vez, Álvarez levantó la mirada, y atravesó a Chacaltana con ella. Su voz sonó metálica e inexpresiva:

—Déjame adivinar: y me han soltado a mí para que los traicione, ¿verdad? ¿Por eso estoy aquí? ¿Para hablar? Mejor lo hubieran intentado metiéndome electricidad en los huevos, porque no pienso decirte nada. Ni a ti ni a los perros de tus amigos.

Interrumpió sus palabras un severo ataque de tos. Chacaltana fue al baño, cortó un buen pedazo de papel higiénico y volvió a la habitación. El ataque aún no había terminado cuando le ofreció el papel a Álvarez. Esperó a que se calmase antes de responder:

—Usted está aquí porque fue víctima de una detención sin garantías, cometida por un comando extranjero. El Estado peruano no puede admitir esas tropelías, por no hablar de la violación de soberanía. Como testigo y abogado, presenté un recurso al Poder Judicial, y las Fuerzas Armadas tramitaron su repatriación con efecto inmediato.

—¿«Sin garantías»? ¿«Poder Judicial»? —por primera vez, Álvarez esbozó una sonrisa, aunque no era de alegría sino de sarcasmo—. Estamos en una dictadura. No hay garantías. Ni Poder Judicial.

—Por si no ha leído usted el periódico, tendremos elecciones en dos días. Es un periodo de confusión, pero el Estado tiene voluntad de cambiar. Cometemos errores, pero tratamos de repararlos.

—¿Y por qué no han reparado el error de Ramiro? ¿Y el de Mariana?

—El joven Huaranga Mesa fue detenido legalmente, con una orden, y en presencia de efectivos peruanos. Permanece en investigación por presunta colaboración con la subversión internacional. En cuanto a la señorita, es ciudadana argentina. No podemos hacer nada por ella.

Chacaltana había preparado esas respuestas durante cada minuto de sus cuatro horas en la pista de aterrizaje del Grupo Aéreo N.º 8. Y las repitió mentalmente después de decirlas. Satisfecho, constató que no había contado una sola mentira. Le estaba diciendo más verdades a ese subversivo que esa misma tarde, en su propia casa, a su madre y a Cecilia.

—Se ayudan, ¿verdad? —preguntó Álvarez.

—Me parece que no lo entiendo.

—Ustedes y los argentinos, esos fascistas. Colaboran entre todos. Ustedes los ayudan a matarnos, a desaparecernos, a masacrarnos...

—Colaboramos con un país vecino para combatir las amenazas contra la seguridad. Pero no hacemos nada de lo que usted dice.

Chacaltana recordó al preso político de la carceleta. Y las bromas del cabo de la policía: «Deberíamos pegarte un poco de vez en cuando. Pero no por subversivo. Por antipático». Su atención volvió rápidamente a Álvarez, que seguía preguntando:

—¿Y por qué nos enviaron a Jujuy?

—Porque ustedes sí cooperan con la subversión en Argentina. Y porque desestabilizan el país de cara a las elecciones. En dos días, señor Álvarez, todo habrá acabado. Y usted y sus amigos podrán reunirse y conspirar todo lo que quieran. Hasta entonces, el Estado peruano mantiene el orden.

—¿«Orden»? —volvió a sonreír con sarcasmo Álvarez—. ¿Así lo llaman?

—Así se llama —respondió Chacaltana con genuina dignidad.

Álvarez dio el último sorbo de su té. Lo depositó en el suelo. Respiró hondo, con la mirada fija en la pared. Pareció meditar un buen rato lo que estaba a punto de hacer. Chacaltana se preguntó si podría ponerse agresivo, o si su integridad física correría peligro. Ya había llamado a la Policía desde esa casa una vez. Y no había tenido éxito. Pero Álvarez no parecía violento. Todo lo que hizo fue contar una historia, con la mirada fija en el suelo:

—El día de nuestra detención, nos dieron una golpiza. Estábamos nosotros, otros militantes, un periodista, incluso un militar. A uno le rompieron una costilla. A todos nos pusieron grilletes y nos metieron a un avión. Viajamos sin capucha, rodeados de soldados con ametralladoras. En Jujuy, nos informaron de que formábamos parte de un intercambio de prisioneros entre los gobiernos de Perú y Argentina. Nos quisieron obligar a firmar un pedido de asilo. Nos negamos. Nos encerraron en cuartos manchados de sangre. Mojones rojizos en las paredes. Oímos los gritos de los compañeros argentinos al fondo del pasillo. Cerca de medianoche, se apagaron todas las luces. Me refiero a *todas*. De repente, no se veía nada en los pasillos. Ni por los ventanucos de las paredes. Nunca has visto una oscuridad así, Félix. Nunca. Yo estaba en mi camastro, pero no me moví. Tampoco sentí que se moviese nadie alrededor. El tiempo se congeló durante unos minutos. Después, oí abrirse la puerta del pabellón. Recuerdo un chiflón de aire frío, gélido, aunque quizá eso lo imagino ahora. Lo que sí es seguro es que sonaron pasos. Muchos. Y aparecieron lucecitas voladoras por todas partes, como luciérnagas. Decenas de personas estaban entrando por los pasillos armadas con linternas. Las lucecitas se movían tan rápido que resultaba imposible seguirlas. Una de ellas se detuvo en mi celda. Atravesó los barrotes y se fijó en mí. La vi primero en las sábanas, y luego subiendo hacia mi rostro. A veces, por el pulso de su dueño, se desviaba hacia la pared, pero luego volvía a iluminarme a mí. En ese momento, yo cerraba los ojos. Mientras la luz me recorría, sólo oí una voz. Alguien susurró en el pasillo: «Ése no». Y la luz se fue.

Félix Chacaltana tragó saliva. No quería sentirse manipulado por un enemigo del Estado. Pero no podía dejar de escuchar. Uno no puede dejar de escuchar. Y fuera de esa habitación, hasta el aire había parado de sonar.

—La linterna se marchó de mi celda —continuó Álvarez—, pero no del pabellón. Las lucecitas continuaron pululando por las paredes. A veces escuchaba abrirse una puerta, y luego unas sacudidas y jadeos, pero nada más. A lo mejor oí golpes. No sonaron gritos ni nombres. Después de unos minutos, que me parecieron horas, nos estremeció el único ruido estridente de esa noche: un silbato. Fue un silbatazo muy corto y preciso, aunque el silencio lo amplificó como una alarma. Entre los prisioneros, nadie protestó ni se levantó. Tras el silbato, las linternas comenzaron a enfilar hacia la salida. Esta vez, arrastraban cosas. Y respiraban más fuerte. Pero también iban más rápidas y seguras. En cuestión de segundos, habían desaparecido. Todas. Y volvía a reinar la más profunda y tétrica oscuridad.

El estudiante tosió una vez más. Félix Chacaltana quiso ir a buscarle más papel higiénico, y aprovechar para salir de esa casa. Pero no consiguió moverse de su sitio. Álvarez paró de toser y concluyó su historia:

—A la mañana siguiente, cuando llegaron los guardias a pasarnos lista, faltaban diez presos. Los carceleros pronunciaron sus nombres, pero nadie respondió. En vez de dar la alarma, los carceleros pasaban al nombre siguiente. Diez presos no respondían. Diez presos no estaban. Diez nombres no tenían respuesta. Pero a nadie le pareció anormal.

Álvarez no había acusado de nada a Chacaltana, pero él sintió la necesidad de defenderse:

—A lo mejor no significa nada. A lo mejor se los habían llevado a un registro rutinario. A lo mejor los habían trasladado a otra prisión.

—Claro. Claro. Seguro que estaban poniendo las cosas en orden. Ése es el orden que a ti te gusta tanto.

Chacaltana no dijo nada. Sólo recogió la taza y la bajó al primer piso. A continuación, la lavó en el fregadero y partió. Por educación, sintió el impulso de despedirse antes de marchar. Pero decidió ignorar ese impulso.

En el nicho que ocupaba Joaquín Calvo, apenas quedaba rastro de la corona de flores que le había dejado Chacaltana. Era normal que los deudos se robasen los arreglos florales frescos de otras tumbas, sobre todo si eran vistosos. Por eso, ni una triste maceta recordaba al que había sido, después de todo, un buen amigo.

Chacaltana reparó esa falta. Colocó un floripondio en un gran vaso de plástico. Limpió el nicho mojando su pañuelo en agua. Se detuvo especialmente en la foto sonriente de su amigo, con el bigote de charro y el pelo engominado hacia atrás, como una estrella del cine mexicano. Recordó las últimas palabras que Joaquín le había dicho:

«Que te vaya bien. Todo saldrá bien.»

Aunque Joaquín hubiese mentido, aunque llevase una doble vida, y una triple y múltiple, todo muerto merece un detalle. Nadie se va de este mundo sin dejar al menos un buen recuerdo.

Finalmente, Chacaltana rezó frente a ese sepulcro. Aprovechó para decir oraciones por todos los días que había faltado a misa, que ya iban siendo demasiados.

Mientras rezaba, meditó en la historia de Daniel Álvarez, sus linternas nocturnas y sus presos desaparecidos. Pura palabrería, se dijo. Propaganda subversiva. El almirante Carmona ya le había advertido que tratarían de lavarle el cerebro. Pero el almirante confiaba en su cerebro. Y Chacaltana le pidió a Dios que se lo mantuviese claro y lúcido.

—Así que aquí lo tienen —oyó una voz de mujer y unos tacones a sus espaldas—. Me habría gustado venir al funeral.

Susana Aranda iba como para una ceremonia, con un sobrio vestido negro cubierto por un abrigo del mismo color. Llevaba el pelo recogido en una cola y unos enormes anteojos oscuros. Aun así, a Chacaltana le pareció que la belleza de esa mujer desbordaba su esfuerzo por ocultarla, como un río saliéndose de su cauce.

—A mí también —respondió Chacaltana—. Llegué tarde. En realidad, no vino nadie. Sólo su padre.

—El padre. Ya que no estuvo en su vida, al menos apareció para su muerte.

Ella se persignó. Chacaltana la imitó, más que nada por no tener que responder sobre Don Gonzalo. Aún no le constaba que fuese un mal hombre. Al contrario, lo veía sufrir lo indecible por su hijo. A Chacaltana ya le habría gustado tener un padre que sufriese por él, en vez de lo contrario.

Susana Aranda se acercó al nicho. Posó sus manos sobre él. Acarició el nombre y los años ahí escritos. Una lágrima se descolgó bajo la montura de sus anteojos.

—Si quiere, le ofrezco una bebida —propuso Chacaltana.

Ella ni siquiera se volvió a mirarlo.

—El único lugar donde podemos encontrarnos es éste —respondió—. Cualquier otro se ha vuelto muy peligroso, ¿no crees?

El asistente de archivo recordó quién era ella y de dónde venía. Volvió a verla en las fotos ocultas de Joaquín Calvo, y junto a su esposo el almirante, pero entre todos los recuerdos, se coló el beso que ella le había estampado aquel día, frente al edificio del diario *El Comercio*. Había sido un beso falso, pero su recuerdo parecía más real que cualquier otro.

—Nosotros no... Yo no tengo nada que ocultar —dijo él, pero su voz parecía negar sus palabras.

—Todos tenemos secretos, Félix.

Volvió hasta su lado y se quedó ahí, mirando el nicho. Añadió:

—Algunos mueren por ellos.

Félix Chacaltana sintió el perfume entrar por sus fosas nasales, hasta su pecho. No pudo evitar compararlo con el olor de Cecilia, olor a jabón, que al lado del de Susana Aranda le pareció menos fragante, no tan agradable, casi vulgar. Pero ahuyentó de un plumazo a Cecilia de su cabeza. Tratando de retomar una conversación alejada de cualquier mujer, dijo:

—Joaquín tenía demasiados. Ahora mismo, ni siquiera sé si era mi amigo o no. No sé si conocía a un Joaquín real.

—Es gracioso que digas eso.

Chacaltana rememoró sus palabras. No le parecía haber dicho nada gracioso:

—¿Perdón?

—Joaquín siempre me decía, cuando estábamos solos: «Este que ves acá soy yo, el único real. Ahí afuera soy de mentira, pero aquí no».

—Bueno, supongo que yo formaba parte del «ahí afuera».

—¡No! —la voz de Susana Aranda sonó más alta que antes, indignada—. Ya te he dicho que a ti te apreciaba.

—¿En serio? Ahora mismo, no se me ocurre por qué.

—Yo sé por qué. Una vez me lo dijo: «Félix es la única persona que conozco que no le haría daño a nadie». Eso dijo. Por eso me atreví a buscarte después de que... Bueno, ya sabes.

La única persona que no le haría daño a nadie. Un título triste, más bien. De momento, dadas las nuevas responsabilidades de Chacaltana, un título inútil, más bien.

—A lo mejor yo también tengo secretos —respondió el asistente de archivo, con más melancolía que orgullo.

Para sorpresa de Chacaltana, la mujer enredó el brazo con el suyo. Parecían un matrimonio escogiendo su propio nicho donde yacer juntos, pensando en el futuro.

—¿Vamos a caminar? Hay lugares más bonitos por aquí.

Lo dijo con tal naturalidad que el asistente de archivo no pudo menos que seguirla. Se internaron entre vírgenes, cristos, estatuas de la muerte y columnas de mármol. De manera natural, quizá por olfato, ella lo guiaba hacia los mausoleos de la clase alta.

—Félix, debes saber que si Joaquín te ocultaba cosas, era porque te apreciaba. Para protegerte.

Mucha gente le hablaba a Félix Chacaltana como si fuese un menor de edad: su madre, el director del archivo, algunos policías y la mayor parte de los fiscales titulares. Tenía que ver con su edad —que no era culpa suya— y con su falta de cinismo —que sí—. Pero no esperaba que lo hiciera Susana Aranda. Es verdad que era mayor que él, pero Chacaltana aspiraba a ser tratado como un igual por ella. Y por supuesto, tampoco le agradaba sentir que Joaquín lo hacía. Con él sí, a pesar de la diferencia de edad, él se había considerado un igual.

—Sé protegerme solo, señora.

—No me malinterpretes, Félix. Tú fuiste honesto conmigo cuando fui a buscarte. Y creo que yo también debo serlo, ahora que te vi con..., en el Ministerio.

Pasaron junto a una imagen de la Virgen María. La estatua llevaba en brazos a Cristo, y lloraba su pérdida. Chacaltana se preguntó si Susana Aranda lloraría su pérdida. Evidentemente, no la lloraría como lloraba a Joaquín. Pero quizá le dedicaría una lágrima, una pena, una vela anónima en una iglesia.

—Me alegra que quiera ser usted honesta. Pensé que ya lo había sido.

Ella sonrió ligeramente. A Chacaltana le habría gustado quitarle los anteojos y contemplar su expresión entera.

—Ya te lo he dicho. Todos tenemos secretos. Incluso tú.

—Yo no... —trató de protestar Chacaltana, pero ella lo interrumpió.

—¿Por qué te ves con mi esposo?

Chacaltana se enfadó, pero no sabía cómo enfadarse con una mujer atractiva. Esa posibilidad no estaba contemplada en sus códigos. Tartamudeó:

—C... como usted comprenderá, señora... Yo... no...

—No puedes revelar información clasificada vinculada a labores de seguridad.

Eran las mismas palabras que Carmona le había dicho en el Club Nacional, mientras le exponía la naturaleza de su misión. Chacaltana se sintió débil, expuesto. La esposa del almirante parecía saber más de él que él mismo.

—No puedo seguir con esta conversación —musitó.

Ella suspiró y adoptó una actitud menos agresiva:

—No quiero sacarte información, Félix. Quiero proporcionártela.

—¿Señora?

Pararon frente a una imagen de la Crucifixión: Cristo lleno de heridas, con una corona de espinas, las gotas de sangre derramándose desde su cabeza, como las lágrimas de la propia Susana Aranda.

—Félix, Joaquín trabajaba para mi esposo.

—¿Eh?

—El almirante Héctor Carmona proviene de Inteligencia Naval. Como acumulaba éxitos, el Ministerio lo llamó como enlace, y para operaciones internacionales. Al Ejército no le termina de gustar que haya un marino ahí. Pero él trabaja con mucha limpieza. No hace aspavientos. No revienta puertas de sindicalistas o candidatos, ni tortura a nadie. Prefiere trabajar discretamente. Su especialidad es infiltrar agentes en las filas subversivas. Eso era Joaquín. Un infiltrado. Todos los grupos de izquierdas confiaban en él, y él obtenía información de todos, información que transmitía a Inteligencia.

En un instante, el mundo dio un vuelco para el asistente de archivo. Joaquín no era un subversivo sino un agente. Susana no era su amante sino, quizá, una informante. Álvarez y Huaranga no eran los camaradas sino los investigados por Joaquín. ¿Era posible eso? ¿O estaba atando los cabos mal? Las preguntas se le amontonaban en la cabeza sin dejar tiempo para las respuestas.

—¿Cómo sabe usted todo eso? ¿Se lo ha dicho su esposo?

Alguien colocaba flores frente a una tumba demasiado cerca de ellos. Susana Aranda volvió a echar a andar, y esperó a alejarse un poco antes de responder:

—Me lo dijo Joaquín. Mi esposo jamás me ha hablado de su trabajo. En realidad, hace mucho tiempo que mi esposo no me habla de nada. Soy como un fantasma en su casa. Él no me ve ni me dirige la palabra, y por supuesto no me toca.

Considerando que se trataba de su jefe, aunque fuese un jefe extraoficial, el asistente de archivo Félix Chacaltana encontró que esta última información era excesiva. Pero no se atrevió a decirlo. Además, Susana Aranda seguía hablando:

—Conocí a Joaquín en el despacho de Héctor. Y coincidimos en las ocasiones sociales de la Marina de Guerra y el Ministerio, como ocurrió ayer contigo. Un día, como de costumbre, Héctor me dejó tirada en medio del cuartel de La Punta porque le surgió un compromiso. Ni siquiera me dijo qué compromiso era porque se trataba de información reservada. Me quedé en medio de un cuartel, en el otro extremo del Callao, sin poder regresar a Lima. Joaquín se ofreció a llevarme a casa. Pero me llevó a la suya. Así empezó todo. Tú ya sabes cómo acabó.

Habían vuelto a detenerse, esta vez frente a una imagen del ángel de la muerte, que se llevaba a un niño entre sus alas negras. Chacaltana intentó hablar con aplomo, como si no estuviese anonadado. Como si algo de esta historia no lo hubiese tomado por sorpresa, como a un tonto que se creía un agente secreto.

—Aún no sabemos quién mató a Joaquín...

—Pero yo temo que haya sido Héctor. O que él haya dado la orden.

Chacaltana no alcanzó a responder nada. El nuevo conflicto de lealtades entre su jefe, su amigo y Susana Aranda le impedía decir casi cualquier cosa. De manera vaga, y tan impersonal como pudo, balbuceó:

—Tomo nota de su preocupación, Susana. Pero no sé cómo puedo ayudarla...

—No has venido a ayudarme, Félix. Yo he venido a ayudarte a ti. Creo que debes saber eso. No sé qué relación tienes ahora con Héctor. Pero eras amigo de Joaquín y me preocupa lo que te pase.

—G... gracias.

—Si necesitas cualquier cosa, cuenta conmigo.

Félix Chacaltana se preguntó si era su imaginación o en esa oferta había algo de sugerencia personal. Si ella estaba tratando de decir con su actitud algo que no decía con palabras. Y si «cualquier cosa» significaba cualquier cosa. Pero estaba demasiado perturbado para decidir nada de eso. Sin embargo, sí alcanzó a hacer algo. Extrajo de su bolsillo la llave del apartamento de Joaquín, que salió tintineando como una campanilla, y se la ofreció a la mujer:

—Es posible que debamos vernos de nuevo —dijo sombríamente—. Y sólo sé de un lugar seguro.

Si Susana Aranda guarda en su poder información relevante, sería mejor tener dónde encontrarse. Pero ésa no era la única razón para entregarle la llave. Chacaltana se sentía liberado de no tenerla en su poder. Se quitaba un gran peso de encima. Además, esa mujer tenía el derecho de pasar por el apartamento y echar su propio vistazo a su pasado. Y por último, quién sabe. Quizá alguna vez. Quizá ella y él...

Ella parecía esperar su gesto. Sin hacer preguntas, tomó la llave y le dio la espalda. Pero dudó un poco, y se volvió de nuevo. Antes de que Chacaltana pudiese reaccionar, lo abrazó. Incluso a través de su traje de luto, el asistente de archivo sintió los contornos de su cuerpo, y la punzada del deseo, como un latigazo.

—Ten mucho cuidado, Félix —dijo ella, besándolo en la mejilla—. Todo esto es demasiado grande para ti.

Él no consiguió articular palabra.

Instantes después, la silueta oscura de Susana Aranda había desaparecido entre los restos mortales, como habría hecho un fantasma.

El camino por el Barrio Chino le era familiar. La portada, los restaurantes, el olor a fritanga agridulce. Incluso el edificio en que entró le resultó conocido. Él había subido esas escaleras antes. Sin embargo, tardó en notarlo. El abrazo de Susana Aranda le había dejado un poco de su perfume para el camino, y de momento Chacaltana no era capaz de pensar en nada más.

En el cuarto piso, tocó el timbre de la izquierda y pegó la oreja a la puerta. Creyó escuchar movimiento tras ésta, como si alguien arrastrase los pies hasta la mirilla, y luego tardase horas en decidir si abrirle o no. Aprovechó la espera para preguntarse, por enésima vez, qué había significado el abrazo de Susana Aranda. ¿Se trataba de una invitación erótica? ¿O sólo una muestra de preocupación maternal? Era en esos momentos cuando el asistente de archivo necesitaba más a su experimentado amigo Joaquín.

Chacaltana volvió a tocar el timbre. No había anunciado su visita. De hecho, había sacado esa dirección de la guía telefónica. Y se preguntó si había hecho lo correcto. Pero tras unos segundos de duda, la puerta se abrió y el rostro de Don Gonzalo asomó tras la cadena.

—¿Qué quieres, Félix?

Su voz sonaba inestable, siempre a punto de desafinar. Tenía la nariz hinchada, roja. Y de su boca emanaba un hiriente olor a pisco. No parecía ni el remedo del galante caballero que cortejaba a su madre.

—Venía a visitarlo, Don Gonzalo.

El viejo lo escudriñó un buen rato, como tratando de leer sus intenciones en su rostro. Luego dijo:

—¿Has almorzado? Podemos bajar a comer algo, supongo.

Sin esperar respuesta, cerró la puerta. Volvió a abrirla un par de minutos después, y durante unos instantes Chacaltana pudo espiar una sala desordenada y un grupo de botellas amontonadas sobre la mesa. El viejo se había peinado un poco, y lucía una chompa de lana no muy remendada. Pero aún olía a alcohol, y las bolsas bajo sus ojos estaban moradas. Además, su brazo temblaba más que nunca.

Al salir, se encontraron en el recibidor con una mujer china. Don Gonzalo la saludó efusivamente, como a una vieja amiga. Le preguntó por su familia.

Chacaltana recordó entonces cuándo había estado ahí. Y mientras caminaban por la calle, preguntó:

—Los señores chinos que ha saludado usted. Viven en el edificio, ¿verdad?

—Justo enfrente de mi casa. Llevan años ahí, y son una pareja muy amable, aunque apenas hablan español. Siempre me llevan té y me regalan cositas de su tienda. Tienen una tienda, como todos los chinos del mundo.

—¿Viven ahí hace mucho?

—Años. Aunque quizá se muden. Pasaron mucho tiempo tratando de concebir un hijo sin éxito. Y ahora que al fin tienen uno, el apartamento les queda pequeño. Están reuniendo dinero para mudarse a algún edificio con ascensor. Subir cuatro pisos con un niño es una tortura.

—Es curioso. En su ficha del archivo, Joaquín anotó la dirección de ellos.

—¿Ah, sí? Bueno, supongo que quería poner la mía y se equivocó. Joaquín vivía de alquiler y cambiaba mucho de domicilio. Cuando tenía que dejar una dirección estable, ponía la mía.

El asistente de archivo tomó nota mental: el apartamento de Joaquín era de alquiler. En algún momento, un propietario dejaría de recibir la renta y vendría a reclamarla. Desaparecerían las banderas rojas, y los documentos, y todos los rastros de su amigo. Sólo quedaría su nombre, y una foto de él sonriente pegada en un nicho.

Chacaltana y el viejo avanzaron por una calle atestada entre carretillas y mercachifles. Algunos de los vendedores llevaban gallinas o cuyes. Y todos llevaban prisa.

Al llegar a una puerta muy pequeña, el viejo entró sin llamar y Chacaltana lo siguió. El interior era un cubículo minúsculo y sin ventanas cargado de olor a fritanga. En la única mesa del lugar, cuatro chinos se apretujaban sorbiendo ruidosamente cuencos de sopa. Apenas quedaba espacio libre, pero Don Gonzalo se acomodó en un rincón, y Chacaltana se sentó frente a él.

En cuestión de instantes, sendos cuencos de la misma sopa habían aparecido delante de ellos. Don Gonzalo tomó un par de palitos y comenzó a comer. A pesar de su problema en el brazo, lo hacía mucho mejor que Chacaltana. El asistente de archivo trató de montar cualquier cosa sólida sobre sus palitos, sin éxito. También buscó una cuchara para la sopa, pero en esa mesa no había nada por el estilo.

—¿Qué novedades, Félix? Es una visita sorpresa.

—Espero no molestar. Verá, Don Gonzalo, el otro día salió usted de mi casa con mucha prisa. Y no llamó luego, ni hemos vuelto a saber de usted. Mi madre se ha quedado preocupada. Quiere saber si se ha enfadado usted con ella.

El viejo rio, o eso parecía, porque el cuenco le tapaba media cara. Chacaltana comprendió que debía acercárselo a la boca, aunque seguía sin entender varias reglas básicas de esa sopa. Don Gonzalo devolvió el cuenco a la mesa y respondió:

—Nadie podría enfadarse con tu madre, Félix.

—Bueno, ella está confundida.

Habría debido usar otra palabra. Habría podido contarle a Don Gonzalo que llevaba dos noches oyendo llorar a su madre. Y que la había encontrado lamentándose frente a la foto de su padre, disculpándose ante él, como si le hubiese sido infiel al señor de la foto, y ahora tuviese que darle explicaciones a ese hombre que llevaba más de diez años muerto. Como si su tristeza fuese un castigo de Dios, o del alma en pena de su esposo. Pero Chacaltana no podía contar eso, por respeto a la dignidad de su señora madre.

Don Gonzalo debió entender a qué se refería el joven, porque dejó de comer y mostró una expresión compungida.

—Siento oír eso, Félix.

—¿Por qué se fue? ¿Por qué no llamó?

—Quedé muy afectado por nuestra conversación. Lo siento.

A su lado, un chino eructó. Los demás ni siquiera se rieron. No era una broma. Era parte del almuerzo.

—No sé qué le ha afectado tanto —retomó la conversación Chacaltana.

Don Gonzalo revolvió su sopa, como si buscase dentro del cuenco la razón de su amargura. Dijo:

—Me trajiste algunos recuerdos muy dolorosos, Félix. Sobre mi mujer, que en paz descanse.

—No pretendía...

—Ya sé que no fue tu intención. Pero supongo que tus fuentes tenían razón. Supongo que Joaquín me culpaba... por lo de su madre. Llevo cuarenta años culpándome yo también. Preguntándome si podría haberla salvado. Si a lo mejor la hubiese llevado a otro hospital. Si hubiésemos huido antes de la guerra y no después...

Al hombre se le cortó la voz, tomada por el llanto. Chacaltana trató de calmarlo:

—No debe torturarse así.

En la mesa de al lado, dos chinos comenzaron a pelearse a gritos. Chacaltana comprendió que estar en ese restaurante, más bien en ese comedero, era como estar en Plutón. Nadie escucharía lo que dijesen aunque estuviera sentado a cinco centímetros de ellos. Los dos chinos se levantaron y se amenazaron físicamente, pero en un par de minutos estaban sentados de nuevo, devorando cada uno un plato de nabos encurtidos.

—Uno no puede cambiar el pasado —dijo Chacaltana.

—Pero tampoco puede escapar de él —respondió un mustio Don Gonzalo.

Habían dejado que sus sopas se enfriaran. Repentinamente, ninguno de los dos parecía tener hambre.

—Siempre he sido un mal hombre, Félix —continuó el viejo con voz de ultratumba—. Me repugno a mí mismo. Abandoné a una mujer y crie a un delincuente. Y ni siquiera fui capaz de salvarles el pellejo...

—No estaba en su mano...

—¡Siempre está en nuestra mano!

Don Gonzalo reaccionó con violencia. Dio un puñetazo en la mesa, que incluso hizo callar a los ruidosos comensales del lugar, quienes se quedaron viendo a esos dos extraños, que en respuesta tan sólo devolvieron la mirada a sus platos. La sopa aún temblaba.

Chacaltana trató de decir algo que mejorase el humor entre ellos.

—Sepa que su hijo no era un delincuente.

Sin mover un músculo de la cara, Don Gonzalo alzó hacia Chacaltana una mirada de curiosidad. No dijo nada, y el asistente de archivo asumió que esperaba oír más.

—Trabajaba para nosotros —titubeó al usar la palabra *nosotros,* y se corrigió—: Quiero decir que trabajaba para el Estado. Para el Servicio de Inteligencia. Según su pareja...

—¿La rubia casada?

—Esa misma. Según ella, Joaquín realizaba misiones encubiertas. No era un delincuente. Era un infiltrado. Seguramente lo mataron al descubrirlo. Y si es así, murió como un héroe.

Don Gonzalo permaneció quieto como una estatua, analizando cada palabra del joven, atrincherado tras su cuenco de sopa fría. Dos chinos se levantaron de la mesa. Se estaba terminando la hora de comer.

—Supongo que ser un traidor es mejor que ser un traficante, ¿verdad? —dijo el viejo.

—Usted no tuvo la culpa, Don Gonzalo. Él realizaba un trabajo y conocía los riesgos. Si no le dijo nada a usted fue porque no se lo dijo a nadie. La naturaleza de sus actividades era altamente confidencial.

Don Gonzalo sacudió la mano en el aire, en un gesto de desprecio:

—Eso no me lo devuelve. Ni a él ni a su madre.

—Como usted dice, Don Gonzalo, murieron los dos en guerras. Pero usted no es culpable de las guerras. Usted no las declaró. Usted es tan víctima de ellas como sus familiares. Debería verlo así. Y vivir sin culparse.

—Es fácil decirlo.

—No. No es fácil. Preferiría no hacerlo. Pero está usted tan obsesionado con el pasado que no ve el presente. El presente es mi madre. Y lo reclama.

El viejo hizo un vago gesto de desinterés, como si Chacaltana hubiese mencionado un detalle sin importancia. El asistente de archivo se limitó a añadir:

—Es todo lo que le vine a decir.

Chacaltana consideró que su misión ahí había terminado. Se levantó dignamente, y al hacerlo, sintió que le crujía el estómago. Ni siquiera había tocado la sopa, que ahora parecía un pantano de fideos y cosas verdes. Pensó que en el camino de vuelta se comería un sándwich. Don Gonzalo no se levantó con él, así que Chacaltana le hizo una leve reverencia y le dio la espalda. Antes de abandonar el cuchitril, preguntó:

—¿Pasará a visitar a mi madre?

—Ya lo veremos —respondió el viejo. Y sin necesidad de voltear a verlo, Chacaltana supo que tenía los ojos y la nariz aún más rojos que antes.

De regreso en su sótano, el asistente de archivo Félix Chacaltana pasó a visitar a su jefe. Llevaba dos días sin verlo. Y la última vez, lo había notado preocupado por la citación al Ministerio de Guerra. Debía reportarse, aunque sólo fuese para dejar claro que seguía vivo.

Encontró al director en su despacho, dormido en su butaca, con los pies sobre el escritorio. Roncaba de modo entrecortado, como si se estuviera ahogando, y la lengüeta de pelo se le había desplazado hacia atrás. De no haber sido impropio de un subordinado, Chacaltana le habría sugerido comprar un bisoñé.

—¿Señor?

No hubo respuesta, y Chacaltana alzó la voz.

—¿SEÑOR?

El director del archivo despertó tosiendo y sacudiéndose como un coche viejo. Después de recuperar la compostura, reparó en su asistente.

—¡Hijito! Dichosos los ojos.

—Lamento mi ausencia, señor. He tratado de no causar inconvenientes debido a...

—No te preocupes, no te preocupes —insistió el jefe—. Ya sé que andas muy amiguito con el almirante Carmona. Picas alto, hijito. Y yo que quería contactarte con los del tercer piso. Es como tratar de contactar al goleador de un equipo con el sindicato de aguateros, ¿verdad?

Emitió un sonido que pareció un nuevo ataque de tos, aunque por su actitud es posible que fuese una risa. Chacaltana continuó su disculpa:

—Espero que en mi ausencia no haya ocurrido ningún percance...

—Felixito, ya sabes cómo es esto —bajó los pies de la mesa el director—. Aquí nunca ocurre nada. Y además —bostezó—, si el almirante te hace alguna encomienda, yo no pienso interferir.

Por primera vez, el director no le hablaba como si fuera un niño tonto. Le hablaba como si fuera un niño, pero uno poderoso y tiránico. Un infante real o un príncipe.

—Gracias, señor.

—Por cierto, toma —le alcanzó un pedazo de cartón. Chacaltana pensó que se habría mandado a hacer tarjetas de presentación nuevas, pero ésta era de color fucsia, y tenía a una chica vestida provocativamente. Sobre ese fondo brillaba el nombre del hostal Tropical y un lema: «Discreción garantizada».

—¿Señor?

—Es un hostal en el kilómetro cinco y medio de la carretera central. ¿Te acuerdas que te dije que te buscaras una chica?

El asistente asintió, aunque no veía la relación entre aquella conversación y nada que tuviese que ver con su vida. El director le regaló una de sus espantosas sonrisas:

—Tigre, ha llegado tu momento. Nada atrae más a las mujeres que el poder, campeón. Ahora que trabajas con el almirante, será mejor que te compres condones. Y no me lo agradezcas: hoy por ti, mañana por mí, ¿verdad?

El asistente comprendió que resultaría muy difícil mantener en secreto sus actividades. Pero aun así, los hostales no eran su principal preocupación en ese momento. Se guardó la tarjeta tratando de mostrar interés e intentó cambiar de tema:

—¿Hay algo que pueda hacer por usted? Pienso pasar la tarde aquí.

Lo dijo como si cumplir su horario laboral fuese un favor a su jefe. Pero al jefe no le importó. Tenía otras cosas en mente:

—¿Sabes qué podrías hacer, Felixito? Si quieres hacerme feliz, digo. ¿Te interesa?

El director siempre usaba los términos menos profesionales disponibles para describir las cosas. Pero con el tiempo, Chacaltana había desarrollado un diccionario personal para ir traduciéndolos: «hacerme feliz» significaba «cumplir tus deberes de manera seria y responsable», o al menos así quería interpretarlo él.

—Me encantaría, señor.

—¿Por qué no organizas una reunioncita para ver el partido del domingo? El almirante, tú y yo. Brasil nos ha dado vuelta. Pero a Polonia le ganamos seguro. ¿Quién chucha es Polonia? ¿Qué han jugado hasta ahora? Es más, si el almirante quiere, yo puedo sugerirle cómo apostar.

—Lo pensaré, señor. Y si veo al almirante antes de esa fecha, espero tener la ocasión de comunicarle su propósito.

El director se estaba acomodando, uno tras otro, el pelo y la corbata. Mientras volvía a hacerse el nudo, deslizó hacia su asistente una mirada de duda.

—Claro, campeón. Gracias.

Veinte minutos después, seguro de que Chacaltana se quedaría en su puesto, el director abandonaba el archivo.

El asistente revisó la bandeja de pendientes, donde se acumulaban diligencias atrasadas, reclamos de información y oficios de todo tipo. En sólo dos días, se había amontonado una buena cantidad de trabajo, y Chacaltana puso manos a la obra con entusiasmo. Se relajó ante la perspectiva de redactar, firmar, sellar y enviar papeles. Las pequeñas labores rutinarias lo devolvieron a su apacible mundo habitual, un mundo que sentía lejano, como si llevase años fuera de él. Aunque el perfume fresco de Susana

Aranda volvía a agarrarlo del pescuezo constantemente, distrayéndolo de sus obligaciones.

Empezaba a organizar los pendientes cuando escuchó un ruido. La caída de un archivador. O quizá un libro cerrándose. Nada fuera de lo común, salvo que el ruido había salido de los pasillos del archivo, donde se suponía que no había nadie.

—¿Quién está ahí? —preguntó el asistente de archivo.

No hubo respuesta.

Por unos instantes, Chacaltana sopesó la posibilidad de que hubiese sido una impresión suya. Pero el ruido había sonado con claridad. Alguien —o algo— lo había producido. Volvió a preguntar:

—¿Hay alguien?

Pero sólo el silencio siguió a sus palabras.

Chacaltana se internó en el pasillo de Daños contra la Propiedad Privada. El ruido debía haber salido de ahí. A lo mejor era una rata. Trabajar en un sótano —y al lado de una carceleta— no era lo más adecuado para la higiene del entorno. Pero después de dar algunos pasos por el pasillo, pudo atisbar que algo se movía entre los libros, a la altura de su cabeza. Lo que había ahí, si era un animal, era tan grande como una persona.

No dijo nada esta vez. Siguió hasta el fondo y dobló a la derecha, hacia el pasillo de Delitos contra el Honor. En ese laberinto lleno de daños, crímenes y faltas, nadie se movía con la soltura del asistente Chacaltana. Nadie había circulado por ahí tantas veces como él, ni conocía sus rincones y salidas con tanto detalle.

Un par de giros después, volvió a ver el destello de un movimiento, entre el pasillo de Atentados contra el Ornato y el de Homicidios. Por ahí se llegaba a la esquina del archivo, así que sólo había una salida. Chacaltana se acercó a ella. Quienquiera que fuese su misterioso visitante, ahora quedaría atrapado. En previsión de cualquier incidente violento, tomó con las dos manos un grueso volumen de denuncias que podía servir como arma o escudo. Como no le parecía suficiente defensa, también hizo la señal de la cruz.

Giró por última vez antes de ver la cara que se escondía entre los papeles. Dio varios pasos lentos. Aún tuvo tiempo de preguntarse si no era más prudente salir de ahí. Pero recordó que cumplía labores más peligrosas que pasear entre los libros, y se armó de valor.

Al final del pasillo de Homicidios, giró con rapidez y encaró al visitante. Trató de amenazarlo con el tomo de las denuncias, aunque su gesto pareció más bien un acto de defensa. De hecho, por reflejo, cerró los ojos. Volvió a abrirlos de inmediato. Tenía el pulso acelerado y la boca seca.

Frente a él se encontraba Daniel Álvarez Paniagua, con su barba de siempre y, por una vez, una camisa limpia de color blanco.

El almirante Héctor Carmona ya se lo había dicho:

—No vayas a buscarlos. Deja que ellos vengan a ti.

Y había acertado. Aquí estaba Daniel Álvarez, el esquivo enemigo del Estado, el terrorista, caminando junto al asistente de archivo por el centro de Lima, contemplando los balcones coloniales, admirando la iglesia de los franciscanos y doblando a la izquierda, en busca del bar Cordano. Como dos viejos amigos paseando por el barrio.

—¿Té? —preguntó Chacaltana mientras se sentaba en su mesa habitual. Álvarez parecía incómodo y miraba a todas partes.

—Café.

Aguardaron en silencio que les trajesen las bebidas. Por las puertas del bar se veía el Palacio de Gobierno a un lado. Y al otro, la antigua estación ferroviaria de Desamparados, cuyo nombre Chacaltana encontraba hermoso y triste a la vez.

—No se me ocurrió que me traerías a un bar —dijo Álvarez—. Pensé que no querrías que te vieran conmigo. Por eso me escondí en el archivo.

«Por eso o quizá para husmear o espiar o algo peor», pensó Chacaltana. Pero sólo dijo:

—Siempre venía aquí con Joaquín. Y él siempre pedía un juguito.

—Era un hombre de costumbres.

—Un caballero.

El asistente de archivo se sentía confiado y dueño de la situación. Desde su primer encuentro con el estudiante en la universidad, y luego en el refugio subversivo de Barranco, sus papeles se habían invertido. Y después de tramitar su liberación y rescatarlo en el aeropuerto, Álvarez le debía una. Podía notarlo en su actitud sumisa y huidiza. Había perdido la altivez.

—Yo... —comenzó Álvarez, y después de dudar cómo continuar, encontró las palabras—: No te agradecí lo que hiciste por mí. Supongo que me salvaste la vida. Al menos me arrancaste de las garras de los argentinos. Tú y yo entendemos muchas cosas de manera diferente, pero creo que eres honesto. Y valiente. Quiero darte las gracias.

Bajó la mirada. Evidentemente, estaba acostumbrado a dar discursos grandilocuentes sobre la situación del mundo. La humildad se le hacía una actitud nueva y difícil de manejar. Chacaltana dio un sorbito de su té y se quemó el labio, pero trató de disimularlo. No quería mostrar debilidad. Reunió aplomo y dijo:

—Usted no ha venido por eso, joven. Ustedes no van por ahí dando las gracias.

El joven sonrió levemente:

—Entre gitanos no nos vamos a leer las manos, ¿verdad?

—No sé a qué se refiere. Yo no soy gitano.

Álvarez volvió a sonreír, pero borró la sonrisa de su rostro. Se puso serio. Quizá comprendió que, por poco sentido del humor que él tuviese, sin duda Chacaltana era capaz de tener menos.

—Ha desaparecido otro de los nuestros —dijo—. Pensé que podrías..., bueno, ya sabes. Ayudarlo.

Dejó sobre la mesa una foto con un nombre detrás, como las que guardaba Joaquín en su cajón secreto. De hecho, Chacaltana la reconoció como una de las fotos del cajón secreto. Un joven trigueño de ojos grandes con el nombre de Roberto Vergara Napurí. Otra copia de la misma foto carné. Los subversivos debían de tener varias, para confeccionar pasaportes falsos. El asistente de archivo la examinó, como si lo hiciese por primera vez, y preguntó con aire profesional:

—¿Hay testigos de su detención?

—No.

—Entonces podría haber sido un accidente.

—Nosotros no tenemos «accidentes» —el estudiante enfatizó la última palabra con tono de sarcasmo.

—¿Dónde desapareció?

—Durante una manifestación de protesta, aquí en el centro. Los compañeros estaban pidiendo elecciones limpias y garantías para los presos políticos. La policía cargó contra ellos y los dispersó. Cuando mis compañeros se encontraron en el punto de reunión, Roberto ya no estaba. Llevamos dos días sin saber de él.

Otra manifestación de protesta. Chacaltana se preguntó si esta gente tenía un trabajo, o alguna ocupación que no fuese conspirar. Al menos un hobby.

—Puedo hacer unas consultas —respondió secamente, guardándose la foto en el bolsillo. El otro pareció satisfecho. Su rostro se relajó un poco, y entre los dos se estableció un silencio que ya no era incómodo, como el silencio entre dos colegas que no se sienten obligados a hablar todo el tiempo.

—¿Por qué haces esto? —preguntó el estudiante.

—¿Beber té?

—Ayudarnos. Te estás exponiendo. Es arriesgado.

—Sólo hago mi trabajo. Las detenciones ilegales son... ilegales.

—¿Y a quién le importa? Este presidente dio un golpe militar. Y el anterior también. No es que les preocupe mucho la ley.

—Ahora sí. El domingo elegiremos una asamblea constituyente, y en un par de años tendremos un gobierno civil y una democracia. Vamos recuperando el imperio de la ley. Y gracias a los militares.

Álvarez volvió a sonreír, pero ahora era una sonrisa de ironía, o quizá de lástima.

—Todo esto es una farsa, Chacaltana. Seguro que estas elecciones están amañadas.

—A lo mejor no.

—Aun así, los gobiernos cambian para que todo siga igual. Y si hay alguna posibilidad de cambiar de verdad, darán otro golpe de Estado y volveremos a empezar.

—Eso lo veremos.

—No te preocupes: claro que lo veremos. Y cuando lo veas tú, cuando lo tengas claro, te quedarás de nuestro lado, como hizo Joaquín.

Por la mente de Chacaltana pasó una sucesión de recuerdos. Las fotos del cajón secreto. Joaquín Calvo dando jaque mate con dos alfiles y un caballo. Los nudos de corbata Windsor que le había enseñado a hacer. Los banderines rojos. El apartamento destrozado.

—Es así como lo reclutaron, ¿verdad? —preguntó Chacaltana—. A Joaquín, digo. Primero les hizo un favor. Luego le pidieron otro. Y cuando él quiso darse cuenta, ya estaba hasta el cuello metido en su guerra, o su revolución o lo que sea. Eso quiere hacer usted conmigo.

Su voz se tiñó de amargura. Quizá no debía hablar en ese tono si quería cumplir su misión. Pero estas palabras le salieron sin pensarlas. Brotaron de su corazón. O de su hígado.

—Nosotros no «reclutamos» a Joaquín —Álvarez volvió a enfatizar la palabra, ahora en un tono airado que mantuvo durante el resto de su respuesta—. Él era un hombre que creía en la libertad y en el pueblo, y estaba dispuesto a cualquier sacrificio por sus ideas.

—¿Por eso lo mataron?

Ahora, los ojos del estudiante se salieron de sus órbitas.

—¿Cómo?

—Joaquín era agente de Inteligencia. Y ustedes lo sabían.

Al decir esto, Chacaltana volvió a recordar a Susana Aranda, abrazándolo preocupada en el cementerio. Pero recuperó el hilo.

—¿Que era qué? —preguntó el estudiante. Parecía genuinamente sorprendido.

—No se haga usted el tonto conmigo. De alguna manera, ustedes averiguaron que estaba infiltrado y lo quitaron de en medio. ¿Es verdad?

—No.

—Una sola bala en la frente, de una pistola antigua que ya no es reglamentaria en ningún ejército. El tipo de arma difícil de rastrear que conviene a los grupos terroristas...

—¡No!

Con poca prudencia, Álvarez había alzado la voz. Pero en ese momento entró al Cordano un grupo de turistas rubias que hablaban un idioma irreconocible. Las mujeres llevaban minifaldas bastante inusuales en Lima, y atrajeron toda la atención de los parroquianos. A diferencia de la mayoría de ellos, Chacaltana no pensó en los muslos ni en los pechos de las turistas. Pensó en la chingana del Barrio Chino donde había almorzado. Y en el azar. Un hombre y una mujer se conocen, y sus hijos nacen en un país de pelo negro y ojos rasgados. O en un país de pelo rubio y minifaldas. O en uno de Desamparados y asesinos.

—Bueno —masculló Álvarez, ahora en una voz casi inaudible—; no lo sé.

—¿Cómo que no lo sabe?

—No lo sé. Eso tendrías que hablarlo con Mendoza.

—¿Y ése quién es?

Ahora, los ojos del estudiante habían enrojecido, y su mirada había perdido seguridad. Había terminado su café y jugueteaba nerviosamente a hacer pedazos una servilleta con los dedos.

—Mendoza es un apoyo de los montoneros allá en Argentina. Él coordina la salida de los argentinos que nosotros recibimos en nuestras casas. Es como el jefe, aunque no tengamos una estructura vertical de poder... Somos un grupo antiautoritario y asambleario que...

Comprendió que se estaba yendo por las ramas, y antes de que Chacaltana se impacientase, volvió al tema:

—El caso es que todo iba bien hasta que Mendoza vino a Lima para reunirse con nosotros. Eso fue hace un par de meses. Decía que los militares argentinos aprovecharían el Mundial de fútbol para distraer a la población y hacer una razia generalizada. Se llevarían por delante a todos los izquierdistas, a todos los opositores al régimen, y los harían desaparecer. Mendoza quería sacar de Argentina a toda la gente que pudiese. Nos pidió ayuda. Y por supuesto, se la ofrecimos.

—¿Qué tiene que ver Joaquín con eso?

—Joaquín estaba en la reunión. Y Mendoza desconfiaba de él. No me preguntes por qué. No me dio razones. Pero en los días siguientes, hizo muchas preguntas sobre Joaquín, y nos sugirió que no dependiésemos de él.

—¿Les dio orden de seguirlo? ¿O de ejecutarlo?

—¡Claro que no! Joaquín y Mendoza se quedaron hablando en privado después de la reunión. Y al salir, Mendoza me pidió que no confiase demasiado en Joaquín. Sus palabras exactas fueron, si mal no recuerdo: «Recurran a él lo menos posible».

—No suena muy terrible.

—Pero sembró la sospecha. Y más adelante, notamos que los compañeros que caían siempre tenían contacto con Joaquín. A lo mejor no significaba nada. Pero el primer arrestado era el autor de los documentos que él guardaba. Otro que desapareció después fue el enlace de Joaquín. Luego vinimos Ramiro y yo, sus estudiantes. Y el último, Roberto, es el responsable de propaganda que recogía el material de su apartamento.

—¿Habló usted de todo esto con sus compañeros?

—Nunca. Nadie lo mencionó. Ni siquiera sé si alguien más lo notó o albergó sospechas. Y cuando murió, dimos por sentado que era una víctima de la represión.

—¿Dónde está ese Mendoza?

—En Argentina, claro, donde vive. Si lo que dices es verdad, el único que puede saberlo es él.

El almirante Héctor Carmona había tenido razón: «Deja que ellos vengan a ti. Si lo haces bien, ellos solitos te contarán todo». Estaría orgulloso de Chacaltana cuando le llevase toda la información que estaba recogiendo. Y el asistente de archivo pensaba continuar con sus preguntas, pero en ese momento alguien desde atrás le tapó los ojos. Ni siquiera tuvo una rendija para ver qué cara ponía el estudiante.

A Chacaltana se le aceleró el pulso. Recordó al propio Álvarez bajando del avión encapuchado. Rememoró sus palabras: «Cuando los militares te meten a un avión es para llevarte a alguna tierra de nadie y matarte». Temió por un segundo que le esperase el mismo destino. Todo eso ocurrió en instantes, hasta que oyó una voz conocida, dulce y reconfortantemente femenina. La voz de Cecilia:

—Ya sabía que te iba a encontrar acá. ¿Ves que te conozco bien?

—¿Interrumpo?

Chacaltana quiso responder que sí. Le ponía muy nervioso tener a Cecilia y a Álvarez sentados en la misma mesa. Eran dos partes de su vida que no debían estar siquiera bajo el mismo techo. Sin duda, era un pésimo agente secreto. Tomó nota de no llevar informantes a lugares que formasen parte de su vida personal. Pero ahora era tarde para eso.

—Para nada —la acogió el estudiante con una sonrisa—. Ya habíamos terminado.

Como mandan las normas de la cortesía, Chacaltana se vio obligado a hacer las presentaciones del caso. Cecilia se pidió jugo de naranja. Álvarez, otro café. El asistente de archivo no pidió nada. Pensaba deshacer esa reunión a la primera oportunidad. Pero la conversación comenzó a fluir con naturalidad. Demasiada para su gusto.

—Y ustedes son... —preguntó Álvarez, mirándolos a los dos. En vez de responder, Cecilia miró a Chacaltana. Le estaba delegando la responsabilidad de esa respuesta. El asistente de archivo balbuceó:

—A... amigos. Buenos amigos, ¿no?

Cecilia le devolvió una sonrisa pícara. Pero la respuesta pareció avivar el interés del estudiante:

—¿También trabajas en los juzgados?

—¿Tú me ves cara de juez? —dijo ella.

—No. En realidad, tienes una cara que inspira confianza.

Los dos se rieron, quizá con un entusiasmo exagerado. Chacaltana se preguntó si estaban coqueteando. No tenía mucha experiencia en el tema, pero en general, le parecía que dos personas que acababan de conocerse no debían reírse demasiado, ni por demasiadas tonterías. No era apropiado.

—¿Y tú? —preguntó ella, que de repente sólo tenía ojos para el subversivo—. ¿En qué trabajas?

Eso mismo le habría gustado saber a Chacaltana. Para su sorpresa, Álvarez contestó con la seguridad de quien ha ensayado numerosas veces:

—Soy profesor de Historia. En un colegio.

—¿Y tienes paciencia con los chicos?

—Tengo paciencia. Incluso con las chicas.

Volvieron a reír. Chacaltana tuvo la impresión de que se habían olvidado de él.

—Yo trabajo aquí cerca, en el diario *El Comercio*. Vendo espacios para anuncios clasificados. ¿Quieres poner un aviso?

—¡Sí, claro! —el estudiante miró fijamente a Cecilia y recitó, marcando cada palabra—: «Compro ojos negros de mujer brillantes y bonitos. Caballeros abstenerse. Cualquiera que no seas tú, abstenerse».

Ella lo miró con sus ojos negros brillantes y bonitos, y mientras se echaba a reír, sus mejillas se colorearon. Chacaltana sintió una oleada de rabia ascender desde su estómago. Él nunca había hecho reír así a Cecilia.

—Creo que deberíamos irnos —masculló. Pero la conversación de los otros dos continuó. Y a cada palabra, el asistente de archivo se hacía más invisible.

—¿Conoces Chaclacayo? —decía el estudiante.

—¡Claro que conozco Chaclacayo!

—Estoy pensando ir algún fin de semana para acampar con unos amigos. Conozco un lugar muy lindo junto al río. ¿Te gustaría venir?

Todas las alarmas de Félix Chacaltana se dispararon. Imaginó a Cecilia rodeada de comunistas y agentes subversivos sin saberlo. O peor aún, sabiéndolo y a gusto.

—¡Tenemos que irnos! —dijo, ahora en voz alta y nerviosa. Estaba perdiendo su actitud segura y contundente de momentos antes, y ya no iba a ser capaz de recuperarla.

—¿Se van juntos? —preguntó Álvarez—. Pensé que eran sólo amigos.

Ahora Chacaltana no quería responder. Sacó unos billetes y los dejó sobre la mesa sin siquiera contarlos. Los detalles de su vida personal lo exponían. Debía mantenerlos en secreto. Entendía los misterios y secretos de Joaquín Calvo, y su necesidad de mantener el silencio sobre su vida privada.

—Yo también lo pensé —dijo Cecilia en tono provocador—. ¿Adónde vamos? Aquí estamos muy bien.

—Tú ven conmigo —ordenó autoritario Chacaltana, pero se arrepintió y añadió de mejor tono—: Por favor. Quiero hablar contigo de algo.

La tomó de la mano y tiró de ella, gesto que no se le escapó a Álvarez. Chacaltana temió que Cecilia se resistiese, y todo se pusiese mucho más difícil. Afortunadamente, ella cedió. Se levantó y recogió su bolso sin chistar.

Eso sí, antes de abandonar la mesa, se detuvo un instante. Le anotó su teléfono a Álvarez en una servilleta y le dijo:

—Llámame para ir a Chaclacayo.

A continuación, le dio un beso. Chacaltana cerró los ojos para no saber dónde.

En la calle, el asistente de archivo empezó a caminar muy rápido. Cecilia iba atrás, tratando de seguirle el paso.

—Félix. ¡Félix! ¿Estás bien?

—Estoy perfectamente —respondió con sequedad.

—¿Adónde vas?

—Adonde sea. A pasear.

Le hablaba sin mirarla, dos pasos delante de ella, con un tono de voz enfadado y lacónico. Pero ¿no era él mismo el que había dicho que eran amigos? ¿Por qué estaba tan furioso? Por supuesto, Cecilia tenía la respuesta, y se la dijo, ni siquiera con enfado, más bien con una carcajada:

—Estás celoso.

—No es verdad.

—¡Estás celoso!

Chacaltana entró en el patio de la iglesia de San Francisco. Frente a la fachada barroca, varios viejos les tiraban migas de pan a las palomas, que se abalanzaban en tromba sobre ellas. Una bandada cayó justo frente a Chacaltana, cerrándole el paso.

—No es lo que tú crees —dijo él.

—¿Entonces qué es?

—No debes hablar con ese tipo.

—¿Y tú sí?

—No lo entiendes.

—Sí lo entiendo. Tú ya sales con la vieja que besabas el otro día. Pero yo tengo que quedarme a vestir santos. ¡Eres un machista! Y un egoísta.

La mención a Susana Aranda sacudió a Chacaltana. Recordó el beso aquel, en medio de la calle, y el abrazo al salir del cementerio, ése sí espontáneo, incluso cariñoso. Pero por mucho que estuviese fascinado con esa mujer, era la esposa de su jefe, y había sido la amante de Joaquín. Pertenecía a otro mundo, uno que Chacaltana no habitaría jamás. No podía ser más que una fantasía.

Y a la vez, la visión de Cecilia divirtiéndose con otro hombre lo había irritado y sacado de sus casillas. No. No se debía sólo a lo que Álvarez era. No lo admitiría frente a Cecilia, pero la sentía como algo suyo, algo que nadie más debía reclamar.

Volteó hacia esa mujer, que le sostuvo una mirada desafiante y furiosa. A la espalda de Cecilia, una bandada de palomas emprendió el vuelo para posarse en los campanarios, en los portales, en la reja de la iglesia. Chacaltana se le acercó, y con la voz más firme que había tenido desde su aparición, le dijo:

—¿Quieres ir al cine?

—¿Qué?

—Querías ver una película, ¿no? La de Trivelli.

—Se llama Travolta. Y la película se llama *Grease*.

—Podemos ir ahora.

—Ok.

En esta película, John Travolta no usaba esas camisas chillonas, sino una camiseta negra y un peinado engominado, como la cresta de un gallo moreno. En *Fiebre de sábado por la noche* había bailado sin cesar. En *Grease*, además, cantaba. Cecilia lo miraba arrobada, y Chacaltana pensó que ser una estrella de cine era una actividad agotadora.

En cierto momento, cuando Travolta admitía su amor por Olivia Newton-John, Chacaltana tomó de la mano a Cecilia. Ella entrelazó sus dedos con los de él. Y más adelante, durante una canción lenta, los dos se besaron. Ante Susana Aranda, Chacaltana había despreciado la belleza de esta joven. Pero ahora, mientras acariciaba su rostro en la oscuridad del cine, cada detalle de su piel le parecía perfecto para él, como si lo hubiera estado esperando toda la vida.

En el autobús, los besos aumentaron de intensidad. Y ya en la puerta de casa de Cecilia, se la habría comido a mordiscos. Siempre se había preguntado cómo actuar llegada la ocasión de un encuentro íntimo. Pero ahora comprendía que no hacía falta un curso de maestría. Su cuerpo encontraría el camino por instinto.

—No puedes pasar —dijo ella sin dejar de abrazarlo—. Está mi abuela.

—Quiero... —dudó sobre cómo continuar la frase—, quiero estar contigo. Dentro de ti.

—Pero no se puede en ninguna parte, ¿te acuerdas? —dijo ella con sarcasmo, mientras sacaba la llave—. Ni en tu casa, ni en la mía, ni en el apartamento de tu amigo...

Chacaltana chasqueó la lengua. Tenía que haber una solución. Un lugar para ellos. Con una mano le dedicó una última caricia a Cecilia, y la otra se la guardó en el bolsillo. Sus dedos toparon con la tarjeta que le había dado el director esa tarde. Chacaltana recordó su color fucsia, el nombre del hostal Tropical y el prometedor lema que llevaba escrito.

—Tengo una idea —dijo—. Creo que sé dónde podemos ir.

—Esta noche no.

Durante la madrugada del 17 al 18 de junio, Félix Chacaltana soñó que dormía en la celda de una cárcel oscura y gigantesca. Apenas podía mirar al exterior de sus barrotes, hasta que súbitamente, la luz de una linterna se acercó por el pasillo. El asistente de archivo contuvo la respiración mientras la linterna se aproximaba, pero no podía ver a su dueño. Sólo al llegar frente a la celda, la luz se detuvo. Y empezó a girar hacia atrás. Poco a poco, desde los pies, se fue iluminando el cuerpo desnudo de una mujer. Sus muslos, sus caderas, su pecho, su cuello. Rematando el conjunto, lucía el rostro de Susana Aranda. El asistente de archivo sacó la mano entre los barrotes y la acercó al rostro femenino. Pero cuando sus dedos llegaron a tocarla, ella se había convertido en Cecilia. Entonces, la linterna se apagó. En la oscuridad, Chacaltana oyó abrirse la puerta de la celda. Sintió un cuerpo desplazándose hacia el interior. Era un cuerpo caliente y silencioso. El asistente de archivo se sentó en la cama, esperando que se acercase el cuerpo. La linterna se volvió a encender. Pero esta vez, frente a Chacaltana sólo apareció un enorme perro rabioso, con unos enormes ojos rojos e hileras de babeantes dientes. Antes de que Chacaltana pudiese reaccionar, el perro saltó sobre él y se dispuso a despedazarlo a dentelladas. Sus rugidos, sus feroces ladridos se confundieron con un sonido hiriente. Debía ser la alarma de la prisión, pero cada vez sonaba más fuerte e insistente. Mientras trataba de defenderse de los mordiscos, Chacaltana comprendió que se trataba del teléfono.

—¿Mamá? ¿Mamacita?

Tardó varios segundos en darse cuenta de que el sueño había terminado, y que estaba sudando. Miró el despertador. Eran las siete. Su madre debía de estar en misa. Desde la partida intempestiva de Don Gonzalo, había retomado las mortificaciones religiosas, como despertarse al alba o ayunar para ofrecer ese sacrificio a Dios Nuestro Señor.

El teléfono seguía sonando.

El asistente de archivo se levantó y se colocó las pantuflas de lana que le había tejido su madre, para no andar descalzo sobre las losetas frías. Mientras recorría el pasillo, se animó pensando en el intenso día que le esperaba: al fin llegaban las elecciones, debía reunirse para informar al almirante Carmona, Perú jugaba su supervivencia en el Mundial y, sobre todo, esa noche era su cita con Cecilia en el hostal del kilómetro cinco y medio. Casi todo lo fundamental en su vida, y en la del país, se resolvería en menos de veinticuatro horas.

—¿Aló?

—Félix...

Aunque sonase cascada y llorosa, la voz de Susana Aranda era inconfundible. Chacaltana quería decirle que había soñado con ella, pero de repente, sus preocupaciones personales desaparecieron. El día estaba comenzando a una velocidad inesperada.

—Susana, ¿está usted bien?

—Félix, he descubierto algo horrible..., horrible...

La voz se deshizo en llantos y lamentos, hasta ahogarse en el auricular. Chacaltana deseó animarla, confortarla, tomarla de la mano.

—Susana, intente calmarse. Yo la ayudaré en lo que haga falta.

—Ha sido por el niño, Félix, todo por el niño... Es espantoso...

—Susana, creo que no la entiendo.

—No se puede entender... Es... algo salido del infierno.

—Susana... Susana, escúcheme. Tómese un agua de azahar. Beba un té. Relájese. Nos encontramos en una hora donde usted diga. Y me explica todo eso del niño.

—No. Ahora no... Es un día complicado. Más tarde.

Quedaron en verse después del partido de Perú en el apartamento de Joaquín. Ella tenía la llave y estaría esperándolo. Cecilia lo esperaría a las nueve en el Cordano para ir al hostal a pasar la noche. Tendría tiempo de sobra.

Al fin y al cabo, Susana Aranda no esperaba quedarse demasiado tiempo con él. ¿O sí? Es decir, había sido una llamada relacionada con su investigación, no porque ella quisiera... Sí, lo había besado en la calle. Y lo había abrazado aquella vez en el cementerio. Pero nada de eso significaba que...

Seguro que no, se repitió Chacaltana mientras se lavaba los dientes furiosamente frente al espejo. Su chica era Cecilia. Y le sería fiel.

Ya iba a salir cuando su madre volvió de misa. Iba toda de negro, y parecía haberse reducido de tamaño en un par de días. Además, cargaba bajo los ojos un par de surcos que ni siquiera las numerosas capas de maquillaje eran capaces de ocultar.

—Buenos días, Mamacita. ¿Has desayunado? ¿Quieres que te haga un tamal?

Pero la mujer pasó a su lado como un espectro, y al llegar al fondo del pasillo desapareció en el interior de su dormitorio. Félix Chacaltana decidió no presionarla. Había hecho todo lo posible para traer a Don Gonzalo de vuelta. Sólo le quedaba esperar.

A la hora en que abrían los centros electorales, Chacaltana ya se encontraba frente al suyo, un colegio público cerca de la Vía Expresa. Mientras entraba, un camión del Ejército se detuvo a descargar a los custodios del orden. Casi por reflejo, Chacaltana se llevó la mano a la frente en un saludo castrense. Los soldados lo miraron raro.

La mesa de votación de Chacaltana estaba en un aula del segundo piso. Chacaltana era consciente de que los primeros votantes serían reclutados para cubrir las eventuales ausencias de miembros de las mesas, pero al revés que la mayoría de los ciudadanos, eso no le importaba. Al contrario, Félix Chacaltana entendía cualquier trabajo público como un honor.

Sin embargo, todos los miembros de la mesa habían llegado. No hacía falta reemplazarlos. Chacaltana formó su cola, entregó su cédula de identidad, recogió su cartilla de votación y se encerró en la cabina destinada a tal efecto. Por supuesto, marcó la casilla del Partido Popular Cristiano, porque era casi el único que ponía «Cristiano» en lugar de «Comunista», «Revolucionario» o «Campesino». Chacaltana no tenía nada contra los campesinos, pero de momento no le parecía que estuviesen preparados para liderar un país.

Al salir, depositó la cartilla en una urna y mojó su dedo en un frasco de tinta indeleble morada. Después, con toda la mañana libre por delante, se encaminó al archivo a poner papeles en orden.

No encontró en el camino manifestaciones políticas, pero sí los preparativos para el partido de la tarde. Los coches llevaban banderas peruanas, y tocaban melodías de estadio con sus cláxones. Regía la Ley Seca por imperativo legal, aunque los bares y restaurantes del centro descargaban cajones de cerveza extra para afrontar un largo día alcohólico.

El asistente de archivo pasó la mañana en su despacho. Para él, el mejor día para trabajar era el domingo. No resultaba muy católico, porque debía ser el día dedicado a Dios. Y para colmo, pensaba terminarlo fornicando con Cecilia en un hotel. Así que antes de almorzar, fue a misa en la iglesia de San Pedro, como una manera de disculparse antes de cometer la falta.

Mientras oraba, recordó las palabras de Susana Aranda:

«Es algo salido del infierno.»

Y oró por ella, tratando de que en su oración no se colase ninguna imagen pecaminosa de esa mujer.

Almorzó un rápido cebiche y volvió al Palacio de Justicia. Confiaba en la puntualidad de Héctor Carmona. Y no se equivocó. No llevaba ni dos minutos en la puerta cuando un auto enorme de fabricación soviética, negro como un ataúd y con los cristales tintados, aparcó frente a los leones de las escalinatas. A bordo iba el almirante, que realizaba su ronda por centros de votación. En cierto modo, el día de Chacaltana estaba a punto de empezar.

—Cubillas se mete por el centro. Atención que está haciendo diabluras. Pase para La Rosa, que está sitiado de polacos. La Rosa busca una salida. Retrasa la pelota hacia Cueto, que espera en el centro fuera del área. Pero la pierde. Polonia está muy cerrada atrás y es rápida con el contragolpe. ¡Vamos, Perú, rumbo a la final del Mundial!

El almirante Carmona le había dado la mano, pero luego había permanecido en silencio, atento a la jugada que narraba la radio. A pesar de dirigir un departamento militar importante, no llevaba escolta y conducía el coche él mismo. Por la calle soplaba la brisa de la calma chicha, como en todos los días de partido. La tensión contenida.

—¿Le gusta el fútbol, Félix?

Chacaltana no quería mentir pero tampoco sonar demasiado raro. Su desinterés por el fútbol lo hacía sentir como un extraterrestre.

—No, señor. Sí, señor.

El almirante rio:

—A todo el mundo le gusta el fútbol. El Jurado Nacional de Elecciones ha autorizado a los miembros de las mesas a poner la televisión durante la jornada electoral. Si no, no se habría presentado nadie.

—Bien pensado, señor.

Por primera vez, el almirante apartó la vista del frente y le dirigió a Chacaltana una de sus miradas suspicaces.

—Por lo menos —anunció— tendremos unas elecciones tranquilas, ¿verdad?

Chacaltana asintió. El narrador siguió contando el partido:

—Fíjense en este hombre, Lato, que es como un equipo él solo. Rápida combinación con Szarmach para salir al ataque. Ahora Iwan la devuelve de taco para Lato. Qué velocidad, señores. Pero Lato cae y el árbitro decreta tiro libre favorable a Polonia.

El almirante detuvo el auto frente a un colegio. Antes de bajar, esperó a que Lato pateara el tiro libre. Contuvo la respiración. El tiro fue alto, a un rincón del arco, pero el portero Quiroga lo atajó con un salto de araña. Carmona soltó un suspiro de alivio.

—Espéreme aquí.

El almirante iba vestido de civil, con una chaqueta de *tweed,* una corbata azul y un pantalón negro. Pero algunos oficiales lo reconocían y se cuadraban frente a él. Chacaltana lo vio hablando con ellos por el espejo retrovisor, mientras la gente abandonaba el centro de votación con los dedos morados de tinta. Después de unos minutos, regresó al automóvil y se puso en marcha.

—Bien, Félix —dijo sin preámbulos—: ¿Qué ha averiguado? Infórmeme.

Chacaltana rememoró los últimos días. Como sabía que el almirante era un hombre muy ocupado, trató de seleccionar lo más importante y decirlo del modo más breve y conciso:

—Tengo un nombre: Mendoza.

El almirante conducía con la mirada en la pista y el oído en la radio. Chacaltana se preguntó si lo habría escuchado. Al no recibir ninguna orden, optó por continuar:

—Es algo así como el jefe del grupo. Se ocupa de sacar a los subversivos de Argentina y traerlos acá. Mi informante admite que sospechaba de Joaquín.

—¿Sospechaba? —al fin dio señales de vida el almirante.

—Sospechaba que Joaquín trabajaba para nosotros. No quería darle demasiada responsabilidad. No confiaba en él.

—Entiendo —dijo secamente el almirante. Por un momento, pareció tratar de ubicarse entre las calles. Giró hacia el Museo de Bellas Artes y entró en la Vía Expresa.

—¿Y dónde está ese hombre? —preguntó después de un rato, reconectando en la conversación.

—En Argentina.

—Fuera de nuestro alcance... O quizá no.

El almirante se sumió en sus pensamientos. En la radio, el narrador continuaba su relato:

—Nawałka por el centro, explorando el área peruana. Szarmach espera el pase pero Deyna viene por fuera, más libre. Deyna recibe y crea peligro, está en el borde del área, la devuelve para atrás hacia Nawałka, que pateeeaaaaa.... La pelota choca contra el travesaño y se va fuera del campo. Perú vuelve a salvarse de un ataque polaco envenenado....

—¿Qué pasa, carajo? —se enfadó el almirante—. Parece que no hubiera peruanos jugando.

—Hay algo más —musitó Chacaltana. Había dudado si decirlo hasta entonces, pero no veía al almirante muy impresionado con sus hallazgos. Quería llamar su atención más que el partido de fútbol de la radio.

—¿Qué cosa?

—Tengo... —se preguntó cómo llamar a Susana Aranda sin involucrarla: ¿fuente?, ¿informante?, ¿testigo?—... indicios de que ese Mendoza tenía razón. Al parecer, Joaquín era un doble agente. Posiblemente, trabajaba para Inteligencia. Pero eso, claro, lo sabrá mejor usted.

El almirante dio un frenazo. Por suerte, la Vía Expresa se encontraba bastante despejada. Pero aun así, un Volkswagen escarabajo hizo sonar una furiosa bocina a sus espaldas. El almirante pareció reponerse. Miró a Chacaltana con una llamarada en las pupilas y reemprendió el camino, ahora más rápido que antes.

—¿De dónde ha sacado usted eso?

—Es... sólo... una especulación.

—¿No especula demasiado, Félix?

—Mi trabajo es verificar todos los detalles, señor.

El auto aceleró aún más. Si estaban haciendo una ronda por centros de votación, el siguiente debía de estar muy muy lejos. Quizá era una buena idea cambiar de tema mientras llegaban.

—Señor, ¿por qué no lleva escolta?

—¿Sabes para qué sirven las escoltas? Para que tus enemigos sepan adónde disparar.

Chacaltana pensó que también servían para mirar. Cayó en la cuenta de que nadie lo había visto a él con el almirante. Oculto tras los cristales oscuros, era invisible. Si algo le pasaba, sólo el almirante podría dar fe de ello.

Salieron de la Vía Expresa y se pegaron a la autopista de la costa. Las casas ahora tenían banderitas peruanas en las ventanas. Pronto, las casas desaparecieron, reemplazadas por chozas de esteras y construcciones inacabadas de ladrillo sin revocar. Pero las banderitas peruanas aún colgaban de todas ellas. En la radio, el narrador seguía hablando, y su voz ponía a Chacaltana cada vez más tenso:

—Perú desesperado. Trata de armar juego pero no lo consigue. Lato presiona en la salida y ahora irrumpe Nawałka para cortar el pase. Bloqueo espectacular de los polacos y ya están de vuelta en el área. La pelota vuelve a Lato, que está en buena posición para pateaaaaaar... Pero el árbitro anula la jugada. Posición adelantada de Polonia. Perú vuelve a respirar.

Entraron en un túnel. La conducción del almirante resultaba cada vez más temeraria. Sin embargo, Chacaltana no pensaba sugerir que el militar, su superior, redujese la velocidad. Esperaría a que hablase. Y el almirante, sin dejar de acelerar, habló:

—Formamos parte de una operación conjunta con varios gobiernos de la región. Se llama Cóndor.

Cóndor. Chacaltana recordó su visita al aeropuerto militar. Al bajar del avión, los custodios de Daniel Álvarez le habían preguntado si él era de Cóndor. Él había dicho que sí, o había aceptado en silencio que lo era, y al parecer no se había equivocado. El almirante añadió:

—El mandato de Cóndor es colaborar en la lucha contrasubversiva. Los terroristas se mueven constantemente para escapar a las autoridades. De Argentina a Chile. De Chile a Perú. De Perú a Bolivia. Cóndor es una red sin escape.

Tomaron la autopista que llevaba al Morro Solar y empezaron a subir hacia la cúspide de la montaña. Por lo menos habían salido del túnel. Chacaltana se aferró al asiento, pero aun así sintió un mareo.

—¿Por eso había agentes argentinos operando en Lima? ¿Por eso enviaban a los detenidos peruanos a Argentina?

—Todos necesitamos calma, Félix. Ellos tienen un Mundial de fútbol, y nosotros las elecciones. Nos ayudamos mutuamente.

La voz del almirante sonaba más metálica e inexpresiva que nunca. Era difícil decidir si estaba furioso o simplemente enunciaba hechos, uno tras otro, como si pasase lista a la tropa.

Pero el ascenso continuaba. A la izquierda del coche apareció la pequeña playa de La Herradura. Y a la derecha, la Costa Verde, con su verdadero color gris, diluyéndose en el horizonte. Chacaltana comprendió que todo lo que se cayese de esa montaña se perdería irremediablemente. Una costa, un pasado o un cadáver.

El coche entró demasiado rápido en el Morro y abandonó el camino. Al fondo se veía el planetario, el único edificio del lugar. El suelo árido y pedregoso sonaba bajo las ruedas como una licuadora de rocas.

—¿Y qué va a pasar con los detenidos que se han llevado a Argentina? —preguntó Chacaltana.

Durante unos instantes, el auto pareció acelerar. Pero era sólo el ruido de las piedras en las llantas. Al contrario, frenó en seco. Muy cerca del acantilado. Muy lejos de la ciudad. Carmona le dio vuelta a la llave, y sus ojos azules volvieron a horadar el rostro del asistente de archivo.

—Nada —dijo.

—¿Nada?

—Hoy son las elecciones. Mañana los pasan a Buenos Aires, a la Policía Federal. Luego los sueltan.

Chacaltana pensó en aviones.

—¿Dónde los sueltan?

—Generalmente, en terceros países. Por nosotros, los prisioneros pueden quedarse en Argentina a ver el Mundial. Ya no son un problema.

—¿Y mientras tanto los torturan?

—Ninguno de los nuestros será torturado. Los argentinos tienen orden de no tocarlos. Además, un escándalo les arruinaría el Mundial. Aunque a veces esos idiotas se pasan de la raya. Están muy locos.

Carmona bajó del auto. Chacaltana se sintió obligado a bajar también. Las manos le sudaban, y se le atrancaron en la puerta. Cuando logró abrirla, el almirante estaba casi a su lado. De su cinturón y su chaqueta emergía el borde de la cacha de un revólver. Chacaltana afirmó, con la voz casi inaudible:

—Álvarez dice que los tiran de aviones. Que los secuestran de las cárceles.

La respuesta del Almirante pareció tardar siglos en llegar, pero como todo su discurso, no delataba sentimiento alguno:

—No sé lo que hacen. Y no quiero saberlo.

—¡Usted es su cómplice! —se exaltó de repente Chacaltana, pero se corrigió, o más bien comprendió, con miedo de sí mismo—. Nosotros... somos sus cómplices...

Lo era él, sin duda, y lo había sido Joaquín Calvo. Él era en cierto modo Joaquín Calvo, su reemplazo, su reencarnación. No podía acusar a nadie por sus propias culpas.

Salió del coche y se puso de pie frente al almirante. Si iba a recibir una bala, lo haría de frente. Sintió el viento del Pacífico golpeándole el rostro, sacudiéndole el pelo.

El almirante no había apagado la radio, y el cronista seguía con su narración:

—Masztaler por el lado. Saca el centro y ahí está Boniek solo. Ha aparecido como un fantasma frente al área peruana. Pateaaaaa.... ¡El portero Quiroga, una vez más, salvando del colapso a un equipo que está contra las cuerdas! ¡Vamos, Perú! ¡Arriba ese ánimo! ¡Tenemos que reponernos y atacar!

Chacaltana preguntó:

—¿Y ahora qué va a pasar?

El almirante arqueó ligeramente las comisuras de los labios. Quizá fuese una sonrisa. Quizá no:

—Si se refiere a este país, no va a pasar nada. Estas elecciones las ganará la izquierda, o el APRA, que es lo mismo. Después vendrá un gobierno civil. Y ya está. No se preocupe mucho por los comunistas que hemos mandado a Jujuy. En dos años, uno de ellos podría ser presidente. Esto no es Argentina, Félix. Y nosotros no somos esos salvajes.

El asistente de archivo temía la pregunta que estaba a punto de formular. Pero era lo único que podía preguntar:

—¿Y conmigo? ¿Qué va a pasar conmigo?

—El Comando Conjunto de las Fuerzas Armadas le agradece su colaboración con la Operación Cóndor. Ha sido usted de gran ayuda. Pero ahora ha llegado demasiado lejos. A partir de aquí, sólo queda información clasificada. Y Mendoza, como usted dijo, está en Argentina. Usted no puede hacer más. Su continuidad nos expondría a todos. Que alguien nos viese juntos podría complicar la operación.

Chacaltana no estaba seguro de cómo interpretar esa respuesta. Se levantó un golpe de viento y la arena le entró en los ojos. Tuvo que cerrarlos. A sus espaldas escuchó la radio:

—Navarro recupera pelota por el lateral izquierdo. ¡Échala, Navarro, échala afuera! Navarro se enreda y le regala la pelota a Lato. Terrible error de la defensa peruana. Lato no pierde el tiempo. Saca el centro. El gigante Szarmach está solo en el área, cabecea yyyyy.... ¡Gol! Goooooooool de Polonia. Szarmach, con el número 17 en la espalda, fusila al portero Quiroga y complica seriamente las aspiraciones de un Perú que no da una en este partido...

El verbo *fusilar* hizo estremecer al asistente de archivo. Sin abrir los ojos, esperó lo que tuviese que llegar. Pensó en su madre. Y en Don Gonzalo. Y en Cecilia. Lo único que lamentaba era que esto no hubiese ocurrido un día después. Lo peor de todo era morir sin haber sentido a Cecilia entre las sábanas del hostal Tropical.

Apretó los párpados. Y los dientes. Incluso los esfínteres. Y luego escuchó la puerta del coche al cerrarse, y el motor al encenderse. El auto negro se alejó de regreso a la ciudad, y pronto el sonido del motor ya no se distinguía del viento marino del Morro Solar.

Tardó una hora y media en bajar del Morro y conseguir un autobús. Para cuando llegó a un sitio donde tomar un taxi, había oscurecido en el cielo y en el ánimo de los peruanos, eliminados sin contemplaciones del Mundial.

Era tarde incluso para encontrarse con Cecilia, como había quedado. Pero antes tenía que ver a Susana Aranda. Antes de ver a Cecilia, antes de conocer su cuerpo desnudo, debía apartar de su propia mente esa imagen perturbadora y rubia.

Mientras el taxi enfilaba por el jirón Lampa, pensó que el almirante Carmona le había hecho un favor. Chacaltana no quería saber más sobre la muerte de Joaquín Calvo, ni volver a enfrentarse a la esposa del almirante. Relevarlo de la misión era la excusa para cumplir ambos objetivos.

Al entrar en el edificio de su amigo, que en paz descanse, Chacaltana comprendió que no sería fácil. Esa mañana, en el teléfono, Susana había sonado muy preocupada. Al decir aquello del niño, «ha sido por el niño», parecía aterrorizada. Y sin embargo, el asistente de archivo sabría convencerla de acudir a las autoridades pertinentes en busca de consejo y apoyo. A fin de cuentas, ella podía acudir a su propio marido. Desde esa tarde, y por orden de ese mismo marido, Chacaltana ya no tenía ninguna relación con la investigación.

Pero sobre todo, le costaría perder la presencia de esa mujer, de su piel de albaricoque y de su luminosa cabellera. Echaría de menos hasta su olor.

Mientras subía las escaleras, ensayó mentalmente su discurso. Tenía que ser breve y preciso, ya que después debía correr a encontrar a Cecilia. Además, no podía permitirse exteriorizar sus sentimientos. Frialdad profesional, pensó. Ante todo, frialdad profesional.

Aún recordó, como un chispazo en su memoria, el beso que ella le había estampado en la calle, aquella vez, frente a Cecilia. Echaría de menos incluso ese recuerdo. Pero ya arriba, pudo olvidarlo rápido, distraído por un detalle inesperado: la puerta del apartamento de Joaquín Calvo no estaba cerrada.

En sentido estricto, tampoco estaba abierta, sino entornada. Como una invitación a husmear. Chacaltana recordó que ese apartamento siempre le había dado sorpresas espantosas. Su corazón se aceleró.

—¿Susana?

Tocó la puerta suavemente. Luego más fuerte. Al final, empujó con lentitud la hoja. Ahí estaba el desorden de siempre, o al menos parecía el de siempre. Chacaltana no creía que alguien hubiese regresado a desordenar el lugar aún más.

Mientras la puerta se abría con lentitud, fue desvelando los muebles rotos y los objetos destrozados que él ya conocía. Pero había algo nuevo ahí. Algo imprevisto. Al comienzo, sólo era una presencia. Unos centímetros más allá, se convirtió en una silla arrojada en el suelo. Sobrevolaba la silla la larga sombra de un objeto muy grande.

Era un cuerpo. Y casi alcanzaba la altura de las vigas del techo.

En fracciones de segundo, Chacaltana pensó que era demasiado alto para ser Susana Aranda. Pero ése era su pelo, y su abrigo negro, y su cuerpo. Y sus ojos, aunque estuvieran salidos de las órbitas. Y su lengua, esa lengua que lo había besado, aunque estuviese ahora toda desparramada fuera de la boca.

Ésa era Susana Aranda, la mujer que Chacaltana echaría de menos.

Y si parecía muy alta era sólo porque sus pies, esas deliciosas extremidades enfundadas en zapatos de piel, no llegaban a tocar el suelo.

Perú-Argentina

Todo se había organizado con la mayor eficiencia. Como si quisiesen deshacerse de Susana Aranda. Por tratarse de la esposa de un militar, la policía había ocupado el apartamento rápida y discretamente. La autopsia había dictaminado muerte por asfixia, acaso suicidio, quizá no. Y esa mañana, los periódicos guardaban luto por la derrota del equipo peruano, así que ninguno dedicó una reseña a la inoportuna muerte de una desconocida.

El 19 de junio por la mañana, el cuerpo de Susana Aranda ingresaba en el cementerio Baquíjano y Carrillo en un ataúd cargado por tres grumetes de la Armada Nacional y su esposo, el almirante Héctor Carmona. Todos llevaban su uniforme de gala blanco con un brazalete negro para marcar el duelo. Los ojos de Carmona, habitualmente penetrantes, ahora parecían invadidos por una neblina gris, como el espeso cielo de la capital.

A diferencia del entierro de Joaquín Calvo, éste se realizó con una decena de invitados, y en una zona más próspera del camposanto, sembrada de columnas e imágenes de mártires. En el camino al sepulcro, Chacaltana reconoció algunas de las estatuas de mármol por donde él mismo había paseado con Susana Aranda apenas un par de días antes. Cada vez que se cruzaba con una estatua conocida, como ante un mal presagio, se hacía la señal de la cruz.

El servicio fúnebre fue breve. El sacerdote había conocido a Susana, y recordó algunas de sus cualidades, como la caridad o su abnegación como esposa. Cuando mencionó esta última característica, se oyeron sollozos entre los asistentes. Pero ninguno era de Carmona, que mantenía la actitud serena y la mirada fija en algún punto entre los mausoleos.

Dos entierros en dos semanas.

Dos nuevos inquilinos del Baquíjano y Carrillo.

Alguna vez, Chacaltana se había visto a sí mismo como Joaquín Calvo, como si repitiese cada movimiento y cada suceso de su vida. Pero él no era Joaquín. Era más bien su sepulturero.

El asistente de archivo atendió a la ceremonia un paso más atrás que el resto de asistentes. Recordó cada segundo en compañía de Susana, evitando los momentos de calentura por respeto a su memoria. Y al terminar, trató de acercarse a darle el pésame al esposo.

—Almirante... —dijo quedamente junto al militar, que recibía el abrazo de un hombre joven, acaso un sobrino o un primo.

Carmona levantó sus ojos azules hacia Chacaltana. Se iluminó el fondo de sus pupilas. Pero su rostro y su voz no respondieron. Volvió a bajar la mirada, y luego la desvió hacia otros parientes llorosos. Segundos después, ya estaba con ellos, alejándose de Chacaltana.

—Tristísimo.

—Sí, señor.

—Deprimente.

—Sin duda.

—Indignante.

—Lo que usted diga, señor.

El director del archivo temblaba de rabia. Cada cierto tiempo, emergía de su despacho y exigía algún papel del todo inútil, o reprochaba a Chacaltana alguna diligencia que el asistente sí había realizado. Pero era sólo una excusa. Lo que en realidad quería era despotricar contra el equipo peruano.

—La sombra de sí mismos, hijito. Una vergüenza. Es imposible que hayan jugado tan mal.

—A lo mejor estaban cansados. Ha sido una campaña larga.

—¿Cansados? —se ofendió el jefe—. ¿Cansados? Yo trabajo todos los días. ¿Me canso yo?

Chacaltana estuvo a punto de señalar las repetidas ausencias al trabajo de su interlocutor, pero no le pareció correcto. El director dio por ganado el argumento y continuó con sus protestas:

—Además, son futbolistas, ¿no? Se supone que están en buen estado físico. Hasta yo habría defendido mejor. Al menos, no le habría regalado la pelota a ese polaco calvo.

El asistente de archivo contempló a su director, que aunque lo disimulase, también era calvo. Repasó mentalmente la forma hinchada de su barriga y el arco de sus piernas, como dos paréntesis. Trató de imaginarlo jugando fútbol, pero estaba demasiado triste para concebir esa imagen.

—Claro que sí, señor.

—¿Tú sabes cuál es el problema con este país?

—No lo sé.

—Que la gente no persevera. Se dan por vencidos muy rápido. Dicen: «Si ya pasé a cuartos de final, ¿para qué lograr más?». Les falta ambición.

—Eso debe ser.

—Les falta creer en el triunfo.

—Claro.

Y Chacaltana volvía a concentrarse en la redacción del libro de estilo del Poder Judicial, un aporte propio para la unificación de las normas ortográficas que, además, le permitía dejar de pensar en Susana Aranda.

Una vez más, era un alivio volver a su posición de asistente de archivo. Ahí, podría enterrar la cabeza en su bandeja de pendientes y tratar de olvidar las pasadas dos semanas. Volver a ser quien siempre fue, y para siempre. Y sin embargo, las últimas palabras de Susana Aranda resonaban en su memoria. «Ha sido por el niño. Todo por el niño».

Algo le decían esas palabras. Algo que tenía que ver con él.

—¿Y sabes qué es lo peor? —volvió a salir de su despacho el director, ahora con su botellita de ron en la mano, en clara violación de las normas de comportamiento de la Judicatura, y de las buenas prácticas de digestión del desayuno.

—¿Qué es lo peor, señor?

—Que aún nos falta un partido. Y es con Argentina.

—Ya. Eso es lo peor.

El asistente intentó sumergirse de nuevo en su trabajo. Quizá era un buen momento para abandonar su escritorio y explorar las sendas ignotas del pasillo de Atentados contra la Moral y las Buenas Costumbres. Nunca había terminado de poner orden en esa sección del archivo. Pero mientras se decidía, Chacaltana notó que el director lo miraba fija y seriamente, como a un oráculo. O a un extraterrestre.

—Felixito... Tú no sabrás nada, ¿no?

En ese momento, Félix Chacaltana Saldívar sólo sabía dos cosas: que la denuncia con errores de forma por irregularidad administrativa migratoria menor aún no había sido corregida por ninguna instancia pertinente. Y que el dolor por la pérdida de Susana Aranda era como un pozo sin fondo.

—No, señor —dijo, seguro de que la pregunta del director no tenía nada que ver con sus conocimientos.

El director se acercó a su escritorio, arrastrando su habitual microclima:

—¿No se lo has preguntado a tu jefe?

—Usted es mi jefe, señor.

—Me refiero al almirante Carmona, pues, Felixito. Tú eres bien lento, ¿no?

—Mi trabajo para el almirante fue puntual. No creo que continúe haciéndolo. Yo pertenezco al archivo judicial.

Trató de sonar orgulloso, pero un matiz lastimero se coló en sus palabras. Afortunadamente, el director del archivo no era especialmente hábil reconociendo matices, y tampoco escuchaba cuando no quería.

—Quiero que le preguntes por lo que dicen, hijito.

Sin duda, la aventura de trabajar para el almirante había estimulado el amor propio de Chacaltana, de modo que ahora se sentía capaz de solicitarle a su jefe que lo dejase trabajar en paz. Aun así, por una cuestión de cortesía elemental, optó por preguntar:

—¿Y qué es lo que dicen?

El director miró a todos lados, como si algún espía estuviese pendiente de su conversación sobre fútbol. Se sentó en la silla frente al escritorio de Chacaltana y la empujó hacia delante, hasta poner su aliento demasiado cerca de su asistente.

—En la carceleta y en el tercer piso todos hablan...

—¿Sí?

El director dio un trago más de su botella y encendió un cigarrillo. Se veía estresado:

—Dicen que nos vamos a echar.

El asistente de archivo Félix Chacaltana hizo un gran esfuerzo por encontrar un significado a esas palabras. Sólo se le ocurrió que alguien se acostaría, pero no tenía claro quién ni por qué. Para no delatar su confusión, se limitó a responder:

—¿En serio?

Con gestos de espía que ha descubierto una prueba crucial, el director se sacó del bolsillo un recorte doblado del diario de ese día. Era una página deportiva de *El Comercio*. Al reconocer el diario, Chacaltana recordó a Cecilia. Tenía que ir a buscarla cuanto antes para darle explicaciones por su plantón del día anterior. He ahí otra complicación por resolver en su vida.

Pero el director no sabía nada de eso. Él quería que Chacaltana leyese el titular, que colocó frente a sus ojos, casi pegado a ellos. El diario, en letras de molde, anunciaba:

BRASILEÑOS PEDIRÍAN A FIFA CAMBIAR HORARIO

A continuación, el director revolvió el papel, como un mago haciendo un truco, para enseñarle a Chacaltana otro titular:

RAMÓN QUIROGA CONVERTIDO
EN ENEMIGO DE BRASILEÑOS

—¿Lo ves? —preguntó el director.

Chacaltana no lo veía. Ni siquiera sabía qué debía ver.

La duda debió aflorarle al rostro, porque antes de que preguntase, el director le explicó:

—Brasil juega con Polonia tres horas antes que nosotros, Felixito. O sea, que Argentina ya sabrá cuántos goles necesita para pasar a la final.

El director enfatizó estas últimas palabras, de modo que Chacaltana se sintió obligado a responder:

—Muy interesante.

—Y nuestro portero, Quiroga, ¿sabes de dónde es en realidad? ¿Sabes dónde nació?

—...

—En Argentina. Para ser precisos, en Rosario. Justo donde juega Perú, que ya está eliminado, así que cualquier resultado le da igual. ¿Entiendes?

—Supongo que... sí.

Atrás de sus gruesos lentes, los ojos del director estaban abiertos en señal de consternación. Hablaba como si estuviese descubriendo un complot internacional contra el Gobierno. Quizá creía que eso era lo que estaba haciendo.

—Felixito, quiero que hables con el almirante. Con Seguridad del Estado. Con el Ministerio del Interior y el del Exterior.

Chacaltana trató de encontrar una conexión entre todo lo que decía ese hombre. Al final se animó a preguntar:

—¿Y qué les digo, señor?

—Que no nos vendamos. ¡Que el Perú no se vende!

Machacó sus últimas palabras aplastando el cigarrillo contra la suela de su zapato para apagarlo. Chacaltana se preguntó si su jefe se había vuelto completamente chiflado.

—¿Y... usted cree, señor, que Seguridad del Estado puede... alterar el resultado de un partido de fútbol?

—Pueden cambiar a Quiroga, ¿no? ¿Qué clase de seguridad tenemos si no pueden ni cambiar al portero?

—Es que no forma parte de las competencias del...

—Entonces pueden advertirle —endureció la voz el director—. ¿No es delito la traición a la patria? ¿No se fusila a la gente por eso? Ya está. Ya tenemos el tipo penal. Si Quiroga se deja hacer goles, al paredón. Y punto. Por traidor. Y por argentino.

El asistente de archivo evaluó con rapidez numerosas respuestas posibles. La única que le pareció segura fue:

—Veré qué puedo hacer.

El rostro del director del archivo se distendió. Al parecer, estaba seguro de tener un aliado en el Cielo. Presa de un arranque de felicidad, besó en la mejilla a Chacaltana, impregnándolo con su peste a vicio.

—¡Gracias, Felixito! ¡Gracias! Y ya sabes. Cuenta conmigo. Lo que quieras. Cuando quieras. Te debo una, ¿ah? El país te debe una.

Antes de que el asistente pudiese defenderse, el director aplastó un beso contra su otra mejilla y se levantó. Parecía relajado, aliviado, como si todos los problemas del equipo peruano acabasen de resolverse. Incluso su piel había recuperado su color habitual: pálido, pero no demasiado verdoso.

—¿Sabes qué, Felixito? De repente me siento mejor, esperanzado. Voy a salir un ratito, ¿ya? Si llama alguien, ya sabes: me fui al Ministerio de Justicia.

Antes de escuchar la respuesta, el director se había marchado.

El asistente de archivo se alegró. La ausencia de su jefe le permitiría trabajar tranquilo. Pasó revista a las solicitudes de información de archivo y otras menudencias. Y después de despachar la parte urgente, volvió a su vieja obsesión sin resolver, a su bestia negra de las últimas semanas: la denuncia por irregularidad administrativa migratoria menor.

Desde el comienzo de sus pesquisas, nadie le había dado razón. Nadie se había hecho responsable de esa denuncia. Nadie sabía siquiera de su existencia. Otras veces, el culpable de los errores de forma había remoloneado, se había hecho el tonto, pero ante la presión de Chacaltana, había terminado por admitir su falta de seriedad. Esta vez, la denuncia parecía haber surgido de la nada.

Chacaltana rememoró su origen. La denuncia llevaba en su escritorio dos semanas. Lo recordaba bien porque la había encontrado el mismo lunes de la desaparición de Joaquín. Pero nadie había podido dejar ese papel en su escritorio en fin de semana. La única posibilidad era que hubiese llegado el viernes anterior. Ese día, al final de la tarde, Chacaltana se había levantado de su escritorio unos minutos para recibir precisamente a Joaquín. De hecho, era la última vez que lo había visto, cuando Joaquín había dicho esas palabras, «que te vaya bien», con el aspecto de que a él le iba mal. Su amigo se había mostrado extraño, ansioso, había tomado del brazo a Chacaltana y se había despedido sin más trámite.

Y al hacerlo, había forzado a Chacaltana a dar la espalda a su escritorio. El momento perfecto para dejar un papel en él.

Irregularidad administrativa migratoria menor.

Una chispa saltó en la mente de Chacaltana. Eso había sido un viernes. El día en que Joaquín había regresado de Argentina. Pasando por el aeropuerto, por la aduana..., por la policía de migraciones.

Chacaltana miró de nuevo el formulario, con su letra temblorosa. Se dirigió al fichero de usuarios y recogió la ficha de Joaquín. Era la misma letra. Peor escrita. Más asustada. Pero sin duda, la misma.

Volvió a mirar la denuncia, ahora con otros ojos. La razón del desorden podía ser simplemente que Joaquín no sabía llenarla. La habría escrito arriba, en la entrada del Palacio, haciendo lo que había podido. Había cumplimentado la información rápidamente, rellenando los espacios con prisas. Había salpicado errores por todo el papel. De hecho, ni siquiera había consignado bien el objeto de la denuncia. Sus palabras se cruzaban entre espacios diferentes, saltando de uno a otro, en una mezcla letal de nerviosismo e ignorancia.

Chacaltana volvió a mirar cada casillero, y a tratar de entender qué significaba ese papel exactamente. Comprendió que una de las palabras podía interpretarse de dos maneras. Hasta ese momento, había dado por seguro que se denunciaba una irregularidad administrativa migratoria menor. Pero la última palabra cabalgaba entre dos espacios, y podía pertenecer al casillero siguiente, no a la denuncia sino al objeto.

En ese caso, debía leerse de otra manera:

Hechos a denunciar: Irregularidad administrativa migratoria.

Objeto ingresado ilegalmente en el país: Un menor.

«Ha sido por el niño. Todo por el niño.»

Las palabras de Susana Aranda se amotinaban en su mente mientras compraba flores en la iglesia de La Merced. Un niño. Eso es lo que había traído Joaquín de Argentina. No armas ni drogas, sino un menor de edad. Pero ¿por qué? ¿De dónde había salido? ¿Adónde lo llevaba? Y sobre todo, ¿por qué había dejado una denuncia contra sí mismo en el escritorio de Chacaltana?

—¿Rosas o violetas?

El asistente de archivo abandonó su ensueño para responderle al florista.

—Rosas —dijo—. Muy rojas.

En ese momento, recordó el color de la sangre, goteando de la frente de su amigo. Rojo casi marrón. Un bermellón fundido con el color excremento del cauce del río.

—Mejor blancas —corrigió.

Mientras reemprendía el camino hacia el diario *El Comercio,* las preguntas seguían explotando en su cabeza. Había llamado al aeropuerto a preguntar los horarios de los vuelos. Joaquín debía haber regresado de Buenos Aires al mediodía, con el tiempo justo para dejar su carga en algún lugar y llegar al archivo antes de la hora de cerrar. Pálido y demacrado pero entero, había dejado la denuncia y había distraído a Chacaltana, que se preparaba para ir a casa. «Todo saldrá bien.» Se había asegurado de que Chacaltana no encontraría el formulario hasta el lunes por la mañana. ¿Por qué? ¿Porque sabía que iban a matarlo el fin de semana? Y si lo sabía, ¿por qué no lo evitó?

También se preguntó por qué dejarle la denuncia a él. Joaquín trabajaba para Inteligencia. Nadie podría protegerlo mejor que el almirante Carmona en persona. Pero entonces recordó las palabras de Joaquín que había citado Susana Aranda: «Félix es la única persona que conozco que no le haría daño a nadie». Joaquín lo recordaba como a un amigo. Quizá por eso confiaba en él. Aunque no le confiase sus secretos, confiaba en él.

En la puerta del edificio de *El Comercio,* Chacaltana tomó aire. Debía reconducir sus pensamientos hacia Cecilia. Era hora de explicarle su plantón de la noche anterior. Sin duda, ella comprendería la gravedad de todo el asunto. No podía ser indiferente a un niño ingresado ilegalmente en el país y un cadáver colgando de las vigas de un apartamento. Sí. Cecilia tenía que entenderlo. Ella siempre entendía.

Al entrar la vio, del otro lado del vestíbulo, cerrando su puesto. Optó por esperarla ahí mismo, en la reja, mientras organizaba sus pensamientos. Lentamente, ella atravesó la sala en dirección a la salida. Él trató de componer una sonrisa. Alzó las flores para que ella pudiese verlas bien. Preparó unas palabras de saludo. Ella caminó con el rostro inescrutable, pero la mirada fija en el asistente de archivo.

Y cuando llegó a su altura, le volteó la cara de una bofetada.

El golpe resonó en metros a la redonda, y llamó la atención de los que salían a almorzar a esa hora. Chacaltana trató de devolver su cerebro a su lugar antes de responder:

—Ce... cilia... Yo...

—¡No te me vuelvas a acercar, imbécil!

Ella habló con una voz cargada de rabia pero en volumen bajo, para no llamar la atención de todo el mundo, y sonó aún más venenosa que si hubiera gritado.

—Lo siento, Cecilia...

—Lo hubieras sentido ayer, cuando me dejaste tirada en el Cordano. Y por suerte no quedamos directamente en el hostal. ¿Cómo te atreves a venir ahora, idiota, poco hombre, desagraciado?

No pudo contenerse y le soltó otra bofetada, que esta vez él bloqueó con el ramo de rosas. Una lluvia de pétalos blancos se esparció a su alrededor.

—Déjame explicártelo, Cecilia, no te imaginas lo que pasó.

—Ni quiero imaginármelo, estúpido. Ya no quiero saber nada de ti. Es la última vez que me plantas o me desprecias.

—No te he despreciado...

—Cállate.

La voz de ella ya no sonaba teñida de rabia. Ahora sólo reflejaba dolor. Era incapaz de disimularlo, ni siquiera en la puerta de su trabajo. Chacaltana quería llevarla a almorzar. Explicarle todo en algún lugar tranquilo. Pero ella no paraba de hablar:

—Llevé mi cepillo de dientes, como una cojuda —sollozó—, y una ropa interior bonita, de encaje, que compré especialmente. Lo pensé durante muchos días... Y tú ni siquiera te acordaste... No me importa qué excusa tengas, huevón. ¡Tú no me volverás a humillar así!

El asistente de archivo, con su ramo de flores desplumado en la mano, imaginó a Cecilia esperándolo en el Cordano, sola, masticando la ira mientras las horas pasaban. Se preguntó qué habría sido más cruel: abandonar a Cecilia antes de su noche de amor o abandonar el cadáver colgante que aguardaba por él en el apartamento de Joaquín Calvo. Entre una mujer viva y una muerta, ¿cuál pesaría más en su conciencia?

—Si me das una oportunidad, te invitaré a almorzar y te lo aclararé...

—¿No has entendido? ¡No quiero volver a verte! —susurró ella con aspecto de chillar en voz baja—. Tú para mí ya no existes. ¿Crees que eres mi única opción? Hay otros hombres en el mundo. Y no todos se olvidan de mí.

De un último manotazo, hizo volar el ramo ya desnudo de las manos de Chacaltana. Él habría querido explicar lo ocurrido sin mencionar el nombre de otra mujer, o por lo menos, sin mencionar el nombre de la mujer que él había besado frente a Cecilia. Pero los segundos pasaban corriendo y las palabras huían a la misma velocidad. Además, la mención a los «otros hombres» lo laceró. Comprendió que ella no estaba en esa puerta para hablarle. Ella estaba ahí esperando a alguien más. Debía tratarse del chico informal de los jeans, su competidor habitual.

—Oh, no —se lamentó—, Cecilia... ¿Sigues saliendo con el joven de la otra noche? Por favor, no sé quién sea él, pero yo...

—Tú no tienes derecho a pedirme nada. Ni a meterte en mi vida. Ya no.

Imparable, inexplicablemente, la tristeza de Chacaltana se fue convirtiendo en rabia. Él también tenía razones para enfadarse.

—¿Y cuánto te ha tomado buscarte a otro? ¿Doce horas?

—Para que lo sepas, infeliz, yo había rechazado la invitación. Esta mañana he llamado a preguntar si seguía en pie.

—¿O sea, que has estado jugando a dos manos? No puedo creer que seas tan hipócrita.

—¡Tú ya no tienes que creer nada! ¡Vete de una vez!

—No me voy a ir. De ninguna manera. Quiero que ese tipo venga aquí y te lleve en mi presencia. Quiero verle la cara cuando...

—¡Félix! ¡Qué sorpresa!

La voz que terció en su discusión le resultó a Chacaltana horrendamente familiar, desagradablemente conocida, sobre todo porque era una voz que él asociaba con lugares y situaciones muy diferentes, con casas llenas de gente armada, con aeropuertos militares y máscaras, con peligros, con desaparecidos y con fantasmas. Pero aun así sonó tan inocente, y su saludo parecía tan amistoso, que el asistente de archivo sólo atinó a voltear hacia ella y responder, presa del estupor:

—Daniel... ¿Cómo... está usted?

Cecilia recibió al estudiante con un beso esquivo en la mejilla y bajó la mirada, en espera de que la irritación se borrase de sus propios ojos.

—Hola, Daniel.

Él la miró con evidente ilusión, casi con apetito:

—¿Lista? Conozco un chifa que te va a dejar china de gusto.

—Seguro que sí —sonrió ella—. ¿Nos vamos ya?

—Ya que nos hemos encontrado, me gustaría decirle unas palabras a Félix. ¿Te importa esperar un minuto?

—No, claro. Voy al baño. De paso me retoco un poco.

Cecilia se alejó sobre una alfombra de pétalos blancos y ramas de rosal rotas. El asistente de archivo no pudo evitar fijarse en la mirada embobada del estudiante, que la contemplaba como ido. Algo así debía de ser la mirada del propio Chacaltana cuando ella sí lo quería.

—Es linda, ¿verdad? —declaró Álvarez.

El asistente de archivo previó lo que iba a seguir. Una lucha entre dos hombres. Una competencia entre dos depredadores por la presa. Era la hora de fijar posiciones y declarar la guerra.

—¿Le gusta a usted?

Álvarez suspiró:

—Llevo una larga temporada sin tener una vida normal. Ya sabes: chicas, cervezas, cine... Las pistolas y las capuchas no son un plan muy agradable.

—¿Y sus amigos?

Álvarez sonrió ahora ampliamente. Sus ojos irradiaron una luz amable.

—Esta mañana, todas las familias han recibido llamadas. Están en la Policía Federal. Todos los de Jujuy, incluso Ramiro, saldrán de Argentina en vuelos comerciales.

—Cómo olvidarla —masculló Chacaltana, pensando que en esa lista faltaba Mariana, la argentina. Se lo guardó para sí. No quería arruinar el buen humor del joven.

—Quiero agradecértelo, Félix —dijo el joven, extendiendo su mano hacia el asistente de archivo, que la recibió confuso.

—¿Agradecerme qué?

—Si tú no hubieses metido tus narices en este asunto, estaríamos todos muertos. No me cabe duda. Pero con el Perú regresando a la democracia y un operador judicial fisgoneando..., los militares no se han atrevido. Nos has salvado el pellejo. Y te has jugado el tuyo.

Para Chacaltana, las palabras del estudiante no tenían sentido. Él esperaba hablar de amor, en realidad. O de lucha. Comprendió que a Álvarez ni se le había pasado por la cabeza que Chacaltana tuviese algo que ver con Cecilia. Quizá ese joven aventurero y valiente ni siquiera había pensado que, en temas de mujeres, le hiciese competencia un empleado público envarado y relamido. Al fin y al cabo, el asistente de archivo no era nada más.

—De... nada.

—Además, parece que las elecciones han sido limpias. El pueblo ha hablado. Los partidos progresistas han ganado. Los compañeros estamos estudiando ahora si no es momento para reingresar al sistema político. Así incluso podríamos investigar las cosas que han estado pasando. Como la muerte de Joaquín.

—Claro.

—Seguiremos apoyando a los compañeros argentinos y chilenos, que sí están sufriendo la barbarie. Pero tenemos más suerte que ellos. ¿No crees?

—Eso supongo.

Por un instante, Chacaltana deseó que Álvarez siguiese en la clandestinidad. Lejos de su ansiada vida normal. Lejos de Cecilia. Pero en ese momento, ella regresó del baño. Se había maquillado, borrando los rastros de llanto. El asistente de archivo deseó tener un maquillaje que borrase el dolor, la tristeza y el vacío de su ánimo.

—¿Nos vamos? —dijo ella, sin volverse hacia Chacaltana.

—Claro —respondió Álvarez.

Ella salió primero, sin despedirse. Antes de seguirla, el estudiante sacó una libreta y un lapicero. Garrapateó unas líneas en un papel. Lo arrancó y se lo ofreció a Chacaltana.

—Toma, Félix. Confío en ti, y he transmitido esa confianza a mis compañeros. Te has ganado esto.

Vencido sin siquiera luchar, Chacaltana recibió lo que el otro le ofrecía. Era un número de teléfono. Sin duda, un número extranjero, ya que las primeras cifras figuraban entre paréntesis. Miró a Álvarez, en espera de una explicación:

—Es el número argentino de Mendoza —dijo el estudiante—, nuestro secretario general. Ya te he hablado de él: el que desconfiaba de Joaquín. También a él le he hablado de ti. Le he contado cómo nos has ayudado. Si quieres preguntarle cualquier cosa, llámalo. Él contestará.

Antes de irse, el estudiante abrazó fuertemente a Chacaltana, raspándole la mejilla con su barba descuidada. Por encima de su hombro, el asistente de archivo atisbó por última vez a Cecilia, que se impacientaba en la vereda, ansiosa por irse a almorzar.

De regreso a casa, Chacaltana arrastraba los pies, derrotado por la vida. Las dos semanas precedentes habían sido las más intensas de su existencia. Pero los últimos acontecimientos habían desbordado sus peores previsiones. Y sin embargo, en su sala lo esperaba una sorpresa. Pudo sentirlo mientras abría la puerta, incluso antes de oír las voces en el salón, o de notar el olor del pisco. Era una luz especial que provenía del interior.

—¡Félix! —canturreó su madre con una alegría totalmente fuera de lo normal—. Adivina quién ha vuelto.

No hacía falta adivinar.

—¡Don Gonzalo!

—¿Cómo te va, chaval? ¿Me has echado de menos?

Se abrazaron. A pesar de su brazo tembloroso, el viejo consiguió apretar al joven con una fuerza considerable. Chacaltana sintió que sí, que había echado de menos a ese hombre. Y disimuladamente, como de pasada, le dio vuelta al retrato de su padre en la mesita.

—Pensamos que había desaparecido para siempre —saludó.

—Yo nunca desaparezco —respondió el viejo—. Ni aunque los demás quieran.

La madre de Chacaltana se había metido en la cocina, y ahora salía con una bandeja de bolitas de papa y un bol de salsa huancaína.

—Justo estaba preparando un sudado de corvina. ¿Quieres, Félix?

El asistente de archivo asintió. Olfateó con gusto el olor del caldo de pescado con yuca y verduras. Y también el aroma a familia feliz.

Durante todo el almuerzo, llevaron una conversación muy agradable. Hablaron de Augusto Ferrando y su programa de televisión *Trampolín a la fama,* que Chacaltana consideraba soez, su madre apreciaba y Don Gonzalo no había visto en su vida. Hablaron de los valses criollos que más les gustaban. Y en algún momento, la madre de Chacaltana se rio tanto que se tuvo que santiguar, convencida de que pasarla tan bien debía ser por fuerza un pecado grave.

Por una hora, Chacaltana logró olvidar todas las cosas horribles que habían ocurrido en las últimas veinticuatro. Pero sólo por una hora.

Como de costumbre, la madre de Chacaltana les sirvió el café a los caballeros y se retiró a la cocina a lavar los platos. Don Gonzalo hizo ademán de acompañarla, pero su brazo no era de gran ayuda. Y Chacaltana sintió el impulso de lavar él, pero necesitaba pasar un rato a solas con el viejo. De ciertas cosas no podía hablar con nadie más.

—Me alegra que haya vuelto usted, Don Gonzalo.

El viejo dejó escapar una especie de gruñido alegre y se echó un chorro de pisco en el café:

—Tu visita me hizo pensar mucho, Félix.

—¿Ah, sí? ¿En qué?

—En que soy presa del pasado. Me paso la vida sufriendo por lo que ya no puedo arreglar. Y no me entero de lo que sí puedo hacer bien.

—¿Se refiere a mi madre?

—Y a ti también.

Don Gonzalo dijo eso con una sonrisa amable, el tipo de sonrisa que Chacaltana no recordaba haberle visto jamás a su verdadero padre. En el fondo, él era una oportunidad para Don Gonzalo de redimir sus errores pasados. Y viceversa.

El asistente de archivo se aclaró la garganta:

—He... averiguado nuevos datos sobre Joaquín. Han ocurrido algunas cosas también. ¿Quiere que le cuente?

—No.

La negativa sonó tan inesperada como un golpe o un escupitajo. Chacaltana se sorprendió:

—¿No? Pensé que...

—Ya te lo he dicho, Félix. No quiero vivir en el pasado. Los errores que haya cometido han quedado atrás. Me habría gustado repararlos. Pero ahora tengo que ocuparme del futuro. Tú me enseñaste eso el otro día, en nuestra conversación en el Barrio Chino. Y pienso ponerlo en práctica. Deberías hacerlo tú también.

—No es tan fácil.

—¿Me lo estás diciendo a mí?

Los interrumpió el timbre de la puerta. Pero ninguno de los dos se levantó a abrir. Oyeron a la madre de Chacaltana, que cerraba el grifo y emprendía la larga marcha hacia la entrada. Ni aun así se movieron.

—Don Gonzalo, pensé que era usted el primer interesado en saber lo que ocurrió con su hijo.

—Ya no. Me ha tomado toda mi vida comprenderlo, pero no debemos dejar que los muertos nos arrastren en su espiral. No lo hagas tú.

Chacaltana sintió que no podía apartarse de la espiral de Joaquín. Y de Susana Aranda. No tenía opción, igual que uno no decide si un huracán se lo lleva o no.

—¡Félix! —llamó su madre desde la puerta—. ¡Es para ti!

Pero él no respondió. O no a su madre. Le respondió a Don Gonzalo:

—¿Y el culpable? ¿Vamos a dejar que el culpable se largue sin pagar lo que hizo?

Don Gonzalo replicó:

—De lo contrario, sólo acabarás pagando tú. Libérate, Félix. Déjalo.

—¡Félix! —volvió a llamar la madre, acercándose por el pasillo—. ¡Te buscan!

—¿Quién es? Nadie viene a buscarme a casa nunca. ¡Di que no estoy!

Ahora, la cabeza de su madre asomó al saloncito. Se veía preocupada:

—No me parece correcto, Félix. Es un militar. Ha dicho que se llama «almirante Carmona».

Como todo marino, Carmona sentía atracción por el mar. O eso pensó Chacaltana. La vez anterior lo había llevado al Morro Solar, y ahora su coche enfiló hacia el malecón y bajó el acantilado hasta la Costa Verde. En todo el trayecto, ni uno ni otro abrieron la boca. El almirante ni siquiera miró a los ojos a Chacaltana para saludarlo. Se limitó a guardar un silencio solemne y misterioso.

Por su parte, mientras bordeaban las playas, el asistente de archivo se preguntó por qué la playa de Lima recibía el nombre de Costa Verde. A fin de cuentas, el acantilado era completamente marrón y el agua gris. Pero no expresó sus dudas en voz alta.

El automóvil negro se detuvo en una playa de piedras haciendo sonar los neumáticos contra los guijarros. Chacaltana esperó que el almirante diese alguna señal de vida, pero éste se quedó un buen rato aferrado al volante, mirando al océano Pacífico estrellarse violentamente en los rompeolas. Sólo pasados varios minutos, el militar se apeó del coche, siempre sin mirar a su copiloto, y caminó hacia la orilla.

Chacaltana lo siguió. Un par de pasos antes de alcanzarlo, al fin oyó la voz del militar, entre una ola y otra:

—Ella te lo dijo, ¿verdad?

—¿Señor?

Por primera vez, el almirante se dignó mirar al asistente de archivo. Fue una mirada rápida, de reojo, pero punzante.

—Susana te dijo que Joaquín trabajaba para mí. Ella lo sabía.

En vida de Susana Aranda, Chacaltana había guardado todos sus secretos. Ahora que estaba muerta, pensó, ya no tenía sentido. Aun así, había cosas que no podía contar. Decidió que esperaría a escuchar al almirante y se limitaría a confirmar lo que él ya supiese:

—Ella... conoció a Joaquín gracias a usted. Eso me dijo.

—Pero no sólo lo conoció, ¿verdad? No sólo hablaban. ¿Sabes a qué me refiero?

Una ola rompió frente a ellos, inesperadamente cerca. Las piedras se revolvieron, como un caleidoscopio. Chacaltana recordó las fotos de Susana Aranda en la playa y en el apartamento de Joaquín. También recordó el cuerpo de esa mujer colgando de una viga. Pensó que eran imágenes de dos mujeres diferentes. De dos épocas diferentes.

—No, señor. No sé a qué se refiere.

El almirante le dirigió una mirada de duda. No se lo creía, pero ¿qué podía hacer Chacaltana? ¿Admitir que sabía de la relación entre Susana y Joaquín y no informó sobre ella? De ninguna manera. Estaba aprendiendo a distinguir lo que podía de lo que no podía decir. Y esto, sin duda, entraba en la segunda categoría. Por suerte, Carmona continuó la conversación:

—Sólo ella podía haberte dicho que Joaquín trabajaba para mí. En cuanto me lo dijiste, supe que ella estaba en peligro. Te dejé tirado en el Morro Solar para ir a buscarla. No la encontré a tiempo.

Chacaltana se preguntó si el almirante esperaba una respuesta. Pero el militar no estaba interrogándolo. En las últimas palabras de su frase se le quebró la voz, y antes de continuar hablando, le dio la espalda. Ahora, su voz sonaba temblorosa:

—Yo quería hacerla feliz, Félix. Eso era lo que quería. No sé cómo logré que todo se fuese a la mierda.

El asistente de archivo creyó percibir que el almirante lloraba. Jamás habría creído que vería llorar a ese hombre. Pero no podía confirmarlo. Carmona seguía de espaldas. Y el viento y las olas ocultaban sus sollozos, si los había. Chacaltana decidió mantener la conversación en un tono profesional. Tenía información nueva. Era el momento de transmitirla:

—He averiguado qué trajo Joaquín de Argentina, en su último día vivo.

—¿Ah, sí?

La pregunta del almirante sonó casual y descuidada, como si le sorprendiese hablar de ese tema. Pero ése era el tema. El único posible.

—Un niño, señor. Un menor de edad.

—Un niño —las palabras del almirante apenas se escucharon. Chacaltana no consiguió entender si formaban una pregunta o una simple aceptación del dato.

—El niño ingresó ilegalmente por el aeropuerto Jorge Chávez. Al igual que el propio Joaquín, que usaba el pasaporte falso de Nepomuceno Valdivia. Pero entonces ocurrió algo muy extraño.

—¿Algo más?

Quizá esta vez el almirante estaba siendo irónico. Pero seguía sin mirar a Chacaltana, cuyas palabras continuaban avanzando a tientas por el estado de ánimo del militar.

—Lo más extraño de todo, señor. Joaquín llegó a Lima a las tres de la tarde. Llevó al niño a algún lugar y lo dejó ahí. Quizá se lo entregó a quien lo esperaba. No lo sé. Sólo sé que después vino al archivo judicial y denunció la entrada ilegal del menor en el país. O sea, en cierto modo, se denunció a sí mismo.

Por primera vez, el almirante se giró a verlo. Pero el sol le daba de espaldas, y a contraluz era imposible saber qué expresión tenía:

—No tiene sentido. ¿Por qué alguien haría eso?

Chacaltana también se había hecho esa pregunta, y pronunció la única respuesta que le parecía posible:

—Porque sabía que lo iban a matar, almirante. Lo sabía, y quiso ponernos sobre la pista.

Ahora, el almirante era sólo una silueta oscura recortada contra el oleaje. Una sombra sin rostro. Y su voz volvía a sonar metálica, sin sentimientos, como una máquina de escribir redactando un informe:

—No se encontró un cadáver de niño junto a Joaquín. Ni en ningún otro lugar hasta la fecha.

—O sea..., que el menor está vivo.

Se había levantado viento, y ahora la silueta del almirante aparecía rodeada por un torbellino de arena. Dos olas cruzadas chocaron contra el rompeolas sacudiendo la playa. Y Chacaltana dijo lo que, sin duda, Carmona estaba pensando:

—Si encontramos a ese niño, sabremos quién mató a Joaquín.

El almirante se acercó a Chacaltana. Cuando llegó a su lado, el asistente de archivo pudo mirarle la cara. Tenía los ojos rojos, pero eso podía deberse a la arena que volaba por los aires. Fuera de eso, su mirada había recuperado su brillo azul y gélido. Y su voz también:

—Y si sabemos quién mató a Joaquín —añadió—, sabremos quién mató a Susana. Tiene que haber sido el mismo hijo de puta.

—Perdone, almirante, pero las autoridades forenses no han conseguido dictaminar si fue un asesinato o un suic...

Una mirada del almirante fulminó a Chacaltana. En el fondo del mar se acumularon nubes grises. El agua se oscureció. Las olas crecieron formando una red de espumas que chocaban entre ellas.

—No fue un suicidio —sentenció el almirante—. A Susana la mataron. La asesinaron. Y tengo que saber quién. Tú me tienes que ayudar a averiguarlo. Porque cuando agarre a ese conchasumadre, voy a freírle los huevos en una sartén.

—Si su asesino es el mismo que mató a Joaquín, podríamos rastrearlo. Tendríamos que saber de dónde salió el bebé y adónde lo llevaban. Deberíamos hablar con el tal Mendoza, el subversivo. Pero no hay manera. Haría falta buscar en Argentina. Y no tenemos jurisdicción para hacerlo.

—¿No tenemos? —preguntó Carmona—. ¿Estás seguro?

—Usted es un miembro de las Fuerzas Armadas del Perú. Y yo sólo soy un empleado de la Judicatura.

El horizonte continuó oscureciéndose. Al ponerse el sol, luces rojas, naranjas y rosadas colorearon el horizonte, como un incendio. La luz horizontal hizo brillar aún más los ojos del militar. Y esta vez, su voz sonó alta y clara, llena de autoridad, para decir:

—Te equivocas, Félix. Tú y yo somos agentes de la Operación Cóndor. Tenemos jurisdicción en toda Sudamérica.

—Señores pasajeros, por favor, abróchense los cinturones. Atravesamos una zona de turbulencias.

La voz sonó por toda la cabina, sin origen preciso, como la voz de Dios. Tembloroso, con las manos sudando, el asistente de archivo Félix Chacaltana se abrochó el cinturón, colocó recto el respaldo de su asiento y se aferró con desesperación a la bolsa para los mareos.

En el cielo, los aviones siempre le habían parecido muy grandes y poderosos. Pero ahora que él mismo estaba dentro de uno, le resultaba demasiado angosto, claustrofóbico, una lata de sardinas siempre a punto de caer al suelo.

En un esfuerzo por distraerse, se asomó por la ventanilla: ahí abajo se extendían montañas marrones cubiertas de nieve. Seis años antes, en esa misma cordillera, se había estrellado un avión uruguayo. Los sobrevivientes habían pasado dos meses y medio en la nieve, y para resistir al hambre se habían comido los cuerpos de sus compañeros. Al recordar esa noticia, Chacaltana tuvo que contener una arcada.

—¿Está bien usted?

Chacaltana levantó la cabeza. Le estaba hablando una aeromoza rubia, alta y con el mismo acento argentino que llevaba días escuchando.

—No mucho, la verdad.

—Ya veo. Relájese, ¿ok? Le he traído algo que lo ayudará.

Le ofreció un vaso con ron y hielo. Chacaltana temió que el alcohol le hiciese vomitar directamente. Pero obedeció. Mientras la bebida se expandía por sus venas, percibió con alivio que la tensión disminuía.

El problema no era sólo el vuelo. También era el secreto. Había dicho en casa que pasaría un par de noches en Huachipa para una convención sobre derecho mercantil, y no le gustaba mentir. Como si fuera poco, volaba de incógnito, con un pasaporte falso a nombre de un tal Óliver Malca. Si su cuerpo acababa tendido en un nevado andino, nadie podría reconocerlo.

Y en realidad, podía acabar tendido en muchos lugares.

Durante las horas de espera en el aeropuerto, y luego en el vuelo, una posibilidad había cobrado forma en su mente: ¿y si el asesino era el propio almirante Héctor Carmona?

Tenía todo el sentido: Carmona habría matado a su esposa infiel y al amante. Y ahora, para eliminar al único testigo, lo mandaba con un nombre falso donde sus amigos argentinos, que se caracterizaban por eliminar limpiamente a la gente inconveniente. Daniel Álvarez le había dicho una vez que los argentinos arrojaban a los presos desde aviones en vuelo. Quizá el suelo nevado que veía por la ventanilla estaba sembrado de cuerpos. Y el suyo podía unírseles en cualquier momento.

O quizá no.

La luz de los cinturones se apagó. El fuselaje dejó de temblar. Chacaltana se levantó para ir al baño. Trabajosamente, pasó frente a las rodillas de su vecino de asiento, y luego avanzó por el pasillo, a través de la zona de fumadores. La peste de tabaco lo mareó más. Entró en el baño, cuya luz se encendió automáticamente, como la de un refrigerador.

Como un congelador para cadáveres.

Se mojó la cara frotándose con esmero, como para limpiarse la expresión de angustia. Se apoyó en la pared y respiró hondo. Trató de despejar de su cabeza los pensamientos atemorizantes. Se esmeró en convencerse de su error. Por instantes, los cuerpos de Joaquín y Susana encendían flashes en su memoria.

Alguien tocó la puerta del baño. Chacaltana calculó que llevaba ahí más de quince minutos. Era hora de volver a su asiento. Antes de salir, vomitó en el wáter.

Cuando aterrizaron en el aeropuerto de Ezeiza, Chacaltana estaba un poco más delgado y mucho más verde que al abordar. El aire fresco y el contacto con tierra firme le devolvieron un poco los colores. Pero en la cola de migración, su tez recuperó la palidez. Y al entregar su pasaporte a un policía del aeropuerto, apenas podía contener el temblor de la mano.

—Señor Óliver Malca —dijo el policía hojeando su documento—. ¿Su primer viaje a la Argentina?

Chacaltana tardó un instante de más en responder a ese nombre. Aún no se había acostumbrado a llevarlo y se le hacía incómodo, ajeno, como un pantalón amarillo o un sombrero de charro mexicano.

—Sí, señor.

—De hecho, es su primer viaje. Su pasaporte no tiene sellos. ¿Viene para el partido?

Chacaltana recordó el partido Argentina-Perú que se jugaría esa misma tarde. El almirante Carmona le había dicho: «Es el momento perfecto para ir. Nadie se fijará en ti. Nadie se fijará en nadie que no lleve pantalón corto».

—Sss... sí.

El asistente de archivo miraba al suelo, como un niño regañado por su madre. El oficial le sonrió:

—No le deseo suerte. ¡Yo quiero que gane la Argentina!

Y estampó un sonoro sello de entrada en su pasaporte.

—Claro. Que tenga suerte usted. Gracias.

—Bienvenido —dijo el policía, pero Chacaltana, temiendo una nueva arcada, ya se había apartado del mostrador.

Hacía frío en Ezeiza. Pero a Chacaltana no le importó. Al salir al aparcamiento, respiró hondo y exhaló una nube de vapor. Contó hasta cien. Recuperó la compostura. No podría cumplir su misión si su estómago seguía jugándole malas pasadas.

En el exterior lo esperaba una tormenta de patriotismo argentino. Los autos y autocares estaban literalmente forrados en banderas. Las barras azules y blancas atravesaban cada parabrisas disponible. Y al igual que en Perú, el fútbol era el tema recurrente en las conversaciones de los taxistas que fumaban junto a sus vehículos.

Chacaltana caminó entre esos vehículos negros y amarillos hasta encontrar un chofer que leía el diario en silencio. Subió y pidió:

—Lléveme al café Tortoni, por favor.

Su primera cita de ese día debía producirse antes de registrarse en el hotel. Ésas eran sus instrucciones. Aunque *instrucciones* quizá no fuese la palabra. Uno recibe instrucciones de sus superiores. Y técnicamente, éstas habían sido dictadas por un enemigo.

El día anterior, Chacaltana había llamado al teléfono argentino que le había dado Daniel Álvarez. Después de muchos timbrazos, alguien había descolgado el auricular, pero ninguna voz había sonado.

—¿Aló? —preguntó Chacaltana.

Nadie le respondió, pero se oía una pesada respiración en la línea. El asistente de archivo intentó explicarse:

—El joven Daniel Álvarez me dio este número. Trabajo en el Palacio de Justicia del Perú y colaboré con la liberación de Daniel tras el reciente arresto del que fue víctima. Él me informó de que en este número podrían ayudarme con mi investigación sobre Joaquín Calvo.

—Creo que se ha equivocado —respondió una voz cascada y seca, de hombre mayor.

—No, escuche... —trató de retenerlo—. Pasaré por Buenos Aires mañana por la tarde. Quisiera verlo. Apenas necesito media hora. Iré solo. No grabaré nada. Pregúntele por mí a Daniel Álvarez. Él sabe que yo sólo quiero ayudarlos.

Del otro lado, continuó el sonido regular del aire en movimiento. Chacaltana sospechó que no era una respiración, sino que su interlocutor fumaba pesadamente.

—No sé de qué me habla, señor.

—Le hablo de un muerto que era mi amigo —se apresuró Chacaltana a responder—. Si usted también tiene amigos muertos, sabe de qué le hablo.

El asistente de archivo no calculaba sus palabras. Simplemente decía la verdad. Del otro lado se suspendió todo sonido, incluso el del tabaco. Chacaltana temió que le hubiesen colgado. Pero tras unos segundos que parecieron horas, escuchó con alivio la respuesta:

—Mañana. Cuatro de la tarde. Café Tortoni. Lleve un sombrero negro y una bufanda blanca.

Y colgó.

Ahora, en el taxi, mientras recordaba cada instante de la conversación, Chacaltana se caló el sombrero y sacó su bufanda de la maleta. La voz de ese hombre no sonaba enteramente argentina, aunque no era capaz de distinguir su origen en tan pocas palabras. Quizá fuese paraguayo o uruguayo, sobre todo porque el asistente de archivo jamás había escuchado el acento de ninguno de esos dos países.

El resto del camino, Chacaltana miró por la ventana. Estaba sorprendido por el tamaño de las cosas en esa ciudad. Todo parecía mucho más grande que en Lima: los edificios, las avenidas, los monumentos. La capital argentina era una larga serie de edificios y tiendas, como él sólo había visto en películas. Y al igual que los coches de Ezeiza, las casas estaban decoradas con banderas blanquiazules. La gente llevaba bufandas del mismo color. Y todos parecían enormemente excitados. La radio del taxi iba encendida, y alguien decía:

—Esa paz que todos deseamos, para todo el mundo y para todos los hombres del mundo. Esa paz dentro de cuyo marco el hombre pueda realizarse plenamente, como persona, con dignidad y en libertad...

Chacaltana encontró esas palabras tranquilizadoras, como un bálsamo para su espíritu atormentado. Le preguntó al taxista quién hablaba.

—El presidente Videla, pibe —respondió el taxista, un hombre viejo con una gorra de visera negra—. El presidente va a todos los partidos del Mundial. Le gusta el fútbol.

—Ya.

—¿Vos de dónde sos?

—Peruano.

—¿En serio? —repentinamente, el taxista se emocionó—. ¿Viniste a ver el partido?

—No, en realidad.

—Yo si pudiera me iba al estadio. Pero lo veré en la tele, en blanco y negro. Nos hemos gastado una guita impresionante para transmitir el Mundial en color, y todos aquí tenemos tele en blanco y negro. ¡Increíble! Pero lo importante es cómo juegan los chicos. Son bárbaros. ¿Tú has visto jugar a Kempes, pibe?

A partir de entonces, el taxista no paró de hablar. Durante el resto del trayecto enumeró las cualidades de su equipo nacional, y aunque reconoció el olfato de gol de Cubillas, dejó claro que no tenían ninguna oportunidad ante la aplanadora argentina. A todo ello accedió Chacaltana, en espera de llegar a su destino cuanto antes.

No tardaron demasiado. A pesar de las calles atestadas de banderas y transeúntes con camisetas de fútbol, la circulación todavía era fluida. Avanzaron por una enorme avenida de catorce carriles con un obelisco en el centro, y doblaron en la avenida de Mayo hasta el café Tortoni. Al despedirse, el taxista le dijo:

—Que te vaya bien en Buenos Aires. Y que gane el mejor.

Por alguna razón, sus palabras pusieron aún más nervioso a Chacaltana.

El café Tortoni tenía cierto aire al bar Cordano. O a un pariente rico del bar Cordano. El asistente de archivo avanzó entre lámparas colgantes, mesas de mármol, espejos y maderas relucientes, y tomó asiento al final del pasillo, en lo que consideró un rincón discreto. Aunque era una falta de educación, mantuvo su bufanda y su sombrero para ser reconocido.

Sin venir a cuento, recordó las palabras que le había dicho Don Gonzalo en su última conversación:

«No debemos dejar que los muertos nos arrastren en su espiral.»

«Acabarás pagando tú. Libérate. Déjalo.»

A Chacaltana, un escalofrío le recorrió la espalda.

Esperó un buen rato por el tal Mendoza, el hombre que quizá podría contarle la verdadera historia de Joaquín. Escudriñó a cada parroquiano que entraba en el café tratando de adivinar cómo sería su rostro. Cruzó miradas con un par de señores mayores que leían la prensa frente a sus cafés.

A los diez minutos, observó una foto de la pared: un bailarín de tango que llevaba un sombrero negro y una bufanda blanca, como él mismo. Le pareció una coincidencia graciosa.

A los veinte minutos, se fijó en la concurrencia: aparte de los hinchas de fútbol omnipresentes, muchos extranjeros: alemanes, holandeses, italianos, hablando entre ellos en idiomas raros. Chacaltana comprendió que estaba disfrazado de turista en un lugar para turistas.

A la media hora, comenzó a sospechar que nadie acudiría a su cita.

A los cincuenta minutos, se marchó. De lo contrario, no llegaría a tiempo a su siguiente compromiso.

Su hotel no estaba muy lejos del Tortoni. Era una torre alta al lado de la plaza de Mayo. Muy céntrico, aunque algo desvencijado. Una vieja gloria de la hostelería local, hoy descascarada pero digna.

El recepcionista volvió a preguntarle si venía para el partido, y luego lo envió a una habitación oscura, cuya única ventana daba a un patio interior. Chacaltana apenas tenía cosas para desempacar, fuera de sus útiles de aseo. Así que tuvo tiempo de subir a la azotea del hotel y contemplar esa ciudad de edificios gigantescos que terminaba abruptamente en el Río de la Plata, un río tan grande que no se veía la otra orilla, como si fuese un mar. Ahí abajo, en las veredas, los peatones parecían hormigas blanquiazules agitadas, como si hubiera caído una piedra sobre el hormiguero.

A la hora convenida, bajó al lobby. Carmona le había advertido de que nadie lo mandaría buscar a su habitación, ni recibiría llamadas telefónicas. Nadie pronunciaría su nombre tampoco. Su único distintivo sería una insignia metálica con la bandera peruana que llevaba pegada en la solapa. Mientras el ascensor descendía, Chacaltana se aseguró de que la insignia se mantenía firme en su lugar.

Una vez más, se pasó un buen rato esperando. El almirante no le había explicado con quién se iba a encontrar. «Seguirás los pasos de Joaquín», había dicho. Como si quisiera ponerlo aún más nervioso.

Como no tenía idea de a quién esperaba, Chacaltana jugó a adivinar. Apostó mentalmente por un distinguido caballero de lentes, y luego por un joven de aspecto fornido y sano, muy militar. Ésa era la gente que debía estar encargada de una misión de alcance internacional. Pero cuando al fin se acercó su contacto, él estaba mirando para otro lado. La voz le llegó de improviso, llamándolo por el nombre que mantendría durante toda la misión:

—Buenas tardes, ¿Cóndor?

Reparó en el hombre que le hablaba: un señor de mediana edad, bajito y regordete, con cara de dormido y un espeso mostacho negro cubriendo su labio superior. Jamás habría pensado que era él.

—Soy Cóndor.

—Pase por aquí.

Su anfitrión le señaló el camino hacia el exterior, y luego lo guió por la calle, pero no le dio la mano ni tuvo ninguna señal de cortesía. Tampoco le dirigió la palabra hasta que llegaron al vehículo, una camioneta con las ventanas tapiadas y una inscripción publicitaria: AUTOMOTORES ORLETTI.

—¿Es usted mecánico? —preguntó un desconcertado Chacaltana.

El otro se rio:

—¡Bue!... Algo así.

Con un gesto, invitó a Chacaltana al asiento del copiloto. Mientras se ponían en marcha, el asistente de archivo se fijó en que no había nada a sus espaldas. Tan sólo el espacio vacío de la camioneta, sin asientos ni herramientas. Volvió a pensar en la posibilidad de que lo estuviesen llevando a la muerte.

—¿Cuál... es su rango? —preguntó.

—¿Mi qué?

—Su rango. Su grado. ¿Es usted teniente? ¿Capitán?

—Yo estoy en el Grupo de Tareas 18 —dijo el otro, pronunciando «sho» en vez de «yo».

Chacaltana no quiso preguntar qué era el Grupo de Tareas 18.

El sol comenzó a ocultarse tras los edificios de la ciudad. Sin desviarse nunca, la camioneta atravesó varios parques que Chacaltana encontró muy bellos, y luego un hipódromo. Parecían dirigirse a un lugar de lujo.

—Pensé que vendría alguien mayor —dijo el conductor. Sus palabras sonaban como una protesta. Una protesta bastante desatinada, considerando que él ni siquiera tenía rango militar.

—Esto es sólo una comprobación rutinaria del procedimiento —argumentó Chacaltana, que llevaba esa respuesta preparada—. Queremos saber cada paso que dio el agente Calvo durante su visita.

—¿Y tenía que ser hoy? ¿A esta hora?

El peruano comprendió a qué se refería. El partido estaba a punto de comenzar. Podía notarlo porque la camioneta avanzaba cada vez más lenta, atrancada entre una multitud que se exasperaba por llegar a tiempo a sus casas, bares o clubes. A un lado, Chacaltana reconoció por las fotos de la prensa el estadio Monumental de River Plate, que se elevaba como el templo más grande del mundo. Súbitamente, a Chacaltana le pareció que su insignia patria se reducía hasta desaparecer, devorada por las banderas, gorras y bufandas que atestaban la calle.

—Por eso es el momento perfecto para venir —respondió Chacaltana, tratando de repetir el tono profesional del almirante—. Hoy, aquí, nadie se fijará en nadie que no lleve pantalón corto.

El conductor sólo le devolvió un gruñido, y abandonó la avenida principal alejándose del estadio, en busca de una ruta menos congestionada. Volvió a ella minutos después, tras dar varias vueltas. Ahora circulaban entre edificios iguales entre sí, no tan antiguos como los del centro, pero sin duda caros. Residencias de gente adinerada. Llevaban ya un buen rato en el coche, y Chacaltana se preguntó si lo estaban llevando a algún lugar apartado, donde deshacerse de él y de su cadáver.

—¿Está lejos? —preguntó, más que nada por distraerse de sus pensamientos.

—Ya casi estamos. ¿Quiere que ponga la radio?

El peruano asintió. Al menos la radio le haría más compañía que el amargado del mostacho. La voz que salió del aparato le sonó familiar y a la vez nueva. Exactamente igual a las narraciones de los cronistas peruanos, pero cantada en argentino:

—Salen a la cancha los dos equipos. ¡Vamos, Argentina! Esta noche todo es posible. Se confirma la alineación del equipo peruano. El arquero del equipo andino, después de tantas dudas, será Ramón Quiroga.

Bajo el mostacho del conductor se dibujó una sonrisa de satisfacción:

—¿Usted sabe que ese Quiroga es argentino? —preguntó con aire satisfecho.

Chacaltana se encogió de hombros. Pero se sintió más tranquilo. Difícilmente lo estarían llevando al paredón mientras discutían de fútbol, ¿no? ¿O quizá sí?

—Tres a uno le ha dado Brasil a Polonia —continuó el conductor, ahora más animado—. Tenemos que meterles cuatro a ustedes. ¿Usted qué cree? ¿Llegamos? Sí llegamos. Argentina es grande. Y a lo mejor su portero nos echa una manito. ¿Usted qué cree?

El peruano no respondió. El narrador en la radio decía:

—Perú sale a la cancha con la casaquilla suplente roja. Pero hoy todo este estadio rosarino está atiborrado de banderas y papeles blancos, el color de la esperanza, el color de la Argentina.

—Qué bonito, carajo —celebró el argentino—. Éstas son las cosas que lo hinchan de orgullo a uno. Hay otras que te hinchan las pelotas. Pero éstas te hinchan de orgullo.

Al llegar a un recinto fortificado, la camioneta bajó la velocidad. A un lado, se elevaban los edificios del barrio próspero. Al otro, el recinto era un circuito de construcciones bajas con columnas neoclásicas, como una universidad. Mientras el conductor se identificaba en la entrada, Chacaltana pudo leer el frontis del edificio principal: «Escuela de Mecánica de la Armada». Esculpido sobre las letras aparecía el escudo argentino.

Por lo menos, estaba en una institución militar. Eso ya le daba algo de formalidad a la extraña situación de encontrarse en la camioneta de un taller automotriz con un señor sin nombre ni rango. Chacaltana se amodorró en el asiento y escuchó la radio. Los cánticos de los hinchas atronaban los altavoces. A veces hasta cubrían la voz del narrador:

—¡Comienza el partido! Luque para Kempes, que busca atrás a Olguín. Argentina ordena su medio campo. Larrosa. Olguín de nuevo en busca de una salida. Argentina obligada a golear y lista para el triunfo...

La camioneta avanzó entre los edificios y pasó al lado de una torreta de vigilancia. A su derecha, Chacaltana descubrió un campo de entrenamientos con pasamanos y cuerdas. Al fondo había dos cañones, probablemente inutilizados. El tipo de adornos que también ponían en el jardín del Ministerio de Guerra del Perú.

—Cuidado con el contragolpe de los peruanos. Ahora juegan Velásquez y Cubillas. Quezada busca el paso largo para Muñante, que se escapa por la derecha. Muñante atraviesa la defensa argentina y penetra en el área. Sale el portero Fillol a cerrarle el ángulo pero Muñante dispara a tiempooooo... ¡La pelota se estrella en el palo!

Llegaron al extremo del recinto, a un edificio que parecía albergar residencias de oficiales. Pero no pararon en la puerta. El vehículo de Automotores Orletti dio la vuelta y aparcó en la parte posterior, atrincherado entre las tres alas del inmueble. Con un gesto del mentón, el conductor le indicó a Chacaltana que podía bajar.

Al entrar, Chacaltana buscó instintivamente un ascensor. Pero su anfitrión, sin siquiera volverse, ordenó:

—Vamos por las escaleras.

En vez de subir, bajaron. Chacaltana tuvo la impresión de descender hacia una catacumba, o una gruta subterránea. Ahí abajo, no obstante, el ambiente seguía siendo perfectamente funcionarial. El suelo frío de cemento. Los despachos en línea, con todas las puertas cerradas. Lo único que delataba la presencia de vida era el sonido omnipresente del televisor:

—El peruano Cueto vuelve a sacar un pase largo. Lo espera Oblitas en el área argentina. La defensa no llega a tiempo. Atención que se enfrenta a Fillol y pateaaaa... Pero el tiro le sale desviado y se va de la cancha. Cuidado, Argentina, que esos contragolpes pueden ser mortales...

El anfitrión del mostacho se dirigió con aplomo a una de las puertas y abrió. El mobiliario del lugar era extraño: una camilla con arneses, una silla con correas, un barril plástico de agua, algunos aparatos eléctricos. Chacaltana trató de concebir qué tenían todas esas cosas en común, qué actividad podía desarrollarse en ese lugar. Recordó las historias de Daniel Álvarez sobre la cárcel de Jujuy. Pero, al menos de momento, en ese lugar sólo había dos hombres vestidos de civil viendo el partido.

—Buenas tardeeees... —saludó al entrar el hombre del mostacho, alargando las palabras para llamar la atención de esos hombres, y luego se volvió para presentar a Chacaltana—. El joven ha venido de Perú. Está investigando al otro peruano, ¿se acuerdan? El de hace unas semanas.

—Ah —respondió uno de los hombres sin siquiera voltear. El otro, en cambio, sí estaba atento:

—¿Sos peruano?

—Tengo ese orgullo, efectivamente —respondió Chacaltana.

—Mirá vos. Decime, ¿trajiste vaselina? Porque les vamos a tener que romper el culo.

Los argentinos se rieron. Chacaltana no encontró la gracia de la broma. Pero en ese momento, un nuevo arrebato del narrador devolvió su interés a la pantalla:

—Kempes para Passarella, que le devuelve la pelota al centro. Increíble Kempes, puede salir desde cualquier lado. Ahora corre hacia la portería, deja sembrada a la defensa, que muerde el polvo. Sale el portero Quiroga, pelota cruzada al palo izquierdo yyy... ¡Gooooooooool! ¡Gol argentino! ¡Mario Kempes abre el marcador!

Como un volcán en erupción, los tres argentinos saltaron y se abrazaron. Se dieron sonoras palmadas en la espalda. Degustaron la repetición del gol en blanco y negro.

—¡Tres más, peruano! —dijo uno cuando recordó que Chacaltana estaba en la habitación—. Tres más y adiós, Perú. Lo siento. No es nada personal, ¿viste? Somos hermanos latinoamericanos.

Los otros se echaron a reír ante esas palabras. Chacaltana quiso salir de ahí.

Como si hubiera leído sus pensamientos, pasados unos minutos de chacota, el conductor lo sacó de ese lugar. Al cerrar la puerta a sus espaldas, el asistente de archivo sintió que respiraba mejor.

—En estos despachos es donde recogemos la información —dijo el conductor al descuido mientras regresaban a las escaleras.

—¿Qué información?

—Toda. Simplemente bajamos a los comunistas ahí y apretamos. Son unos cobardes. Quince minutos ahí y lo largan todo. Y con lo que largan, operamos nosotros. Mierda de gente. Les metes electricidad en las pelotas y te venden a su madre.

Chacaltana creyó oír un alarido proveniente de algún lugar en el fondo del pasillo. Como su anfitrión no se inmutó, trató de olvidarlo. Quizá era una celebración del gol. O un sonido del televisor. Por más que se esforzó en repetirse esas opciones, el grito, o lo que fuese, lo siguió hacia arriba por todas las escaleras.

—Se viene el centro para Argentina, Tarantini le da un cabezazo, rebota en el suelo. ¡Gol! ¡Goooooool argentino! Y parece que nos vamos a ir al descanso con medio sueño cumplido. Si repetimos esto en la segunda parte, Argentina estará en la final del Mundial...

El gol fue recibido con una ovación. Ahora estaban en un piso de dormitorios, como el ala de un hotel. Aunque la mayoría de los militares se habían reunido a ver el partido en el salón de actos, quedaban suficientes en sus cuartos, vestidos con las camisetas de entrenamiento o con casaquillas del equipo argentino. Uno de ellos salió danzando de su dormitorio y les plantó sendos besos a Chacaltana y al hombre del bigote, antes de seguir con su baile por el pasillo. Chacaltana se ofuscó, pero su anfitrión se rio:

—Hoy no es su día, ¿verdad? —le dijo.

El peruano no estaba pensando en el partido:

—Ustedes —trató de articular—... recogen la información en el sótano... ¿y duermen aquí arriba?

—Yo no duermo aquí. Pero sí. No pasa nada. No se escucha. Está insonorizado lo de abajo.

El asistente de archivo sintió un vahído. Pero el otro le hablaba como si el tema fuese la arquitectura de interiores. Chacaltana intentó disimular su impresión lo mejor que pudo y seguir a su guía, que se cruzaba constantemente con conocidos y se detenía a comentar el partido con ellos.

—¿Qué haces, boludo? —le decían—. ¿Trabajando ahora?

Y el anfitrión se encogía de hombros y sonreía. Alguna vez, contestó:

—De guía turístico.

Y le guiñó un ojo a Chacaltana.

Ya había empezado el segundo tiempo cuando llegaron al último piso. El peruano avanzaba mecánicamente, como un robot, mientras en su cabeza se mezclaban las frases y los momentos del partido que iba oyendo por el camino. Antes de subir las últimas escaleras, tuvieron que identificarse frente a un guardia. Por supuesto, el guardia tenía una radio de transistores. Y estaba escuchando el fútbol.

—La cancha está inundada de papelitos blancos que la hinchada tira para animar a su equipo. Y su equipo está animado. Argentina se lanza a atacar. Bertoni entra por la derecha y cae. El árbitro cobra una infracción que va a ejecutar Olguín. La pelota va al centro del área. Cuidado con Kempes. Fallo de la defensa que deja solo al delantero argentino... La pelota al palo derecho de Quiroga. ¡Goooooolllllllll argentino! ¡Gol de Kempes! ¡Argentina 3-Perú 0! ¡Y ahora sí! ¡Todo es posible para Argentina! ¡Un gol más! ¡Un gol más para alcanzar un sueño!

El guardia y el hombre del bigote celebraron de nuevo. Pero ahora sus frases, sus abrazos, sus risitas apenas llegaban a los oídos de Chacaltana. Los últimos escalones ya no los subió como un robot, sino como un zombi.

Antes de dar el último paso, su anfitrión le explicó:

—Esto que viene ya es capucha.

Las palabras le sonaron ininteligibles a Chacaltana, pero una vez dentro, entendió a la perfección su significado. Y su horror.

Estaban en el ático del edificio, una zona en principio no habitable, donde los techos de tejas inclinados y las vigas cruzadas hacían difícil andar de pie. No entraba luz natural en el lugar. Aunque había ventanas casi a ras del suelo, estaban tapadas o cubiertas o pintadas de negro. Del techo colgaban algunos focos desnudos. Al entender el macabro uso de esa planta, Chacaltana deseó que esos focos se apagasen.

A ambos lados del pasillo, separados por biombos, había cuerpos humanos echados en el suelo. Chacaltana pensó que eran cadáveres, pero el murmullo de sus voces, sus respiraciones, sus toses probaban que había vida en ellos. O algo así.

Cada uno de los prisioneros llevaba una capucha cerrada, con un par de agujeros para permitir la entrada de aire. Y respiraban. Pero estaban amarrados a su sitio por las extremidades. Los únicos movimientos que hacían eran suaves balanceos para tratar de acomodarse. Y entre ellos, como un zumbido ensordecedor, otra radio transmitía el partido, llena de interrupciones e interferencias.

Al oírlos entrar, una de las prisioneras rogó:

—¡Agua! ¿Hay alguien ahí? Jefe, ¿me puede dar agua, por favor?

Chacaltana creyó reconocer la voz de Mariana. Pero no podía confirmarlo. La voz no tenía cara. Sin duda podía ser una alucinación, una trampa de la memoria y el miedo. O simplemente un fantasma, el fantasma de Mariana penando por la tétrica penumbra del cuartel.

El hombre del bigote —Cóndor, Chacaltana recordó de repente que debía llamarlo Cóndor, como el hombre lo llamaba a él— se acercó a la mujer:

—¿Qué creés, boluda? ¿Que esto es el Ritz? Deberías dar gracias que te hemos puesto el partido, hija de puta. Y ahora escuchá, que vamos ganando.

En efecto, la pésima señal de la radio continuó dando buenas noticias:

—Atención, que Argentina está imparable. Tarantini... Kempes... Por la izquierda para Ortiz, que lanza el centro para Larrosa. La pelota regresa para Leopoldo Luque. ¡Gol! ¡Goooooooooool! Y este cabezazo de Luque nos deja de momento a las puertas de la gloria...

El guía hizo un gesto de festejo. Miró a su alrededor, como buscando a quién abrazar, y sólo encontró a prisioneros encapuchados y a un peruano.

—Che —dijo burlón—. Me van a empezar a caer bien ustedes.

—Quiero irme —dijo secamente Chacaltana. A su alrededor sonaron murmullos, aunque alguno de los encapuchados sí que gritó el gol. Un grito rápido y corto. El hombre del bigote le puso la mano en el hombro a Chacaltana, con más afecto del que él habría querido:

—¿Usted quería mirar o no? Esto es lo que hay que mirar. Pero no se inquiete. Ya sólo falta una maternidad.

Maternidad. Una palabra que Chacaltana no esperaba oír.

El asistente de archivo no quería mirar ninguna otra habitación. Pero no podía dar marcha atrás. Tuvo que aferrarse a uno de los biombos para contrarrestar un mareo. Procuró mantener la calma, aunque sus pulsaciones se estaban disparando. Cuando vio que su guía avanzaba hacia el final del pasillo, obligó a sus piernas a seguirlo. Había una puerta ahí. Y mientras se acercaban a ella, Chacaltana deseó que no se abriera.

Pero se abrió. La abrió el guía. Y entró en la última habitación saludando alegremente:

—¿Cómo están, chicas?

Tras él, entró Chacaltana, con los ojos entrecerrados, como para acostumbrarse a lo que iba a ver. Ahí adentro, las ventanas no llevaban persianas. Durante el día, la luz entraba libremente por cuatro tragaluces a ras del suelo. Pero de noche, la iluminación era la misma que ya había visto: dos focos desnudos de cincuenta vatios colgando del techo.

Lo que sí cambiaba era el tipo de prisioneros. En ese cuarto sólo había dos mujeres. Y ambas estaban embarazadas.

—Bienvenido a la Maternidad, peruano —dijo el guía, sin una pizca de ironía.

«Ha sido por el niño», había dicho Susana Aranda antes de morir. «Todo por el niño.»

«Es algo salido del infierno.»

Las dos chicas, ambas de veintipocos años, saludaron con un gesto a sus visitantes. No llevaban capuchas ni estaban encadenadas, y en una mesita al centro se amontonaban algunos libros, unas flores y un osito de peluche. En la misma mesa, una radio transmitía el infaltable partido, como una letanía presente en todas partes:

—Saca el lateral Kempes. Se la devuelve Tarantini. Kempes busca a Ortiz. Lo encuentra. Ortiz corre hacia la línea de meta y saca un centro corto. Houseman recibe y... ¡Goooooollllllll! ¡Argentina 5-Perú 0! Houseman confirma la calidad del mejor *wing* derecho de la Argentina...

Las dos chicas sonrieron. Una de ellas se acarició la barriga. Había algo irreal en su tranquilidad. Como si estuvieran en medio del infierno sin saberlo.

—El caballero viene de Perú para conocer nuestra lucha contrasubversiva —anunció el guía—. O sea, nuestra lucha contra ustedes.

Chacaltana sintió pánico ante la perspectiva de tener que hablar en ese momento, en esas condiciones. Pero las dos mujeres apenas repararon en él. Sólo tenían ojos para su anfitrión. Unos ojos ansiosos.

—Pero nosotras ya nos vamos de aquí, ¿verdad? A mí me dijo el médico que después del parto llamarían a mi familia para que me recogiera, ¿verdad? Que nos dejarían ir a casa, a mi niño y a mí.

Y como el otro no contestaba, insistió:

—¿Verdad?

El guía la observó con frialdad unos segundos, pero al hablar, cambió de actitud. Con algo parecido a la dulzura, aconsejó:

—Y... si eso te ha dicho el médico, vos confiá.

Sonó comedido, prudente, casi cariñoso. Preguntó cómo se sentían. Las dos coincidieron en que estaban mucho mejor ahí que encapuchadas en el suelo. El del mostacho quiso saber si necesitaban algo. Ellas pidieron chocolate. Él hizo una broma sobre los antojos de las embarazadas.

En ese momento, Chacaltana perdió parte de su conciencia. Su sentido de la realidad decidió declararse en huelga.

Apenas recordaría cómo salieron de esa habitación, volvieron a atravesar el pasillo de capuchas y bajaron entre los militares que celebraban eufóricos el partido. Vagamente, percibió que Argentina hacía aún un gol más en algún punto de las escaleras, y que el mundo a su alrededor se fundía en un abrazo de alegría y confeti.

—¡Gol de Luque! —decían las radios, los televisores, los hombres—. Y miren qué partido, señores. Seis a cero, pero podrían ser siete, ocho, diez a cero. ¡Argentina labra su camino hacia la final del Mundial aplastando a su último obstáculo!

«Es algo salido del infierno.»

En el camino de regreso, la camioneta apenas avanzaba, atascada en el fragor del festejo. Los porteños convirtieron las calles en un carnaval blanquiazul. El conductor tocaba la bocina para acompañar los cánticos y sacaba la cabeza por la ventana para gritar vivas a Argentina. Pero Chacaltana apenas percibía toda esa emoción. Después de lo que había visto, le resultaba imposible pensar. Tenía el cerebro aletargado a punta de silbatos, papeles blancos y banderas, más banderas, cada vez más.

—¿Te imaginás? —dijo de repente el guía, quizá para tocar un tema menos sensible en presencia de un peruano.

—¿Qué?

—Que dejamos a esos niños en manos de esas dos terroristas de la Maternidad. ¿Qué futuro los esperaría? Estaríamos permitiendo que criaran a los enemigos del país. Y entregando a un niño a la peor basura de la humanidad.

—Entonces... ¿no van a soltar a esas mujeres después del parto? Ellas dijeron que sí.

—A ésas sí las van a ir a buscar —dijo el conductor—. Claro que las van a ir a buscar. Pero no sus familiares. Sólo eso faltaba.

Y después, volvió a su bocina, y a sus cánticos, y a acompañar la fiesta callejera.

Golpeó la puerta con los nudillos. Luego, con el puño. Y finalmente, con los dos puños, desesperado.

¿Qué había hecho Joaquín Calvo al volver de la Argentina, justo antes de ser asesinado?

Joaquín se había asegurado de que alguien conociera su historia. Había dejado su denuncia en el despacho de Chacaltana para ponerlo sobre la pista. Había firmado, aunque fuese en clave, una confesión de secuestro. Así tendría una oportunidad. En el peor de los casos, su muerte alertaría a los demás sobre lo que estaba ocurriendo en Argentina, lo que estaban haciendo los peruanos, lo que era él mismo y la razón de su desaparición.

Chacaltana había decidido hacer lo mismo. Y sólo se lo podía decir a una persona.

—¡Abra! ¡Abra la puerta! —gritó.

A sus espaldas sintió bisbiseos. Eran los dos chinos del vecindario, que lo miraban desde su puerta con los ojos como dos platos. La madre llevaba al bebé en brazos, y hasta ese pequeño parecía mirar a Chacaltana con los ojos redondos de estupor.

—¿Dónde está Don Gonzalo? —preguntó, o quizá gritó Chacaltana. De repente, cayó en la cuenta de que su aspecto no debía de ser muy confiable. No había dormido en toda la noche, tenía los ojos rojos y llevaba la misma ropa del día anterior. Sobre todo, estaba del mismo color que el cadáver de Joaquín Calvo—. Por favor —bajó la voz y rebajó el tono—, estoy buscando a Don Gonzalo. ¿Lo han visto? ¿No lo han visto?

El bebé se echó a llorar.

La mujer le dijo algo en chino a su marido, que respondió en el mismo idioma. Cuchicheaban. Cuchicheaban sobre ese visitante que siempre parecía perturbado y a veces hacía cosas raras.

—¿Dónde está Don Gonzalo? —ahora sí gritó el asistente de archivo, tratando se sobreponerse a los llantos del niño.

—Aquí estoy, Félix —sonó la voz de Don Gonzalo, tranquilizadora—. ¿Se puede saber qué te pasa?

A pesar de que las escaleras crujían y rechinaban, el viejo había conseguido subirlas sin hacer ruido. Y ahora estaba en el último escalón, con una bolsa de compras, haciendo un gesto para calmar a sus vecinos y sonriéndoles exageradamente, como si Chacaltana fuese el primo loco que toda familia tiene, ese tan pesado que hay que soportar por cariño. Sin dejar de decirse cosas en susurros, los chinos cerraron su puerta. Los llantos del bebé aún se oyeron unos segundos más.

—Joder, Félix, si gritas así, me meterás en un problema con la gente del edificio —lo regañó Don Gonzalo, pero luego reparó en su mal aspecto, tan extraño para el pulcro Félix, que siempre llevaba peine y pañuelo en los bolsillos, y cambió de actitud:

—Bueno, pasa. Pasa y cálmate.

El apartamento de Don Gonzalo era pequeño y estrecho, y parecía aún más pequeño porque todas las paredes estaban llenas de fotos y papeles. La mayoría eran imágenes de Joaquín: antiguas fotografías de niñez y otras de no tan niño, de su graduación, o de algún plan familiar. También había recortes de diarios amarillentos. Algunos de ellos mostraban imágenes de ejércitos combatiendo por las calles. Otros tenían fotos de jóvenes llevando un uniforme de tipo militar y empuñando un fusil, o de una mujer sacando a sus dos hijos de los escombros de una casa bombardeada. Otras fotos, tan antiguas como los recortes, mostraban a Don Gonzalo y a la que sin duda había sido su esposa, de corbata él y de novia ella. Eran imágenes de estudio, y tras ellos colgaba un fondo de tela que representaba castillitos europeos.

Chacaltana sintió que viajaba en el tiempo al entrar en ese apartamento. Y comprendió que Don Gonzalo vivía de hecho en ese otro tiempo, en su pasado, encerrado en un mundo que ya no existía, y que quizá había sido incluso peor que el presente.

—¿Quieres una copa? —ofreció el viejo.

Era una pregunta retórica. Don Gonzalo daba por sentado que Chacaltana sí querría un pisco, y ya había sacado la botella. Pero el brazo le temblaba más que nunca, y Chacaltana, que temblaba pero menos, tuvo que servir dos vasitos. Se bebió el suyo de un trago. Una aguda quemazón le recorrió desde la garganta hasta el estómago, pero al menos, ahora su cuerpo respondía mejor.

—También puedes beber sentado —invitó Don Gonzalo mientras le ofrecía otro trago con un gesto del rostro. Esta vez, Chacaltana se dejó caer en una incómoda butaca y bebió un poco más lento: tardó dos tragos en terminar.

—¿Estás mejor, chaval? Me tienes en ascuas.

El asistente de archivo no sabía por dónde empezar. Hundió el rostro entre sus manos y se echó a gemir. Trató de dar orden a su relato. Quiso armar una explicación sencilla y convincente. Pero cuando al fin se echó a hablar, las palabras se escaparon de su boca como un caballo arisco fuera de control.

Le contó a Don Gonzalo lo que había visto en Argentina. Le contó que Joaquín, sí, Joaquín, había secuestrado a hijos de prisioneros argentinos —al menos un hijo— para meterlos en el Perú. Y que lo había hecho por orden del almirante Carmona. Joaquín no era un idealista, dijo. Ni siquiera era un agente cínico e indiferente. Era un monstruo, como su jefe, como su país, como al menos dos países. Había engañado a su amante, a su padre, a sus amigos, y había llevado una vida de mafioso encubierto. Quienquiera que lo hubiese asesinado, había hecho lo correcto. De haberlo sabido, y de haber sido capaz de hacer daño, el propio Chacaltana lo habría hecho.

—Si usted hubiera visto ese lugar, Don Gonzalo... —sollozó el asistente de archivo mientras bebía una tercera copa, y una cuarta.

—He visto lugares horribles, hijo —respondió el viejo, y señalando a su alrededor, a los recortes que había pegados en las paredes, añadió—: Los veo todos los días. Aunque me aleje de ellos. Los llevo dentro.

—Es posible que ahora me maten a mí. Como mataron a Joaquín.

—Te lo dije, Félix. O traté de decírtelo. Apártate del pasado. No te dejes llevar por los muertos, o serás uno de ellos.

—¿Y ahora qué?

A cada minuto, la voz del asistente de archivo sonaba más infantil, más desvalida, más ansiosa por que alguien más, como un padre, tomase las riendas de su vida y asumiese sus riesgos. Era un síntoma de angustia, no una petición concreta. No iba dirigida a nadie. Pero cuando hizo esa última pregunta, Don Gonzalo tenía una respuesta, una respuesta de una sensatez y un aplomo tan evidentes que se diría que había vivido miles de veces esa situación:

—Y ahora, yo te diré qué coño debes hacer: te vas donde tu superior, le informas de lo que le tengas que informar y abandonas toda esta mierda. Renuncias. Te apartas. Y en el futuro, te encierras en el sótano de los cojones donde trabajas y te esfuerzas por no mirar nunca atrás.

Sonaba a consejo infalible, como algo que el viejo hubiese hecho ya muchas veces. Pero a juzgar por sus paredes empapeladas de memoria, era un trabajo imposible.

Chacaltana alzó la vista hacia el cartel del edificio:

HOSTAL TROPICAL

PARA HOMBRES DE NEGOCIOS FATIGADOS

Mientras miraba, estuvo a punto de ser atropella-
do por un coche negro y elegante que entraba en el lugar.
Se llevó un susto de muerte, pero el vehículo ni siquiera
bajó la velocidad. Lo esquivó y corrió a esconderse en uno
de los garajes particulares.

El asistente de archivo había imaginado el kilómetro cinco y medio como un sórdido lupanar callejero, con
prostitutas y vendedores de drogas circulando por las calles en una orgía de violencia y comportamientos antiso-
ciales. Para su sorpresa, resultó ser un lugar tranquilo, incluso elegante, considerando su localización. Los hoteles
estaban pensados para la clase alta, o media alta, y los
clientes trataban de pasar desapercibidos. Algunos locales,
como el Tropical, tenían garajes exclusivos para cada habitación, de modo que el huésped podía pasar literalmente sin ver a nadie.

Chacaltana se acercó a una de las habitaciones con
cochera. Tocó la puerta. Llegó a pensar que aún estaba a
tiempo de arrepentirse. Pero no. Sus piernas no tenían
fuerza suficiente para darse la vuelta. Desde el interior,
una voz le dijo:

—Pasa, está sin llave.

Empujó la puerta lentamente, tratando de prever todo lo que podría encontrar en ese cuarto. Aunque

a estas alturas, había perdido la esperanza de prever cosas. Siempre había un horror más grande a la vuelta de la esquina.

El almirante Carmona estaba sentado en la cama, con un vaso de whisky en la mano. La botella descansaba en la mesilla de noche.

—¿Quieres un trago? —ofreció—. Es escocés de verdad. No lo encontrarás fuera del bazar de la Marina.

Chacaltana declinó la invitación con un gesto. Buscó con la mirada un sitio donde sentarse. No había sillas. Ese lugar no estaba hecho para sentarse. Carmona se sirvió un chorro más. Iba vestido de civil, con una chaqueta de pana, sin corbata. Tenía más aspecto de profesor universitario que de militar, o espía, o lo que fuese.

—Espero que hayas venido en autobús —dijo sacudiendo el líquido de su vaso—. Los taxistas no son seguros: tienen ojos, oídos y boca.

—Es muy extraño encontrarme con usted aquí.

Carmona sonrió sin levantar la mirada de su whisky:

—Yo también preferiría venir con una morena de culo grande que contigo, Félix. Pero ¿qué vamos a hacer? Oficialmente, tú ya no trabajas con el Ministerio de Guerra. Y toda la operación es clasificada.

—Claro. Supongo que así fue con Joaquín también, ¿verdad? Trabajó siempre fuera de la estructura militar. Emprendió misiones clasificadas. Y cuando ya no servía para nada más, le dieron vuelta. Un agente desechable.

Chacaltana se había planteado actuar con frialdad profesional. Decir lo que tenía que decir y cerrar ese encuentro rápido. Pero una emoción desconocida lo embargaba, alteraba su tono de voz y le nublaba la lógica: era rabia.

—Este trabajo tiene riesgos, Félix. No cualquiera puede hacerlo.

—Sólo alguien casi sin familia, que pueda desaparecer sin levantar demasiadas quejas. Como Joaquín... O como yo.

—No te menosprecies, Félix. También tomo en cuenta la inteligencia. Hacemos operativos de Inteligencia, pero es una virtud difícil de encontrar.

Era difícil encontrar una posición para conversar. El almirante estaba sentado de perfil sobre la colcha de colores pastel, mirando hacia la ventana. Chacaltana, de pie, se sentía incómodo y nervioso. Pero su voz sonó firme cuando preguntó:

—¿Por qué no me lo dijo?

—¿Qué?

—Lo que iba a encontrar en Buenos Aires. Ese lugar horrible en la Escuela de Mecánica. Esas mujeres...

Visualizó a las dos embarazadas de la escuela con tanta claridad que casi podía tocarlas. Luego recordó al hombre del bigote, conduciendo entre la euforia porteña y hablando de ellas. «A ésas sí las van a ir a buscar. Pero no sus familiares.»

—¿Habrías ido, Félix? ¿Habrías ido si te lo hubiese dicho?

—No.

—Joaquín tampoco.

A Chacaltana se le levantaron los pelos del brazo al oír nombrar a su amigo. Se estremeció al rememorar que él había ido caminando sobre las huellas de Joaquín. Y esas huellas conducían a un cadáver en el cauce de un río.

—Era un buen agente. Me mantenía informado. Sabía distinguir los datos relevantes de los chismes sin importancia. Sólo eso ya lo volvía valioso. Y era organizado. Contrastaba toda la información. Pero sólo hacía eso: información. Datos que iban y venían. Nombres, movimientos, fechas. Sabía hasta dónde podía llegar. De haber sabido adónde iba, no habría aceptado la misión.

Afuera, las nubes se abrieron. Un rayo de luz fue a parar directamente al rostro del almirante, que cerró los ojos con suavidad y no dijo más, como si ya hubiese dado todas las explicaciones necesarias. Pero Chacaltana necesitaba más explicaciones:

—¿Entonces por qué lo mandó?

El almirante abrió los ojos de nuevo, como si de repente hubiese recordado un detalle importante. Dijo:

—Cuando comenzaron las desapariciones, Joaquín se puso muy nervioso. Conocía personalmente a esos chicos. Aunque fuese un traidor, no era un hijo de puta. No le importaban los arrestos, o alguna paliza ocasional. Pero no quería cargar con muertes o torturas en su conciencia. Y no estaba previsto que surgiesen. Pero ya te lo he dicho, Félix, estos argentinos son unos animales.

Chacaltana recordó a los encapuchados tirados por el suelo en filas, y la habitación del sótano de la escuela militar, donde había un barril de agua y una camilla. Luego pensó en todos esos soldados saltando de alegría con el partido de fútbol, como macacos azuzados.

—La Operación Cóndor se salió de control. En teoría, debía ser más discreta —continuó el almirante—. Los argentinos venían a buscar a sus terroristas, los localizaban y se los llevaban. En agradecimiento, sacaban del país a algunos de los nuestros durante las elecciones. Nada del otro mundo. Pero los argentinos no aceptaban órdenes de nuestra gente. Ni siquiera estoy seguro de que esas bestias fuesen militares. Actuaban más como matones de barra brava. Perseguían gente a tiros por la calle. Secuestraban a sus objetivos a plena luz del día en un centro comercial. Joaquín no quiso seguir colaborando. Así que me anunció que lo dejaba. Quería abandonar sus actividades.

Chacaltana recordó su primera entrevista con Susana Aranda. Ella lo había dicho: «Íbamos a quedarnos juntos. Yo iba a dejar a mi marido. Ya lo habíamos conversado. Joaquín iba a hacer un pequeño viaje, muy cortito. Apenas un par de días. Y a su regreso, nos mudaríamos juntos». Imaginó a su amigo, concibiendo el plan de fuga, listo para emprender una vida diferente, acaso feliz. Interrumpió el relato del almirante:

—Pero usted sabía que Joaquín pensaba huir con Susana. Y lo mandó ejecutar.

Al almirante, esas palabras parecieron atontarlo. Sus movimientos se hicieron aún más lentos. Se sirvió otro whisky, y dedicó un gesto distraído a Chacaltana, por si había cambiado de opinión respecto a la bebida. El joven mantuvo su abstención. Y el almirante escanció un vaso generoso antes de contestar:

—Yo ni siquiera sabía que pensaba huir con Susana. ¿Ves, Félix? Eres un buen investigador. Un digno heredero de tu amigo.

—No me mienta, almirante. No me diga que el jefe de Inteligencia no sabía que su mujer le ponía los cuernos y...

—¿Es necesario usar esa expresión? Félix, siempre te has expresado de un modo más elegante. Por lo menos, no tan malhablado.

—Lo siento —se encogió Chacaltana, como si los modales fuesen más importantes que el tema de discusión. Carmona siguió explicando:

—Ya te he dicho que Joaquín era muy bueno recabando información. Por eso sabía también cómo esconderla. No. Nunca lo supe. Sólo cuando mataron a Susana en su apartamento...

—Quizá no la mataron...

—¡Claro que la mataron! —perdió el control el almirante. Chacaltana notó que ya se había bebido media botella de whisky—. Y lo hicieron ahí para humillarme, para restregarme por la cara su engaño. Pero pensaba que ella y Joaquín sólo se acostaban. No sabía que pensaban huir juntos. Gracias por la información.

—Ya no es útil.

—La información siempre es útil.

El almirante dijo esto sin ganas, como una frase repetida de sus reuniones de trabajo, de sus discursos ante los agregados militares, de sus aprobaciones de presupuestos. Un eslogan comercial que se repite cada vez más y significa cada vez menos.

—Entonces, infórmeme —replicó Chacaltana—: ¿Qué tiene que ver el niño en todo esto? ¿Por qué lo trajo? ¿Para quién?

El rostro habitualmente pétreo del almirante se deformó en una mueca. Chacaltana pensó que era un gesto de superioridad, o quizá de rabia. Pero era dolor. Un sentimiento que no parecía haber pasado nunca por esas facciones, y que trataba de acomodarse en ellas.

—Para Susana —dijo. Su voz sonó apagada, casi imperceptible, pero ganó fuerza para añadir—: Ella siempre quiso un hijo. Yo sólo quería complacerla, Félix. Sólo quería que se quedase conmigo.

Otra vez, las palabras de Susana golpearon a Chacaltana en la mente: «No tengo hijos. Quizá sea ése el problema. Mi esposo y yo los buscamos durante años, pero no los conseguimos. Intentamos todo tipo de tratamientos, pero no resultó ninguno. Y esa frustración arruinó nuestro matrimonio. Nos culpábamos el uno al otro. Al final, casi ni nos hablábamos. Casi ni nos hablamos ahora».

—¿Por qué de Argentina? —interrogó el asistente de archivo a un almirante cada vez más débil, derrotado—. ¿Por qué no podía simplemente adoptar a cualquier niño peruano? Tenemos un puericultorio, ¿no? ¿Por qué no ir ahí?

El almirante miró a Chacaltana como si su pregunta fuese demasiado tonta para su nivel. Respondió:

—¿Y de dónde mierda iba yo a sacar un niño rubio? Susana era rubia. En Argentina, hasta los comunistas pueden ser rubios. Pero en el Perú, los niños rubios nunca son huérfanos.

Las piernas de Chacaltana temblaron. Necesitó un apoyo. Su espalda encontró la pared. Y estuvo a punto de derretirse por ella hasta el suelo.

«Ha sido todo por el niño. Es algo salido del infierno.»

—No me mires así —se defendió Carmona—. Yo salvé a ese niño. Nació en una cárcel. Algo peor que una cárcel. Pero yo lo salvé de esos salvajes. Iba a darle un futuro. Él ni siquiera iba a saber que era adoptado. Iba a darle una familia feliz. ¿Comprendes? Comprendes, ¿verdad?

Los ojos de Félix Chacaltana se anegaron de lágrimas. Su estómago amenazó con devolver el almuerzo. Sus piernas se negaron a quedarse quietas. Pero él tenía que salir de ahí.

Apoyándose a medias en la pared, caminó hasta la puerta y la abrió. Sintió el alivio del aire fresco, como si saliera de una mina de carbón. Oyó la voz del almirante a sus espaldas:

—¿Adónde vas? ¿Félix? ¡Félix!

El asistente de archivo siguió adelante, hasta el exterior del hotel. De nuevo, un coche estuvo a punto de atropellarlo al llegar a la carretera. Ahí, todo eran coches y edificios, ni un alma. El almirante salió tras él. Pero en lo que a Chacaltana concernía, ese hombre no tenía alma:

—¿Adónde mierda crees que vas? —gritó Carmona.

—Lejos de usted.

—No puedes.

—Déjeme en paz.

—¡No puedes!

—¿Por qué no?

—Porque has estado ahí. Ahora tú eres cómplice.

En cuestión de instantes, el almirante había recuperado el tono inexpresivo y metálico de su voz. Ya no se lamentaba, ni pedía comprensión. Ahora sólo describía situaciones de facto.

—¿Qué está diciendo?

—Has estado haciendo «comprobaciones rutinarias» de los pasos de Joaquín en Buenos Aires. Has visto lo que hacen ahí. Ahora formas parte de ello.

—De ninguna manera. Puedo denunciarlo.

—¿A quién, Félix? ¿A la Fiscalía? ¿A algún juez? Ya sabes cómo es esto, muchacho. Acabarás preso tú solo... A menos que los argentinos se pongan nerviosos. En ese caso no acabarás preso, porque estarás muerto. Joaquín lo sabía. Sabía que sólo había una manera de abandonar esto. Y es la que consiguió.

El asistente de archivo no quería escuchar al almirante. Tan sólo deseaba salir de ahí. Caminó en círculos, en busca de una salida. En el fondo, como llevaba haciendo desde la muerte de Joaquín. Una salida de sus recuerdos, de sus descubrimientos, un túnel que lo llevase a su vida anterior. Y al no encontrarla, explotó:

—¡No! —gritó, más bien lloró—. ¡No! ¡Hijo de puta! ¡Hijo de puta!

—No deberías hacer este escándalo, Félix. Éste es un lugar discreto.

Chacaltana estaba arrodillado en el suelo, a pocos metros del hostal Tú y Yo. Carmona había recuperado su aplomo. Tenía la sartén por el mango, como la había tenido siempre.

—Ahora todo se ve mal, Félix. Pero ya verás cuando sigamos trabajando. Te olvidarás pronto. Yo he olvidado. O lo estoy intentando.

—¡No se me acerque!

—Eres joven, muchacho. Todos hemos hecho cosas dolorosas. Tú las harás, de un modo u otro.

Y entonces sonó el disparo.

No parecía un disparo. Sonó casi como un cohete de Navidad. Uno grande. De haberse limitado al sonido, Chacaltana apenas se habría alarmado. Pero tras la explosión, el rostro del almirante Carmona se transformó. Primero adoptó un rictus inexpresivo, como si lo hubieran vaciado de emociones. Después se tambaleó. Y la sangre empezó a brotar de su boca.

—Almirante. ¿Almirante?

Carmona no respondió. Ya no respondía. Torpemente, como un borracho, se desplomó hacia delante. Chacaltana lo contuvo. La cabeza del almirante cayó hacia el frente. Y Chacaltana vio el torrente rojo que manaba de su nuca, empapando su pelo, su cuello y su camisa.

El asistente de archivo soltó el cuerpo y echó a correr. La bala debía de haber salido desde alguna de las habitaciones circundantes. Y él estaba en medio de la calle, totalmente expuesto. Buscó refugio en el Tú y Yo, pero antes de entrar imaginó que podían estar disparando desde ahí mismo. Siguió de largo, deteniéndose a tomar aire detrás de cada poste que encontró. Ya llevaba recorridos unos cincuenta metros cuando notó que el fuego había cesado. No había sido más de un disparo, al parecer. Se obligó a respirar hondo y mirar atrás. De manera automática, como si estuviese seguro de que lo seguían, alzó las manos en señal de capitulación.

En medio de la carretera, yacía el cuerpo del almirante Carmona. No se movía. Un charco oscuro comenzaba a formarse bajo su espalda.

De los edificios a su alrededor, salieron un par de vigilantes de civil. Al ver a Carmona, los dos retrocedieron corriendo a sus hoteles. Por las ventanas asomaron rostros de hombres y de señoras, que rápidamente se escondieron detrás de las cortinas. Un sordo movimiento se extendió por el barrio.

Minutos después, decenas de coches salieron de los hostales, de los garajes y de las esquinas. En previsión del escándalo, los huéspedes abandonaban el escenario del crimen. La mayoría de los coches eran grandes y nuevos. Todos llevaban prisa. Aun así, al llegar al centro de la calle, tenían que reducir la velocidad para esquivar el cuerpo de Carmona. Y un poco más allá, tocaban las bocinas para que se quitase de en medio ese joven de corbata, posiblemente loco o retrasado mental, que se había quedado pasmado en medio de la calzada.

Argentina-Holanda

Sabía quién era. Bien mirado, sólo había una posibilidad.

Quedaban cabos sueltos, pero a Chacaltana no le cabía duda de la identidad del asesino.

Otra cosa es que él pudiese hacer algo al respecto.

Su cabeza zumbaba como un panal de avispas, sacando conclusiones, atando cabos, reinterpretando detalles. Para la Policía, el primer sospechoso sería él mismo. Había estado presente en la escena de la muerte de Susana y también en la de su esposo, ambas en lugares dudosos de por sí. Y en este último caso, se había escabullido antes de la llegada de los agentes.

Cualquier testigo lo reconocería. No podía negar que estuvo ahí. Sólo podía esperar la llegada de la Policía, la siguiente soga en el cuello o quizá la siguiente bala en la cabeza, en *su* cabeza.

—¿Felixito?

Chacaltana dio un respingo. Estaba hecho un manojo de nervios. Intentó disimular frente a su jefe, pero sólo consiguió ponerse más tenso y tumbar una resma de papeles de su escritorio. El director del archivo lo miró suspicaz:

—¿Estás bien, hijito?

—Perfectamente, señor —mintió el asistente.

Su jefe se dejó caer como un saco de papas sobre la silla de enfrente. Se veía cansado, y más casposo que nunca. Había envejecido veinte años en un par de días, pero Chacaltana también.

—Siento lo de tu almirante, Felixito —resopló—. Ha sido una sorpresa. Tenía fama de ser un tipo muy recto.

Chacaltana recordó su última discusión con el almirante. El bebé secuestrado. Los torturadores. Los argentinos.

—Recto. Sí.

—¿Te puedo ayudar en algo?

El asistente de archivo respondió por instinto:

—Supongo que debemos abrir diligencias para aperturar un expediente de investigación por asesinato...

Cuando no sabía qué decir, su temperamento legalista se apoderaba de él. Era una forma de llenar el vacío. Pensaba continuar describiendo el procedimiento, sólo por la tranquilidad que le brindaba hacerlo, pero el director negó con la cabeza:

—Felixito, sé cómo te sientes. Pero no te esfuerces. Si quieres abrir un procedimiento, tendrás que archivarlo cinco minutos después.

—¿Señor?

El director recuperó su mirada de compasión, la que le dedicaba a su asistente cuando éste parecía venir de otro planeta. Al menos en eso, las cosas no habían cambiado en las últimas semanas.

—La esposa de un almirante se ahorca en casa de un subversivo, sin duda su amante. Dolido, el marido cornudo se entrega a una orgía de alcohol y sexo en un barrio de putas, y termina muerto de un tiro en medio de la calle. No es muy edificante, Felixito. Créeme. Nadie tiene muchas ganas de investigar eso. No puede deparar ningún descubrimiento agradable. Y nadie recibirá una medalla por hacerlo.

En eso, al menos, tenía razón. Y por una vez, Chacaltana no sentía ganas de discutirlo. En este caso, incluso él estaba dispuesto a refrenar sus ansias por llenar los formularios oficiales. Sí. Sin duda, había envejecido últimamente. Quizá eso era la madurez.

—Además —continuó el director—, tú tendrás responsabilidades más importantes que atender.

—No lo capto, señor.

El director suspiró. O quizá eructó disimuladamente. Dijo:

—Me jubilo, Felixito —señaló a su alrededor y anunció con irónico tono pomposo—: Pronto, todo esto será tuyo.

Chacaltana siguió el dedo de su jefe señalando a los pasillos, los libros, los archivadores y el polvo de las estanterías. Si no fuese precisamente ese día, se habría alegrado.

—¿Seré el director del archivo?

—Bueno, a menos que la cagues demasiado. Quizá ni así. Si la cagas, te degradan. Pero debajo de nosotros ya no hay nada.

Al decir esto, el director dio con el pie sobre el suelo. Estaban en el sótano. Literalmente, no se podía caer más bajo.

A pesar de su estado de ánimo, Chacaltana intentó decir algo institucional:

—Sepa usted, señor director, que el archivo recordará siempre la sabia mano con que usted supo imprimir una dirección a las actividades de...

—No digas cojudeces, Felixito —se desperezó el jefe—. Hace años que sólo aparezco por aquí porque en la carceleta hay un televisor para ver el fútbol. Pero lo del partido con Argentina... ¿Cómo te explico?... Me ha vaciado de esperanza.

El partido. El país podía incendiarse a su alrededor, su mujer podía abandonarlo, la tierra podía abrirse, pero el director del archivo guiaría sus decisiones vitales por el resultado del fútbol.

—Seis a cero, Felixito.

—Soy consciente, señor.

—Nos han robado el partido.

—Señor, a veces se pierde...

—Ésta no es una de esas veces —se exaltó el director—. ¿Por qué pusieron a Quiroga en la portería?

—Yo...

—¿Y por qué jugamos con la casaquilla suplente? ¿Sabes lo que significa eso?

—¿Que la titular estaba en la lavandería?

El director alzó un dedo, como para sentar una lección vital:

—Presión psicológica. Fue para asustar a los jugadores.

—¿La casaquilla suplente?

—Todo, Felixito —ahora, el jefe hablaba como si describiese una gran conspiración—. El portero, la casaquilla... ¿Sabías que Videla y Kissinger bajaron al camerino a saludar a los jugadores de Perú? ¿Por qué bajaron? ¿Qué hacían ahí? ¿Qué trato oscuro sellaron esos miserables?

—Claro, señor —dijo Chacaltana para aplacar a su interlocutor. Pero su interlocutor, por el contrario, iba montando en furia conforme hablaba.

—¡Argentinos de mierda! ¡Peruanos de mierda! Nuestros jugadores se han vendido.

—Es una acusación muy grave, señor...

—¿Sabes lo que te digo, Félix? Que este país no tiene solución. Y yo estoy demasiado cansado.

Al decir eso se acercó tanto a Chacaltana que el asistente pudo sentir la abigarrada mezcla de su aliento. Luego, se levantó y se fue a encerrar en su despacho. Selló la puerta de un portazo. Y ahí se quedó. En el sótano, el silencio se volvió sepulcral.

Chacaltana se preguntó si su jefe tenía razón. No podía descartarlo. Cosas más raras había visto él en el último mes. En cualquier caso, no era su principal preocupación de momento. Le habría gustado poder pensar en fútbol. Pero lo único que volvía a su cabeza una y otra vez era el asesino de Joaquín, de Susana y del almirante.

Porque era el mismo, claro.

Y Chacaltana sabía quién.

Le costó varios segundos reconocer a Daniel Álvarez en una de las mesas del fondo. El estudiante se había afeitado, llevaba el pelo teñido de rubio e iba elegantemente vestido, con corbata y chaleco. Fue él quien levantó la mano para llamar la atención de un Chacaltana que dudaba en la puerta del restaurante.

—Debo de estar bien disfrazado —sonrió Álvarez mientras se sentaban—, porque no me has reconocido ni tú.

—¿Está huyendo de alguien otra vez?

—Todavía no estamos seguros. Nunca hay que reducir las precauciones.

—¿Y de qué se ha disfrazado usted exactamente?

—De gente decente. Ya sabes lo que piensan los militares: «Un rubio con corbata no puede ser un comunista».

Álvarez le regaló una sonrisa cómplice mientras pedía un seco de cordero. El asistente de archivo no tenía hambre, pero se obligó a sí mismo a pedir un arroz chaufa.

—¿Sus amigos han regresado a salvo? —preguntó Chacaltana mientras comían. El otro devoraba con entusiasmo, y respondió con buen humor:

—¿A salvo? Como príncipes. Las autoridades los llevaron a Ezeiza y los metieron en vuelos de Air France: Suecia, París... Un par de ellos viajaron en primera clase. A Ramiro lo mandaron a México, y ahí mismo, unos compañeros reunieron dinero para devolverlo. Ayer presencié su encuentro con su madre. Un momento muy emocionante. Ella me ha mandado a darte las gracias. Eres un pequeño héroe. Nuestro héroe.

Chacaltana quiso sacar a Álvarez de su error. Decirle que era un agente infiltrado. Que le había mentido. Que no tenía nada que ver con la liberación de sus amigos, y sólo estuvo involucrado en la suya para sacarle información, lo que consiguió. Pero calló. Quiso convencerse de que callar no es mentir. Aunque de todos modos, la verdad, en su opinión de ese momento, andaba muy devaluada.

—¿Qué pasó con la chica argentina, Mariana? —preguntó Chacaltana, tratando de evitar el recuerdo de las capuchas tiradas en el suelo.

—No sabemos nada de ella. Pero la soltarán, ¿verdad? Han salido todos los nuestros. Ella saldrá..., ¿verdad?

Una nube cruzó el rostro de Álvarez. Ahora no parecía demasiado seguro.

Chacaltana pensó que, al fin y al cabo, todas las ciudades están pobladas de fantasmas. Personas que ya están muertas recorren las calles de Lima o Buenos Aires, dejando pedacitos de su recuerdo colgados de las esquinas, dejando memorias que se van descascarando, como las fachadas, hasta terminar de desaparecer. Pero respondió:

—Seguro que sí.

Y volvió a ahuyentar el recuerdo de aquel lugar oscuro, y de aquellos lamentos con las caras cubiertas.

Por suerte, Álvarez no sacó el tema de nuevo. Y eso que habló durante todo el almuerzo. Estaba eufórico. Hacía grandes planes para el regreso de la democracia. Creía que todo iba a cambiar. Durante su conversación, Chacaltana notó que el hombre de la mesa de al lado no dejaba de mirarlos. Se preguntó si era un nuevo agente, un nuevo Joaquín, quizá incluso un Chacaltana. O sólo un producto de su propia paranoia.

—Tengo una propuesta que hacerte —dijo Álvarez, ya con el café—. Quiero que te unas a nosotros.

A Chacaltana le resultaba ofensiva la sola invitación:

—¿Quiere usted que haga la revolución?

—Para empezar, quiero que me tutees.

—Si eso es lo único que me pedirá usted, se lo concederé.

Álvarez hizo un mohín de frustración. Luego rio:

—No te estoy reclutando para un Ejército Popular. Los compañeros lo hemos discutido mucho. Ése no es nuestro camino. Si el proceso político sigue con normalidad, nos inscribiremos en el registro electoral. Participaremos en elecciones. Necesitamos gente para eso: candidatos, asesores, militantes. No hablo de un grupo clandestino. Hablo de un partido político.

—Si yo soy lo mejor que tienen, están ustedes en problemas.

—Nos interesas porque eres honesto, Félix.

Chacaltana dudaba seriamente de eso. Poco tiempo antes, lo habría podido asegurar. Poco tiempo antes, no era capaz de hacer daño a nadie. Ahora, no tenía muy claro qué era la honestidad... Ni el daño.

—¿Es eso lo que quiere usted pedirme? Porque yo también quiero pedirle algo.

El estudiante recostó el cuerpo en el respaldo, sorprendido. El hombre de la mesa de al lado sacudió su periódico. Chacaltana trató de hablar en voz más baja:

—Tiene que ver con Cecilia.

—¿Con qu...?

El asistente de archivo lo hizo callar con un gesto. Mientras lo hacía, recordó al almirante Carmona. Ese gesto de autoridad era suyo. Quizá lo mejor que Chacaltana había recibido de él.

—Quiero que dejes de salir con ella.

—¿Cómo?

Un temblor sacudió su mesa. Incluso el vecino del periódico pareció recuperar la atención. Chacaltana continuó:

—Es... posible que no me quede mucho tiempo, Daniel.

—¿Te refieres a q...?

—No te explicaré a qué me refiero. Pero si de verdad quieres agradecer lo que hice por ti, y por ustedes, quiero que dejes de ver a Cecilia. Acabas de conocerla. No estoy destruyendo el amor de tu vida.

—¿Te estoy ofreciendo una carrera política y tú sólo quieres echar un polvo?

—No. Quiero casarme con ella. Bueno, quiero pedírselo. Si me rechaza, te quedarás con ella. Pero si no, desaparecerás de nuestra vida. Para siempre.

Álvarez se veía entre divertido y petrificado. En la mesa de al lado, el hombre cerró el periódico. Chacaltana creyó percibir que ahora los miraba directamente, pero no podía estar seguro: tenía los ojos fijos en el estudiante.

—¿Y qué le voy a decir a ella? —preguntó Álvarez—. ¿Cómo se lo explico?

—Puedes decirle la verdad. No me importa. Al contrario.

El estudiante mojaba sin querer la corbata en el platito del café. Evidentemente, tenía poca costumbre de llevar ropa elegante de caballero.

—A decir verdad, Félix —confesó—, Cecilia no hace más que hablar de ti.

Chacaltana trató de aparentar tranquilidad. Terminó su café de un sorbo. Ahora sí, con el rabillo del ojo, miró al hombre de la otra mesa. Le pareció que dirigía un guiño a alguien. A lo mejor no estaba solo. En todo caso, de momento, Chacaltana estaba resolviendo otro problema. Sus siguientes palabras sonaron como una orden:

—Quiero que rompas con ella ahora mismo, nada más salir de este restaurante.

—¿Tiene que ser...?

—Ya te he dicho que no tengo mucho tiempo.

El estudiante asintió.

—Todo un amante fogoso, ¿eh, Félix? Quién lo habría dicho.

—La gente siempre nos sorprende, ¿verdad? Al final, no sabemos nada de nadie.

—En eso tienes razón. Nadie sabe nada de los demás.

Un brillo extraño asomaba a los ojos del estudiante, mientras sus palabras flotaban sobre los restos de arroz chaufa. Esperó a que Chacaltana las digiriese con calma, y luego añadió:

—Y para confirmarlo, te he traído un regalo. Es algo que no te esperas.

Lo siguiente ocurrió tan rápido que Chacaltana tuvo un mal presagio. Sin aviso, el señor de la mesa de al lado se levantó y se sentó con los dos jóvenes. Llevaba una taza de té en la mano. Álvarez lo recibió con familiaridad, y se volvió hacia Chacaltana para hacer una presentación formal:

—Félix Chacaltana, el hombre que nos salvó el pellejo. Permíteme presentarte a Mendoza, nuestro enlace en Argentina, el hombre que les ha salvado la vida a decenas de compañeros. Sé que querías hablar con él. Y aquí lo tienes.

Mendoza era un hombre de más de sesenta años, con una calva que le llegaba hasta la nuca y una doble papada. Pero no era especialmente gordo. La madre de Chacaltana lo habría considerado «rellenito». Un informe forense lo habría clasificado como «de complexión gruesa».

—Así que usted es el señor Mendoza. Don...

—Sólo Mendoza —dijo el hombre—. Hace ya unos meses que me llamo así.

En cuanto se sentó frente al asistente de archivo, Álvarez murmuró una excusa y los dejó solos. Durante un minuto se hizo el silencio, mientras el recién llegado encendía un pestilente cigarrillo negro. Finalmente, Chacaltana asumió que tendría que comenzar la conversación él, y así lo hizo:

—Me quedé esperándolo en el café Tortoni de Buenos Aires, señor Mendoza.

—Perdone, Chacaltana —rio el otro con cierta malicia—. Pero como usted comprenderá, tal como están las cosas, no puedo ir tomando cafecitos en el centro de Buenos Aires. Su sola llamada demostraba que no se hacía usted cargo de la gravedad de la situación.

—Y usted decidió dejarme en ridículo con un sombrero y una bufanda de tanguero.

Una sonrisa se abrió paso entre los labios de Mendoza. Tenía los dientes manchados de tabaco, pero una dentadura fuerte y grande.

—Fue una bromita, Chacaltana. No tengo muchas ocasiones de practicar el sentido del humor.

Su acento era básicamente argentino, pero tenía un fondo diferente, como una milonga tocada a ritmo de pasodoble.

—¿Usted es español?

—Lo era. Ese país me expulsó hace cuarenta años. Pasé muchos de ellos en el Uruguay. Ahora estoy en la Argentina. Y según parece, en adelante pasaré una temporada en el Perú.

—Aquí estará más seguro —trató de animarlo Chacaltana, pero el otro le respondió con una mueca de sarcasmo.

—Es una broma, ¿verdad? Usted ya ha visto que nuestros perros guardianes también cuidan los jardines de los vecinos.

Chacaltana no supo qué decir. Al menos, pensó, había una ventaja en la muerte del almirante Carmona. Gracias a eso, el asistente de archivo había dejado de ser un perro guardián. Ya no tenía que mentir.

—Trataré de seguir hasta México —informó el viejo—. O hasta Cuba. Depende de cómo salgan las cosas. Pero supongo que usted no quería verme para comentar mis planes de futuro.

De repente, las razones para ver a Mendoza parecían viejas, caducas, como si se hubieran quedado atrás, perdidas en un siglo lejano. Pero Joaquín Calvo no era una razón vieja. Él seguía presente en la vida de Chacaltana, inmortal.

—Quería hablar con usted sobre un amigo..., Joaquín Calvo. Sé que lo conoció.

—Brevemente.

Mendoza encendió un nuevo cigarrillo con la colilla del anterior. Tras de sí, en su mesa original, había dejado un cenicero repleto de colillas, y ahora se afanaba en llenar otro.

—Joaquín... —siguió un Chacaltana vacilante— ... colaboraba con ustedes. Ya sabe: guardaba documentos comprometedores, a veces refugiaba a gente... Pero usted no confiaba en él.

—¿Ah, no?

—Daniel dijo...

—Daniel no sabe una mierda.

Repentinamente, el hombre se veía incómodo, como si Chacaltana hubiese dicho algo inapropiado. El joven volvió a la carga:

—Según él, usted dio orden de no recurrir a Joaquín demasiado.

—¿Y?

Ahora, el hombre miraba a Chacaltana desafiante, quizá como habría mirado a un interrogador policial.

—Y Joaquín trabajaba para... —Chacaltana estuvo a punto de decir «nosotros», pero reprimió a tiempo la palabra—... Inteligencia Militar. Era un doble agente. Usted era el único de su organización que lo sabía. Y ustedes son un grupo armado. Eso lo convierte a usted en sospechoso de su asesinato.

Aunque el rostro de Mendoza se mantenía impasible, Chacaltana pudo sentir las alarmas saltando en su interior. Sus ojos recorrieron rápidamente el local, en busca de policías de paisano. Su cuerpo se tensó, preparado para saltar y defenderse. Sus labios sorbieron el cigarrillo casi hasta el final.

—¿Me estás interrogando, muchacho?

El asistente de archivo se lo preguntó a sí mismo. ¿Lo estaba interrogando? ¿Y qué iba a hacer con sus respuestas? ¿A quién se las iba a contar? ¿Cómo iba a llevarlo a testificar a un proceso penal? Además, él ya sabía quién era el asesino. Sólo buscaba una confirmación.

—No, señor. Tengo un amigo muerto. Y lo echo de menos. Eso es todo.

El viejo apagó su cigarrillo con tanta firmeza que parecía querer perforar la mesa. Miró a Chacaltana a los ojos y le soltó:

—Dice Daniel que eres un buen tío.

—Mis amigos dicen que no le haría daño a nadie.

—¿En serio? Entre mis amigos, eso no se considera una virtud.

Chacaltana se encogió de hombros. El otro respiró hondo y luego, como decepcionado de haber aspirado insípido aire puro, extrajo un cigarrillo más del paquete.

—Es verdad —admitió al fin, con cara de que le costaba un gran esfuerzo—: Di orden de apartar a Joaquín de nuestras actividades. Pero no sabía que era un traidor. De haberlo sabido, habría ordenado medidas más... drásticas.

Soltó una larga bocanada apestosa, que se impregnó en la bufanda de Chacaltana. Después de toser un poco, el asistente de archivo preguntó:

—¿Y por qué quería apartar a Joaquín?

—Por su padre, Gonzalo Calvo.

Chacaltana tosió de nuevo. Pero ahora no fue por el humo. Pidió un té, y el viejo aprovechó para ordenar un café.

—Pero échele a mi café un chorro de pisco —ordenó con un gruñido de voz.

El camarero partió. Chacaltana no preguntó más. No hacía falta. Mendoza comenzó a hablar por voluntad propia:

—Todo esto lo puedo contar, porque es una historia muy vieja, y no afecta a mi seguridad ni a la de mi gente. Sólo a un montón de muertos. Muertos viejos.

Intercaló en sus palabras una nube de tabaco que pareció inundar el local entero, y que le permitió pararse a recordar. Y continuó:

—Gonzalo Calvo y yo peleamos juntos, hace mucho, mucho tiempo, en Barcelona. Éramos anarquistas. Bueno, sobre todo, éramos unos jodidos muertos de hambre. Pero también éramos anarquistas.

—Gonzalo me ha hablado de eso. Me ha dicho que se metió a pelear por hambre. Y por frío.

Al viejo se le escapó una risa desganada.

—Eso dirá ahora.

—¿Cómo?

—Gonzalo era un fanático. Yo estuve con él en el frente. Era capaz de lanzarse él solo gritando hacia las líneas enemigas, con dos cojones. Corría y corría, y los demás no teníamos más remedio que correr tras él. Y cuando llegaba frente a las trincheras, ¿sabes qué hacía? Se agarraba a balazos a pecho descubierto. Ni siquiera con un fusil. Con su pistola.

—Una Luger P08.

—Ésa. Y el tío de pie ahí. Disparando y gritando «cerdos fascistas». Y no le daban. Si lo hubieras visto, era el diablo en persona. A mí me alcanzaron en una pierna una vez por su culpa. Joder, lo raro es que no lo alcanzaran nunca a él.

Al igual que Don Gonzalo, conforme hablaba del pasado, se le colaban palabras españolas, como si su memoria estuviese escrita en otro idioma. Se detuvo un instante a recibir su café, y luego continuó:

—Además, no tenía piedad. Una vez, en una escaramuza, perdimos a cuatro compañeros. Gonzalo volvió a la retaguardia, se encaminó hacia la cárcel, seleccionó a cuatro fascistas al azar y les metió una bala a cada uno. Entre los ojos. Estaban en el patio dando vueltas, a lo mejor ni eran tan fascistas. Podían ser funcionarios o cocineros o algo así, pero a él le bastaba con que fueran nacionales. Entró en esa cárcel, apuntó desde la puerta y no falló ni uno. Cuatro tiros. Cuatro muertos. Luego se dio vuelta y se fue. Nadie se atrevió a contenerlo. Tampoco es que nadie lamentase demasiado la muerte de esos hijos de puta.

Chacaltana sintió hervir la sangre en su interior. Estaba acostumbrándose al homicidio, pero jamás toleraría la informalidad:

—¿Y no lo metieron preso a él? Eso fue una grave insubordinación, aunque hubiese matado enemigos.

—Bueno, hijo, éramos anarquistas. ¿Qué quieres que te diga? Insubordinarse no nos parecía muy grave.

Chacaltana recordó las fotos en la casa de Don Gonzalo. Todos esos recuerdos amarillentos, de un mundo lejano, que el tiempo iba borrando incluso del papel. Por su parte, Mendoza se iba entusiasmando con su relato:

—Además, esa guerra era un caos, incluso para los estándares de una guerra. Eso no fue un problema. El problema fue lo de su mujer.

Su mujer. Chacaltana recordó las palabras de cariño de Don Gonzalo, pero también sus silencios. La madre de Joaquín. Esa mujer que ni siquiera tenía nombre. Recordó especialmente el remordimiento que se imprimía en el rostro del viejo al hablar sobre ella. Mendoza no debió percibir nada de eso, porque seguía hablando y fumando, ahora animado por el alcohol y la cafeína:

—Gonzalo no paraba de hablar del hijo que esperaba. Decía que haría de él un hombre libre y todas esas chorradas que nos repetíamos entre nosotros. Estaba orgulloso por anticipado. Pero cuando regresamos a Barcelona, las cosas habían cambiado. Ahora, los nuestros se nos habían puesto en contra. Las tropas republicanas se habían unificado y querían quitar de en medio a los milicianos como nosotros. Y mientras tanto, los fascistas bombardeaban la ciudad. A veces estábamos en una barricada, en pleno intercambio de disparos, cuando sonaban las alarmas antiaéreas. Interrumpíamos el tiroteo para correr a los refugios subterráneos, y escuchábamos las bombas nazis cayendo sobre la ciudad. Misiles, Félix. Aullando mientras bajaban a toda velocidad. Oíamos eso y se nos helaba la sangre. Luego salíamos y seguíamos disparándonos entre nosotros, como gilipollas.

Chacaltana pudo escuchar el escándalo de las sirenas, el fragor de los cohetes y el silbido de los aviones. Alguien se lo había contado ya. Intervino:

—Don Gonzalo me dijo que su esposa murió durante uno de esos bombardeos. Que el hospital no tenía medicinas, y que él mismo no pudo llegar a tiempo...

—Su esposa no murió.

—¿Cómo que n...?

—Y tampoco estaba en ese tipo de hospital.

—Tenía que ser una maternidad, ¿no? Estaba dando a luz a Joaquín.

—El parto de Joaquín fue normal. Yo mismo visité varias veces a la familia, en su casa, después del nacimiento del niño. Era un cuchitril en el Raval, en una calle llena de putas, pero el niño estaba bien.

—¿Y entonces qué pasó con ellos?

—No te lo ha dicho, ¿verdad?

—...

—No. No se lo ha dicho nunca a nadie. El hijo de su puta madre no lo ha dicho nunca. Vive metido en ese agujero del Barrio Chino, donde nadie le pregunta.

El viejo saboreó el momento. O quizá saboreó el hecho de que alguien quisiera oír esa historia. Debía de llevar mucho tiempo llena de polvo, pudriéndose como la madera en la humedad.

—Imagínate la guerra. Criar a un recién nacido en esas condiciones. Imagínate lo que es para una madre. Un día sí y otro también, suenan las alarmas y caen bombas del cielo. Tu esposo está perseguido y desaparece constantemente. No hay comida, ni luz eléctrica. A veces llegan militares a tu casa, patean la puerta y hacen registros, y tú ya no sabes ni siquiera de quién te debes defender. Es demasiado para cualquiera. Pero una mujer recién parida, además, es muy sensible.

—¿Y qué hizo esa mujer?

—Nada. Enloqueció.

—Don Gonzalo no...

Chacaltana se interrumpió. Mendoza no lo estaba escuchando, perdido en sus propias remembranzas, rodeado de humo gris:

—Hoy en día, lo suyo se llama «depresión posparto». Lo he leído en algún lugar. «Melancolía» se llamaba antes. O «histeria». La mujer empezó a pensar que su hijo Joaquín era el hijo del diablo, el Anticristo. Y trató de hacerle daño. Concretamente, Gonzalo tuvo que detenerla antes de que lo tirase por la ventana. Dos veces.

—Y por eso ingresó a su mujer en un hospital... Pero no un hospital para dar a luz...

—Psiquiátrico, hospicio, manicomio... Los nombres de esas cosas son confusos. El caso es que ella quedó encerrada. Y él tuvo que encargarse del niño. Las bombas seguían cayendo, los republicanos nos seguían persiguiendo y los nacionales subían hacia el norte desde Valencia.

—Y Don Gonzalo huyó...

—... dejándola a ella ingresada. Cogió al niño y subió a Francia. De ahí se embarcó para Chile en un buque lleno de refugiados. Por lo que sé, permaneció en Santiago hasta que el Estado chileno cambió de opinión y decidió devolver a los refugiados de una patada. Entonces, Gonzalo escapó al Perú.

—¿No volvió a buscar a su mujer?

—¿Cómo hacerlo? No podía regresar a España. Y luego vino la Guerra Mundial. Muchos creíamos que después de Alemania los aliados atacarían España para defenestrar cualquier rastro de extrema derecha. Pero los aliados se cagaron en España, cosa que habían hecho todo el tiempo, por lo demás. Y Franco tardó en morirse cuarenta años.

—¿Qué pasó con ella? ¿Con la mujer de Don Gonzalo?

—Ya te dije que la guerra fue un desorden. Papeles perdidos, hospitales evacuados, pacientes llevados de un lugar a otro. Ella simplemente se perdió en el sistema de salud mental. Quizá ahí siga. Si nosotros estamos vivos, ella también puede estarlo. Quizá salió y se volvió a casar. No hay manera de saberlo. Se la tragó el olvido.

La historia había terminado. El humo se había eva-
porado. Las tazas dormían secas y pegajosas sobre la mesa.
Pero el viejo aún tenía cuerda para hablar. Dejó que el silencio consolidase sus palabras en los oídos de Chacaltana,
y añadió:

—Cuando vine a Lima hace unos meses y vi a Joaquín Calvo, fue como ver a Gonzalo. Tiene su cara de
buen tipo, y la misma nariz. Una nariz elegante. De estrella de cine de las de antes. Fue todo un hallazgo. Lo abra-
cé como habría abrazado a un viejo amigo. Quise ver a su
padre, mi viejo compañero. Y él me llevó a su casa.

—Don Gonzalo debe de haberlo recibido con alegría...

—Me echó de su casa —contestó secamente Mendoza, como quien agrega un detalle irrelevante—. Cuando
entré, se me quedó mirando, atónito, esperando que fuese
una aparición, un delirio. Alzó la mano, casi me tocó. Y entonces negó con la cabeza. Es todo lo que hizo. Negó lentamente, y un minuto después me apuntaba a la cara. Yo lo había visto disparar a la cara. Sigue teniendo la Luger. Me dijo
que me largase. Y yo me largué, claro. Volví al Partido y or-
dené que apartasen a Joaquín de nuestras operaciones. Ni siquiera lo hice por mí. Lo hice por él. Y por su padre. Supongo que al verme, Gonzalo sintió que se repetía el pasado.
Y eso le produjo pánico. Pero si quieres una razón mejor, no
la tengo. Un hombre con la historia de Gonzalo es un hombre sin porqués. Sus razones son sólo suyas.

Un camarero les dejó la cuenta en un platito. Volviendo a la realidad, Chacaltana miró a su alrededor. No
quedaban clientes en el restaurante. Daniel Álvarez tampoco había vuelto a aparecer, y por cierto, no había paga-
do su parte de la cuenta. El asistente de archivo sacó la bi-
lletera. Decidió dejar propina. Había sido un almuerzo
caro pero productivo.

—¿Lo encontró muy viejo? —preguntó, por llenar
el vacío, por no tener que pensar.

—¿A Gonzalo? Lo vi mejor que yo, en realidad. Su casa es una pesadilla. Pero él se ve bien.

—¿Le parece? Ni siquiera me lo puedo imaginar apuntando un arma, con el temblor de su mano.

—¿El qué?

—El temblor. Le tiemblan las manos. Como si tuviera párkinson o algo así.

Mendoza lo miró extrañado, como si hubiesen hablado todo el tiempo de personas diferentes:

—No sé a qué te refieres, chaval. A Gonzalo no le tiembla nada. Me apuntó con un arma y tenía la mano firme como una roca. Aunque ahora fuese negro y bizco, yo lo habría reconocido sólo por esa mano.

Chacaltana asintió sin decir nada.

Le sorprendió notar que no se sorprendía.

El domingo 25 de junio de 1978, Félix Chacaltana abrió los ojos a las seis de la mañana y pensó: «Hoy voy a morir».

Se levantó, se bañó y fue a comprar pan francés, tamales y jamón del país, que su madre disfrutaba tanto. De vuelta en casa, preparó el desayuno justo antes de que ella despertase. Y se lo llevó a la cama.

—No tenías que molestarte, Félix. Te habría hecho el desayuno yo, como siempre.

—No, Mamacita. Tú te mereces eso y más.

Ella lo bendijo y siguió comiendo. Los dos guardaron silencio. Quizá ella imaginaba que algo estaba mal, pero no lo dijo.

A las ocho de la mañana, los dos estaban ya en misa. Durante la ceremonia, Félix Chacaltana pensó en la madre de Joaquín, o más bien en su ausencia. Joaquín había tenido mala suerte. Había crecido sólo con un padre. Pero Chacaltana había disfrutado del mejor regalo de Dios, y lo agradeció en sus oraciones.

A veces, se colaba en sus recuerdos la imagen de su propio padre golpeándolo y pateándolo cuando él era niño. Pero en esos momentos, miraba a su madre y se calmaba. Varias veces durante la misa, la tomó de la mano.

Mientras volvían a casa, la señora elogió al nuevo cura de la parroquia, que daba esos sermones tan elocuentes. Chacaltana esperó a que callase. Se aclaró la garganta y comenzó a decir:

—Mamacita, tengo que contarte algo... Algo malo.

Su madre trató de no mostrar ninguna reacción en especial, pero él notó que ella se aferraba a su rosario, casi hasta hacerse sangrar los dedos. Continuó:

—Es sobre... Don Gonzalo. Y es... pues... es una mala noticia.

—¿Está enfermo?

—No, no es eso. Es sólo que... quizá... no regrese. ¿Comprendes?

El rosario crujió, pero la respuesta de ella sonó firme, apacible, casi rutinaria:

—No debes preocuparte por eso, Félix. Yo misma pensaba que no es correcto tener una relación con un caballero. A mi edad, y siendo una mujer casada...

—Mamá, tú no estás casada.

—Félix, cuando una se casa, es para siempre.

Y con esas palabras, cerró la discusión. Minutos después, al despedirse, Félix Chacaltana detectó en los ojos de su madre la sombra ineludible del dolor. Pero como en muchas cosas últimamente, no habría podido distinguirlo con claridad de la presbicia o las cataratas.

De todos modos, la abrazó más fuerte de lo normal. Y ella correspondió, con el rigor de una despedida.

Cecilia abrió la puerta de su casa. Tenía los ojos rojos. Era imposible saber si había estado llorando o durmiendo, o simplemente se le había metido jabón.

—¿Qué haces aquí? —le preguntó a Chacaltana.

Esta vez, el asistente de archivo no llevaba flores. Hasta el momento, las flores no habían surtido el efecto deseado. Así que él sólo llevaba sus propios sentimientos, en una bandeja, donde ella podría sacudirlos de un manotazo si quería.

—Ya sabes lo que hago aquí. Quiero casarme contigo.

Chacaltana se preguntó si Daniel habría cumplido su parte del trato. Si habría roto con Cecilia. De no ser el caso, haría el ridículo. Por otro lado, lo bueno de estar en el día de su muerte es que esas consideraciones ya no importaban.

—Debes de estar loco —dijo ella, pero no cerró la puerta, ni se enfureció. Eso era una buena señal.

—Sí —respondió el joven—. Una locura perfectamente calculada.

Y entonces, como una flor abriéndose al sol, los labios de Cecilia sonrieron.

—¿Has venido a decirme esto un domingo por la mañana?

Él se encogió de hombros y sonrió también:

—Primero he ido a misa.

Ella se enfurruñó, un poco en serio, un poco en broma, jugueteando contra el marco de la puerta:

—¿Y qué te ha dicho Dios de mí?

—Que te bese. Mucho.

Ella cerró la puerta a sus espaldas.

Caminaron de la mano hasta el primer motel que encontraron, un edificio mal adaptado para la industria de la hostelería pero cumplidor para los fines previstos. A esa hora de la mañana de un domingo nunca llegaban clientes, así que la pareja consiguió una habitación con baño. No necesitaban más.

Hacer el amor resultó más fácil de lo que Chacaltana esperaba. Su cuerpo casi lo hizo todo solo, empezando por quitarle la ropa a su chica. La piel de Cecilia, donde no le daba el sol, era más pálida. Pero su suavidad era la misma en sus muslos, en sus pechos, en su espalda. El asistente de archivo descubrió ese cuerpo como se descubre un paisaje nuevo, un barrio nuevo, un mundo nuevo, y recorrió cada milímetro de él con las manos y los labios, hasta acoplarse a ella, como si estuviese diseñado anatómicamente para hacerlo.

Cuando terminaron, después de una larga sesión de besos, ella se acomodó en el hueco de su cuerpo y él continuó oliéndola.

—Debo volver —dijo ella—. Hoy tengo un almuerzo familiar.

—No te preocupes. Yo también tengo una cita importante.

—¿Y viniste para hacer esto antes de almorzar? No es muy romántico.

—No podía esperar más.

Ella se estiró y puso su rostro frente al de Chacaltana. Él sintió las cosquillas de sus largos cabellos negros.

—No desaparecerás ahora, ¿verdad? No habrás venido para acostarte conmigo y luego no volver.

Era una opción que no estaba en condiciones de descartar. Meditó cada palabra de su respuesta y finalmente dijo, muy cerca del oído de ella, sintiendo el aroma de su cuello:

—Tendría que estar muerto para no volver a verte.

Era la respuesta correcta, y ella la celebró con más besos. Aún hicieron el amor una vez más antes de que él, como un caballero, la acompañase a su casa.

En la puerta, al despedirse, los dos se miraron embelesadamente durante varios minutos.

—Disfruta tu «cita» —le dijo ella burlona.

Él le dio una última serie de besos, en la boca, en las mejillas, en la frente, y se despidió con unas palabras que había escuchado antes:

—Que te vaya bien. Todo saldrá bien.

Todavía olía a Cecilia mientras atravesaba Barrios Altos. Había ensayado ese camino una vez, para estar seguro. El callejón, los puestos de emoliente, el olor a fritanga, el ruido de la gente. En Barrios Altos, entre el laberinto de casuchas viejas, túneles y tugurios, podía sentirse seguro. No podía pasarle nada entre tanta gente, con las bocinas de los automóviles, los gritos de los vendedores ambulantes y la prisa gris de cualquier domingo al mediodía.

Pero ese domingo todo era diferente. Ese domingo, a la una de la tarde, él ya había hecho todo lo que la vida le pedía.

Dobló una esquina, subió unas escaleras y cruzó el patio interior de una vieja quinta, hasta la siguiente salida. Sólo encontró un silencio sepulcral. Le pareció que alguien lo seguía, pero en todo el patio nada más se sentía el sonido de sus propios pasos.

Sin duda, más adelante encontraría a los vecinos. En dos o tres curvas, si la memoria no lo engañaba, alcanzaría el caño de agua. Según le había dicho Don Gonzalo por teléfono, era el único caño de esa parte del barrio. Estaría lleno de familias llenando recipientes para lavar la ropa o a los niños. Madres bulliciosas y niños revueltos.

Le llegaban ruidos de dentro de las casas, en sordina. Botellas chocando. Risas. Conversaciones. A veces, de repente, un niño con el uniforme escolar gris pasaba corriendo a su lado, sin mirarlo. Cajones de cervezas vacíos yacían en las puertas. Pero afuera, ni un ruido, como una gigantesca tumba al aire libre.

¿Dónde carajo estaba ese caño? ¿En qué calle se había confundido? En ese lugar no había ni direcciones.

Oyó un sonido familiar. Un clamor en sordina. Salía de todas las puertas cerradas. Al principio era un murmullo sin forma. Un rugido lejano. «La final del Mundial», pensó. «Me había olvidado.»

Retomó la búsqueda del caño de agua. Debía estar por ahí. Los caños no se mueven.

A sus espaldas, volvió a sentir pasos. Sacó el pañuelo de su bolsillo y se secó el sudor frío de la frente. Pensó que estaba a tiempo de huir, pero ¿adónde podría huir él? ¿A otro país? Y sobre todo: ¿sin su madre? ¿Qué le diría a su madre? ¿Y qué le ocurriría a ella?

—Conectamos en directo con el estadio Monumental de River Plate, que ya vibra en espera del partido...

Chacaltana recordó el estadio. Lo había visto días antes, en su periplo porteño. Y le había parecido enorme. Más grande que su país.

—Aún no comienzan las acciones. El equipo holandés ya está en el campo de juego, pero los argentinos no salen. Discuten si es reglamentario el yeso que lleva en la mano un jugador holandés. Enorme, masiva silbatina contra el equipo naranja, que se mira las caras en medio del campo. Evidentemente, es presión psicológica. Los argentinos tratan de ganar con mañas lo que no pueden defender en la cancha.

Golpes, gritos y canciones insultantes inundaron las calles. Esos porteños, conchasusmadres. El que no salta es argentino. Chacaltana reparó en que las calles estaban todas naranjas, llenas de banderas holandesas, sólo por contrariar al más odiado. Y sin embargo, por las ventanas entreabiertas de las casas le llegaban imágenes del partido como chispazos en blanco y negro. Al fin y al cabo, pensó, da igual que sea Argentina-Holanda o Perú-Brasil, todos los uniformes están en blanco y negro.

Ahí estaba el caño.

Y ahí estaba Don Gonzalo, y su brazo perfectamente relajado, tranquilamente posado en la cintura.

—Te has perdido, ¿verdad?

Chacaltana asintió, aunque el viejo no lo estaba mirando, y tampoco esperaba una respuesta.

—Es un buen lugar para encontrarse —añadió Don Gonzalo—. Tranquilo.

Dejaron pasar un buen rato, arrullados por los televisores. Una furiosa arenga les indicó que el partido daba comienzo. Al apagarse el barullo, Don Gonzalo preguntó:

—Al fin encontraste a Miralles, ¿no? Te lo dijo él.

—¿A quién?

—Tú lo llamas Mendoza. Pero es el cabrón de Miralles. Pensé que lo matarían en Argentina. Pensé que nunca irías a Argentina.

El viejo no parecía bebido. Al contrario, su porte castrense era el de quien ha pasado sobrio toda la vida.

—Argentina vino a mí —aclaró Chacaltana—. Pero Mendoza no era necesario. Sólo confirmó lo que yo ya tenía claro. Usted me aconsejó buscar al almirante Carmona. Nadie más sabía que él estaría ahí. Si incluso le mostré a usted la tarjeta del Tropical. Soy un imbécil.

Don Gonzalo pareció genuinamente contrariado. O quizá era un gesto irónico:

—No eres imbécil, Félix. Sólo eres parte de los malos. Me llevaste hasta Carmona. Pero en el camino, te convertiste en uno de ellos.

Sus palabras indignaron al joven:

—¿Por eso nos visitaba? ¿En busca de información para matar a Carmona? ¿Por eso cortejaba a mi madre? Es mi madre. ¡Es mi madre!

El rostro de Don Gonzalo perdió levemente la calma. Mantenía el control, pero no podía esconder la tristeza:

—Ana es adorable. Nunca le haría daño. De hecho, me recuerda a mi esposa. Nunca te he dicho su nombre, ¿verdad? Clarisa. Se llamaba Clarisa, que sonaba medio francés. Era un nombre transparente. ¿No te parece? Tuvimos momentos muy bellos. Pero en los últimos tiempos, Clarisa también se volvió muy religiosa. Qué si Cristo, que si el Anticristo. Que si el mundo estaba condenado desde el nacimiento de nuestro hijo. Ella sólo quería proteger a Joaquín, ¿sabes? Pero no sabía cómo hacerlo. Eran tiempos duros para todos.

El asistente de archivo se apaciguó. Comprendía que las razones de Don Gonzalo habitaban en un pasado lejano. Pero había razones. Argumentos. Descargos.

—Usted... ¿nunca volvió a buscar a su mujer?

—¿Que si volví? Claro que volví. Me pasé cuarenta años deseando volver. Recordé a mi mujer cada segundo. Escribí a familiares para que la buscaran, pero nadie fue capaz de encontrarla. Al fin, hace tres años, Franco murió. En su puta cama. Pero al menos murió. Y yo decidí buscar a Clarisa. Me pasé un mes allá, volviendo a ver los viejos lugares. Mucha de la gente aún vive. Pero no vi a muchos. Y a ellos no les gusta hablar. Hice preguntas a funcionarios, revisé registros. Pedí documentos. Llevé viejas fotos de Clarisa. Encontré pistas falsas, parientes lejanos, manicomios convertidos en hoteles. La guerra se lo llevó todo. Lo borró todo. Excepto a ella.

—¿Ella vive? ¿La encontró?

El rostro viejo, sus ojeras cinceladas en la piel, sus orejas grandes de hombre mayor se retorcieron en una mueca de espanto. Dijo:

—Una mujer con su nombre y su rostro es residente en un psiquiátrico de Reus. A estas alturas, la mujer se comunica poco con el mundo exterior, ¿sabes? Y está tan deteriorada, ella, que era...

Al viejo se le quebró la voz, pero se repuso de inmediato, imponiéndose una férrea disciplina.

—... Era Clarisa. Pero Clarisa ya no seguía viviendo dentro de ese cuerpo.

—¿Pero a usted lo reconoció? ¿Le dijo algo?

—Sólo una cosa. Insistentemente: «Mi marido va a venir a buscarme». Era su *Leitmotiv*. Todo el tiempo se levantaba a recordárselo a las enfermeras, o a las visitas de las demás internas. Durante cuatro décadas. «Mi marido va a venir a buscarme en cualquier momento.» Sólo hablaba de eso, cada día, jugando a las cartas, en el camino del baño, o mientras hacía y deshacía la misma maleta, con los mismos tres trapos viejos que llevaba desde el año 38. «Mi marido ya viene. Podría estar entrando por ahí mismo. Ha tenido que viajar, cosas de la guerra, porque es un héroe. Pero regresa hoy. Por favor, señorita, cuando venga, díganle que estoy aquí, esperándolo. Lo reconocerá por las medallas. Es un luchador social.»

Chacaltana recordó las fotos en sus paredes. Los rescoldos cenicientos de la vida de ese viejo, cuando aún era un hombre y aún tenía una vida. En los televisores, el partido finalmente comenzó:

—Tiro libre. Parece que será Passarella el elegido para chutar. ¡Corre y tiraaaaaa...! La pelota termina en las manos del portero de Holanda.

Un suspiro de alivio emergió de las casas, como si el portero de Holanda fuese peruano, un defensor de la dignidad perdida. Chacaltana quiso que Don Gonzalo volviese a su relato:

—¿Dejó usted ahí a la madre de Joaquín?

—¿Y qué más podía hacer? Ella ni siquiera habría aceptado salir del hospital conmigo. Ella esperaba a su marido. A su héroe. No al cobarde que no había vuelto a buscarla nunca, el perdedor que llegó cuarenta años tarde. Yo volví a mi ratonera, al puto Barrio Chino de un país en el culo del mundo, donde los exiliados españoles no asomarían ni la nariz. Volví a sepultarme en mi propio olvido. Ella ya tenía el suyo.

—Y no le contó nada a Joaquín.

—No. Él siempre creyó la versión de la muerte en el parto. Y yo no quería lastimarlo. No le dije nada —el viejo suspiró hondamente y concluyó—: Se lo dijo Miralles. Le dijo que yo abandoné a su madre durante la guerra y no volví a buscarla nunca. Debí haberle metido un tiro a ese bastardo mientras podía.

Por primera vez, la voz de Don Gonzalo traslucía la rabia contenida, el odio de medio siglo fermentado en un corazón de roble. Chacaltana sacó una conclusión en voz alta:

—Y en vez de dispararle a él, usted le disparó a su propio hijo.

El viejo se tomó su tiempo para responder. Parecía ordenar su memoria, un archivo más retorcido y oscuro que el del sótano del Palacio de Justicia. Al fin, rompió el silencio:

—Dicen que el máximo dolor que puede sufrir un hombre es ver morir a un hijo. Es mentira. La pena máxima es tener que matar a tu propio hijo.

—¿«Tener»? Usted no tenía que hacerlo.

Don Gonzalo bajó la cabeza y chasqueó la lengua. Ahora sí, sin duda, era un gesto de ironía.

—¿Sabes cómo se llamaba la legión aérea que bombardeó Barcelona? —preguntó—. «Cóndor», como la operación de Carmona y sus amigos. Como la operación en que se metió el gilipollas de Joaquín. Las mismas cosas vuelven a ocurrir, los nombres se repiten. El tiempo gira sobre sí mismo. No puedes huir del pasado, Félix. No puedes huir del mundo.

—Joaquín era un buen hombre.

—¡No! —alzó la voz el viejo—. Joaquín era uno de ellos. Te lo he dicho mil veces: toda mi vida ha transcurrido en la misma guerra. Unos hijos de puta me robaron a mi familia. Y mi hijo terminó trabajando para ellos, robando otros niños, rompiendo otras familias.

—No diga eso...

—¿Que no? Cuando Joaquín supo lo que yo había hecho con su madre, estuvo a punto de tirarme por las escaleras. Me dijo de todo. Miserable. Basura. Monstruo. Dijo que ningún ser humano le quitaría a una madre su hijo. Eso dijo. Unas semanas después, estaba de vuelta en casa, con un bebé robado, rogándome que se lo cuidase. «Sólo serán dos horas», dijo, «puedes pedirles ayuda a los chinos de enfrente». ¡Puedes pedir ayuda a los chinos de enfrente! —se escandalizó Don Gonzalo—. ¿Quién era el monstruo ahora, Félix? ¿Quién robaba niños a sus padres para entregárselos a asesinos? No era yo, Félix. Era Joaquín, que pudría todo lo que tocaba.

Al asistente de archivo le empezó a dar vueltas la cabeza. «Sólo serán dos horas», había dicho Joaquín. Recordó a su amigo Joaquín despidiéndose de él, el último viernes de su vida, y abandonando la denuncia en su escritorio del archivo. Dos horas. Quizá una. Joaquín había dejado al niño en casa de su padre mientras iba a buscar a Chacaltana, para dejar la pista que permitiese seguir sus pasos. Porque sabía que podía morir, y que el asistente de archivo sería el único dispuesto a saber por qué.

Llorando, Chacaltana elevó la voz:

—Joaquín iba a retirarse. Ésa era su última operación. Y ni siquiera sabía que se trataba de un niño. Carmona lo envió a ciegas, a traerle un hijo para su matrimonio.

—Por eso maté también a Carmona. Mi idea era matarlos juntos, a los dos ladrones, cuando se produjese la entrega. Pero Carmona no había pensado en el fútbol. La ciudad estaba en paz ese día, como hoy. Jugaba Perú con Escocia, y todo esto estaba vacío y sombrío. Carmona debió de haberse acobardado. No se presentó. No supe que él era el responsable hasta que me lo dijiste tú.

Chacaltana siguió llorando, pero ahora no con lágrimas de impotencia, sino de rabia:

—¿Y por qué mató al niño?

Por primera vez, Don Gonzalo volvió la mirada lentamente hacia su interlocutor. Parecía sorprendido:

—¿Quién dice que maté al niño? ¿Cómo puedes creerme capaz de algo así? El niño está seguro, mucho más seguro de lo que habría estado en cualquier otro caso, con unos padres que lo quieren. Yo mismo me aseguro de eso todos los días. Porque lo veo todos los días, Félix, en mi propio edificio. Y cada día confirmo que hice lo correcto.

En su propio edificio. El asistente de archivo pensó en los vecinos chinos de Don Gonzalo. En sus esfuerzos infructuosos por ser padres, según le había dicho el viejo una vez.

—No soy un monstruo, Félix —repitió el viejo—. Sólo hago justicia.

—Dígaselo a Susana Aranda —masculló Chacaltana.

Esta vez, el viejo pareció sorprendido, incluso divertido.

—Yo no maté a esa mujer. Ella se ahorcó al descubrir de qué se trataba todo.

«He descubierto algo horrible... horrible.»

—Aunque también, Félix —continuó el viejo—, es posible que la hayas matado tú, con tu investigación y tus ganas de saber la verdad. Tanto rebuscar, tanto escarbar en el pasado... Ella, claro, no pudo soportarlo.

«Ha sido por el niño... Todo por el niño.»

—A veces es mejor no saber la verdad, Félix. Es más seguro.

«Es... algo salido del infierno.»

A Chacaltana se le encogió el corazón. El estómago se le pegó a la espalda. Se le detuvo el pulso. Aun así, tomó todas las fuerzas que pudo de ese aire polvoriento, y pronunció las palabras que había ido a decir, tratando de que no le temblase la voz. Las sabía de memoria:

—Señor Gonzalo Calvo: como funcionario judicial, es mi obligación sentar denuncia contra usted, por el asesinato de Joaquín Calvo y Héctor Carmona, y por secuestro de un menor. No está en mi poder practicar detenciones, pero tenga la bondad de acompañarme de grado a la comisaría o penitenciaría más cercana, donde procederemos a...

Un murmullo indescifrable surgió de los labios de Don Gonzalo. Chacaltana tardó en entender que era una risa:

—Eso no va a pasar —añadió el viejo.

En los televisores, el narrador se aceleraba cada vez más:

—Ardiles se la lleva entre dos, busca el pase adelante por la izquierda...

—¿Y entonces qué va a pasar? —preguntó Chacaltana.

—Pelota para Luque, que tiene desmarcado a Kempes en el centro...

—Te voy a matar, Félix —anunció el viejo con naturalidad, como si ofreciese un café—. Tú también eres uno de ellos.

—Cuidado con Kempes, que es un artillero, ahí sale el pase...

—¿Por qué no lo ha hecho ya? —gritó Chacaltana, tragándose las lágrimas, atorándose con su propia saliva, paralizándose con ella—. ¿Para contarme su maldita historia? ¿Para que yo sepa lo enfermo que está? ¡Hágalo! ¡Dispare!

Tranquila pero rápida, la mano de Don Gonzalo se movió en su cintura. Frente a los ojos de Chacaltana se materializó la Luger, empuñada por una mano firme, apuntando al rostro del asistente de archivo. Detrás de la pistola, oyó la voz del viejo:

—Sólo estoy esperando el gol.

—Luque engancha para Kempes, peligro por el centro... ¡Gol! ¡Goooooooooool de Argentina!

Si hubiese sido un tanto de Holanda, la reacción habría sido un grito unánime de júbilo en toda la ciudad, un rugido capaz de apagar el disparo de una pistola, o de un cañón. Pero el gol de Argentina fue recibido con un lamento irregular, algunos golpes y, para mala fortuna de Don Gonzalo, un borracho que salió de su casa a ventilar su mal humor. La puerta abierta y las palabrotas ebrias distrajeron la atención del viejo justo el tiempo suficiente para desviar el disparo, que descerrajó el caño produciendo un agudo campanazo.

Chacaltana tuvo un instante para escabullirse por el callejón más cercano.

—Argentina se pone por delante en el marcador —anunciaban los televisores—, y si es capaz de mantener este resultado, será campeona del mundo.

Los callejones pronto se convirtieron en túneles. Antes de que se apagase por completo el bullicio del gol, Chacaltana sintió otra bala silbando junto a su oreja. Y tras él, ya en el silencio del partido reiniciado, le llegó la voz de Don Gonzalo:

—He recorrido estas calles durante cuarenta años, Félix. En ellas encontré a Joaquín. Y te encontraré a ti. Sólo estás retrasando lo inevitable.

Chacaltana subió unas escaleras herrumbrosas, que hicieron chirriar sus escalones oxidados. Atraído por sus pasos, otro proyectil dio contra la escalera, a pocos centímetros de su espalda. Chacaltana aceleró la marcha. A veces, sonaba a sus espaldas un fogonazo. Y entre las explosiones, la voz del viejo:

—¿Sabes, Félix? Aquí aparecen cadáveres todo el tiempo. Se los llevan al río, como se llevaron el de Joaquín. Un muerto más, un muerto menos. Lo mejor es que la Policía ni se acerca a preguntar. Ni siquiera los militares quieren acercarse a preguntar. Joaquín, Susana, Carmona, tú... Son sólo fantasmas. Nadie los ve.

La voz de Don Gonzalo le permitía a Chacaltana calcular su posición. Pero no sabía cómo escapar del laberinto. Sólo giraba en círculos. Se internó entre los tugurios y atravesó varios patios interiores. A veces, la voz se ubicaba a sus espaldas, pero cuando creía haber escapado, la oía delante de él. Como si hubiera miles de Don Gonzalos agazapados en las esquinas y los recovecos.

Salió a una encrucijada de túneles. Pero entre todos ellos, al oír la voz del viejo, no pudo distinguir de dónde salía:

—¿Sabes? Hasta hoy mismo, yo pensaba que tú y yo y tu madre podíamos ser una familia. El buen padre que nunca fui. El buen padre que nunca tuviste. El buen marido que tu madre merece. Aún podríamos serlo, si tú no fueses tan terco. Te dije que olvidases esa historia. ¡Te advertí que dejases el pasado en su lugar!

Chacaltana se persignó y tomó un callejón al azar, que lo llevó a un nuevo caño. Era una salida de agua muy parecida a la anterior, con una sola diferencia: éste no tenía salida. El único túnel que conducía a ella estaba detrás de Chacaltana. Y del otro extremo, le llegó la voz que más temía:

—¡Sal de ahí, cabrón! ¡Sal y da la cara!

Quedaba un resquicio de muro para esconderse, justo al lado de la entrada. Chacaltana se apretó contra esa pared mugrienta llena de pintadas sobre mujeres, política y fútbol. Rezó un avemaría. Y esperó. Sentía que llevaba corriendo y escondiéndose siglos, pero no había sido siquiera una hora. Sintió el corazón tratando de explotar en su pecho. Sintió el sabor salado de las lágrimas en sus labios.

—Sé que estás ahí, Félix. Este partido ha terminado.

El joven vio la sombra alargada adelantarse por el callejón. Llevaba la Luger por delante, y el cañón del arma fue lo primero que apareció ante sus ojos.

—Faltan ocho minutos para el final —tronaban los televisores—. Argentina no ha parado de atacar, pero sus ofensivas no han dejado huella en el marcador. Ahora el equipo holandés entra por la derecha, viene el centro al área, cabezazo de Nanninga y... ¡Gol! ¡Gooooooool de Holanda!

Ahora sí, bramaron los Barrios Altos. Los hinchas dejaron salir todo su odio, su alivio y su resentimiento. Las puertas y ventanas se abrieron. Y Chacaltana, amparado en la confusión, pateó hacia arriba el brazo armado del viejo. El disparo salió hacia el cielo, y apenas se oyó su grito, atrincherado en la alegría.

—¡Hijo de puta!

Chacaltana consiguió empujar a Don Gonzalo y correr, correr, correr sin mirar atrás, perseguido por los disparos y los gritos. Si el viejo había planeado pasar desapercibido, ahora ya no le importaba. Para su suerte, tampoco le importaba a nadie más. No sólo los muertos eran fantasmas en esa ciudad. Los vivos también.

El joven sintió disparos rozarle justo al tiempo de doblar dos esquinas. Comprendió que la próxima vez no tendría tanta suerte. Al final del largo pasillo de un tugurio, encontró unas escaleras descendentes. Si no bajaba, a su izquierda quedaban dos portales y una pared. Y si tomaba las escaleras, llegaría a la calle abierta. El viejo tendría toda la comodidad para dispararle desde arriba y por la espalda. Concibió un plan. Menos que un plan: una idea desesperada. Dobló y se acurrucó en un portal. Temblaba. Descargas eléctricas corrían por la piel de su espalda.

Don Gonzalo vino detrás, embistiendo, y se detuvo en el borde de la escalera. Se veía como un jabalí calvo, olfateando el aire. Apuntó hacia abajo, estudió el horizonte. Y luego, en vez de bajar, giró la cabeza en dirección al portal.

Era la única oportunidad que tendría Chacaltana.

Como una fiera, el asistente de archivo se arrojó contra él, desde de su escondite, gritando:

—¡Aaaaaaaaaaaah!

El viejo no tuvo tiempo de reaccionar. Cuando intentó dar la vuelta, Chacaltana ya se estrellaba contra su estómago, con toda la fuerza de que era capaz, que al menos bastó para hacerle perder al viejo el equilibrio, virarlo por encima de la baranda y conseguir que cayera desde dos pisos de altura, hasta estrellarse de cabeza contra el suelo.

Cuando Don Gonzalo hizo contacto contra el asfalto, sonó un crujido. Debía ser el cuello.

Chacaltana se acurrucó contra la baranda. No tenía resuello. Temió que alguien saliese, atraído por los gritos. Pero más gritos había dentro de las casas, frente a las pantallas. También temió que Don Gonzalo saltase de repente, desde algún lugar. Sin embargo, los segundos transcurrieron sin novedad.

Cuando recuperó el aliento, levantó la cabeza un poco, para mirar al otro lado de la baranda. Desde el patio de abajo, el viejo lo miraba sin moverse, con los ojos abiertos para siempre y el rictus del odio petrificado en el rostro. El arma descansaba a dos metros de su cuerpo, y sin duda, sería la primera en desaparecer.

Antes de marcharse, el asistente de archivo rezó un padrenuestro por el alma de Don Gonzalo. Luego agradeció que Perú, después de todo, no jugase la final del Mundial. Sin duda, podría encontrar un taxi y largarse de ahí cuanto antes.

—Mario Kempes recibe la pelota. Atención que este hombre siempre trae peligro. Se quita de encima a un defensa, a otro, el portero sale, el rebote queda en el área, Kempes se la gana a dos holandeses más y remataaaaaaa... ¡Gol! ¡Goooooooool de Argentina! Y Kempes se convierte en máximo goleador del Mundial de 1978.

Al oír la puerta, la señora bajó el volumen del televisor. Segundos después, su hijo apareció junto a ella, algo golpeado, arrugado y pálido.

—¡Félix Chacaltana Saldívar! ¡Qué pinta tan horrible! Seguro que has estado viendo el fútbol con unos amigotes, bebiendo por ahí.

—Algo así, Mamacha —se desplomó sobre un sillón.

Ella dejó a un lado sus palos de tejer y la chompa de punto a medias que estaba haciendo frente al televisor.

—Supongo que no te lo puedo reprochar. Hasta yo lo estoy viendo. Tenía la esperanza de que los argentinos perdiesen. Pero ya se han puesto por delante.

—Tengo entendido que son muy luchadores.

Madre e hijo se acomodaron en silencio en sus asientos. Félix reparó en la foto de su padre uniformado. Su madre la había sacado de la sala, y ahora la tenía junto a ella, en su mesita de tejer. La señaló con la mano, sin decir nada, con la interrogación en el rostro.

—Me hace compañía —respondió la mujer—. He tenido a tu padre un poco abandonado últimamente, y creo que es hora de devolverle el lugar que se merece en esta casa. ¿No te parece?

Félix asintió. Le pareció que su padre le dedicaba una sonrisa cómplice desde el marco de su foto. O quizá era una risa burlona.

Rápidamente, el partido volvió a reclamar su atención:

—Kempes otra vez, el hombre de la melena imparable, atravesando la defensa como si fuese mantequilla, el rebote para Bertoni que tira yyy... ¡Goooool! Y la suerte está echada. Cinco minutos para el final de la prórroga y no parece ya que nadie les quite el título mundial a los sudamericanos...

—¿Sabes, Félix? Un día tendríamos que ir a la iglesia a prender una vela por el santo reposo de tu padre. No podemos olvidarnos de los muertos así como así, ¿verdad?

—No, Mamacita, no podemos.

—Le compraremos uno de esos cirios blancos, que tardan días en consumirse. Y a lo mejor le pedimos al cura que lo mencione en sus oraciones de la misa.

—Claro, Mamacita.

—También debemos ir reservando la misa del año por el aniversario de su muerte.

—Sin duda.

Permanecieron un rato más frente al televisor. Contemplaron el pitazo final, y la lluvia de papeles blancos con que los hinchas celebraban su triunfo. Acompañaron en silencio el festejo de los argentinos. Ahí, en la pantalla, sus vecinos del sur le resultaron a Chacaltana amables y felices. Casi se alegró al oír las palabras de un periodista argentino, entrevistado para la ocasión a pie del campo:

—Éste es un triunfo histórico de América Latina. Y una lección para toda la gente que habla mal de la Argentina sin conocer a sus gentes, su hospitalidad y su vocación de paz.

Madre e hijo siguieron toda la retransmisión, hasta que se recuperó la programación habitual. Sólo entonces,

Chacaltana dio por sentado que no moriría ese día. Y por lo tanto, se atrevió a hacerlo oficial:

—¿Mamacita?

—Dime, Félix.

—Voy a casarme. Quiero que seas la primera en saberlo.

El albañil colocó el último ladrillo en el nicho de Gonzalo Calvo y pasó la paleta con la capa de cemento. A sus espaldas, el cura del camposanto conversaba con el joven Félix Chacaltana.

—Estuvimos a punto de arrojar al señor a la fosa común. Fue una suerte que usted reconociese el cuerpo.

—Don Gonzalo llevaba varios días desaparecido —dijo Félix—. Y yo soy como su hijo. Era muy amigo de su hijo. Así que busqué su cuerpo hasta dar con él.

—Es increíble la cantidad de gente que muere sin que nadie la busque. Igual que este señor. Lo asaltan en un barrio peligroso, le quitan la vida y tiran el cadáver por ahí. Si la víctima no tiene familiares, o sus familiares no saben dónde buscar, nunca se hace justicia.

Chacaltana dejó escapar un suspiro de resignación:

—Me temo que tampoco se hará justicia con este hombre. Ya sabe usted cómo es la burocracia del Poder Judicial. Seguro que el caso de Don Gonzalo acabará perdido en algún archivo del sótano. Nunca sabremos quién lo mató.

—Que Dios se apiade de su alma, entonces.

El sacerdote bajó la cabeza en un rezo, y los dos guardaron silencio.

Antes de cerrar el nicho para siempre, una pareja con un bebé se acercó a él. Eran dos chinos, y aunque no hablaban castellano, saludaron a Félix Chacaltana con un gesto de cabeza. Luego, miraron al nicho y sacudieron las cabezas. Parecían hondamente afectados.

La mujer tenía las mejillas bañadas en lágrimas. Llevaba una corona de flores, que depositó frente al sepulcro. Mientras lo hacía, el bebé pareció mirar a espaldas de ella, hacia Félix Chacaltana. El asistente de archivo notó que el niño tenía el pelo rubio, y recordó unas palabras que había escuchado recientemente:

«En el Perú, los niños rubios nunca son huérfanos.»

Se acercó al bebé y le acarició la cabeza. Les dijo a sus padres:

—Me comentó Don Gonzalo que les costó mucho concebir un hijo. Me alegra que ya lo tengan. El pequeño recibirá el alma de Don Gonzalo, ahora que él ya no está con nosotros.

Los padres se miraron entre sí y se encogieron de hombros. Él le dijo a Chacaltana:

—No... español... no.

—Lo sé. No se preocupen.

Les estrechó la mano con fuerza, una fuerza que los sorprendió, y luego volvió atrás, donde el cura:

—Bonito niño, ¿verdad? —comentó el sacerdote, mientras los chinos decían cosas ininteligibles frente a la tumba—. ¡Son tan rubios cuando nacen! Luego se le oscurecerá el pelo, como a sus padres.

Chacaltana asintió.

—La gente siempre cambia. Lo único que no cambia es el pasado. Pero lo bueno de los niños es que no tienen pasado, ¿verdad?

—Quién como ellos.

El albañil terminó su trabajo y el cura dio por acabado el suyo. Félix Chacaltana los acompañó hacia la salida. Tenía pensado dar un último paseo entre las estatuas y las filas de sepulcros. Pero antes de doblar la esquina, echó un vistazo final hacia el pequeño. El bebé aún seguía en brazos de sus padres, frente al nicho. Pero a Chacaltana le pareció que miraba hacia él. Y sonreía.

Agradecimientos

El autor quiere agradecer por sus libros, artículos o conversaciones personales a algunas personas que, a veces sin saberlo, inspiraron o ayudaron a escribir este libro: Rafael Roncagliolo, Catalina Lohmann, Carlos Otero, Horacio Verbitsky, Edmundo Cruz, Martín Caparrós, Ángel Páez, Josep Maria Comelles, Alfredo Filomeno, Fernando Sánchez, Silvana Pasco.

Índice

Alfaguara es un sello editorial de Prisa Ediciones

www.alfaguara.com

Argentina
www.alfaguara.com/ar
Av. Leandro N. Alem, 720
C 1001 AAP Buenos Aires
Tel. (54 11) 41 19 50 00
Fax (54 11) 41 19 50 21

Bolivia
www.alfaguara.com/bo
Calacoto, calle 13 nº 8078
La Paz
Tel. (591 2) 279 22 78
Fax (591 2) 277 10 56

Chile
www.alfaguara.com/cl
Dr. Aníbal Ariztía, 1444
Providencia
Santiago de Chile
Tel. (56 2) 384 30 00
Fax (56 2) 384 30 60

Colombia
www.alfaguara.com/co
Calle 80, nº 9 - 69
Bogotá
Tel. y fax (57 1) 639 60 00

Costa Rica
www.alfaguara.com/cas
La Uruca
Del Edificio de Aviación Civil 200 metros
Oeste
San José de Costa Rica
Tel. (506) 22 20 42 42 y 25 20 05 05
Fax (506) 22 20 13 20

Ecuador
www.alfaguara.com/ec
Avda. Eloy Alfaro, N 33-347 y Avda. 6 de
Diciembre
Quito
Tel. (593 2) 244 66 56
Fax (593 2) 244 87 91

El Salvador
www.alfaguara.com/can
Siemens, 51
Zona Industrial Santa Elena
Antiguo Cuscatlán - La Libertad
Tel. (503) 2 505 89 y 2 289 89 20
Fax (503) 2 278 60 66

España
www.alfaguara.com/es
Torrelaguna, 60
28043 Madrid
Tel. (34 91) 744 90 60
Fax (34 91) 744 92 24

Estados Unidos
www.alfaguara.com/us
2023 N.W. 84th Avenue
Miami, FL 33122
Tel. (1 305) 591 95 22 y 591 22 32
Fax (1 305) 591 91 45

Guatemala
www.alfaguara.com/can
7ª Avda. 11-11
Zona nº 9
Guatemala CA
Tel. (502) 24 29 43 00
Fax (502) 24 29 43 03

Honduras
www.alfaguara.com/can
Colonia Tepeyac Contigua a Banco
Cuscatlán
Frente Iglesia Adventista del Séptimo Día,
Casa 1626
Boulevard Juan Pablo Segundo
Tegucigalpa, M. D. C.
Tel. (504) 239 98 84

México
www.alfaguara.com/mx
Av. Río Mixcoac 274
Col. Acacias, Deleg. Benito Juárez,
03240, México, D.F.
Tel. (52 5) 554 20 75 30
Fax (52 5) 556 01 10 67

Panamá
www.alfaguara.com/cas
Vía Transísmica, Urb. Industrial Orillac,
Calle segunda, local 9
Ciudad de Panamá
Tel. (507) 261 29 95

Paraguay
www.alfaguara.com/py
Avda. Venezuela, 276,
entre Mariscal López y España
Asunción
Tel./fax (595 21) 213 294 y 214 983

Perú
www.alfaguara.com/pe
Avda. Primavera 2160
Santiago de Surco
Lima 33
Tel. (51 1) 313 40 00
Fax (51 1) 313 40 01

Puerto Rico
www.alfaguara.com/mx
Avda. Roosevelt, 1506
Guaynabo 00968
Tel. (1 787) 781 98 00
Fax (1 787) 783 12 62

República Dominicana
www.alfaguara.com/do
Juan Sánchez Ramírez, 9
Gazcue
Santo Domingo R.D.
Tel. (1809) 682 13 82
Fax (1809) 689 10 22

Uruguay
www.alfaguara.com/uy
Juan Manuel Blanes 1132
11200 Montevideo
Tel. (598 2) 410 73 42
Fax (598 2) 410 86 83

Venezuela
www.alfaguara.com/ve
Avda. Rómulo Gallegos
Edificio Zulia, 1º
Boleita Norte
Caracas
Tel. (58 212) 235 30 33
Fax (58 212) 239 10 51

La pena máxima

Esta obra se terminó de imprimir en Abril de 2014
en los talleres de Impresora Tauro S.A. de C.V.
Plutarco Elías Calles No. 396 Col. Los Reyes.
Delg. Iztacalco C.P. 08620. Tel: 55 90 02 55